LUTZ KREUTZER

Römerfluch

EIN DORF AM ABGRUND »Das war eine Art Hinrichtung«, sagte Anja. »Verdammt!«, rief Straubinger. »Kann mir irgendjemand erklären, was das alles mit der Römerzeit zu tun hat?«

In der Grillhütte eines Stolberger Motorradclubs wird ein verbrannter Mann gefunden. Der als Römer verkleidete Tote nährt das Gerücht um die wertvollsten Messinggefäße der Römerzeit, die Gressenicher Eimer. Als dann auch noch unzählige Gamer des beliebten Computerspiels »Brass Master One« aus aller Welt anreisen, um eben diese Eimer zu suchen, gerät alles aus den Fugen. Ein Wissenschaftler und seine dubiose Partnerin stürzen das ganze Dorf in den Abgrund. Bald gibt es weitere Tote. Für Hauptkommissar Straubinger und seine Kollegin Anja Schepp beginnt ein Wettlauf gegen die Zeit. Wird es ihnen gelingen, den geheimnisvollen Fluch aufzuhalten, bevor alles zu spät ist?

Lutz Kreutzer, 1959 in Stolberg geboren, schreibt Thriller, Kriminalromane sowie Sachbücher und gibt Kurzgeschichten-Bände heraus. Auf den großen Buchmessen in Frankfurt und Leipzig sowie auf Kongressen coacht er Autoren, ebenso richtet er den Self-Publishing-Day aus. Am Forschungsministerium in Wien hat er ein Büro für Öffentlichkeitsarbeit gegründet. In Hörfunk und TV wurden zahlreiche Beiträge über seine Arbeit gesendet. Seine beruflichen Reisen und alpinen Abenteuer nimmt er zum Anlass, komplexe Sachverhalte in spannende Literatur zu verwandeln. Lutz Kreutzer war lange als Manager in der IT- und Hightech-Industrie tätig. Seine Arbeit wurde mit mehreren Stipendien gefördert. Heute lebt er in München.

Mehr Informationen zum Autor unter: www.lutzkreutzer.de

LUTZ KREUTZER

Römerfluch

KRIMINALROMAN

GMEINER

Personen und Handlung sind frei erfunden.
Ähnlichkeiten mit lebenden oder toten Personen
sind rein zufällig und nicht beabsichtigt.

Besuchen Sie uns im Internet:
www.gmeiner-verlag.de

Im Ehnried 5, 88605 Meßkirch
Telefon 07575/2095-0
info@gmeiner-verlag.de

1. Auflage 2023

Herstellung: Mirjam Hecht
Umschlaggestaltung: U.O.R.G. Lutz Eberle, Stuttgart
unter Verwendung eines Fotos von: © Alexander / stock.adobe.com
Druck: CPI books GmbH, Leck
Printed in Germany
ISBN 978-3-8392-0338-5

»Was weint ihr um mich?
Weint um die Seuche und das Sterbenmüssen aller!«

(Kaiser Mark Aurel um 180 n. Chr.
auf dem Sterbebett bei Wien)

MONTAG, 14. AUGUST 2023

ACHT SEKUNDEN

Gressenich, am Kalvarienberg, 6 Uhr morgens

Die Beine des Mannes lagen ruhig auf dem Rost. An den Sohlen seiner hochgeschnürten Sandalen klebte feuchter Lehm. Die mit Palmetten bestickte Tunika war bis zur Mitte der Oberschenkel hochgerutscht. Seine rechte Hand hing herab und berührte den Boden. Der goldene Kranz aus Eichenlaub hatte sich in den schwarz gelockten Haaren verheddert, sodass er schief auf seinem Kopf saß und das linke Auge verdeckte. Eine weiße, purpurgesäumte Toga fiel wie ein Brautschleier auf die Pflastersteine und hatte sich dort ausgebreitet. Vom Hinterkopf des Mannes tropfte Blut.

Er brannte.

Kurz riss er die Augen auf. Er wollte schreien, doch der Gürtel, der seine Tunika gehalten hatte, war eng um seinen Hals geschlungen und nahm ihm die Luft. Seine Augen schienen weit nach außen getreten, seine Zunge zitterte, und dann schloss er die Lider. Er hatte sich damit abgefunden.

Heiliger Laurentius! Lichterloh.

Acht Sekunden später war er tot.

3 MONATE ZUVOR: SONNTAG, 14. MAI

BRASS MASTER ONE

Stolberg, in einem Privathaus in der Altstadt

»Was für 'n heißer Scheiß!«, rief Tim mit weit aufgerissenen Augen. »Ich halt's nicht aus!« Wie durch einen Tremor verursacht hackte er mit zwei Fingern auf die Tastatur ein. Bogengeschosse flogen durch die Luft, machten surrende Geräusche, durchschlugen mit einem dumpfen Klatschen die Körper bärtiger Krieger, Pfeilspitzen durchtrennten Sehnen und Muskeln, trafen durch Augen ins Hirn, Männer stöhnten und starben. Im Hintergrund eine antreibende elektronische Musik. Tim haute auf eine Funktionstaste, die Römische Phalanx bildete die Schildkrötenformation. Unter Tims Zuckungen rückte deren geschlossene Schlachtlinie mit »Ho«-Rufen bei jedem Schritt vor und drang geballt und unaufhaltsam in die feindlichen Linien ein.

Tim hatte es drauf. Durch sein gezieltes Einhacken auf die Tastatur hatte er die Römische Armee voll im Griff, auf seinem Großbildschirm. Jetzt prallten seine Legionäre auf die wilden Reihen der Barbaren und töteten alle, die noch nicht durch die Bogenschützen niedergestreckt worden waren. Nach einigen Minuten riss er die Arme hoch. Seine Römer hatten gewonnen. »Yeahhh!« Er nahm die Arme wieder runter und sah Marie an. »Voll anders als bei Asterix! Die Römer sind einfach supergeil!«

»Maaaann!«, schrie Marie. »Das ist Mist. Zum dritten Mal hab ich nun verloren. Jetzt nimmst du mal die Barbaren!«

»Hey, du hast immerhin ein Bergwerk ausgehoben und ganz schön Punkte gesammelt. Du hast drei Hochöfen gebaut, ein Hammerwerk zur Produktion der Messinggefäße errichtet und sie super verkauft. Du hattest zeitweise viel mehr Punkte als ich.«

»Und warum kommt dann die römische Armee und kämpft gegen meine Leute? Scheißspiel!«

»Weil deine blöden Sunuker zu viel abhaben wollten. Nix Steuern zahlen!«, spottete Tim. »Den Römern als Besatzungsmacht bleibt doch dann kaum mehr etwas übrig. Das können sie nicht zulassen.« Er sprang auf und streckte die Hände in die Höhe. »Kriiiiiieg!«, brüllte er.

»Und dann kriegt man fürs Umbringen auch noch Punkte«, sagte Marie angewidert.

Tim grinste. »Tja, deswegen heißt das ja Krieg, weil man was kriegt! Und es ist eben ein Kriegsspiel.«

»Nein! Ein Strategiespiel. Wer schafft es am besten, ein Dorf zu errichten, ein Bergwerk zu eröffnen und auszubauen, Erz daraus zu bergen, aus dem Messing edle Gefäße zu erschaffen und die Handelsbeziehungen zu fremden Völkern aufzunehmen. Darum geht's. Um Frieden, nicht um Krieg!«

Tim zischte und schüttelte den Kopf. »Wer schafft es am besten, am Ende die Herrschaft zu erringen, um die Messinggefäße zu verkaufen? Das ist doch das Entscheidende. Und da ist eben Krieg ein Mittel.«

»Ja, ist ja auch irgendwie geil«, gab Marie zu. »Ich wollte ja nur sagen, dass mir die Aufbauphase besser gefällt als die Zerstörung.«

»›Brass Master One‹ ist das beste Computerspiel der letzten Jahre!«, rief Tim. »Das Schlachtengetümmel ist so echt, als wäre man selbst mittendrin. Und das hier bei uns! Mega! Sogar die Amis spielen das. Ist momentan in den Charts auf Platz 10 angelangt! Platz 10 in den USA, das muss man sich mal geben! Und auch Koreaner, Australier, Japaner. Einfach alle, die ganze Welt spielt ›Brass Master One‹. Und die Russen kaufen es auch.«

»Du weißt aber, dass in dem Spiel die größte Gefahr nicht vom Krieg, sondern von der Seuche ausgeht«, sagte Marie. »Die kann auch deine Soldaten erwischen und umbringen.«

»Quatsch! Ich kenne keinen Spieler, den sie im Spiel wirklich erwischt hätte.«

»Weil du es nicht wahrhaben willst. Fünf sind schon ausgeschieden. An der Seuche gestorben, die damals angeblich zwei Kaiser das Leben gekostet hat. Ob es die wirklich gegeben hat?«

»Klar, aber die Pest kriegt im Spiel nur, wer die Götter nicht genug ehrt und wer den Matronen nicht genug spendet«, ergänzte Tim.

»Und, spendest du genug?«, fragte sie.

Tim druckste. »Ja, jeder zehnte Teil, den ich verdiene, wird gespendet. Dann passiert schon nix.«

»Wie sind die bloß auf Gressenich gekommen?«

»Na, weil hier zur Römerzeit eben die beste *brass production* …«

»Oh Mann! Was heißt 'n das schon wieder?«, wollte Marie wissen.

»Messingproduktion, ›brass‹ heißt Messing«, erklärte Tim mit der überheblichen Mimik des Besserwissenden. »Die berühmteste Messingproduktion im ganzen Römischen Reich war, wie es aussieht …«, Tim machte eine einladende Geste mit den Händen und hob die Brauen, »in deinem Dorf, in Gressenich!«

»Und diese Göttin? Diese miese Schlampe!«

»Nur, weil sie dich in die Pfanne haut!« Tim lachte. »Zickenkrieg, oder wat?«

»Diese Bitch! Hat mich dauernd fertiggemacht!«

»Weil du nix auf die Reihe bringst. Sie will, dass du noch mehr Messing produzierst, dass du heilige Eimer wie am Fließband herstellst. Und dass du ihrem Glauben folgst. Und was machst du? Kümmerst dich ständig um andere Mitspieler. Das sieht sie einfach nicht gern.«

Marie schmollte. »Ja, ich weiß. Ich bin zu gutmenschlich.«

»Mir tut sie nix! Mir tut sie gar nix«, sagte Tim und grinste überheblich. »Weil ich zupacke …«

»… und für sie über Leichen gehst.«

»Ach was, komm, jetzt sei keine Spielverderberin.«

Marie sah nachdenklich aus. »Komisch, bei mir und all meinen Freundinnen macht sie ständig Ärger. Nur euch Kerle lässt sie in Ruhe.«

»Punktabzug, weil ihr eben Mädels seid«, ätzte Tim und lachte schadenfroh. »Wie im alten Rom eben! Noch ’ne Runde?«

»Blödmann, du unterstützt das auch noch! Echt fies!«, beschwerte sich Marie den Tränen nahe. »Diese dämliche Matrone! Ich hasse dich, Sunuxsal!«

MITTWOCH, 17. MAI

DER VORTRAG

Gressenich, im Pfarrheim

»Es ist also nicht auszuschließen, meine Damen und Herren, dass weitere von diesen unbezahlbaren Prunkgefäßen in irgendeinem eurer, ja, eurer Stollen aus der Römerzeit verschollen sind«, schloss Dr. Herbert Sabzynski.

Aus dem Publikum im Saal des Pfarrheims kam Applaus. Er sah in teils begeisterte, teils skeptische Gesichter.

»Herzlichen Dank«, rief der junge Pfarrer in den Beifall hinein, nachdem er etwas linkisch auf die Bühne gesprungen war, »für Ihr wunderbares Referat in unserer Vortragsreihe ›Kultur pur in Wald und Flur‹.« Gönnerhaft streckte er dem Vortragenden seine Hand entgegen und wollte das Publikum zu mehr Jubel ermuntern, doch der Applaus ebbte ab. »Sie wissen, Herr Dr. Sabzynski, wir haben Sie eingeladen, weil dieses Computerspiel in aller Munde ist. Viele Fremde kommen nach Gressenich und wollen die Messinggefäße und die Bergwerke sehen, in denen man das Erz gehoben hat. Da fühlen wir uns bei Ihnen, einem ehemaligen Gressenicher, in besten Händen.« Der Pfarrer wartete auf Zuspruch aus dem Publikum, doch der blieb weitgehend aus. Nur eine Frau rief etwas Unverständliches.

»Ist lange her«, sagte Sabzynski und blickte verlegen lächelnd zu Boden.

»Äh, ja, also, wir vom Kulturverein haben uns daher gedacht, mal einen echten Fachmann einzuladen. Denn es schadet sicher niemandem von uns, wenn uns ein, äh … sagen wir mal, ein Berufener die historischen Grundlagen erklärt.« Der Pfarrer blickte in teils versteinerte Gesichter. »Äh, … Sie können Dr. Sabzynski nun Fragen stellen«, schob er irritiert hinterher.

»Diese Hemmoorer Eimer, von denen Sie sprechen, warum nennt man die nicht gleich Gressenicher Eimer, wenn sie doch hier bei uns hergestellt worden sind?«, fragte ein Mann aus der vorletzten Reihe und klang dabei fast beleidigt.

Sabzynski holte Luft. »Es ist unumstritten, dass hier in Gressenich in den ersten Jahrhunderten nach Christi Geburt Messing hergestellt wurde. Also …«, Sabzynski machte eine Wirkpause, »… vor fast 2.000 Jahren. Es gab diese römischen Bergwerke im Römerfeld, also zwischen Gressenich, Mausbach und Hastenrath. Alles deutet darauf hin, dass die Bergleute der Römer damals schon Galmei, also Zinkerz, herausgeholt haben, um daraus vor Ort das goldglänzende Messing zu fertigen. Und alles spricht dafür, dass es hier in der Nähe geschah. So viel wissen wir.« Er holte Luft und ging ein paar Schritte zum Rand der Bühne. »Nur, fast möchte ich sagen bedauerlicherweise, gefunden hat man diese Messingeimer zuerst im Hemmoor, also in Norddeutschland bei Cuxhaven. Die ersten Finder nannten sie übrigens ›Eimer‹ wegen der Henkel. Man könnte auch Kübel oder Kessel sagen, ein etwas schöneres Wort. Aber dass man sie so weit im Norden gefunden hat, das ist ein wunderbarer Beweis dafür, wie weit die Handelsbeziehungen gereicht haben müssen. Und es ist nun mal Usus unter Archäologen, Artefakte, also Funde menschlicher Kunstfertigkeit, nach dem Fundort zu benennen. Deshalb heißen diese Messingkübel aus Gressenich nun einmal Hemmoorer Eimer.«

»Zurückholen und umbenennen!«, rief ein Spaßvogel aus der Mitte des Auditoriums und erntete ein paar Lacher. »Die gehören uns!«

»Ich kann euch trösten«, fuhr Sabzynski fort, »viele Archäologen und Historiker sagen bereits hinter vorgehaltener Hand ›Gressenicher Eimer‹, sogar die Fachleute im Britischen Museum in London. Und das, obwohl man hier bei euch in Gressenich noch keinen einzigen gefunden hat«, schloss Sabzynski und lächelte. »Aber das, meine Damen und Herren, genau das will ich ändern.«

Ein Raunen ging durch den Saal.

»Blödsinn, alles Quatsch«, polterte ein bulliger Mann, der in der zweiten Reihe saß. »Alles Humbug! So was gibt es hier nicht. Keine Römer, keine Gallier, keine Griechen, keine Kelten und auch keine Marsmenschen! Gressenich bleibt Gressenich. Wir sind alte Germanen!« Wieder Lacher aus dem Auditorium.

»Die sich in Gressenich übrigens Sunuker nannten«, klärte Sabzynski süffisant auf.

»Wenn wir hier plötzlich so Messingpötte finden, dann haben wir doch nur Probleme«, zeterte ein Mann aus der dritten Reihe. »Dann wird alles geschützt, Naturschutz und so, und wir dürfen nix mehr machen!«

»Wenn schon Schutz«, warf Sabzynski ein, »dann bitte Bodendenkmalschutz, mein Herr.«

»Ja, super, weshalb wir am Bovenheck keine Keller bauen durften, weil da so altes Römerzeug gefunden wurde.«

Die Leiterin der örtlichen Grundschule hob die Hand. Der Pfarrer erteilte ihr das Wort. »Ich darf Sie alle daran erinnern, dass es unerheblich ist, ob wir uns nun als Germanen, Römer oder als Kelten sehen. Tatsache ist nun einmal, dass dieses Dorf wie ganz Deutschland Vorfahren aus aller Herren Länder hat. Wir haben uns alle ineinander verliebt und uns gemischt.« Von hinten ertönte ein Pfiff und noch einer aus einer anderen Ecke. Ein amüsiertes Gackern drang durch den Saal.

Die stellvertretende Vorsitzende des örtlichen Motorradclubs erhob sich und verschränkte die Arme, wodurch sie ihre Tätowierungen selbstbewusst zur Schau stellte. »Die Gressenicher haben schon immer gevögelt, wo gerade Platz war!«, verkündete sie Kaugummi kauend. Der ganze Saal brach in Gelächter aus.

Die Schulleiterin drehte sich zu ihr, warf verächtlich ihre hellblonde Mähne nach hinten und wandte sich dann ans ganze Publikum. »Was gibt es da zu pfeifen und zu johlen? Ja, verliebt und fortgepflanzt. Euren Kindern in der Grundschule haben wir das längst beigebracht. All unsere Gene sind gemischt. Afrikaner, Araber, Europäer. Wir sind Kinder von allen, ob ihr wollt oder nicht!«

»Und ein paar Neandertaler sind auch dabei!«, rief eine üppige Blonde, die noch vor ein paar Jahren eine Gastwirtschaft geführt hatte. »Die hab ich alle kennengelernt.« Wieder johlendes Gelächter.

Ein weiterer Mann erhob sich, groß, schlank, in einem hellen Leinenanzug. »Moment, meine Freundinnen und Freunde, Moment. Stellt euch mal vor, was hier los ist, wenn wir diese Kübel oder Kessel finden! Der Fremdenverkehr! Touristen aus aller Welt!« Kurz drehte er sich zu Sabzynski. »Darf ich mich vorstellen, Herr Dr. Sabzynski, Manfred Wohlfahrt, Freie Wählergemeinschaft, Mitglied des Landtages NRW.« Dann wandte er sich wieder an das Auditorium. »Dazu Wissenschaftler, äh, und Wissenschaftlerinnen, Tagesausflügler und Tagesausflüglerinnen, Römerliebhaber …«

»… und Römerinnenliebhaber!«, feixte ein dicker Mann in der ersten Reihe.

»… ganze Familien mit ihren Kindern strömen zu uns«, fuhr Wohlfahrt unbeirrt fort. »Die Kinder kommen wieder, wenn sie erwachsen sind, bringen wiederum ihre Kinder mit. Was für großartige Aussichten!«

»Ja, und zwischen Gressenich und Mausbach baust du dann mithilfe von Lannert ein neues Phantasialand!«, rief eine Frau und zeigte auf den lokalen Bauunternehmer, der wegen ungewöhnlich hoher Beratungsverträge mit politischen Kräften in Verruf gekommen war.

»Oder ein Römerspaßbad im Forellenparadies, direkt am Omerbach«, schlug eine andere vor.

»Ja, ich weiß, ihr seid skeptisch«, versuchte Wohlfahrt zu besänftigen. »Aber die Dorfentwicklung, die Dorfentwicklung!«, mahnte er. »Wir bauen ein Römerhotel, Cafés, ein Schaubergwerk, neue Kneipen …«

»… ja klar, Manni! Und du kriegst überall Freibier!«, brüllte ein junger Bursche mit dunklen Dreadlocks, dessen Bemerkung ebenfalls allgemeine Heiterkeit auslöste.

»… neue Restaurants«, versuchte es der Abgeordnete noch einmal.

»Nur über meine Leiche«, protestierte der Bierbaron, der das Bistro »Petit Marron« führte. Wieder Gelächter.

»… und einen Gallierpuff!«, tönte es leise aus der letzten Reihe. Gegröle im Saal. Manni Wohlfahrt gab auf und setzte sich.

Der Pfarrer hob entsetzt die Hände. »Einhalt, meine Gressenicher und, äh, -innen. Einhalt, bitte. Ich weiß, tief in euch schlummert ein tapferes Herz! Zeigt euch also bitte von eurer guten Seite. Wir haben einen Gast«, rief er in die Menge, wobei er beruhigend die Hände auf und ab bewegte und aufdringlich lächelnd auf Dr. Sabzynski zeigte. »Einen ehrbaren Gast von der Universität in Lüttich.«

»Darf ich auch was fragen?« Eine leise Stimme, kaum zu hören. Eine erhobene Hand etwa in der Mitte des Saals.

Der Pfarrer reckte seinen Hals, um zu erfassen, wem die Hand gehörte. Einer jungen Frau, der Pfarrer kannte sie noch aus dem Kommunionsunterricht, sie war mittlerweile 17 oder 18 Jahre alt. »Ja, natürlich, Marie, also?«

»Es gibt da dieses Computerspiel, ›Brass Master One‹. Sie kennen es, Herr Dr. Sabzynski?«, richtete sich Marie leise an den Historiker.

Sabzynski nickte. »Wer kennt es nicht?«, fragte er und lächelte wissend. »Das ist ja mittlerweile ein internationaler Renner und wird in aller Welt gespielt, wenn ich recht informiert bin. Ich selbst habe es freilich noch nicht gespielt«, antwortete er, beugte sich leicht vor und legte die Hand auf seine Brust, »aber ich kenne es von meinem Neffen, der dürfte in deinem Alter sein.« Sabzynski drehte sich zur Seite, sah zu Boden und ging ein paar Schritte. »Er hat mir viel davon erzählt, unter anderem, dass es da um die Messingherstellung während der Gressenicher Römerzeit geht.« Er sah Marie nun direkt an und fügte hinzu: »Sie können übrigens etwas lauter sprechen, Marie.«

Marie fasste sich ein Herz und rief mit leicht bebender Stimme: »Jaja, es ist ... es ist, hm ... ja, alsooo, es ist so, dass da viel Krieg drin ist, in dem Spiel. Und es geht aber eigentlich um die alten Römer und so, und um Germanen, um die, äh ...«

»Sunuker hießen die ...«, flüsterte Tim ihr zu.

»Also, ja, diese Sunuker, so heißen die nämlich, die hier gewohnt haben.«

»Ja, dieser germanische Stamm hat zwischen Jülich und Aachen bis in die Eifel und Ostbelgien gesiedelt«, dozierte Sabzynski, »und sie haben teilweise die Kultur und das Wissen der Kelten übernommen, die Caesar ja im Westen, also in Gallien, besiegt und vertrieben hatte.«

»Ja, und ich möchte fragen, ob denn das alles stimmt, was da so in dem Spiel drin ist. Ich krieg nämlich ... ja und Tim hier auch ...«, sagte sie und zerrte an einem Ärmel des Jungen, der neben ihr saß, »Tim hier bekommt auch so viele.«

»Na, was bekommen Sie beide denn in einer solch großen Anzahl?«, fragte Sabzynski.

Das Publikum lachte leise, und Marie lief rot an. »Ach so! Ja, E-Mails bekommen wir. Es ist ja so ein Spiel, wo man sich über das Internet verbinden kann …«

»Nee, muss«, warf Tim ein.

»… ja, also mit anderen Spielern vernetzen muss. Irgendjemand hat bei Facebook nun in die Gruppe geschrieben, dass ich aus Gressenich bin und Tim aus Stolberg kommt. Und irgendjemand hat dann auch unsere E-Mail-Adressen verraten. Und nun werde ich jeden Tag zugeballert mit Zuschriften. Gressenich, und Stolberg, wo ist das, und haben die wirklich hier gekämpft, und haben die wirklich Messingeimer gebaut und ihre Toten darin beerdigt«, rasselte Marie herunter, »und gibt es so Bergwerke noch, und kann man sehen, wie die so Eimer noch herstellen, und was ist mit der Seuche … ach, alles Mögliche«, schloss sie atemlos ab. Ihre Augen aber waren voller Stolz. Erleichterung lag in ihrem Gesicht, das alles gesagt zu haben.

»Danke Marie, das haben Sie sehr schön wiedergegeben«, antwortete Sabzynski.

»Und vor allem: Gibt es ›The Gression Bucket‹, also den Gressenicher Eimer, wirklich?«, ergänzte Tim. »Wir Stolberger sind da ein bisschen neidisch, weil Stolberg ist ja die eigentliche Messingstadt.«

Sabzynski grinste und nickte. »Das alles sind berechtigte Fragen. Nun, dass es Gressenich noch gibt, das steht ja außer Zweifel, wenn ich Sie hier alle so sitzen sehe«, er ließ seine Arme über das Auditorium schweifen und erntete ein paar Lacher im Publikum. »Ob hier Kämpfe stattgefunden haben, das kann ich nicht wirklich sagen. Aber angesichts meiner hier erlebten Zeit kann ich mich doch erinnern, dass ihr ein streitlustiges Völkchen seid.« Sabzynski machte eine Pause, um die allgemeine Heiterkeit abzuernten. »Und da zur Römerzeit sogar alltägliche Streitereien mit Faustschlägen und Messerstechereien ausgetragen wurden, kann man wohl davon ausgehen. Dass hier in Gressenich Messing zur Römerzeit, aber viel später erst in Stolberg hergestellt wurde, ist unter Fachleuten unumstritten, und dass die Sunuker und Römer in den Gressenicher Eimern ihren Leichenbrand bestattet haben, das stimmt auch. Und jetzt zu deiner entscheidenden Frage, junger Mann«, sagte er und wandte sich fast feierlich an Tim. »Ob es diese Eimer tatsächlich gibt, ist nicht die Frage, sondern wie viele es davon gibt.« Er senkte seine Stimme. »Aber bisher … und ich sage deutlich: bisher«, raunte er und hob den Zeigefinger, »bisher haben wir keinen gefunden, der eindeutig auf Gressenich verweist. Wie gesagt, bisher!«

Eine Frau Anfang 50, die bisher im Schatten der Empore an der hinteren Wand gestanden hatte, meldete sich zu Wort. Ihre ergrauten Haare hatte sie locker zu einem Zopf zusammengebunden, der ihr über die linke Schulter hing und fast bis zur Hüfte reichte. »Entschuldigen Sie, Herr Dr. Sabzynski. Sie mögen mir verzeihen, dass ich nicht viel über die Welt Ihrer Wissenschaft weiß. Sie haben uns erzählt, dass Sie eine glaubwürdige Quelle haben, die vermuten lässt, dass es hier in Gressenich solche Gefäße wirklich gegeben hat.«

Sabzynski war für ein paar Sekunden sprachlos, als er sie ansah. Ihre hohen Wangenknochen, ihre großen blauen Augen und ihre eleganten Bewegungen schienen ihn zu beeindrucken. Seine Augen glänzten, als hätte er eine Madonnenbegegnung. Er lächelte sie lange an, bevor er antwortete. »Ja, das ist richtig.«

Ein paar Leute drehten sich nach hinten. Ein Tuscheln ging durch die Reihen. »Ist das nicht … Veronika?«, flüsterte der Mommsen-Bauer seiner Frau hinter vorgehaltener Hand zu.

Seine Frau erschrak, prüfte noch einmal mit kritischem Blick die Frau an der hinteren Wand, sah zurück zu ihrem Mann und nickte. »Ja, das ist sie. Veronika Lorenz, die Schlampe!«

»Was macht die denn hier?«, fragte Mommsen.

»Will den Jungs wohl wieder den Kopf verdrehen!«, zischte seine Frau und wusste, dass auch er einmal hinter ihr her gewesen war. »Sie sieht aus, als würd sie 'ne Cannabisplantage betreiben.«

»Entschuldigen Sie, liebe Dame«, warf der Pfarrer an die Frau an der hinteren Wand gerichtet freundlich ein, »vielleicht stellen Sie sich kurz vor, damit wir wissen, wer Sie sind, bitte.«

»Nicht so wichtig.«

»Kein Vorname, kein Nachname?«, fragte der Pfarrer vorsichtig.

»Blödsinn«, rief ein Mann aus der Runde, »du bist doch …«

»Halt die Klappe, Sauschädel!«, schrie sie ihn mit glühenden Augen an.

Der Mann erschrak und schwieg.

»Sie ist es!«, tuschelte Frau Mommsen ihrem Mann zu. »Hab ich's doch gewusst! Wie hat sie sich gleich genannt früher? Total abgehoben. Und gekifft hat sie.«

Mommsen hob die Schultern. »Keine Ahnung, wie denn?«

»Irgendwas mit S. Wie so 'ne Göttin«, zischelte sie gehässig.

Die Frau wandte sich wieder an Sabzynski. »Und mehr wollen Sie uns nicht über Ihre Quelle berichten?«, fragte sie laut und deutlich und kam währenddessen einen Schritt vor.

»Tut mir leid, ein paar Geheimnisse muss ich noch für mich behalten«, antwortete Sabzynski, immer noch grinsend.

»Wenn es denn so ist, hätte man nicht längst einen dieser Eimer finden müssen?«, fragte sie mit einem gewinnenden Lächeln.

Sabzynski verneinte. »Viele haben sich damit beschäftigt, aber die hatten ja meine Informanten nicht.«

Frau Mommsen kramte in ihren Erinnerungen. »Hat der Sabzynski nicht auch was mit ihr gehabt?«, flüsterte sie ihrem Mann zu.

»Ja, wer hätte das nicht gerne?«, antwortete Mommsen leise. »Die waren ungefähr ein Jahrgang und gingen nach Stolberg aufs Gymnasium.«

»Es gibt aber keine direkten Beweise für Ihre Behauptung«, schob die Frau hinterher, »sehe ich das richtig?«

»Du bist eine sehr skeptische Frau, Miss ... Anonym«, sagte er spitzfindig, und spätestens jetzt musste jeder merken, dass sich die beiden kannten. »Aber ... das steht dir absolut zu.« Sabzynski hob den Kopf und antwortete mit triumphierend leuchtenden Augen: »Nun, meine Erfolge diesbezüglich erzählen jedoch eine ganz andere Geschichte.«

Ein unruhiges Hin und Her erfüllte den Saal. Alle im Raum hatten sich umgedreht und beobachteten, wie die Frau reagieren würde.

Veronika Lorenz hatte die Hände in die Hüften gestützt und ließ nicht locker. »Welche Erfolge sind das denn?«

Eine leise Männerstimme war zu hören. »Jetzt halt doch endlich mal die Klappe, du Besen!«

»Ich hab's gehört«, entgegnete sie mit glühenden Augen und fixierte den Hünen, der sich ertappt fühlte und schnell wegsah.

Sabzynski streckte genüsslich seinen Rücken und atmete noch einmal durch. »Um Messing herzustellen, brauchte man neben dem Galmei auch Kupfer in großen Mengen. Das fand man aber in der näheren Umgebung von Gressenich kaum in ausreichender Form.« Mit nachdenklichem Gesicht sah er kurz zu Boden und schritt quer über die Bühne. Dann blieb er abrupt stehen, legte den Zeigefinger an sein Kinn und sah an die Decke. »Ich habe deswegen in der gesamten Eifel nach Möglichkeiten gesucht.« Plötzlich wandte er sich wieder dem Publikum zu. »Und endlich, endlich bin ich fündig geworden«, verkündete er. »Ein römisches Kupferbergwerk. Und dort ...«, er streckte die Hand nach oben und sah den Zuhörern in die Gesichter, »dort habe ich einen Hinweis gefunden. Einen hinreichenden Hinweis dafür, dass es den ›Gressenicher Eimer‹ wirklich gibt.« Seiner Stimme war der Triumph deutlich anzuhören.

Ein weiteres Raunen ging durch den Saal, erstaunte Blicke und gespitzte Münder. »Wenn Sie das beweisen«, rief der Bierbaron, »dann baut Manni Wohlfahrt sogar ein Disneyland. Und ich übernehme dort den Entengrill!«

Applaus und Bravorufe. Auch Sabzynski amüsierte sich nun sichtlich und richtete sich ebenfalls an Manni Wohlfahrt. »Wenn ich das so salopp sagen darf, Herr Wohlfahrt, mit dem Computerspiel haben Sie doch bereits Ihr Disneyland, aber eben virtuell. Machen Sie was draus! Schauen Sie auf die Jugend. Und begreifen Sie es als Chance!«

Als alle anderen Zuhörer den Saal verlassen hatten, ging Veronika Lorenz nach vorn und betrat die Bühne, wo Sabzynski noch mit Wohlfahrt und dem Pfarrer plauderte.

»Veronika, forsch und klar wie früher«, sagte Sabzynski lächelnd.

Sie spürte, dass immer noch etwas zwischen ihnen funkte. »Wie schön, dich zu sehen, Herbert.«

Im Windfang des Eingangs stand ein Mann in einer Kutte, sah starr nach vorn und ließ die beiden nicht aus den Augen. Er wusste, dass sie sich bald an alles erinnern würden.

DONNERSTAG, 18. MAI

SUNUXSAL

Neuf Gression, Hohes Venn, Belgien

Der Wind pfiff scharf und peitschte kalten Regen auf das Dach. Debora erschrak jedes Mal, wenn eine Bö erneut einen Guss an die Holzwand klatschte. Draußen schien die Welt unterzugehen. »Huh!«, rief sie und zuckte zusammen, als ein Blitz den Raum so grell erhellte, dass ihre Augenlider zitterten.

Veronika Lorenz saß grinsend am Küchentisch und war gerade dabei, eine Rede vorzubereiten. »Was ist denn los mit dir? Hast du das Wetter hier oben im Venn immer noch nicht begriffen?«

Debora kam näher und schüttelte sich. »Doch, schon, aber irgendwie hab ich immer noch ein bisschen Angst hier in Neuf Gression.«

»Komm her, setz dich zu mir«, sagte Veronika tröstend. Debora nahm neben ihr Platz und lächelte verlegen, woraufhin Veronika ihr die Hand auf den Kopf legte. »Wie lange bist du jetzt bei mir, meine Liebe?«

Debora dachte nach. »Es wird jetzt fast fünf Jahre her sein, seit ich zu dir kam.«

»Siehst du, und seit du hier bist, geht es dir immer besser.«

Debora rückte ein wenig näher und legte ihre Stirn auf Veronikas Handrücken. »Dea Mater, ich bin dir so dankbar! Niemals kann ich das zurückgeben, was du für mich getan hast. Nur …«

Veronika nahm ihre Hand. »Ich weiß, Debora, meine Liebe, ich weiß. Leider hat es bei dir noch nicht geholfen.«

Debora schluchzte. »An den Männern mangelt es ja nicht, aber es will einfach nicht funktionieren. Bei den anderen ...«

»Ja, bei den anderen wirkt es. Ich weiß. Hab Geduld. Nimm deinen Trank einfach weiterhin und glaube daran. Und wähle dir einen kräftigen Mann aus. Du bist ein schönes Mädchen, es wird einer kommen, ein guter Hengst«, brummte sie und lachte, »mit dem es klappen wird, bestimmt. Und dann ziehen wir dein Kind hier auf.« Sie lächelte und schüttelte Deboras Arm, sodass auch sie in ihr Lächeln einfiel und Veronika herzlich umarmte.

»Sunuxsal, wenn ich das alles nur gutmachen könnte, was du mir gibst!«

»Du tust genug, meine Liebe, ich weiß das zu schätzen. Und nun mach weiter, verwöhne uns mit deinen wunderbaren Brioche, die alle so gern mögen.«

Debora sah sie verzückt an, erhob sich und ging zu der großen Arbeitsplatte, während Veronika sich wieder ihrer Rede zuwandte. Sie holte den Teig aus der Maschine, streute Mehl auf die Arbeitsplatte und begann damit, den Teig mit der Hand nachzukneten. Sie beobachtete Veronika aus dem Augenwinkel und druckste herum, bevor sie eine Frage wagte. »Meine Dea Sunuxsal, hast du eigentlich das Dilemma mit diesem Computerspiel mitbekommen?«

Veronika sah auf und tippte mit dem Kugelschreiber gegen ihr Kinn. »Ja, natürlich. Ich war sogar gestern auf einem Vortrag deswegen.«

»Ich weiß nicht, ob das gut für dich ist, dieses Spiel. Und damit ... auch für uns.«

Veronika lachte. »Aber Debora, das ist doch nur ein Computerspiel! Und es kann nicht schaden, wenn das Spiel so einen großartigen Erfolg hat und meine Figur darin den Menschen nähergebracht wird.«

»Ich mach mir Sorgen, Sunuxsal.«

»Warum machst du dir Sorgen?«

»Du hättest nicht teilnehmen sollen, Sunuxsal. Es ist nicht gut für dich. Warum hast du dir dort Eintritt verschafft?«

Veronika rückte ihre Sitzposition zurecht. »Debora, es ist nichts anderes als ein Computerspiel. Ich habe angeboten bekommen, die Rolle der großen Matronengöttin in dem Spiel zu übernehmen, und es ist mir doch lieber, dass ich sie ausfülle als jemand anders. Als ich angemailt wurde, war das eine Ehre für mich.« Sie verzog ihr Gesicht zu einem kindischen Grinsen und hob kurz die Schultern. »Außerdem finde ich Computerspiele superklasse. Ich spiel sie einfach gerne!«

»Ja, aber du wirst immer mehr in die Ecke gedrängt, und es heißt, du agierst zunehmend böse in dem Spiel. Das ist nicht gut! Und es besorgt mich.«

»Na ja, die Figur reagiert teilweise automatisch. Ich bin ja nicht immer drin im Spiel. Aber Sunuxsal ist eine zentrale und wichtige Figur.« Veronika Lorenz räusperte sich und fixierte die Tischplatte, wobei sie ihre Augenbrauen nachdenklich kräuselte. »Hm, in der Tat, das ist vielleicht nicht schön. Aber es ist ja auch nur ein Spiel.«

»Ein Spiel, das mittlerweile die ganze Welt umspannt. Das kennt einfach jeder. Bist du sicher, dass das nicht manipuliert wird?«, fragte Debora besorgt. »Zu deinem Nachteil?«

»Ach was«, wiegelte Veronika ab, »das ist doch Blödsinn! Wer sollte mir damit schaden wollen? Der Spielverlauf hat sicher nichts mit mir zu tun. Sicher nicht«, sagte sie bestimmt, schüttelte leicht den Kopf und sah wieder auf die Papierblätter, die vor ihr lagen.

Debora schnitt Butter in kleine Würfel, die sie in den Teig einknetete. »Sei dir nicht so sicher. In dem Spiel richtet Sunuxsal aus irgendeinem Grund über die Frauen. Machst du das aktiv?«

»Nein, das mache ich nicht aktiv.«

»Ja, ist es dir noch nicht aufgefallen?«

»Nein, Debora, ich mache das jedenfalls nicht.« Ihre Stimme wurde robuster.

»Das verheißt nichts Gutes. Dahinter steckt eine Macht, die du nicht kennst. Wende dich an den Spielmaster! Du musst etwas unternehmen, bevor dein Ruf zerstört ist. Die Menschen nehmen das sehr ernst.«

Veronika stand auf, ging umher und sah grübelnd zu Boden.

»Wir müssen endlich einen Gral vorweisen«, forderte Debora, »etwas, an das die Menschen glauben können. Es wird schon getuschelt, dass du nie einen besessen hast.«

»Debora, du gehst deutlich zu weit!«, entgegnete Veronika scharf. »Ich habe nie behauptet, dass ich einen finden werde. Ich habe immer gesagt, ich werde es versuchen. Ich war kurz davor!«, fluchte sie mit zusammengebissenen Zähnen. »Ich hätte ihn fast anfassen können«, verdeutlichte sie mit starrem Blick.

»Wo ist in den Augen deiner Jüngerinnen der Unterschied? Ich bin deine Zeremonienmeisterin und deine Botschafterin, und ich muss es dir sagen. Es reicht den Menschen nicht mehr, sie geben dir ihr Geld, damit du ihnen die Kraft des Grals schenkst. Es sind deine Worte, es ist dein Heiligtum, das du herbringen willst. Vergiss das nicht. Du hast es ihnen …«

»Schweig!«, herrschte sie Debora an, die augenblicklich zusammenzuckte. »Was denkst du dir eigentlich dabei, an mir zu zweifeln? Seit Jahren versuche ich, einen zu bekommen. Seit Jahren!«

Debora senkte den Kopf und blickte stumpf auf ihre teigverklebten Hände. »Ich weiß, meine Dea!«, flüsterte sie.

Veronika zitterte vor Wut. Ihr Atem ließ ihren Brustkorb erbeben. »Was glaubst du, was ich tagtäglich mache? Ich denke nur an euer Seelenheil«, schnalzte sie unwirsch, »ihr, die ihr hierher zu mir gekommen seid, ihr seid meine einzige Sorge! Und seit Jahren beschütze ich gerade dich!«

»Sunuxsal, ich habe es doch nicht so gemeint«, versicherte Debora.

Immer noch aufgeregt stampfte Sunuxsal hin und her. »Der Vortrag gestern, warum bin ich wohl dort gewesen?«, schnaubte sie.

Debora schüttelte übertrieben den Kopf und hob die Schultern.

»Weil ich eine Spur habe. Das Computerspiel, das du so nutzlos findest, es hat dafür gesorgt, dass ich jemanden wiedergetroffen habe, den ich aus meinem ersten Leben kenne. Und er wird mir den Weg zu dem Gral ebnen.« Sie atmete tief durch, ging auf Debora zu und stemmte die Hände in die Hüften. »Verlasst euch drauf. Ihr werdet sehen. Sunuxsal lässt euch nicht im Stich.« Ihr Blick war starr, sie legte den Kopf in den Nacken und warf ihren Zopf nach hinten, wobei sie ihre Lippen zusammenpresste.

»Sunuxsal«, flehte Debora, »bitte sei mir nicht gram. Niemand zweifelt an deiner Sorge um uns. Wir lieben dich, Dea Mater!«

Sie setzte sich an den Tisch zurück. Deboras Worte schienen sie zu beruhigen.

Debora wurde nun ganz leise. »Aber die Leute fragen sich, ob dieses Spiel, dieses ›Brass Master One‹, deiner Reputation nicht ernsthaft schadet. Wer steckt bloß dahinter?«

Veronika stützte den Kopf in die Hände und seufzte.

SAMSTAG, 20. MAI

14 JAHRE

Mausbach, Privathaus Sigrid Meckel

»Hallo, jemand zu Hause?«, rief Hauptkommissar Josef Straubinger, als er die Tür hinter sich schloss. Er zog seine Stiefel aus und stieg die Holztreppe hinab in den Keller. Seine grüne Arbeitsjacke, die Schnürstiefel und die verstärkte Arbeitshose hängte er an einen Haken und rief erneut, diesmal ins Treppenhaus hinauf. »Sigrid! Bist du zu Hause?« Keine Antwort, bevor er den kleinen Raum mit der Dusche betrat. Als er sich unter den heißen Wasserstrahl stellte, vernahm er irgendetwas. Eine Stimme von oben, die er aber nicht verstehen konnte.

Er trocknete sich notdürftig ab, wickelte das Badetuch um die Hüften und stellte fest, dass sein Bauch nicht mehr der eines jungen Mannes war. Seine sportlichen Tätigkeiten hatten nachgelassen. Da war die Waldarbeit eine Wohltat. Vor drei Jahren hatte er Harry Heitkamp, den Förster von Zweifall, durch ein eher skurriles Ereignis kennengelernt. Ein Spaziergänger hatte außer sich vor Aufregung im Forsthaus den Fund einer Leiche gemeldet. Die Leiche befinde sich etwas unterhalb der Gemarkung »Kartoffelbaum«, in der Nähe der Quelle der Roten Wehe. Nachdem der Wanderer ihm versichert hatte, dass der Mensch wirklich tot sei – ja, er liege unter Astwerk, aber man könne deutlich einen Körper erkennen –, hatte Heitkamp Straubinger angerufen. Straubinger war schnell gewesen, und so fuhren der Förster, Straubinger und der Wanderer an den Fundort. Dort erspähten sie schon von Weitem einen hellen Körper, der unter einem Haufen Laub hervorlugte. Straubinger bat die beiden stehen zu bleiben, um die Situation allein zu erkunden. Er zog Handschuhe an und schob das Laub zur Seite. Dann gab er ein lautes »Kruzifix« von sich. »Ha! Ja, sauber«, rief er, »da hat jemand sei G'spusi im Wald vergessen!«, und winkte die beiden anderen heran. Er zeigte ihnen die vermeintliche Leiche, die sich im wahrsten Sinne des Wortes als etwas Ungewöhnliches entpuppte: eine Sexpuppe. Aufblasbar, lebensgroß und, aufgrund der wenigen Luft, ziemlich »schiaglad«, wie Straubinger sich ausdrückte, also mit ausgeprägt schielendem Blick.

»Der ist wohl die Puste ausgegangen«, bemerkte Heitkamp, zeigte auf den Einstich in Brusthöhe und warf einen Blick auf den Wanderer, der sich für die ganze Aufregung entschuldigte.

»Scho recht«, sagte Straubinger, »besser einmal zu viel gemeldet, und wenn es auch nur in memoriam Tom Sharpes ein Puppenmord ist.«

Da es ein Freitagabend war, lud der Förster den Kriminalbeamten noch kurz zu sich ins Forsthaus ein, um ein Protokoll anzufertigen. »Die Puppe kommt in meine persönliche Asservatenkammer. Sie glauben gar nicht, Herr Straubinger, was sich im Wald so alles findet.«

»Und, meldet sich manchmal jemand, der etwas wiederhaben will, was er hat liegen lassen?«

»Manchmal schon. In unserem heutigen Fall denk ich mal, dass niemand sich so schnell melden wird. Ansonsten müssen wir doch noch einen Mordfall draus machen«, scherzte er.

Aus dem Protokoll war ein langer Abend geworden, an dem sich herausgestellt hatte, dass der Förster ein Liebhaber bayerischen Bieres war. Und so wurde aus dem langen Abend eine halbe Nacht und der Beginn einer Freundschaft. Sie hatten schnell festgestellt, dass sie eine gemeinsame Leidenschaft teilten, die Straubinger noch aus seiner bayerischen Heimat im Chiemgau mitgebracht hatte. Nämlich mithilfe eines Flaschenzugs und eines Kaltblutgauls gefällte Stämme aus den Steillagen des Waldes zu bergen, je steiler desto besser, und Brennholz daraus zu machen.

Straubinger zog den Knoten an seinem Handtuch fester und stieg die Treppe hinauf. Als er ins Wohnzimmer kam, saß Sigrid auf dem Sofa und las in einer Zeitschrift. Sie waren nun seit 14 Jahren zusammen. Damals, während des Falls mit dem Wolkenmaler hatten sie sich kennen und lieben gelernt. »Nanu, du bist ja doch zu Hause. Hast du mich nicht gehört?«, fragte er irritiert.

Sigrid sah nicht auf. »Doch, ich hab dich gehört.«

Er setzte sich neben sie, nahm ihr vorsichtig die Zeitschrift aus den Händen und fragte: »Alles in Ordnung? Oder stimmt etwas nicht?«

Sigrids Gesicht zeigte eine Mischung aus Ärger und Kummer. »Ach, Josef, du merkst es nicht einmal.«

»Ja, was denn, Liebes, was ist los?«

»Ach nichts«, sagte sie beiläufig, nahm sich die Zeitschrift zurück und tat so, als würde sie weiterlesen.

Straubinger ging ins Schlafzimmer und setzte sich auf die Bettkante. Natürlich hatte er es gemerkt. Seit einiger Zeit war bei ihnen eine Art Sprachlosigkeit entstanden, die auch ihn betrübte. Aber er hatte sich nichts anmerken lassen. Zu sehr schmerzte die Erinnerung an die Trennung von seiner ersten Frau. Angefangen hatte es mit kleinen Beschwerden, Spitzen und Sticheleien, wenn er später vom Dienst nach Hause gekommen war. Dann, irgendwann, hatte sie ihn ausgelacht, wenn er müde ins Bett sank. Und zum Schluss hatte sie jeden Abend mit ihm einen Streit begonnen. Nun befürchtete er, dass es ihm mit Sigrid ebenso ergehen könnte, obwohl sie ein ganz anderer Typ war. Aber der Gedanke bereitete ihm ein derartiges Unbehagen, dass er einer Aussprache lieber aus dem Weg ging.

Er zog bequeme Sachen an, fasste sich ein Herz und ging zu ihr zurück. »Sigrid, was ist los? Du kannst nicht einfach zur Tagesordnung übergehen.«

»Hast du wirklich nichts gemerkt?«

Straubinger lehnte sich zurück. »Gibt es … gibt es einen anderen?«

Sigrid setzte einen Blick auf, als hätte er sie mit einem Eimer Wasser überschüttet. Sie nickte und sah zu Boden.

»Komm, Sigrid, jetzt spiel bitte nicht die bedröppelte Unschuld vom Lande! Wer ist es?«

Sigrid ging hoch. »Wah! Ihr seid doch alle gleich. Das Erste, was euch in den Kopf kommt, ist ›wer‹. Statt ›was‹ oder ›wieso‹!«

»Ich finde diese Frage überaus gerechtfertigt!«, gab Straubinger zurück. »Ich will wissen, mit wem du mich hintergehst.«

»Hintergehst? Hintergehen kann ich nur jemanden, der mir Aufmerksamkeit schenkt. Der mich einweiht in seine Geheimnisse und Leiden. Du merkst es doch gar nicht, erst, wenn ich es dir direkt auf die Nase binde.«

»Was«, sagte er, »ich meine, was fehlt dir?«

»Oh Gott, Josef, was mir fehlt?«, rief sie aufgebracht. »Was haben wir in den letzten Jahren gemeinsam gemacht? Du bist entweder im Dienst, und seit du die Leitung der Dienststelle übernommen hast, kommst du fast gar nicht mehr nach Hause, oder du bist im Wald und fällst Bäume mit einem alten Ackergaul und deinem Försterfreund. Dann kommst du heim, ziehst deine dreckigen Klamotten aus, gehst duschen und bist müde. Und wenn du schläfst, dann schreist du im Schlaf, weil dich angeblich immer wieder derselbe Albtraum quält. Und weißt du was? Du sagst mir einfach nicht, was es ist, was dich so plagt. Du verschweigst mir deine Vergangenheit. Wo bleibe ich, wo bleiben wir?«

Straubinger sah an die Wand, auf das Foto, das Sigrid vor ein paar Jahren auf Madeira gemacht hatte. Ein Blumenmeer in Schwarz-Weiß fotografiert, am Horizont das Wasser. Da waren sie ganz schön verliebt gewesen. In diesem Moment machte es auf ihn eher den Eindruck eines frisch ausgehobenen Grabes, auf dem die Blumen der Trauernden als Erinnerung an eine pompöse Vergangenheit ruhten, und er spürte die in seinem Kopf wabernde Leere jahrelang verpasster Chancen. Er sah sie lange an. »Meine Träume werden nicht der Grund sein, Sigrid. Das schiebst du vor.« Danach wusste er nicht, was er noch sagen sollte. Er legte die Hand auf ihre und wartete ab.

»Ich spüre gar nix, wenn du das denkst«, sagte sie zurückweisend und legte seine Hand zurück. »Lass es, Josef, es ist zu spät. Es kribbelt nix mehr.« Sigrid erhob sich und stellte sich an die Anrichte. »Es ist nicht so, dass uns nichts mehr verbindet. Ganz im Gegenteil. Du bist der beste Freund, den ich jemals hatte.«

»Seinen besten Freund betrügt man nicht, egal mit wem!«, erwiderte Straubinger scharf. »Also, wer ist es?«, beharrte er.

Sigrid sah erneut zu Boden. »Es ist ein alter Schulfreund, jemand, der mich immer noch attraktiv findet. Es ist nichts Ernstes. Aber ich habe dadurch gemerkt, wie weit wir beide voneinander entfernt sind, Josef.«

Straubingers Blick war so traurig, dass auch sie ihre Traurigkeit nicht mehr verbergen konnte. »Ach Josef, es tut mir leid, aber …«

Er sah sie lange an und brachte keinen Ton heraus. Seine Kehle war wie zugeschnürt. Er kannte das Gefühl. Es würde ihn zerreißen. Er konnte es nicht zulassen, nicht schon wieder.

»Vergiss es«, sagte er traurig. »Ich komme nicht wieder.« Er erhob sich, ging auf sie zu und gab ihr einen Kuss auf die Stirn. »Ich hätte es gern anders gehabt. Vielleicht ist es wirklich meine Schuld. Zu Ende. Zu Ende getan, zu Ende gedacht, zu Ende geliebt.« Er ging zur Tür.

»Wo willst du hin?«, fragte sie erschrocken.

»Ich gehe zu einem Freund. Meine Sachen werde ich abholen, am Wochenende.« Er schluckte. »Wenn du nicht hier sein wirst.«

Sigrid sah ihn an, wollte etwas sagen, doch alles, was sie jetzt hätte sagen können, wäre ihr nur wie eine billige Entschuldigung vorgekommen.

»Gute 14 Jahre«, flüsterte er. »Ich werde dich vermissen, Sigrid. Sehr. Du bist eine wunderbare Frau.«

FREITAG, 26. MAI

UNTER DER KASTANIE

Gressenich, »Petit Marron«

»Sommer, Sonne, Grillwurst, Gressenich on the Beach«, sang Oliver und pfiff fröhlich weiter, als er im Gastgarten des »Petit Marron« die Tische eindeckte.

»Oliver, hier ist kein Strand!«, knurrte der Bierbaron ihn an. »Hier gibt es nur den Omerbach da vorn.«

»Na, wenn der nochmals über die Ufer geht, Vadder«, flachste Oliver, »dann haben wir wieder den Strand an der Bar.«

»Sehr witzig, so was solltest du nicht mal denken!«, wetterte der Bierbaron. »War genug im vorletzten Jahr!«

»Ist ja gut, hast ja recht«, antwortete Oliver besänftigend und schüttelte eine grüne Decke aus.

»Oli, heute die rot-weiß karierten Decken«, rief die Kellnerin. »Schöner Tag, nicht zu warm, nicht zu kühl.«

»Alles klar, Moni«, antwortete er und öffnete die Kiste mit den Tischdecken, die an der Ligusterhecke stand.

Der Bierbaron legte die schwarze Werbetafel auf den runden Stehtisch und schrieb mit einem weißen Kreidestift:

Kamelen und allen anderen, die eine Woche lang ohne Getränk auskommen, sollte man misstrauen.

Er legte den Kopf schräg, überprüfte das Schriftbild und stellte die Tafel vor die Außenmauer. »Jetzt können die Gäste kommen«, meinte er grinsend.

»Wart mal ab, so wie ich das sehe, kommen demnächst mehr Gäste, viel mehr Gäste!«, rief der Junge seinem Vater zu, während er erstaunt auf sein Smartphone glotzte.

»Warum sollten mehr kommen?«

»Das neue Computerspiel. Das ist echt der Wahnsinn!«

»Und was hat das mit uns zu tun?«

»Du hast doch vor zwei Monaten bei dem Vortrag gehört, dass Gressenich darin eine wichtige Rolle spielt. Also, das Spiel, das ist echt cool. Geht sogar übers Handy.«

Der Bierbaron nahm ihn skeptisch in den Blick. »Gressenich, in einem Spiel? Ach ja, wie heißt noch mal das Spiel?«

»›Brass Master One‹.«

»Also … ›Messing Meister Eins‹.« Der Bierbaron lachte. »So ein Quatsch!«

»So nennt das ja auch niemand, ist international! Und das ist kein Quatsch, Vadder«, gab Oliver zurück und ließ das Tischtuch kurz fallen. »Die kommen wirklich. Es gibt da eine Facebookgruppe, wo so was verbreitet wurde. Hier, total verrückt, was da abgeht!«

»Versteh ich nicht, Oli, das ist mir zu hoch.«

Oliver verdrehte die Augen. »Moni, erklär du es ihm!«, rief er der Kellnerin zu und fummelte mit seinem Smartphone herum.

Moni sah ihn an, als hätte er sie in eine Matheprüfung geschickt, lachte und verschwand im Gastraum.

Oliver ging zu seinem Vater hinüber und stellte sich an den Stehtisch. »Also, hör zu. Du solltest wissen, worum es geht, wenn die Leute kommen. Dieses Spiel …«

»… das in Gressenich spielt …«, warf der Bierbaron gelangweilt ein und hob die Schultern. »Werden wohl nur so ein paar Heinis wie du Interesse dran haben. Was nutzt uns das hier?«

»Also, der Vortrag, den dieser Doc im Pfarrheim gehalten hat … Er ist nicht der Einzige, der glaubt, dass es diese Dinger hier gegeben hat.«

»Und? Glaubst du das etwa auch?«, fragte der Bierbaron mit spöttischem Blick.

»Vadder, Leute aus aller Herren Länder spielen das Spiel!« Oliver nahm seinen Vater beim Arm. »Hör doch mal zu. Das ist eine eigene Welt da drin. Supergeile Grafik und so. Du denkst, du bist in der Römerzeit. Mittlerweile sind das an die 300.000 Leute. Weltweit.«

»300.000?«, schoss es aus dem Bierbaron hervor. Er gab einen Pfiff von sich. »Und zu was in aller Welt kann man sich da zusammenschließen?«

»Zu einer Art Minengesellschaft der Antike. Du bezahlst Einsatz, um ein Bergwerk zu eröffnen, nur ein paar Euro, die heißen natürlich in dem Spiel Sesterzen.«

»Wie die römischen Münzen«, sagte der Bierbaron.

Oliver grinste. »Die klau ich mir abends immer aus der Thekenkasse!«, scherzte er.

Der Bierbaron zupfte kurz an seinem Ohr.

»Hey!« Oliver zog den Kopf zurück. »Also, der Höhepunkt ist das Herstellen der Prunkgefäße, im Spiel heißt so ein Ding ›The Gression Bucket‹.«

Der Bierbaron lachte. »Was ist denn das wieder für ein Blödsinn?«

Oliver verdrehte die Augen. »Jetzt sei doch nicht so altmodisch! So was von von gestern!« Er drehte sich weg und ging ein paar Schritte. »Dann eben nicht!«

Der Bierbaron brummte. »Hey, so war das nicht gemeint. Klar will ich wissen, was es mit diesem Spiel auf sich hat. Komm her!«

»Vergiss es!«, sagte Oliver eingeschnappt und ging weiter.

»Dann sag mir zumindest, was das alles mit dem ›Petit Marron‹ zu tun hat.«

Brummig drehte Oliver sich wieder um. »Also, heute«, erklärte er und hob sein Smartphone hoch, »da hat der Administrator in einer Facebookgruppe zu diesem Spiel verbreitet, dass dieses Gression tatsächlich noch existiert. Nämlich Gressenich. Und mehr noch, dass es diese Prunkeimer auch noch gibt. Und dass sie hier im Dorf irgendwo versteckt sind.«

»Ja und?«

»Vadder, das war erst gestern. Von den Hunderttausenden Spielern weltweit sind allein mehr als 30.000 in der Facebookgruppe engagiert. Und für morgen haben sich schon Leute angesagt. Sie wollen alle den Ort sehen, wo die vielleicht wertvollsten Messinggefäße der Antike hergestellt worden sind. Fotos machen. Selfie-Süchtige. Bilder posten. Dabei sein! Und als Tipp für Essen und Trinken hab ich soeben das ›Petit Marron‹ angepriesen. Mit Foto vom Haus und einem von dir, du weißt schon, das mit dem Leffe in der Hand und dem Teller mit dem Gulasch, wo du so blöd lachst«, schäkerte er und schlug seinem Vater auf die Schulter.

Der Bierbaron schüttelte den Kopf. »Ohne mich zu …«

»Tausende Likes und Daumen hoch! Also, Vadder, klopf die Schnitzel platt und kühl das Bier ein. So viel du kannst!«

Der Bierbaron fasste sich ans Kinn und nickte. »Da muss ich mir wohl doch was einfallen lassen«, sinnierte er. »Ich hoffe, du hast recht damit, sonst …«

»Sonst was?«, fragte Oliver fordernd.

»Schon gut, Oliver, ich glaub dir mal.« Er wandte sich um und rief in den Gastraum: »Moni! Wie viele Schnitzel haben wir eigentlich vorrätig?«

»Vielleicht 30.«

»Hmm, für heute dürfte das noch genügen. Aber morgen, wenn da tatsächlich viele Leute kommen …«, sagte er zu Oliver.

»Was können wir machen? Was ist sonst noch da?«, rief er Moni erneut zu.

»Wart mal«, antwortete Moni, »ich hab 'ne Idee. Damit kriegst du 'ne ganze Kohorte von Römern satt! Ruf mal die Feuerwehr an!«

SAMSTAG, 27. MAI

ANJAS SPIEL

Polizeiwache in Vicht

Oberkommissarin Anja Schepp kochte sich einen Kaffee. Sie war befördert worden und hatte den Dienst in Vicht angetreten. Sie fühlte sich wohl hier in der Wache, die offiziell Bezirksdienst Süd, Anlaufstelle Vicht hieß. Noch vor zwei Jahren war die Wache komplett abgesoffen, bei der Hochwasserkatastrophe, als Autos und ganze Hauseinrichtungen wie Spielzeug weggeschwemmt worden waren. Sie hatte Anfang des Jahres den Dienst von Hanno Drechsler übernommen, der es lange ausgehalten hatte, bevor er sich hatte pensionieren lassen. Sie war frei, ihr Dienstbezirk war eher ruhig, und die Menschen in den Dörfern südlich und östlich von Stolberg waren weitgehend brave Bürger. Ein paar Kiffer, ein paar Diebe, ein paar Raser, ein paar Steuerhinterzieher und ab und zu ein alkoholisierter Autofahrer, wenn sie denn einen erwischte. Junge Burschen, die selbst gebastelte Bomben im Wald zündeten, Mädchen, die sich in sozialen Medien ein paar Klamotten zu viel auszogen, und Väter, die in der Folge zu hart zupackten. Oft musste sie schlichten, und dann war alles wieder gut. Schwerwiegende Fälle gab es selten. Viele der jungen Leute hockten lieber hinter ihrem Computer, als draußen etwas anzustellen. Und wenn sie welche von ihnen dabei erwischte, wie sie irgendeinen Unsinn im Kopf hatten oder online mit Drogen dealten, dann reichte es meistens, eine Verwarnung auszusprechen.

Festnahmen konnte sie an zwei Händen abzählen. Und wenn es mal schwierig wurde, dann war Drechsler zur Stelle. Er konnte ihr zumeist ein paar Tipps zu den Menschen hier geben, denn er kannte sie alle persönlich.

Das Einzige, was sie störte, war ihr unglaublich langweiliger Kollege, Kommissar Tomke Schluff, dem man jede Information, wirklich jede, aus der Nase ziehen musste. Er stammte aus Westerholt in Norddeutschland, ein paar Kilometer von der Küste entfernt. Ein Ort, von dem er behauptete, die spannendste Eventlocation dort sei das Gartencenter, weil man in den Plastikbiotopen den Goldfischen beim Sichvermehren zusehen könne. Das fand er lustig. Seine sonstigen Bemerkungen waren auch nicht viel klüger. Tomke trank jede Menge Tee und ging gefühlt alle paar Minuten eine rauchen. Und so roch er auch. Immer dann, wenn Anja die Nase rümpfte wegen der teuflischen Mischung aus ausgelutschtem Tee und kalter Zigarettenasche, sagte Tomke: »Teesatz un Tabak, 'n echter Ostfriesenjong!«, wobei er unverbesserlich grinste. Auf der anderen Seite war Tomke pflegeleicht, tat alles, worum Anja ihn bat, und hatte keine Probleme damit, unter einer weiblichen Vorgesetzten zu arbeiten.

Heute, am Samstag, war sie allein. Manchmal vermisste sie ihren alten Chef, Hauptkommissar Josef Straubinger, der damals aus Köln zu ihnen nach Stolberg strafversetzt worden war, weil er im Suff einen Taxifahrer verprügelt hatte. Straubinger, dieses bayerische Urgestein, der im Chiemgau aufgewachsen und erst wegen seiner Frau nach Köln gekommen war. In Stolberg hatten sie Straubinger zuerst mit großer Skepsis betrachtet, doch mit den Jahren hatte er sich prächtig eingelebt. Er war natürlich nicht überall beliebt, denn einigen Leuten war er mächtig auf die Füße getreten. Immerhin hatte er einen wesentlich höheren Unterhaltungswert als Kollege Tomke und etwas Abwechslung in ihren damals eher langweiligen Bürojob als junge Polizistin gebracht. Nun, seit sie hier in Vicht war, ertappte sie sich manchmal dabei, ihn einfach anrufen zu wollen, nur um seine Stimme zu hören, diese satte, tiefe Stimme mit dem unverwechselbaren bayerischen Tonfall. Die beiden waren ein wirklich gutes Team gewesen. Ach, hätten sie doch noch mal einen so spannenden Fall wie diesen Mordfall mit dem wundersamen Wolkenmaler!

Heute aber würde Anja sich mit einem Spiel beschäftigen, einem Computerspiel. Alle Welt sprach davon, und angeblich spielte das Dorf Gressenich, für das sie als Polizistin zuständig war, eine große Rolle darin. Ein Spiel zur Römerzeit, und das sollte sogar international bekannt sein? Wenn es so wichtig war, musste sie darüber Bescheid wissen. Also goss sie sich einen Kaffee ein, legte ein paar Kekse bereit und loggte sich in den Rechner ein.

Der bräunlich goldene Schriftzug »Brass Master One« blitzte auf dem Bildschirm auf, eine Animation folgte, die einen prunkvollen Messingeimer aufleuchten und wieder verschwinden ließ, danach ein paar Römer und ein paar Zivilpersonen in römischen und germanischen Gewändern. Das Ganze wurde von einer heroischen Musik begleitet. Dann wurde sie aufgefordert, sich anzumelden.

Anja hatte das Spiel schnell begriffen, noch war sie im kostenlosen Modus. Ein Probespiel hatte sie frei. Gut, das nahm sie gern an. Sie legte ein Profil an und benutzte ein Login, das sie auch für andere Spiele zu Hause nutzte. Damit wurde ihr Bild dem Profil zugeordnet. Das Bild war zwar ein paar Jahre alt und zeigte sie noch mit einem langen Zopf, aber was soll's, dachte sie. Als römisches Pseudonym gab sie sich den Namen Anja Regina Magna, diese überzeichnete Kombination hatte tatsächlich weltweit noch niemand gewählt.

Eine Landschaft wie im Film wurde vor ihr abgespult. Römische Palisaden, Arkaden, Paläste und einfache Häuser, Legionäre und Zivilisten liefen durchs Bild, ein Dorf mit kläffenden Hunden, schleichenden Katzen und stoischen Ochsen, edle und einfache Menschen, ein Markt mit vielen Händlern, die alles Mögliche feilboten, und schließlich ein Messingeimer auf einem Tisch. Die Musik wurde lauter. Dann stieg das Spiel in die Handlung ein. Ihr Avatar, den sie für sich gewählt hatte – eine Frau mit blauem Kleid und hochgesteckter Lockenfrisur –, wurde angesprochen, ob er etwas zu verkaufen habe. So ging es weiter, sie machte ein paar Kleidungsstücke zu Geld, womit sie sich einen germanischen Sklaven kaufte. Dessen Arbeitskraft half ihr, in die Messingproduktion einzusteigen. Bald bekam sie Sesterzen auf ihr Konto ausgezahlt. Und sie wurde plötzlich von einer erhabenen Dame namens Sunuxsal eingeladen. Der gesellschaftliche Aufstieg hatte begonnen. »Hallo, *Anja Regina*, hier ist *Sunuxsal*. Hast du Zeit für mein Sommer-Saturnalienfest?«

Anja lehnte sich zurück. Das war bestimmt nicht ihrem Geschick als Spielerin zu verdanken, das war sicher ein gesteuertes Lockangebot, um sie als Spielerin mit Gratismodus für das Spiel zu begeistern. Nicht schlecht, dachte sie. Sie trank einen Schluck Kaffee und biss in einen Keks, während im Hintergrund eine Art Sandalenfilmmusik aus dem 60er-Jahre-Hollywood lief.

Sie kleidete ihren Avatar neu ein. Standesgemäß wählte sie eine weiße Tunika und eine dotterfarbene Mamillare, die sie über die Tunika streifte. Ihre nun safrangelbe Hochfrisur wurde von einer dunkelblauen Robe bedeckt, die bis zu den Knöcheln hinabhing.

Ständig tauchten neue Figuren auf, Avatare anderer Spieler, die irgendwo auf der Welt vor ihren Rechnern saßen.

In dem Moment ging die Tür auf. Ein Mann in dunkelgrüner Wachsjacke, grauer Cargohose, die über alten braunen Galibier Rindboxlederschuhen mit knallroten Schuhbändern hing, und einem breitkrempigen Stetson, der sein Gesicht weitgehend verdeckte, betrat den Raum, in der Hand einen geflochtenen Weidenkorb. »Na, Anja, lange net g'sehn!«, begrüßte er sie mit einer bayerischen Reibeisenstimme.

»Straubinger!«, rief Anja fröhlich. »Mann, jetzt hast du mir echt 'nen Schreck eingejagt. Hab dich im ersten Moment nicht erkannt. Hast du den Watzmann gesucht oder warum die Aufmachung?«

»Da, für dich! Die ersten Pilze«, sagte er stolz und stellte den Korb auf ihren Schreibtisch. »Zwei Steinpilze, ein paar Champignons und Maipilze.«

»Oh, das ist ja fein, Herr Kollege. Ich dachte, Pilze findet man erst im Herbst.« Anja klang überrascht. »Hat der alte Wolkenmaler dir wieder die geheimen Plätze verraten?«

»Ja, ich war mit ihm unterwegs. Er freut sich, wenn ich ihn ab und zu besuche.«

»Malt er noch?«

»Ja, er malt noch. Immer noch Wolken. Ich war mit ihm am Ehrenfriedhof, bei seiner Mutter. Und dann waren wir Pilze sammeln.«

»Es ist gut, dass du dich um ihn kümmerst.« Sie lächelte.

»Ich bin der Einzige, der ihn besucht.«

»Mehr will er vielleicht auch gar nicht. Er redet doch ohnehin nicht viel.«

Straubinger nickte. »Ich wollt eigentlich nur mal nachsehen, wie es dir hier so geht. Und da dachte ich, man braucht ja nun mal ein Gastgeschenk.«

»Muss ich die unter ärztlicher Aufsicht essen?«, frotzelte sie.

»Die sind harmlos. Viel harmloser als ich«, entgegnete Straubinger und blickte zu Boden.

Anja stockte, was war los mit ihm? »Alles in Ordnung?«

»Ja«, sagte er zögerlich.

Anja ließ nicht von ihm ab. »Josef Straubinger, ich kenne dich nun schon ein paar Jahre, irgendwas stimmt nicht, hab ich recht? Willst du reden?«

Straubinger sah sie an und seufzte kurz. »Alles okay, Anja, das ist lieb von dir, hab nur ein bisserl Ärger mit Sigrid. Ich brauche etwas Abwechslung. Sonst nichts.«

»Setz dich, Josef. Aber ich hab nur Kaffee«, sagte sie und zeigte auf die Kaffeemaschine.

Straubinger langte in seinen Mantel, zog eine Flasche Weißbier und ein Glas aus den tiefen Taschen hervor und grinste. »In schwierigen Lebensphasen muss man sich an seine Wurzeln erinnern, Anja. Dann überlebt man so einiges.«

Anja nippte an ihrem Kaffee. »Ich hoffe, du packst jetzt nicht die Schweinshax'n aus.«

Straubinger ließ das Bier ins Glas laufen. »Und, viel Arbeit?«, fragte er.

»Tja, momentan ist nicht viel zu tun«, antwortete sie. »Während der leeren Zeit versuche ich, mich ein bisschen mit den Leuten zu beschäftigen. Drechsler hat mir ein paar Kandidaten genannt, auf die man hier ein Auge haben muss.« Sie ging zurück zum Schreibtisch und stellte ihren Becher vor sich hin. »Gott sei Dank mal jemand, der was anderes trinkt als schon mal gebrühten Tee.«

»Klingt so, als ob der neue Kollege nicht der spannendste ist.« Straubinger grinste. »Aber es ist gut, dass du dich einarbeitest.« Er machte eine Pause. »Übrigens, die Schulterklappe steht dir!«

»Danke, ich find sie auch ganz schön«, antwortete Anja etwas beschämt.

Es entstand eine Pause, die beiden unangenehm zu sein schien. Es gab etwas, was zwischen ihnen bisher unausgesprochen war.

»Du fehlst mir auf der Dienststelle«, sagte er.

Anja hob den Blick, sah ihm in die Augen und dann zur Wand. »Tja, aber man kann niemanden halten, der sich weiterentwickeln …«

»Ich hab dich vorgeschlagen«, unterbrach er sie.

Anja verschlug es die Sprache. Dann fragte sie leise: »Im Ernst?«

»Ja. Es hat mich ein bisschen überrumpelt, dass du dich um diese Stelle hier beworben hast. Wir haben sehr gut miteinander gearbeitet die letzten Jahre.«

Sie sah zu Boden und nickte.

»Sie haben mich gefragt, ob du das hier kannst.« Er nahm einen Schluck von seinem Bier. »So mit eigenwilligen Menschen, mit Hunden, Katzen, Forellen und Rindviechern.«

Anja blickte auf und lachte erlöst. »Und?«

»Ich hab Ja gesagt.«

Sie lehnte sich zurück. »Danke, Chef, äh, Josef.«

»Du musst mir nicht danken. Ich hab das nicht gesagt, um dir einen Gefallen zu tun. Ich hätte Nein gesagt, wenn das meine Einschätzung gewesen wäre. Aber ich hab Ja gesagt.«

»Gut, Josef, gut.«

Er nickte und stellte sein Glas ab. »Darf ich fragen, was dich zurzeit beschäftigt?«

»Es gab ein paar Beschwerden wegen der automatischen Milchstation in Mausbach, wegen eines Bauantrags in Vicht, wo der Bauherr die Wärme für seinen Swimmingpool aus dem Untergrund des Nachbargrundstücks ziehen will, zwei Anzeigen gegen eine Versicherung, die nach der Flutkatastrophe immer noch nicht gezahlt hat. Es gab Ärger wegen eines Wanderpredigers, der irgendein wildes Zeug faselt, und wegen der Abholzung von Waldgebieten, wo die Stadtwerke neue vertikale Windgeneratoren aufstellen wollen.«

»Also der ganz normale Wahnsinn«, witzelte Straubinger und trank einen kräftigen Schluck Bier.

Anja sah auf den Bildschirm. »Komm, setz dich her. Ich zeig dir was.«

Straubinger legte seinen Hut ab, nahm seinen Stuhl und rutschte hinter den Schreibtisch. »Was ist das?«

»Momentan greift ein Computerspiel um sich, das hier in unserer Gegend spielt. ›Brass Master One‹ heißt es. Schon mal gehört?«

Straubinger schüttelte den Kopf. »Ich bin kein Gamer, viel zu alt.«

»Für so was ist man nie zu alt. Sagt mein Neffe. Ich will wissen«, erläuterte sie, »womit die Kids sich beschäftigen. Was sie umtreibt. Weltweit übrigens. Ich hab gehört, dass hier irgendein Event geplant ist. Irgendeine Art Festival, das dieses Spiel betrifft. Und da ist das vielleicht sicherheitsrelevant.«

Straubinger sah sich die Figuren auf dem Bildschirm an, die durch eine Stadt wandelten. »Das da, das bin ich«, sagte Anja und zeigte auf die in elegante Gewänder gehüllte Frau mit römischer Hochfrisur. »Hey, gibt es hier so was wie einen Chef?«, tippte sie ein, woraufhin ihre Frage direkt neben ihrem Avatar in einer halbtransparenten Sprechblase zu lesen war.

»Hallo, *Anja Regina*«, antwortete Orpheus_12, der als großer stattlicher blonder Römer mit einer hellen Toga vor sie trat. »Ja, den gibt es. Der ist aber oft im Senat und hält Reden. Er heißt Creator ludi.«

Straubinger kratzte sich am Kinn. »Aha, Creator ludi. Das heißt ›Schöpfer des Spiels‹«, übersetzte der Kommissar.

Anja sah ihn von der Seite an. »Ob das der Programmierer ist?« Sie tippte ein: »Danke, Orpheus_12. Ist er der Bürgermeister?«

»Er ist der Statthalter von Gression.«

»Ein hoher Beamter also«, schrieb Anja.

»Er untersteht nur der hohen Chefin hier in Gression«, antwortete Orpheus_12.

»Wer ist die Chefin? Kenne ich sie?«

Orpheus_12 trat einen Schritt nach vorn und beugte sich leicht vor. »Du solltest sie kennen, wenn du hier mitspielen willst. Es ist *Dea Mater*, unsere Sunuxsal, die uns alle liebt.«

»Oh, die hat mich eben zu einem Sommerfest eingeladen.«

In dem Augenblick poppte ein Schriftzug auf dem Bildschirm auf, der die Grafik mit einem weißen Balken überlagerte: »*Ave, Anja Regina Magna!* Sei gegrüßt, Anja, große Königin!«

Als sie die beiden Zeilen las, war sie für einen Augenblick geschmeichelt. »Nanu?«, fragte sie und stellte ihre Tasse ab. »Wer bist du?«, tippte sie ein.

Pause.

»Und was macht dieses Spiel so beliebt?«, fragte Straubinger.

Anja nutzte die Zeit, um Straubinger kurz zu erläutern, worum es in dem Spiel ging. »Sieh dir die Grafiken an. Das kommt fast an Kinoqualität ran. Sieht alles täuschend echt aus, und vor allem, die Figuren bewegen sich sehr geschmeidig, nicht so abgehackt wie in vielen anderen Spielen. Das ist wirklich großartig.«

Plötzlich poppte die Chatleiste am unteren Bildrand auf. »*Anja Regina*, ich bin *Creator ludi.* Du musst etwas wissen, Anja. Unsere *Dea Mater Sunuxsal* sieht es nicht gern, wenn du Königin sein willst. Sie ist eine Matrone, sie ist die Muttergöttin und duldet keine Königin neben sich.«

»Was? Das ist ja wohl der Hammer. Das ist doch nur ein Spiel!«, schimpfte sie.

Straubinger grinste. »Was regst du dich denn so auf? Wie du sagst, es ist nur ein Spiel.«

Anja lief rot an. »Ja und? Gerade deshalb. Ich lass mir doch nicht den Spaß verderben!«

»Anja, bist du noch da?«, fragte *Creator ludi.* »Soll ich dir behilflich sein, dich umzubenennen?«

Anja lehnte sich zurück. »Scheißspiel! Da mach ich nicht

mehr mit. Lass uns über was anderes reden, Josef. Ich finde übrigens, der Hut steht dir gut. Was sagt Sigrid dazu?«

Straubinger verzog den Mund. »Gar nix. Der ist neu. Hab sie seit einer Woche nicht gesehen.«

»Was? Also doch was Ernsteres! Mann, reißt euch zusammen. Ihr seid ein so schönes Paar«, schwärmte Anja.

»... waren ein so schönes Paar ...«, seufzte Straubinger. »Hat nicht sollen sein.«

In dem Moment piepste es am Bildschirm. Eine Zeile war zu lesen. »*Anja Regina,* ich bin *Dea Mater.*«

Anja erschrak. Ihr Mund stand offen. Langsam neigte sie sich dem Bildschirm und der Tastatur zu. Ihre Hände zitterten leicht. »Ja?«, tippte sie zögerlich.

»Du musst deinen Namen ändern, *Anja Regina.* Du bist keine Königin und wirst keine werden. Du kannst hier als Sklavin anfangen, was meinst du? *Anja Serva,* Anja, die Sklavin. Und dann kannst du dich hocharbeiten. Das wird dir sicher Freude machen.«

»Armleuchter«, fluchte Anja und knallte die Maus auf den Tisch. »Das ist doch wohl die Höhe. Nichts dergleichen werde ich tun! Nichts!«, spie sie aus.

Straubinger sah sie verwundert an. »Anja, das ist nur ein Bildschirm. Was in aller Welt machst du da?«

Anja lehnte sich erneut zurück, ihr Blick flatterte mehrmals unsicher zu Straubinger.

»Du wirst ganz rot, jetzt weiß ich nicht, ob vor Zorn oder weil du dich schämst?«

Anja nickte und blies Luft aus. Sie erhob sich, ging vor die Tür und atmete tief durch. Dann kam sie zurück und setzte sich wieder hin. »Seltsam.«

»Du hast dich da gerade ziemlich drauf eingelassen, Anja. Eingelassen auf eine virtuelle Figur, von der du nicht einmal ein Bild hast.«

Straubingers Analyse erschreckte sie. »Ja, du hast recht. Für einen Augenblick war ich so sehr in dem Spiel gefangen, dass ich es wahrgenommen habe, als wäre es real. Was passiert da?«

»Genau das, wovor wir uns in Acht nehmen müssen«, antwortete Straubinger. »Das ist eine Parallelwelt, die keinem guttut. Eine erfundene *Göttin*, die innerhalb von wenigen Sekunden sogar auf dich Macht ausübt. Und die Kids, die hängen drin und kommen womöglich nicht mehr raus. Jetzt weißt du, was die Kids umtreibt, Anja. Jetzt weißt du es.«

Schepp saß wie versteinert vor ihm und hatte ihm genau zugehört. Allmählich löste sie sich, sah erst Straubinger und dann den Bildschirm verächtlich an und tippte: »Blöde Kuh!«

RÖMERGULASCH

Gressenich, »Petit Marron«

Schon am frühen Morgen hatte der Bierbaron die knallrote Feldküche der Feuerwehr im Hof hinter dem »Petit Marron« aufgestellt und in Betrieb gesetzt. Aus einem umgedrehten Bierkasten hatte Oliver sich ein Treppchen gebaut und rührte nun mit einem riesigen Holzlöffel in der Gulaschkanone herum, sodass es dampfte und sich der Duft nach Fleisch und Zwiebeln ausbreitete.

Der Bierbaron füllte die dampfenden Kessel mit den letzten Zutaten: einem Vierteleimer frischem Majoran, einem halben Eimer scharfe Peperoni und fünf Eimern geschälte Tomaten im eigenen Saft. Auf der schwarzen Werbetafel stand handschriftlich in zwei Sprachen geschrieben:

Today's spices:
Original »Beer Baron's Roman Goulash«.
Also for Teutons, Greeks, Gauls, Celts and even Martians
and Mausbach residents!

Heute: »Bierbarons Römergulasch«.
Auch für Germanen, Griechen, Gallier, Kelten und sogar
für Marsianer und Mausbacher!

»Sag mal, wozu ist das alles? Hab ich was verpasst?«, fragte Pitt, der Hilfskellner, leise. »Wen erwartet er heute? Mir sagt er nix.«

»Er wird schon seinen Grund haben«, antwortete Oliver geheimnisvoll. »Denn heute kommt die halbe Welt.«

»Und die Mausbacher und Marsmännchen?«

»Die einen sind am nächsten dran, die anderen haben es am weitesten.«

In dem Moment fuhr ein Bus vor. Pitt kniff die Augen zusammen und starrte auf das Kennzeichen. »Ich halt's nicht aus. Ein ganzer Bus voll Kölner! Wo kommen die denn her?«, fragte er erstaunt.

»Aus Köln«, erwiderte Oliver lässig. »Hey, Vadder, komm mal raus!«, rief er.

Der Bierbaron schlängelte sich hinter der Theke hervor, steckte sein Küchentuch in die Schlaufen seiner grünen Schürze und ging auf den Bus zu. In dem Bus saßen junge Menschen zwischen 16 und vielleicht Ende 20. Als sich die Tür öffnete, schallte Musik heraus. Falco besang die jungen Römer, die anders tanzen und Spiele lieben würden.

Der einzige Mann, der etwas älter schien, vielleicht Anfang 30, stieg aus. »Morgen, Meister, bist du der Wirt?«, fragte er in breitem Kölner Tonfall, offensichtlich war er so was wie der Reiseleiter.

»Ja, seid herzlich willkommen! Alles Kölsche?«, fragte der Bierbaron.

»Nicht janz«, sagte der Mann, »die kommen zwar aus Köln, dat sind aber hauptsächlich Kinder von Amerikanern, Briten, Türken und Australiern, die in Köln leben. International, Ford-Werke un so!«

Mittlerweile stiegen mehr und mehr Leute aus. Sie alle waren in römische Kleider gehüllt, Frauen wie Männer, sie trugen Sandalen, Tuniken und Togen, manche hatten Legionärsuniformen an, andere wiederum trugen Felle und Schilde.

Der Bierbaron stand mit offenem Mund da. »Kommen da noch mehr?«

»Das ist nur die Vorhut«, meinte der Reiseleiter. »Die haben in Köln die Karnevalsläden geplündert, um sich für den heutigen Tag als Römer auszurüsten«, sagte er lachend. »Ich hab aber jehört, datt noch zwei Busse unterwegs sind, einer mit Holländern und einer mit lauter Botschafterkindern aus Brüssel.«

Während die Besucher sich im Gastgarten unter der Kastanie an den Tischen und auf den Stühlen verteilten, fuhr ein Mann mit einem Motorroller vor. Unter einem knallgelben Helm wehten dunkle lange Haare und ein zotteliger Bart im Fahrtwind. Er stieg ab und hängte den Helm an den Lenker. Mit einem Mal breitete er die Arme aus. »Weh euch, ihr Getriebenen!«, rief er lauthals. »Seht euch vor. Der Fluch wird euch alle heimsuchen!«

Oliver kam langsam auf ihn zu und fragte: »Wer bist du denn, heiliger Mann. Bist du mit deinem geflügelten Gefährt dem Bus hinterhergeflogen?«

Die Leute lachten. Der Mönch blickte Oliver wie versteinert an. »Du kennst mich nicht, Frevler! Doch auch du wirst dich vorsehen müssen, in eurer Dekadenz liegt der faulige Geruch des Todes. Alle, die ihr diesen Ort entehrt habt, ihr werdet das Unglück finden. Sehet euch vor!«

»Und woher nimmst du deine großen Weisheiten?«, fragte einer der verkleideten Römer.

»Die Seuche wird auch diesen Ort heimsuchen. Schneller, als ihr denkt! Von Italien her ist sie damals gekommen, und der katholische Herr Michel de Nostredame, euch Unwissenden als Nostradamus bekannt, hat es vorherberechnet für diese Jahre! Sie wird auch euch dahinraffen, denn es heißt in seinen Schriften, dass sie wiederkehrt. Hunger und Krieg werden mit ihr kommen, wie damals, sage ich euch! Wie damals!«

Gerade, als Oliver seine Späße weitertreiben wollte, nahm ihn der Bierbaron zur Seite. »Lass gut sein, mein Jung, der ist ungefährlich. Er war schon einmal hier, aber er tut niemandem weh, und gleich ist er auch schon wieder weg.«

Oliver sah ihn an und nickte. »Verstehe, Kategorie armer Irrer«, setzte er hinterher.

Da wandte sich der Mönch direkt an Oliver. »Armer Irrer, sagst du? Du kennst mich nicht. Aber das sei dir verziehen. Doch du sollst es wissen«, predigte er mit glühendem Blick, »dein Dorf ist auf ewig verflucht. Eure Sucht nach dem geifernden Mammon wird euch alle ins Verderben stürzen!« Dann wandte er sich an die Menschen im Biergarten. »Haltet ein mit eurem lüsternen Geheul! Euer sündiges Lachen macht, dass ihr euch wie Affen gebärdet, wenn ihr eure Gesichter zu dümmlichen Fratzen verzieht!«

»Was soll's«, erwiderte ein Römer aus der Runde mit einem Bier in der Hand. »Immer, wenn du lachst, stirbt irgendwo ein Sauertopf!« Er erhob sein Glas, und die Menge quittierte es ihm mit lautem Prostgeschrei. »Also, heiliger Mann, sei gut zur Welt und lach mit uns!«

Ein Bursche in roter Tunika hob sein Handy in die Höhe und rief: »Es kommen noch mehr! Brüssel, Brüssel! Ein Bus aus Brüssel ist unterwegs!« Unter den Leuten brach lauter

Beifall aus. »Die haben sich im Internet verabredet«, erklärte der Bursche. »In Belgien!«

Auf der Welle der Begeisterung erhob sich ein weiterer Römer und begann, vom kleinen Glück zu singen.

»Flashmob mit Adamo!«, rief der Reiseleiter stolz.

»Fläsch was?«, fragte der Bierbaron genervt.

»Ach, Vadder«, antwortete Oliver, machte eine verdrießliche Handbewegung und verdrehte die Augen.

»Also, mein lieber Wirt, dann lass mal das Kölsch laufen«, forderte der Reiseleiter den Bierbaron auf. »Und wenn du nicht genug Personal hast, ich helf dir, wenn ich so ein Römergulasch dafür haben darf.«

CREATOR LUDI

Verviers, Rue de Raines, Belgien

Nach seinem Ausscheiden aus der Fremdenlegion hatte Willi S. Reimschüssel sich für einen Ruhestand in Belgien entschieden. Wenn man die Veteranen der Legion hier auch nicht sonderlich mochte, weil sie die Belgier als Feiglinge verspotteten, so genossen sie dennoch überall großen Respekt.

Sein Ingenieurstudium an der Fachhochschule Aachen hatte er damals nach nur einem Jahr wegen Liebeskummer abgebrochen. Er befand sich in guter Gesellschaft, denn so war es auch einem berühmten Fußballspieler, dem teuersten der Vereinsgeschichte der Alemannia, gegangen. Liebeskummer, körperlicher Verfall, Einsamkeit und dann freiwillig zur Fremdenlegion. Im Gegensatz zu dem Spieler hatte ihn niemand aus den Fängen der Legion zurückgeholt. Und das war auch gut. Denn ohne die Legion, das wusste er, wäre es aus gewesen mit ihm, er wäre ganz einfach den Bach runtergegangen. In der Legion hatte er einen konsequenten, ja, rituellen Tagesablauf kennengelernt, absolute Verpflichtung zum Gehorsam und einen kameradschaftlichen Ehrenkodex, der ihn mit so etwas wie Zuneigung erfüllte. Den Drill und die Erziehung zum Töten auf Befehl hatte er darüber komplett ausgeblendet, denn auch das war Teil der Ausbildung: Töten ohne Gewissen. Seine Programmierkenntnisse aber hatte er bei der Legion nutzen können. Er war schnell zum Spezialisten für elektronisch gelenkte Waffensysteme aufgestiegen und bei den Sappeuren gelandet, den Pionieren, die bei einem kriegerischen Einsatz vor der Infanterie erst mal die Hindernisse und den Dreck wegzuräumen hatten.

Hier in Verviers konnte er in aller Ruhe seine Auftragsprojekte anonym durchziehen, die er als ehemaliger Sappeur jetzt für internationale Regierungsbehörden durchführte. Er hatte als EDV-Spezialist einen exzellenten Ruf bei militärnahen Behörden, vor allem im französischsprachigen Raum. Die Grande Nation war ebenso sein Kunde wie die Schweiz, Algerien, Gabun und Kamerun. Und auch für die Ukraine hatte er schon gearbeitet. Er hätte wie viele andere Veteranen Lüttich als Alterssitz wählen können, doch er wollte unauffällig weiterarbeiten. Dafür war Verviers klein genug, andererseits war es groß genug, um sich zu amüsieren, denn in Verviers gab es genügend Frauen, die einem reifen Haudegen wie ihm zugetan waren. Aber noch einen anderen Vorteil hatte diese Stadt: Ganz in der Nähe des Zentrums gab es billigen Wohnraum, seit bekannt geworden war, dass sich hier Hunderte Menschen aus dem Nordkaukasus niedergelassen hatten und ihre Jugendbanden sich mit jungen Kurden aus Lüttich bekriegten. Darauf hatte hier in Belgien niemand Lust. Das Viertel wurde gemieden, die Wohnungen verrotteten, und die Mieten fielen in den Keller. Genau dort hatte er sein Milieu gesehen, wo er untertauchen und leben konnte, hier wollte er hin. Kaum war er in seine billige Wohnung eingezogen, hatten ein paar nordkaukasische Burschen versucht, ihn einzuschüchtern und rauszuekeln. Das war für ihn kein Problem. Er hatte seine Kameraden aus dem Kreis der Sappeur-Veteranen angerufen. Ihre Erscheinung allein hätte genügt, um den Burschen Angst einzuflößen. Lange Bärte, lange Haare, Drillichkleidung und langstielige Äxte. Und wie seine Kameraden und er es in der Legion gelernt hatten, machten sie nie halbe Sachen. Ohne viele Worte zu verlieren, kugelten sie den Burschen kurzerhand die Schultern aus, knebelten sie und schlugen deren Mobiliar kurz und klein. Dann hatten sie die wimmernden Burschen an ihren Hosengürteln wie zappelnde Marionetten an das Balkongitter gehängt. Für alle sichtbar. Davor ein weißes Transparent mit dem siebenflammigen Emblem der Fremdenlegion und dem Schriftzug »Ne plaisante pas avec nous!«, »Legt euch nicht mit uns an!«. Seit diesem Vorfall machten die Jungs einen großen Bogen um ihn, nannten ihn respektvoll »den Legionär«, und er wurde nun im Viertel überall freundlich gegrüßt. So machte man das.

Die Idee zu dem Computerspiel war ihm an einem sonnigen Tag gekommen, als er in der Rue de Raines auf dem Balkon saß und einen eiskalten Pernod trank. Den Code, der dem Spiel zugrunde lag und diese sensationell hochqualitative Grafik hervorbrachte, hatte er vor einem Jahr aus einem polnischen Computerspiel gehackt, sein Spiel darübergestülpt und die notwendigen Änderungen bezüglich der Dramaturgie vorgenommen. Es hatte ihn nicht einmal zwei Wochen gekostet, da lief das Ganze. Nebenbei, sozusagen als Scherz, hatte er einen kleinen Racheplan in die Welt gesetzt. Als das Spiel fertig war, gefiel es ihm so gut, dass er es sofort veröffentlichte. Niemals hätte er geahnt, dass »Brass Master One« zu einem weltweiten Erfolg würde. In wenigen Wochen hatte er bereits mehr als zwei Millionen Euro damit verdient.

Wie immer war er als Creator ludi, als Schöpfer des Spiels eingeloggt. Wieder so eine verärgerte Spielerin. »Blöde Kuh«, hatte sie eingetippt. »Gut so«, flüsterte er sich selbst zu. Das würde er nutzen, das Gesetz des Handelns, dachte er, wie er es in der Legion gelernt hatte.

Diesen kurzen Disput mit Anja Regina Magna machte er öffentlich. Er ließ den Robot die Unterhaltung ins Englische übersetzen und schickte alles an die Community. Die Reaktionen ließen nicht lange auf sich warten. »Wie kann sie unsere *Dea Mater* beleidigen?«, »Rausschmeißen!«, »Enthauptet sie!«, »Steinigen!«, »Kreuzigt diese Furie!«, »Ins Feuer schicken!«, »Ertränkt sie!«, und das waren noch die harmlosesten Forderungen. »Diese Schlampe muss mal so richtig rangenommen werden, Sklavin ist noch viel zu gut für sie!«, wurde geschrieben, und so ging es weiter und weiter. »Verbrennt sie, bei lebendigem Leib!«, »Rösten, wie den hl. Laurentius!« Innerhalb weniger Sekunden gab es Tausende Meldungen, alle bitterböse. Nur eine Meldung, die sie verteidigte. »Sie wollte doch nur einen Namen haben. Ist doch nicht so schlimm«, schrieb Greti_77. Sie erntete einen ähnlichen Ansturm beleidigender Äußerungen, woraufhin sie schwieg.

Er feixte zufrieden. Minutenlang sah er zu, wie sich seine Macht über das Spiel entfaltete. Ein Mob fiel über eine Frau her, die niemand der Spieler persönlich kannte. Eine Anja hatte sich unbeliebt gemacht. Und die Männer meuchelten sie vor den Augen Tausender Spielerinnen und Spieler, die nichts tun konnten und nichts tun wollten. Eine zwar virtuelle, aber eine öffentliche Hinrichtung.

Doch dann irgendwann, als die hasserfüllten Meldungen allmählich abebbten, kamen mehr und mehr weibliche Avatare ins Blickfeld. »*Dea Mater*, das kannst du nicht zulassen!«, »*Dea Mater*, schreite ein!«, »*Dea Mater*, das kannst du nicht wollen!« und viele ähnliche Aufforderungen flammten neben den Avataren der Spielerinnen auf. Blitzschnell hatte sich eine Gegenbewegung mobilisiert.

Er saß vor dem Bildschirm und grinste. Es funktionierte. Die ersten 50 Appelle an Dea Mater hatte er losgeschickt, als das Pulver der Shitstorm-Welle allmählich verschossen war. Dann verselbstständigte sich das Ganze. Er lehnte sich zurück und sah zu. Tausende und Abertausende Spielerinnen und auch ein paar Spieler schlossen sich der Sache an.

Dea Mater durfte das nicht dulden. Sie war die Muttergöttin und verkörperte das Gute. Sie würde die Spieler, die so über Anja hergefallen waren, in die Schranken weisen. Das erwartete die Mehrheit der Spieler von ihr. Die Dynamik im Spiel würde Kreise schlagen. Davon würden die anwesenden Spielerinnen und Spieler den anderen erzählen, wie im wahren Leben. »Genial!«, dachte er und grinste. Und genau das hatte dieses Spiel vielen anderen voraus. Echte soziale Beteiligung. Echte Aufregung und echt empfundene Handlung. Es menschelte. Männer kämpften, Frauen empörten oder solidarisierten sich. So sollte es sein.

Und dann meldete sich Dea Mater.

AUF DEM FORUM

Im Cyberraum des virtuellen Crasciniacum

Neuf Gression: Veronika Lorenz saß vor ihrem Rechner, hatte sich einen Tee gekocht und war dabei, die täglichen Korrespondenzen zu erledigen. Eine E-Mail poppte auf ihrem Bildschirm auf:

Dea Mater, Du wirst dringend gebraucht. *Brass Master One* wartet auf Dich! Hier geht's zum Login!

Sie genoss es, dieses Spiel zu spielen und selbst dort, im virtuellen Nichts, mit dem Avatar Dea Mater aufzutreten. Aber sie musste aufpassen, Deboras Warnung war richtig gewesen. Sie würde es drehen, heute würde sie alles drehen, sodass sie die Gute war. Und außerdem, ein wenig Zerstreuung konnte nicht schaden, dachte sie und loggte sich ein.

Dea Mater taucht in der Mitte des Forums von Crasciniacum auf, schwebt ein paar Schritte und begrüßt die anderen Spieler. »Ich freue mich, Euch alle zu sehen!«, erscheint in der Sprechblase. »Wie geht es Euch?«

»Sie beleidigt dich«, »Sie ist eine Gotteslästerin« und viele weitere Schmähungen tauchen neben anderen Avataren auf und richten ihren Hass gezielt auf Anja Regina Magna, die reglose Figur am Rande des Platzes. Neben ihr steht »Blöde Kuh!« auf dem Bildschirm.

Dea Mater schreitet auf sie zu. »Du bist neu hier. Was ist denn los? Was hast du getan? Die Menschen beschweren sich über dich.«

Die Figur antwortet nicht. »Ich kann kein Vergehen erkennen«, sagt Dea Mater zu den anderen. »Bleibt ruhig, sie tut euch doch nichts.«

Verviers: Willi S. Reimschüssel saß vor seinem Rechner und verfolgte das Spiel. Zurzeit waren mehr als 10.000 Avatare weltweit eingeloggt. Viele waren dabei, ihre Bergwerke auszubauen, einige schwitzten an den Hochöfen, andere produzierten Messinggeschirr und wieder andere knüpften Handelsbeziehungen im gesamten Römischen Reich. Für ihn war es wie eine Goldgrube, denn für viele der Aktivitäten mussten die Spieler zahlen. Und diejenigen, die sich am meisten hochgedient hatten, die standen auf dem Forum, einem abgeschlossenen virtuellen Raum des Spiels, zu dem nur auserwählte Spieler Zugang hatten, und diskutierten. Sie hatten sich die meisten Kontakte erkauft und dadurch die besten Netzwerke innerhalb des Spiels aufgebaut. Sie waren die Influencer des Spiels, die sich gegenseitig mit Intrigen und List bekämpften oder Koalitionen schmiedeten. Das galt für adelige Römer- wie für Sklavenfiguren. Er hatte es soeben geschafft, Dea Mater in diesen Cyberraum zu locken. Er beobachtete sie. Zeit, wieder einzugreifen, dachte er hämisch und loggte sich als Anja Regina Magna ein.

Plötzlich kommt Leben in die Figur am Rande des Forums, das »Blöde Kuh« verschwindet vom Bildschirm. »Du bist keine Göttin, Dea Mater, du bist eine Blenderin«, flammt jetzt neben Anja Regina Magna auf.

»Bestrafe sie!«, »Töte die Hure!«, »Verschone sie!«, »Sei gnädig!«, die Aufforderungen aus der Menge halten sich die Waage. Dea Mater hebt die Arme und ruft der Menge zu: »Niemand wird bestraft, nur weil er einen ungewöhnlichen Namen wählt. Niemand wird bestraft, der mich nicht beleidigt oder schmäht. Niemand …«

Neuf Gression: Veronika tippte weiter. »Niemandem soll ein Leid geschehen.« Sie wollte es abschicken, aber nichts passierte. Auch der Versuch, die Figur auf dem Bildschirm zu bewegen, schlug fehl. »Verflucht!«, rief sie und haute auf die Tasten ein. Nichts, keine Reaktion. »Ist das Internet platt?«

»Nein, der Router läuft!«, rief Debora aus der Küche.

Sosehr sie sich bemühte, sie schien keine Kontrolle mehr

über *Dea Mater* zu haben. Mit Entsetzen musste sie zusehen, wie sich ihr Avatar verselbstständigte.

»Du wagst es, mich zu beleidigen?«, schreit Dea Mater, bekleidet mit einem blütenweißen Überwurf, und reißt sich die große Haube der Matronen vom Kopf. Eine wüste Haarpracht und ein boshaftes Gesicht machen sie zur Furie.

Auf dem Forum finden sich kleine Gruppen von Frauen zusammen. Frauen aus den gehobenen Familien tuscheln aufgeregt durcheinander und scheinen empört und ratlos zu sein. Einige gestikulieren heftig, andere wiederum mahnen mit Zischlauten zur Ruhe und hören zu. Sogar kleine Gruppen aus Sklavinnen unterhalten sich leise, scheinen jedoch ebenfalls aufgeregt und ratlos zu sein. Was wird Dea Mater, die sonst für ihre große Gnade bekannt ist, nun tun?

Stetig kommen neue Avatare hinzu. Sie entfernen sich entweder schnell wieder oder bleiben untätig am Rande des Forums stehen. Nur wenige rufen ab und zu etwas Unflätiges.

Anja Regina Magna aber bleibt jetzt wieder reglos, der letzte Schriftzug neben ihr, »Dea Mater, du bist eine Blenderin«, scheint wie in Stein gemeißelt die Szenerie zu beherrschen.

Dea Mater nimmt eine Drohstellung ein. Doch Anja Regina Magna rührt sich nicht, reagiert einfach nicht. Ihre Spielerin in der Menschenwelt scheint sich zurückgezogen zu haben, ohne ihren Avatar auszuschalten.

»Unsere Männer wollen sie meucheln!«, ruft eine der Frauen. »Ja, steinigen wollen sie sie«, »verbrennen«, »kreuzigen«, »rösten«, »ertränken«, rufen andere Frauen empört durcheinander. »Sei gnädig mit ihr, Dea Mater!«, flehen sie.

Dea Mater dreht sich zu ihnen, während Anja Regina Magna immer noch reglos am Rande des Forums steht.

»Verschone sie, Dea Mater!«, ruft erneut eine Frau aus der Gruppe der Römerinnen.

Dea Mater wendet sich kurz der reglosen Anja Regina Magna zu und richtet sich dann an die Frauen: »Sie hat sich erhöht und als Königin bezeichnet, sie hat mich beleidigt, mich, Eure Matrone und Dea Mater, sie rührt sich nicht einmal.« Dann spricht sie zu den römischen Männern, die nur darauf warten, ein neues Opfer zu finden. »Packt sie, schändet sie, geißelt sie, bindet sie auf den Rost und legt sie in die Flammen!«

Ein Aufschrei geht durch die Reihen der Frauen. Doch die männlichen Avatare rennen auf Anja Regina Magna zu, ergreifen sie und schänden sie an Ort und Stelle. Dann peitschen sie die Figur aus und zünden in der Mitte des Platzes ein Feuer an. Sie legen die Geschändete auf einen metallenen Rost und binden sie mit Seilen und Ketten fest, während die Frauen schreien und weinen, die Hände über ihren Köpfen zusammenschlagen und dem Grauen wehrlos zusehen. »Gnade, Gnade!«, rufen einige der Weinenden.

Dea Mater sieht hinüber zu den Männern, die Anja Regina Magna auf den Rost gebunden gerade zum Feuer tragen. Sie tritt zu ihnen, schnürt sich den Gurt vom Leib und sagt zu einem der Avatare: »Würge sie mit diesem Band!« Der Avatar, der Soldatenrüstung trägt, lässt drei Fragezeichen auf dem Bildschirm erscheinen und nimmt gleichzeitig den Gurt entgegen. »Na los!«, befiehlt sie, und der Soldat tut sein Werk, bevor die anderen den Rost mit dem Leib der reglosen Anja Regina Magna den Flammen übergeben.

Dea Mater aber wendet sich an die klagenden Frauen. »Sehet, so geht es jeder, die mich versucht und sich über mich stellt. Seid verflucht, die ihr Euch zu einer Leugnerin gesellt. Seid verflucht!« Dann verschwindet Dea Mater plötzlich, während Anja Regina Magna brennt wie eine Fackel.

Neuf Gression: Veronika Lorenz saß vor ihrem Bildschirm und war schockiert. Wer hatte sie derart ausgetrickst? Weltweit würde sich verbreiten, dass Dea Mater, dass Sunuxsal, eine Bestie wäre. Ihr Image als Dea Mater würde leiden, das war sicher. Debora hatte recht gehabt. Ratlos ließ sie sich in ihren Sessel sinken. Was konnte sie tun?

Der Mann am Rande des Geschehens, der die ganz Zeit dort steht, trägt ein weißes Gewand mit einem schwarzen Überwurf. Von seinem Gesicht im Schatten der Kapuze, die er hochgeschlagen hat, ist nur ein langer Bart zu sehen. Langsam streift er die Kapuze ab und tritt schnellen Schrittes in den Bildschirmvordergrund, wo er dem Betrachter direkt in die Augen blickt. Seine Narbe am Auge spaltet einen Teil des Bildschirms wie ein Messerschnitt. Er hebt die Hand zu einem Kreuzzeichen und spricht mit tiefer Stimme die Worte: »Creator ludi, ich werde dich finden.«

Verviers: Willi S. Reimschüssel schreckte zurück. Wer war das? Ein Mönch? Er klickte das Gesicht an, und am Bildschirm erschien der Schriftzug »Vir benignus«, der gütige Mann. Wer war das? Er öffnete die Datei mit den eingetragenen Spielerdaten. Der Spieler hatte sich mit einem alltäglichen Namen angemeldet und eine E-Mail-Adresse bei einem großen E-Mail-Anbieter angegeben.

Willi S. Reimschüssel lehnte sich zurück, verschränkte die Hände hinter dem Kopf und starrte auf den Bildschirm. Er spürte, wie ihn allmählich ein beklemmendes Gefühl beschlich. Doch er konnte nicht sagen, was es war, aber er war sich sicher, dass ihn irgendetwas einholte.

MITTWOCH, 2. AUGUST

SABZYNSKIS PLAN

Parkplatz Jungfernsprung, Kärnten

»Ich freu mich drauf«, sagte Dr. Herbert Sabzynski, schloss die Autotür und rieb sich die Hände. Sie waren die Nacht durchgefahren. »Ich kann es kaum erwarten! Der Himmel ist blau, und alles spricht dafür, dass es morgen ebenfalls stabil bleibt. Wir haben Glück. Aber am Nachmittag gibt es im Hochsommer oft ein tosendes Gewitter. Wir müssen also morgen früh raus.«

»Wie weit ist es denn noch?«, fragte Veronika Lorenz, als sie auf dem geschotterten Parkplatz stand.

Sabzynski zeigte in nördliche Richtung. »Noch zehn Minuten mit dem Auto.«

»Ganz schön alpin.« Sie kräuselte die Augenbrauen. »Warum halten wir hier?«

»Komm«, forderte Sabzynski sie auf und eilte die hölzerne Aussichtstreppe hinauf. Bei der geschnitzten Jungfrau blieb er stehen und streichelte ihren Kopf. »Einst war eine Jungfrau auf der Flucht vor dem Teufel. Dann unter ihr eine senkrechte Felswand. In ihrer Verzweiflung springt sie und wird von Engeln getragen. Sie überlebt den Sturz unverletzt. Und heute siehst du hier den tosenden Wasserfall, mehr als 130 Meter hoch, der Jungfernsprung.«

»Ein seltsamer Name«, bemerkte sie.

»Nicht seltsamer als deiner«, antwortete er und stützte sich auf das Holzgeländer. »Warum hast du eigentlich damals deinen alten Namen abgelegt?«

»Meinen Namen, Veronika, den haben sie in der Schule Tag für Tag verunglimpft. Verka haben sie mich verkürzt genannt.«

Sabzynski biss die Zähne zusammen, sog die Luft hörbar ein und verzog das Gesicht, als hätte er sich verbrannt. »Verka, das ist nicht weit weg von Verke …«

»… ja, Verke für Ferkel in unserem Gressenicher Bauerndialekt«, zischte sie verächtlich. »Ich war ein kleines, dickes Mädchen. Und so haben sie mich gehänselt, verlacht und herumgestoßen«, sagte sie und sah aus dem Fenster. »›Verka! Verka! Verke!‹, haben sie gerufen. Ich konnte meinen Namen nicht mehr ertragen.« Sie sah ihn an. »Nenn mich also bitte niemals Veronika!«

»Aber später, mit 14, da sahst du ganz anders aus, und du warst auch nicht mehr dick.«

»Ja, aber ich hab mich immer noch dick gefühlt. Das wird man nicht so schnell los.«

»Aber niemand hat dich mehr gehänselt. Du hast uns Jungs in der Schule ganz schön den Kopf verdreht. Und von keinem wolltest du was wissen.« Sabzynski lachte. »Du hast all unsere Avancen abgeschmettert wie Jeanne d'Arc einen Pulk von englischen Soldaten.«

Sabzynski betrachtete sie, als sie hinaufsah zum Wasserfall, ihr eben geschnittenes Gesicht, ihre langen, dunklen Wimpern, die sinnlichen Lippen, ihre gerade Nase und ihre reine Haut. »Du bist wunderschön, Sunuxsal. Und du hast dir einen wunderschönen Namen ausgesucht, schon damals.«

Sie lächelte. »Weißt du eigentlich, dass du mein heimlicher Schwarm warst? Du warst zwar in der Schule eine Klasse unter mir, aber ich hab mich ja nie getraut, dir das zu sagen. Und unser kleiner Flirt damals, unsere Küsse, das war für mich schon viel zu viel, ich war einfach zu unsicher. Und dann die Sache …« Sie schluckte.

Sabzynski verschlug es wie ihr mit einem Mal die Sprache. Nach einer Zeit, die ihm wie eine Ewigkeit erschien, sagte er leise: »Wir … wir haben irgendwie nie mehr drüber geredet.«

»Ich hab gedacht, ich meine … es war schrecklich«, antwortete sie tief betrübt.«

»Wieso bist du uns damals so aus dem Weg gegangen?«

»Weil ihr feige wart. Ihr seid einfach weggelaufen.«

»Und du? Was hast du gemacht?«, fragte er leise.

Sie druckste herum und gestand mit gesenktem Kopf. »Ich wohl auch. Ich war auch feige. Wir hätten …«

»Es ist lange her, Sunuxsal. Es ist lange her. Wir haben es vergessen, was damals war. Lass uns nach vorn sehen!«

Sie nickte. »Du hast recht.«

Sabzynski nahm sie in den Arm. »Du und ich.«

»Das alles darf nicht umsonst gewesen sein, Herbert!«

»Wie meinst du das?«

»Der Eimer. Wir haben ihn gesucht damals. Und jetzt, jetzt haben wir die Chance, einen zu finden, oder?«, fragte sie schmachtend.

Sabzynskis Blick tänzelte über ihr Gesicht, während er verzückt lächelte. »Ach, Sunuxsal, wenn du wüsstest, wie sehr …«

»Pssst!«, hauchte sie und legte ihren Zeigefinger auf seine Lippen. »Ich weiß es doch.«

»Übrigens, ich hab dich nie geärgert in der Schule.«

»Und dafür danke ich dir, mein Prinz«, antwortete sie etwas zu überschwänglich. »Wie wunderbar, dass du mich hierher mitgenommen hast. Ich kann es kaum erwarten, mit dir diesen Fund zu machen.«

HEILIGENBLUT

Unter dem Großglockner

Sabzynski sah auf die Straße. »Apropos Prinz. Hier soll einst ein dänischer Prinz auf der Rückreise von Konstantinopel unter eine Lawine gekommen sein. Ist elfhundert Jahre her.«

»Und? Tot?«, fragte sie.

»Bei seiner Bergung aus der Lawine fand man ein Fläschchen, dass er sich in die Wade hatte einnähen lassen, so sagt die Legende.«

»Wow, vielleicht ein Schnaps?«, spottete sie. »Skandinavier neigen ja zum Alkoholmissbrauch.«

»Angeblich war es ein Fläschchen mit dem Blute Christi. Dem Fläschchen haben die Bewohner hier jedenfalls ein Sakramentshaus gewidmet, in dem die heilige Reliquie immer noch aufbewahrt wird.«

»Fantasie haben sie ja hier in ... Wo genau sind wir hier?«

»Also, seither heißt der Ort Heiligenblut, eines der ehrwürdigsten Dörfer in Kärnten.«

»Und das ist sozusagen unser Basislager?«, merkte sie an.

»Ja, hier gibt es unzählige Legenden und Geschichten, die sich die Leute erzählen. Das Gute daran ist, dass an jeder Geschichte immer etwas Wahres dran ist. Wenn du den Leuten genau zuhörst, erfährst du viel über diese Gegend.« Sabzynski bremste den Wagen ab und fuhr jetzt sehr langsam durch eine scharfe Kurve.

»Und, hast du ihnen zugehört?«

»Ja, habe ich«, antwortete Sabzynski. »Deshalb vermute ich, dass es dort oben das gibt, wonach wir morgen suchen werden.« Sabzynski lenkte den Passat Kombi in eine Nebenstraße zu einem Hotel mit weit überragendem Dach und großen Holzbalkonen. »Hotel ›Kaiservilla‹. Da haben wir den besten Blick auf den Berg.« Sabzynski stieg aus und nahm sein Gepäck aus dem Kofferraum.

»Welchen Berg?«, fragte sie.

»Den Großglockner. Da, hinter uns.« Er drehte sich und zeigte nach Norden.

Veronika setzte ihre Sonnenbrille auf und zog ihre Baseballcap auf, bevor sie ausstieg.

»Ja«, sagte Sabzynski, »schone deine Haut. Die Höhensonne kann ganz schön gefährlich sein.«

Nachdem sie ihr Gepäck ins Zimmer gebracht hatten, öffnete Sabzynski einen großen Koffer und legte ihre Ausrüstung zurecht. »Hier, für dich. Bergschuhe, Steigeisen, Pickel, Sonnenbrille, Helm, Anorak, Skiunterwäsche. Taschen- und Stirnlampe, Rucksack.«

Sie nahm ihr Handy, wählte sich ins WLAN ein und murmelte: »Ah, alles okay.«

»Was schaust du?«, fragte Sabzynski.

»Die Webcam von Neuf Gression. Alles ruhig.«

Sabzynski lachte irritiert. »Neuf Gression? Was ist das?«

»Mein Dorf im Venn. Früher hieß es Alt Hattlich, zumindest ein Teil davon. Aber ich habe es gekauft und Neuf Gression genannt, also Neu Gressenich.«

»In Erinnerung an …«

»… unseren Gral, nach dem wir damals gesucht haben.«

Sabzynski verzog spöttisch das Gesicht, als hätte er sie beim Lügen erwischt. »Du meinst *deinen* Gral, den *du* unbedingt haben wolltest.«

Sie reagierte verstimmt, das kannte er von ihr. Er wechselte das Thema. »Sieh her. Für morgen! Zieh dich warm an, da oben wird es wirklich kalt. Wir sind im Permafrost!«

»Permafrost?«, fragte sie überrumpelt. »Davon hast du mir nichts erzählt. Keine Lust zu erfrieren!« Sie stützte die

Hände in die Hüften. »Besser, du sagst mir jetzt, was mich erwartet«, setzte sie in einem ärgerlichen Ton hinterher.

»Beruhige dich. Die Lage ist so …« Er wies auf die Nische am Fenster, in der ein kleiner Tisch stand. »Komm, setz dich her, hier haben wir eine grandiose Aussicht.« Sabzynski zeigte auf den Horizont, wo sich der Gipfel des Großglockners in der Ferne hinter dem nahen Bergwald in das Blau des Himmels reckte. Lächelnd nahm er Platz. »Den entscheidenden Hinweis habe ich letzte Woche in Trier gefunden.« Er machte eine Pause und wartete, bis sie sich zu ihm setzte.

»Und welchen so entscheidenden Hinweis hast du gefunden?«, fragte sie voller Skepsis.

Sie schwiegen ein paar Sekunden lang. Dann bewegte er seinen Kopf auf sie zu. »Weißt du eigentlich, dass ich mein Leben lang seit unserer Schulzeit davon geträumt habe, mit dir so zusammen zu sein?«

Wie entwaffnet lächelte sie ihn an und legte ihre Hand auf seine. Sabzynski rückte näher und flüsterte: »Aber vielleicht sollten wir …«

»… uns zuvor noch ein wenig … ausruhen.«

DONNERSTAG, 3. AUGUST

KAISER-FRANZ-JOSEFS-HÖHE

Großglockner, Hochalpenstraße

Der Passat kroch hinter Heiligenblut in langen Kehren den Berg hinauf. Sabzynski saß am Steuer und war glücklich. »Was für ein herrlicher Tag!«, rief er lächelnd, sah sich andauernd um und pfiff leise vor sich hin.

Veronika Lorenz rückte ihre Sitzposition zurecht und schien zum Zerreißen gespannt.

Sabzynski griff unter das Lenkrad und holte eine Tube hervor. »Hier, Sonnencreme.«

Sie nahm die Tube entgegen, öffnete sie und rieb ihre Arme damit ein, dann das Gesicht. »Und … was genau werden wir heute machen?« Eine Spitzkehre lenkte das Auto kurz Richtung Osten, sodass sie von der Morgensonne geblendet wurden.

»Also, wir wissen, dass es zur Römerzeit hier im Großglocknergebiet Silber- und Goldbergbau gab. Ich vermute dort oben ein Bergwerk, dessen Eingang am Ende der Römerzeit infolge einer jahrhundertelangen Abkühlung vom Eis begraben wurde. Weil sich Gletscher in einer Kaltzeit nun mal unaufhörlich ausdehnen.«

»Bitte jetzt keinen Erdkundeunterricht«, antwortete sie.

»Seit ungefähr 1960 aber«, fuhr Sabzynski unbeirrt fort, »also seit etwa 60 Jahren, zieht sich der Gletscher am Großglockner, die sogenannte Pasterze, Jahr für Jahr dramatisch zurück. Eine neue Warmzeit hat begonnen!«

Sie sah ihn fragend an. »Und?«

»Ein Bergführer aus Heiligenblut hat mir voriges Jahr erzählt, dass er in einigen Metern Höhe oberhalb des Gletscherrands so was wie einen Höhleneingang im Fels gesehen hat.«

»Ja und?«

»Das ist natürlicherweise unmöglich. Höhlen gibt es nur im Kalkgestein, das hier ist aber metamorphes Tiefengestein, und da gibt es keine natürlichen Höhlen. Also muss es …«

»… etwas von Menschenhand Geschaffenes sein?«, kombinierte sie nachdenklich.

»Ganz genau«, antwortete Sabzynski und klopfte mit der Hand auf das Lenkrad. »Zur Römerzeit gab es ebenfalls eine Warmzeit, in welcher sich dieser Gletscher zurückgezogen haben muss.«

»Woher weiß man das?«, fragte sie neugierig.

»Forscher haben rund 9.000 fossile und historische Baumstämme ausgewertet, und anhand der Wachstumsringe kann man so was sehr genau feststellen. Also schlussfolgere ich«, Sabzynski tippte sich mit dem Finger an die Stirn, »dass es sich bei der Entdeckung dieses Bergführers nur um ein römisches Bergwerk handeln kann.«

Sie sah auf die Straße, die sich den Berg hinaufwand. »Genial! Die römischen Bergleute haben dort also irgendwo einen Stollen in den Berg getrieben, um Gold und Silber abzubauen?«

»Ja, genau. Dann wurde es kühler, sie mussten das Bergwerk aufgeben, und über die folgenden Jahrhunderte dehnte sich der Gletscher aus, sodass der Eingang zum Bergwerk vom Eis begraben wurde.«

»Und das Bergwerk war futsch.«

Sabzynski nickte und fuhr auf den Kreisverkehr zu.

»Und wenn wir beide heute gut sind«, schloss sie, »dann finden wir da draußen irgendwo den Eingang zu diesem römischen Bergwerk.«

Sabzynski nickte erneut und bog in den spektakulären Teil der Großglockner-Hochalpenstraße ein, die zur Kaiser-Franz-Josefs-Höhe führte.

»Woher weißt du das alles?«

»Als ich in Trier war, habe ich im Rheinischen Landesmuseum eine römische Schriftrolle aus dem Jahr 172 nach Christi Geburt entdeckt, verfasst von einem Römer namens Marcus Lucius Tullius. Daraus geht hervor, dass es in der Nähe von Butzweiler, im Kylltal in der Eifel, ein römisches Kupferbergwerk gab, das diesem Marcus gehört hat. Das Malachiterz wurde mit ziemlicher Wahrscheinlichkeit nach Crasciniacum …«

»… also nach Gressenich …«, warf sie ein.

»… so ist es, nach Gressenich verfrachtet. Im Jahr 172 nach Christus musste das Bergwerk in Butzweiler schließen, weil es weitgehend ausgebeutet war, schreibt Marcus. Seltsam ist auch, dass er eine Seuche erwähnt hat, an der mehr und mehr Menschen starben.«

»Eine Seuche?«, fragte sie.

»Ja. Es gab damals die Antoninische Pest«, schilderte Sabzynski. »Man weiß bis heute nicht genau, was das war. Diese Seuche hat damals ganze Landstriche entvölkert.«

Sie schluckte. »Eine grausame Geschichte.«

»In der Tat. Er schildert weiterhin, dass er die Sklaven und teils freien Arbeiter nach Noricum geschickt hat. Unter anderem, weil sie in den Stierbergen sicher vor der Seuche wären, so glaubte er.«

»Stierberge? Was ist das?«

»Die hohen Tauern. Tauris, lateinisch für Stier, die Tauern sind also die Stierberge. Hierher hat Marcus Lucius sie geschickt, um ein altes Bergwerk wieder zu eröffnen, dessen Eingang auch damals der Gletscher erneut freigegeben hatte. Verstehst du? Hierher hat er sie geschickt«, rief Sabzynski mit glänzenden Augen. »Und es gibt einen weiteren Hinweis. Er schreibt, dass er einem alten Arbeiter, einem Noricer, ein Prunkgefäß aus Messing als Geschenk mitgegeben habe.«

Sie schreckte hoch. »Ein Prunkeimer aus … Gressenich?«

»Ah«, Herbert Sabzynski verzog schmerzvoll das Gesicht, »genau das schreibt er eben nicht. Aber es ist zu vermuten. Und wenn wir hier finden, was ich glaube, dann ist das archäologisch eine der größten Sensationen seit Tutanchamun.«

»Ein Heiligtum der Matronen!«, rief sie. Ihre Augen glühten wie Feuer. »Und das sagst du mir erst jetzt.«

Sabzynski überging ihren Protest. »Du wolltest unbedingt mit. Ich wäre auch allein hierhergekommen. Aber ich muss schon sagen, in deiner Begleitung …« Den Rest des Satzes ließ er im Verborgenen und grinste stattdessen erwartungsvoll.

Sie sah nach rechts auf einen kleinen Wasserfall. »Ganz schön wild hier!«

»Na wart mal ab, bis wir oben ankommen, dann hat die Zivilisation uns sehr schnell wieder.«

Kurz darauf waren sie an dem riesigen Parkhausgebäude angelangt. Sie sah sich erstaunt um. »Das ist wohl für den Massentourismus vergangener Jahrzehnte entworfen worden.« Sie schüttelte den Kopf.

»Ja, und das in einer Höhe von fast 2.400 Meter über dem Meer«, antwortete Sabzynski. »Dieser Ort wird jeden Tag von Autos überflutet. Wir haben Glück«, fügte er erleichtert hinzu, »da ist ein Parkplatz frei, direkt am Abstieg hinunter zum Gletscher.« Er fuhr auf den freien Platz zu und stellte den Kombi so ab, dass sie durch die Windschutzscheibe einen guten Blick auf den Großglockner hatten.

Veronika wirkte angespannt. »Gut. Dann lass uns auf die Suche gehen. Ich hoffe nur, dass ich das auch schaffe.«

»Aus dem kleinen, dicken Mädchen ist, wie ich sehe, eine durchtrainierte Sportlerin geworden«, bemerkte Sabzynski.

»Ich habe mehrere Häuser und Hütten mitgebaut über die letzten Jahre, in Neuf Gression. Das hat mich kräftig gemacht und sollte mir helfen, um mit dir dein Bergwerk zu finden.« Während Sabzynski sich die Bergschuhe schnürte, betrachtete sie die Landschaft. Ich werde dich finden, dachte sie. Du bist für mich bestimmt. Ich bin Sunuxsal. Nur für mich!

AM GLETSCHER

Pasterze am Großglockner

Sabzynski ging voraus. Entlang des Serpentinenweges dokumentierten zahlreiche Marken mit Daten den schwindenden Gletscherstand der letzten 60 Jahre. Der Abstieg zum Gletschergrund wollte nicht enden. Nach einer halben Stunde standen sie endlich an einem smaragdgrünen See, der von Moränenschutt umgeben war.

»Siehst du, hier war überall Eis, gar nicht so lange her«, erklärte Sabzynski und stützte sich auf seine Wanderstöcke. »Vor 15 Jahren bist du an dieser Stelle noch auf dem Gletscher gewandert, jetzt sind nur noch Pfützen und Moränenschutt übrig. Die Pasterze hat sich so weit zurückgezogen, dass man sie kaum noch sieht.«

Er kämpfte sich auf weglosem Gelände weiter, immer an der Uferlinie des Sees entlang, bis sie am Eis angekommen waren.

»Das ist sie, die Pasterze, oder besser das, was von ihr übrig geblieben ist. Dort oben, wo das Eis herabbricht in das breite Kar, siehst du?«, fragte er sie und deutete mit seinem Stock nach Norden. »Das ist der Hufeisenbruch. Wenn der sich noch weiter zurückzieht, bekommt der Gletscher keinen Eisnachschub mehr, und aus ist es mit der Pasterze.« Im Hintergrund weiter oben waren schneebedeckte Eismassen zu erkennen, die von der Hochfläche herabreichten und in der Sommersonne dahinschmolzen.

»Und hier soll ein Bergwerk sein?«, fragte sie skeptisch.

»Weiter oben, links am Fuß des Großglockners. Da müssen wir hin.«

Sie richtete ihren Blick nach oben. Der Himmel war tiefblau, die Flanke des Bergs schien unermesslich drückend. Aber die Verlockung, diesen Eimer zu besitzen, die war größer als alles, was ihr möglich schien, um ihr Dasein als Dea Mater, als Matrone, für ihre Anhänger zu untermauern. Sie musste dieses Heiligtum haben!

DER FUND

am Fuß des Großglockners

»Hier! Hier ist was!«, rief sie aufgeregt.

Sabzynski, der etwa 200 Meter nordöstlich zugange war, erstarrte wie vom Blitz getroffen. Er hatte sie zwar nicht verstanden, aber erkannt, dass es wichtig sein musste. Dann hastete er, so schnell es das Gelände zuließ, in die Richtung, wo sie winkend am Rand der Felswand stand und nach oben deutete. »Was?«, brüllte Sabzynski zurück.

»Ein Loch, weiter oben, sieben, acht Meter!«, antwortete sie.

Sabzynski tastete mit seinen Augen prüfend die Wand ab. »Das müsste ich schaffen«, sagte er, zog seinen Rucksack fester und ging es an. Schritt um Schritt, Griff um Griff, kam er rasch vorwärts. Dann kletterte er in das Loch. »Das Bergwerk!«, rief er laut und euphorisch. »Ich werd verrückt«, flüsterte er dann zu sich selbst. »Veroni… äh, Sunuxsal! Hier ist der Eingang!«, schrie er entrückt gegen die Weite des Augenblicks an und warf die Arme in die Höhe. Sabzynski packte das Neun-Millimeter-Hilfsseil aus seinem Rucksack, schlug einen Haken in eine Kluft und fädelte es durch den Metallring. Dann warf er es doppelt den Vorsprung hinunter. »Halt dich daran fest und zieh dich hoch, es ist nicht schwierig. Du schaffst das.«

Sie bleckte die Zähne, ließ ihre Stöcke fallen und ging den Wandvorsprung entschlossen an. »Verfluchter Mist!«, schimpfte sie.

»Du bist Sunuxsal, keine feige Jungfer im Tale«, lachte er. »Eine Matrone schreckt doch so schnell nichts ab, oder?«, frotzelte Sabzynski.

Sie rief ein fast rauschhaftes »Jaja!« und hangelte sich hinauf. Drei Minuten später stand auch sie am Eingang des Bergwerks.

»Wie sind die damals bloß hier raufgekommen?«, fragte sie atemlos, als sie Sabzynski in die Arme fiel.

»Gar nicht!«, erklärte Sabzynski. »Der Gletscherstand war einfach acht Meter höher, die kamen hier ganz bequem rein. Was sagst du?«, fragte Sabzynski und gab ihr einen Kuss auf die Wange. »Dahinten, siehst du?« Er deutete mit dem Lichtstrahl seiner Lampe auf einen Haufen mit verfallenem Holz. »Das da war vielleicht mal eine Behausung, eine Art Hütte. Dafür, dass es fast 2.000 Jahre alt ist, hat es sich doch gut gehalten. Permafrost, sag ich nur.«

»Wir haben es«, flüsterte sie sanft und klopfte ihm auf den Rücken. »Sabzynski, du bist ein Teufelskerl!«

Die beiden packten ihre Stirnlampen aus, befestigten sie an ihren Helmen und betraten den Stollen, der immer noch von weitgehend intakten Holzbögen gestützt wurde.

»Erstaunlich, oder?«, flüsterte Sabzynski. Seine Augen glänzten vor Ehrfurcht. Als sie weiter hineingingen, trafen die Lichtkegel ihrer Stirnlampen nach wenigen Metern auf einen Schutthaufen. »Mist«, sagte sie leise, »verschüttet. Hier werden wir nichts finden.«

»Nur die Ruhe, gehen wir zurück. Dort war noch ein Seitenstollen. Den suchen wir ab.«

Sie räumten die Holzreste weg, die einst den Eingang verschlossen haben mochten, und folgten dem Verlauf des Seitenstollens. Nach wenigen Minuten waren sie an der Stirnwand angelangt. Sofort bildete sich um sie herum eine kleine Wolke aus ihrer Atemluft.

»Gott, allmächtiger«, entfuhr es Sabzynski. »Eine Mumie.« Er bückte sich und betrachtete die Leiche, die bis auf die Knochen abgemagert schien und in einer zusammengekauerten Haltung dort lag. Der Teil eines Ledergürtels, eine Schnalle, ein Messer und Reste von Schuhwerk und Kleidern waren zu erkennen. Der Mann hatte die Haltung eines Embryos eingenommen. »Der Permafrost hat den Mann mumifiziert.«

»Sieh nur«, bemerkte sie, »diese merkwürdigen Narben.«

»Schau her«, rief er aufgeregt, als Veronika sich neben ihn gesetzt hatte und er den Haufen Steine vor sich betrachtete. »Das ist wohl …«, Sabzynski zögerte einen Augenblick, »… eine Art Grablege.« Er bewegte sich näher heran und leuchtete den Steinhaufen mit der Taschenlampe aus. »Ich werd verrückt. Ein … ein Gefäß«, stockte er. »Ein … ein Kessel?«

»Wo?«, fragte Sunuxsal.

»Na dort«, flüsterte er andächtig. »Siehst du? Der Rand schaut oben ein Stückchen heraus. »Halt mal die Lampe«, bat er. Er packte eine Kamera aus der Tasche und machte mehrere Bilder.

Dann kniete er sich hin und legte die Steine vorsichtig zur Seite. Da stand er vor ihnen. Angelaufen, mit einer dunklen

Patina belegt, aber an wenigen Stellen immer noch glänzend. »Der Rand, wie ein Fries, sieh doch!«

Sie hockte daneben, regungslos. »Volltreffer!«

Sabzynski machte mehr Fotos, von dem Kessel, von dem Steinhaufen, von der Mumie, von Veronika. Dann ein Selfie. »Komm mit aufs Bild, komm her, knie dich hin.«

»Mach ein Bild nur von mir und dem Eimer«, sagte sie in einem seltsamen Tonfall.

Sabzynski zögerte einen Moment, doch dann nickte er, brachte sie und sich in Stellung und schoss ein Foto von ihr, die stolz neben dem Eimer kniete und ihn mit der rechten Hand berührte.

Als Sabzynski sich nun den Kübel genauer ansah, blieb ihm der Mund offen stehen. »Hier, eine Inschrift«, flüsterte er mit zitternder Stimme. »Da hat jemand etwas hineingeritzt. Siehst du? Oben, es ist nicht zu fassen! Ich hatte recht, meine Liebe. Ich hatte recht!«

»Was steht da?«, fragte sie gespannt und leuchtete auf den eingetrockneten Lehmverschluss des Gefäßes.

»Schlecht zu lesen. Wart mal, halt die Lampe etwas schräger.«

Veronika kam näher und hielt die Lampe so flach, dass die eingeritzten Buchstaben scharfe Schatten warfen.

»Also, hier steht ›Exsecro te, improbus! Honoro te, sodalis!‹«, las Sabzynski langsam und stockend vor. »Ein Lateindialekt. Das heißt … also ungefähr … hm … ›Sei verflucht, Elender! Sei geehrt, Kamerad!‹ Ja, so kann man das übersetzen.«

»Und weiter?«, fragte sie nervös.

Sabzynskis Gesicht wirkte hochkonzentriert. »Weiter heißt es ›Sed tu, situla ex Crasciniacum, cave cinis eorum in aeternum‹. In etwa ›Du aber, Eimer aus Gressenich, bewahre ihre Asche auf ewig‹.«

SAMSTAG, 5. AUGUST

DER WANDERER

Neuf Gression, Hohes Venn, Belgien

Das Unwetter tobte schon den ganzen Tag. Dem Wanderer lief ein Schauer über den Rücken, als er sich durchnässt an den Tisch setzte.

»Bei dem Wetter unterwegs?«, fragte Debora und bot dem Mann einen Platz am Küchentisch an. »Gefährlich, so allein. Da hat sich so mancher schon verirrt hier im Venn.«

»Bin tatsächlich zum ersten Mal hier unterwegs. Ganz schön gruselig«, sagte er und drängte sich in die Ecke. Seine feingliederigen Hände legte er verschränkt auf den Tisch, sodass sie von dem kreisrunden Lichtkegel der Lampe, die tief darüber hing, eingefangen wurden.

»Einen Tee?«

»Ja, gerne«, antwortete der Mann und rieb sich die Hände.

»Woher kommen Sie jetzt?«

»Richelsley. Hab zwei Stunden hierher gebraucht.«

»Ui, bei schönem Wetter eine Genusswanderung. Aber heute? Waren Sie am ›Kreuz im Venn‹?«

»Ja, am Kreuz und an der Marienstatue. Wird ja überall beschrieben als heiliger Ort«, sagte der Wanderer.

»Hach, schon wieder so ein Kirchenromantiker!«, antwortete sie in einem Ton, der zwischen Bedauern und Abneigung lag. »Das Kreuz hat vor 140 Jahren ein Pfaffe dort aufgestellt«, schnalzte sie kokett. »Weil der Teufel angeblich den Felsen dort hat fallen lassen, als er auf dem Weg war, den Dom in Aachen zu zerstören. Ihm ist der Fels aber dann zu schwer geworden, dem teuflischen Schlappschwanz.« Sie sah dem Mann tief in die Augen. »So ein Blödsinn, oder?«

Der Mann spitzte den Mund und wiegte den Kopf hin und her, um ihr klarzumachen, dass er ihre Sicht nicht teilen wollte.

»Glauben Sie etwa daran, dass der Teufel hier langgelaufen ist?«, fragte sie mit lasziver Stimmlage und rührte in der Teigschüssel, die sie im Arm hielt.

»Nun ja, ich würde den Glauben der Menschen nicht so sehr verurteilen, wie Sie das vielleicht tun. Und dass der Teufel eigentlich überall mal vorbeiläuft, das kann man ja nicht ernsthaft bestreiten.« Bei diesem Satz sah er ihr tief in die Augen.

Sie antwortete mit einem abschätzigen Blick und schob ihm einen Teller mit ihren Brioche und ein Glas Kräutermarmelade hin. »Selbst gemacht. Probieren Sie«, fügte sie hinzu.

»Wie viele waren hier in der letzten Woche?«, fragte er, sah auf das Marmeladenglas und las das Etikett.

»Wen meinen Sie? Wandervögel?«

Er bestrich das Brioche mit der Marmelade und biss hinein. »Na ja, wenn Sie uns Wanderer so nennen möchten«, antwortete er mit vollem Mund. »Oh, ist das gut, hm!«

Sie nickte kurz zum Dank. Irgendwas an diesem Mann stimmte nicht. Und der wollte hier übernachten, dachte Debora. »Seit Anfang des Monats ungefähr 30 Übernachtungsgäste. Vor ein paar Jahren lag noch bis ins späte Frühjahr Schnee hier im Venn. Und im August, da hat es auch schon mal gefroren hier oben.«

»Das hier ist ein … ein sehr altes Haus im Gegensatz zu den neuen Hütten da draußen auf der Lichtung, oder?«, fragte er.

»Die Wände haben fast hundert Jahre lang dem höllischen Wetter hier im Hohen Venn standgehalten. Aber die Löcher im Dach, da ist die Nässe mit der Zeit bis in die letzten Ritzen gekrochen. Also, als die Chefin vor 21 Jahren das Haus gekauft und restauriert hat. Die Hütten da draußen sind später eine nach der anderen dazugekommen.«

»Mitten im Hohen Venn«, staunte der Fremde, »ein einsames Haus auf einer Lichtung von etwa …«

»… sechs Fußballfeldern«, ergänzte sie lächelnd. »Die Frage kenne ich irgendwie schon.«

»Eine verlorene Behausung, als hätte man eine Blechdose auf hoher See ausgesetzt.« Der Mann trank von seinem Tee. »Hm, man sagt, dass Sie nur ein paar Euro als symbolischen Preis gezahlt hat für das Haus.«

»So? Sagt man das? Was die Leute nicht alles erzählen. Sie fragen sehr viel. Sind Sie ein Journalist? Die haben wir hier nämlich nicht so gern.«

»Ich schreibe für ein Wandermagazin«, antwortete er. »Die religiöse Kolumne. Über Orte, an denen man seinem Glauben begegnen kann.« Er machte eine Pause. »Aber es stimmt doch, oder? Die Stadt Eupen ist hier zuständig, und dort erzählt man das so.« Der Mann ließ nicht locker.

»Hören Sie, wir haben nichts zu verbergen. Die Chefin hat ein Haus genommen, das keiner haben wollte. In Eupen waren die zuständigen Beamten froh, dass sie es losgeworden sind.«

»Keiner? Wirklich niemand wollte das Haus?«

»Niemand! Dieser Fleck hier im Nichts«, sagte sie leise und breitete die Arme aus, »ist vom mondänen Lebensgefühl der Eupener Hauptstädter so weit weg wie der Mars von Berlin.«

»Und was Sie hier in dieser finsteren Einöde machen, danach fragt bei der Stadt Eupen niemand?«

»Fragt in Berlin jemand, was die Marsmännchen machen?«, fragte sie grinsend. »Wir machen hier nichts Verbotenes! Wir wohnen hier und beachten alle Auflagen, die ganz schön streng sind.«

»Welche Auflagen sind das?«

»Einerseits sind die belgischen Naturschutzbedingungen zu beachten, und andererseits müssen wir schutzsuchenden Wanderern wie Ihnen jederzeit Obdach gewähren. Ob das die Leser eines Wandermagazins interessiert?«, fügte sie hinzu und hob fragend die Schultern.

»Aber was zieht Sie hierher, an diesen gottverlassenen Ort?«

»Erst einmal brauche ich keinen Gott, jedenfalls nicht den der Christen«, antwortete sie streng. »Und zweitens ist das hier genau der Ort, wie ich ihn damals gesucht habe.«

»Und die anderen da draußen in den Hütten?«

»Die Familien meinen Sie? Gleichgesinnte zu finden, war nicht schwer. In der Stadt Aachen und der benachbarten Gemeinde Roetgen gab es genügend potenzielle Aussteigerfamilien, die unserer Chefin gefolgt sind. Und jetzt sind wir eine wunderbare Lebensgemeinschaft.«

»Aussteigerfamilien«, wiederholte er spöttisch. »Esoteriker und Verschwörungsanhänger wären wohl die besseren Ausdrücke, nicht? Man sagt, dass die neun Holzhütten hier von Menschen bewohnt werden, die all ihr Geld aufgebracht haben, um sich eine dieser Behausungen zu bauen und um das Haus Ihrer Chefin, wie Sie sie nennen, zu einem Prunkstück umzurüsten. Um ihre Idee nach einer alternativen Lebensform zu teilen.«

»Eine Gemeinde braucht einen Ort, an dem sie sich versammeln kann. Daher dieses Haus hier. Unser Zentrum, unsere Basilika. Und das ist teuer, so etwas hinzukriegen.«

»Sie ist also so was wie eine Anführerin, eine Art … Priesterin?«

Debora bäumte sich auf und stützte die Hände in ihre prallen Hüften, über denen sich ihr knöchellanges hellgelbes Kleid spannte. »Was wollen Sie eigentlich?«, zischte sie.

»Wird sie nicht sogar Dea Mater genannt?«, fragte er.

»So nennen wir sie, ja, Dea Mater, falls Sie das verstehen.«

»Latein, es heißt Muttergöttin. Beachtlich«, sagte er und machte zugleich ein erstauntes wie spöttisches Gesicht. »Und dieses Haus hier ist das geistige Zentrum der ›Sunuker Kommune‹, wie man euch in Eupen nennt.«

»›Gemeinschaft der Sunuker‹ nennen wir uns. Und Sunuxsal ist unsere Chefin, unsere Dea Mater. Wir huldigen den Matronen. Das ist unsere Bestimmung.«

»Matronenkult also. Gutes Geschäft für die Chefin«, sagte der Mann spitzfindig, grunzte, trank einen Schluck Tee, schniefte und reckte den Oberkörper. »Und gleichzeitig erzählt sie ihren Anhängern, dass die Fortschritte der modernen Medizin ein Teufelswerk sind.«

Debora warf ihren blonden Haarschopf mit einem Schwung in den Nacken, sah ihn erbittert an und antwortete: »Wir sind hier nicht irgendein Hotel oder irgendeine Jugendherberge. Wir sind eine Lebensform. Eine Alternative. Verstehen Sie? Und das muss finanziert werden. Dazu halten wir Meditationstage, Seminare und Workshops hier ab. Gleichgesinnte aus ganz Deutschland, Österreich, Belgien, Holland, der Schweiz, sie alle kommen hierher, um von uns, um von Sunuxsal zu lernen!« Sie spürte, wie ihre Anspannung wuchs, drehte sich weg und tat so, als müsste sie den Teig weiter kneten. Ihre Hände zitterten.

Er stopfte sich ein zweites Brioche in den Mund, von dem ein Teil auf sein Hemd und dann auf den Boden fiel. Er kaute unangenehm laut und faselte: »Gutes Zeug hier … diese Kräuter …«

»Haben Sie keine Kinderstube genossen?«, platzte es aus ihr heraus.

»Was?«, entfuhr es dem Mann überrascht.

»Ihr Platschen, Kauen und Reden mit vollem Mund«, sagte sie mit dem bebenden Ausdruck der Abscheu. »Der Fleck auf Ihrem Hemd! Manno, können Sie das auch, ohne alles einzusauen.«

»Sie müssen sich entspannen«, sagte der Mann.

»Was geht es Sie an?«, herrschte sie ihn an. »Ein bisschen Kultur kann ich erwarten. Sie sitzen an unserem Tisch. Also bitte!«

»Also, wie kann ich das wiedergutmachen?«, fragte er scherzend. »Oder soll ich auf Veronika Lorenz persönlich warten?«

Sie knallte einen Teebecher auf die Arbeitsplatte und wandte sich dem Mann wieder zu. »Nennen Sie sie nicht Veronika Lorenz. So heißt sie seit 20 Jahren nicht mehr!«, feuerte sie ihm entgegen und schlug mit der flachen Hand auf den Holztisch. »Und außerdem ist sie für Sie nicht zu erreichen, weil sie in Österreich ist!«

In dem Moment öffnete sich eine der Flügeltüren zum Nebenraum. Zwei Frauen kamen heraus und grüßten Debora ehrfürchtig. Der Mann konnte einen kurzen Blick hineinwerfen. An der gegenüberliegenden Wand befand sich eine eingemauerte Steinstehle. Schnell erhob er sich und drängte sich aus dem Schattenplatz am Küchentisch vorbei an den drei Frauen durch die Tür in den Nachbarraum. Er war etwa dreimal so groß wie die Küche und hell erleuchtet. Eine Kuppel erweiterte die eigentliche Decke in die obere Etage und sorgte für einen Hall, der dem Raum einen besonderen Klang gab. Der Mann ging auf die Stehle zu. Debora stapfte schnell hinterher und rief: »Das geht Sie nichts an! Zu unserer Matronenbasilika haben Sie keinen Zutritt!«

»Lassen Sie mich sehen, was Sie hier verbergen.« In der Mitte der Wand war eine Bronzetafel eingelassen mit einer römischen Inschrift: »DEAE SUNUXSAL V.S.L.M.«. Darunter ein Relief mit der Abbildung von drei Matronen, rechts und links zwei ältere mit hohen, halbmondförmigen Hauben, in der Mitte eine junge Matrone ohne Kopfbedeckung. »Ist das nicht der Matronenstein, der vor ein paar Jahren an der Ausgrabungsstätte oberhalb von Kornelimünster gestohlen wurde? Und diese Bronzetafel, die doch auch, oder?«

Debora gab keine Antwort. »Gehen Sie!«, forderte sie ihn auf.

Andächtig las er die Inschrift auf der Tafel und übersetzte. »›Deae Sunuxsal‹, das heißt ›der Göttin Sunuxsal‹, ›V.S.L.M.‹, ›das Gelübde gebührend eingelöst‹«, murmelte er. »Wissen Sie, was das bedeutet?«, fragte er sie, ohne eine Antwort abzuwarten. »Es war ein Vertrag zwischen den Römern und den Matronen. Damit haben sie ihre magischen Kräfte unterstützt, sich ihr Wohlwollen gesichert. Sich vor ihnen verneigt. Weil sie sie fürchteten. Und mit der Einlösung in bare Münze haben sie sich von allem Laster freigekauft.«

»Es ist kein Freikaufen!«, schnaubte Debora. »Es ist eine Buße für alles, was die Männer den Frauen über die Jahrtausende angetan haben. Die Matronen stehen für die Fruchtbarkeit und Befreiung der Frauen, schon bei den Römern war das so.«

»Deae Matronae, ja, Muttergottheiten, das waren sie«, sagte er verzückt. »Doch Veronika Lorenz«, spottete er bitter, wobei er wie versteinert die Stehle ansah. »Ihre Sunuxsal, sie behauptet, die Letzte von ihnen zu sein.«

»Sie ist Sunuxsal«, rief sie wütend, »Nationalgöttin der belgischen Germanen, erstanden aus den Jahrhunderten der leeren Brückenzeit zwischen Antike und Gegenwart! Auferstanden aus dem Blute der Sunuker, die hier in Belgien einst gelebt haben.«

»Das haben Sie hübsch auswendig gelernt. Wieso nennt sie das Dorf hier Neuf Gression?«

»Weil Gressenich seit alter Zeit das Zentrum der Kraft war, das Zentrum, in dem einst aus glühendem Metall die heiligen Gefäße der Matronen erschaffen wurden«, schnaubte sie wütend. »Gression war das Tor zum ewigen Reich dieser Muttergöttinnen! Und hier ist es neu erstanden, durch Sunuxsal!«

Über der Bronzetafel war ein Sims aus rotem Sandstein in die Wand eingelassen, auf der ein Kerzenleuchter aus gebranntem Ton mit einer weißen Kerze stand. Dahinter lehnte ein großer goldener Rahmen, der ein Foto von einem Hemmoorer Eimer prachtvoll ins Bild setzte.

»Ihr Heiligtum?«, fragte er und sah sich kurz nach Debora um.

Sie nickte. »Ja, das ist er. Der unerreichbare Gral der Weisheit. Dort gehört er hin. Und nirgendwo anders!«

»Aber einen richtigen Eimer hat sie nicht, auf den sie sich berufen kann. Ich weiß es. Sie hat ihn nie gefunden, Ihre Sunuxsal. Sie ist eine Menschenfängerin.«

Debora keifte, warf den Kopf in den Nacken und belferte ihn an: »Ha! Unwissender, wer bist du, dir solche Urteile anzumaßen?«

Der Mann wandte sich ihr zu, öffnete seine Jacke und holte ein derb gefertigtes Holzkreuz hervor. Erst jetzt nahm sie sein Gesicht richtig wahr. Wie das einer Vogelscheuche, dachte sie, das war das, was ihr einfiel, als sie ihn betrachtete. Eine lange krumme Nase, hervorstehende Wangenknochen, langes dunkles Haar, zotteliger Vollbart, die tiefen Augenhöhlen und, jetzt erst so richtig zu sehen, diese schiefe Narbe, die das rechte Augenlid entstellte, besonders bemerkenswert weiße und an sich schöne Zähne. Aber sie passten für sie überhaupt nicht zum Rest. »Es stimmt also doch! Sunuxsal, sie ist eine Sektiererin, eine Ungläubige, und du folgst dieser Antichristin!«, beschwor er sie. »Verdammt seid ihr!«, rief er und hob das Kreuz in die Höhe. »Gebt diesen Ort frei von euren bösen Taten. Kehr um von deiner falschen Dienerschaft und bekenne dich zum wahren Glauben. Der Herr wird dir vergeben.« Drohend brannte sich sein Blick in ihre Augen. »Lass ab von dem Teufel, der dich beherrscht!«

Debora hielt seinem Blick stand. »Wer bist du? Du bist kein harmloser Wanderer. Du bist ein gottversessener Pfaffe! Ein Exorzist gar? Willst mir einen Teufel austreiben und merkst nicht, dass du selbst von ihm besessen bist?«

Der Gottesmann blickte auf sie hinab und hielt ihr verkrampft das Kreuz vor die Augen. »Im Beet des Herrn sollen gesunde Früchte wachsen. Du aber, Dienerin im falschen Glauben, du sollst Buße tun, bis du rein bist von all dem bösen Brauch, der dich beherrscht!« Er hob das Kreuz und rief ihr beschwörend entgegen: »Exorcizamus te, Satanica potestas ...«

Debora wich zwei Schritte zurück, riss den Arm hoch und zeigte auf die Tür. »Raus aus unserem Haus!«, schrie sie. »Hinaus, sage ich!« Sie lief in die Küche, ergriff einen Besen, sprang zurück und schlug auf ihn ein, bis er die Arme schützend vor sich hielt und zurückwich.

»Du schlägst einen Mann Gottes!«, rief er. »Exorcizamus te ...«

»Zu Recht, denn er ist das mieseste Stück Dreck, das mir je begegnet ist. Raus, raus, raus, du abscheulicher Exorzist!«, schrie sie außer sich und prügelte ihn hinaus vor die Tür. »Und wage es nicht, wiederzukehren. Nicht morgen, nicht nächsten Monat und nicht im nächsten Jahr! Niemals!«

Er stolperte durch den peitschenden Regen und stellte sich schützend unter das Dach einer der Holzhütten. Sein Kreuz fest umklammert betete er leise, den Blick starr auf Sunuxsals Haus gerichtet. Er atmete schwer. Das Brennen, dieses Brennen! Er wusste, er musste einfach warten. Warten, warten ...

»Vater unser, ich werde sie befreien von ihrem Irrglauben!« Sein Herz, es loderte wie ein vertrockneter Ölbaum. »Sie wird sühnen, Sunuxsal, diese Hexe aus Gressenich.«

SAMSTAG, 12. AUGUST

DAS PRÄPARAT

Lüttich, Historisches Institut, Antike Welten

Außer der Putzkolonne würde samstags kaum jemand hier sein, dachte er und betrat Sabzynskis Büro. Der Reinigungskraft, die gerade den Aktenschrank abwischte, hatte man anscheinend beigebracht, einen Schreibtisch, auf dem irgendetwas lag, das auch nur annähernd nach Wissenschaft aussah, niemals anzufassen. Er grüßte kurz und nahm wie selbstverständlich an Sabzynskis Schreibtisch Platz.

Er sah sich um, obwohl er nicht genau wusste, wonach er suchte. Sabzynski würde irgendetwas mitgebracht haben von seiner Reise nach Österreich. Auf dem Schreibtisch stand ein Karton aus Wellpappe. Darin befand sich ein wiederverschließbarer Kunststoffbeutel. Er hob den Beutel, der etwa einen halben Meter lang war, hoch. Darin befand sich ein weiterer wiederverschließbarer Beutel. Er betrachtete den Inhalt genau. Erde, Asche und ein paar Knochenstücke, wie es schien. Merkwürdig. Darauf ein Etikett mit der Aufschrift: »Probe drei, Di, 03.08.2023, Großglockner, Sunuxsal-Stollen«. Aha, Sabzynski hatte also einen Stollen entdeckt, den er nach Sunuxsal benannt hatte. Wie romantisch! Er zischte und grinste zynisch. In dem Moment klingelte das Telefon. Er ließ es zunächst klingeln, hob dann aber doch ab.

»Hallo, Dr. Sabzynski?«, fragte eine hektische Stimme am anderen Ende.

»Hmm«, brummte er.

»Mann, was haben Sie van Buuren da für eine Scheiße zugeschickt? Sind Sie irre?«

»Wo ist van Buuren?«, fragte er geschickt. »Und mit wem spreche ich?«

»Hier ist Dr. Peeters, Geologisches Institut. Van Buuren ist auf dem Klo, kotzen, glaub ich.«

»Was ist passiert?«

»Van Buuren hat die Probe untersucht, die Sie geschickt haben. Er sagt, es ist Verwitterungserde aus stark glimmerhaltigem Gestein, Asche mit hohem organischem Anteil, nix Außergewöhnliches. Dann hat er mich vom Early Life Lab dazugeholt, weil er ein paar Knochensplitter gefunden hat.«

»Und?«

»Wahrscheinlich menschliche Knochen. Aber das ist nicht das Erschreckende. Ich hab einen kleinen Teil der Probe unters Mikroskop gelegt. Und wissen Sie was?« Tonaussetzer. »Hal…oo?« Wieder ein Aussetzer. »Verd…mt, wieder so ein Scheiß…rl, der an irg…as rumfummelt. Halloooo?«

»Ja, ich höre.«

»Wo war ich?«

»Mikroskop.«

»Ja, genau da habe ich was Schreckliches entdeckt. Pockenviren. Aus der Zeit, wie Sie es beschreiben, also etwa 170 nach Christi Geburt, kann es sich nur um die Antoninische Pest handeln.«

»Was denn jetzt? Pest oder Pocken?«

»Benannt ist diese Seuche nach dem damaligen Kaiser Marcus Aurelius Antoninus, dem Philosophenkaiser, der ein paar Jahre später wahrscheinlich selbst dran gestorben ist. Man wusste bis dato nicht genau, was es nun war, eine bakterielle Seuche wie etwa die Pest, oder ob es doch Viren waren. ›Pestis‹ ist Latein und heißt eigentlich nur ›Seuche‹«, erklärte der

Mann atemlos. »Ich habe eindeutig eine Art von Variolaviren identifiziert, also Pocken, was in Fachkreisen immer wieder als Möglichkeit für die Antoninische Pest diskutiert wird, ja, sogar als sehr wahrscheinlich gilt. Nun wissen wir es also. Die Antoninische Pest waren eigentlich Antoninische Pocken!«

»Sie sind ein großer Wissenschaftler, Dr. Peeters. Gratuliere.«

Dr. Peeters machte eine Pause. Dann: »Das Erschreckende aber ist: Die Viren, die wir gefunden haben, sind aktiv! Sie haben also die 1.800 Jahre im Permafrost der Alpen überlebt und scheinen in dem Erde-Asche-Substrat im aufgetauten Zustand überlebensfähig zu sein.«

»Was? So was geht?«

»Das ist gar nicht so ungewöhnlich. Wir haben diese Probe sofort isoliert, als Biohazard eingestuft und das Tropeninstitut informiert. Die werden gleich bei Ihnen aufschlagen und Ihnen das Zeug aus den Händen reißen!«

»Und was ist mit Dr. van Buuren?«

»Der hat sich wahrscheinlich mit dem Zeug kontaminiert. Und das, mein Freund, das ist Ihre Schuld. Ich hatte Gott sei Dank Handschuhe und Mundschutz an. Das Problem ist: Gegen diese Art von Pocken haben wir keinen Impfstoff. Es gibt kein Gegenmittel!«

DAS HEILSVERSPRECHEN

Neuf Gression, Matronenbasilika

Sunuxsal fieberte der Opferweihe entgegen. Einige Leute ihrer Lebensgemeinschaft waren unruhig geworden. Debora hatte ihr gestern von dem Streit mit dem Fremden erzählt. Sie hatte ihn dabei beobachtet, wie er im Regen mit vorgerecktem Kreuz auf dem Gelände umhergeirrt war. Auf keinen Fall durfte das noch einmal passieren, sodass die Frauen unruhig wurden und diesem Pfaffen Glauben schenkten.

In ihrem Vorbereitungsraum neben der Matronenbasilika legte Sunuxsal ihre Kleidung an. Debora half ihr wie immer dabei. »Es ist frisch gewaschen und gestärkt und duftet nach Flieder«, sagte sie und hielt ihr das noch gefaltete, glatt gebügelte lange Unterkleid aus Leinen entgegen.

»So habe ich es am liebsten, meine gute Debora!« Sunuxsal lächelte sie an und streichelte über ihr Haar. »Meine Liebe, ist der Pfaffe noch mal aufgetaucht?«

Debora schüttelte den Kopf. »Nein, er wird genug haben von meinem Besenstiel!« Sie lachten ausgelassen.

»Hoffen wir es. Ich habe aus deinen Schilderungen den Eindruck gewonnen, dass er hartnäckig ist.«

»Der kommt vielleicht wieder«, sagte Debora und schüttelte das blütenweiße Unterkleid aus, raffte es, sodass Sunuxsal mit Kopf und Armen bequem hineinschlüpfen konnte. Das Gewand mit dem lilafarbenen Saum fiel bis zum Boden, sodass ihre Füße verdeckt waren. »Was glaubst du? Ist er gefährlich?«, fragte Debora und brachte den senfgelben Überwurf, den Sunuxsal nun darüberzog.

»Debora, vergiss ihn einfach. Er ist ein Eiferer, aber weder gefährlich noch kann er uns irgendetwas antun.«

Debora nickte, wandte sich ab und kramte in ihrer Tasche. »Ich habe dir einen neuen Gürtel genäht.«

»Da bin ich ja gespannt. Zeig her«, bat Sunuxsal freudig.

Debora holte den in Schleifen gelegten Gürtel hervor und entrollte ihn vor Sunuxsals Augen, ein kleines Meisterwerk aus bunten Schnüren und Fäden in feinster Stickerei. »Wie wunderbar, Debora! Du bist so liebenswert. Und den hast du wirklich selbst gemacht?«, fragte sie.

»Ja, ich mache das gern für dich!«

Sunuxsal stellte sich vor den Spiegel, gürtete den Überwurf und betrachtete sich. »Wunderbar, der Gürtel ist ein Kunstwerk, einzigartig. Ich wusste gar nicht, dass du so etwas kannst! Du ahnst nicht, wie sehr mich das freut«, schwärmte Sunuxsal, ging einen Schritt auf sie zu, umfasste ihre strohblonden Haare und küsste ihre Stirn.

Debora sah demütig zu Boden, faltete die Hände vor dem Gesicht und nickte kurz mit dem Kopf. »Danke, Dea Mater. Danke!«

»Und nun die Lunala«, verlangte Sunuxsal und streckte die Hand aus. Debora holte die goldene Kette mit dem Anhänger aus dem Schrank und legte sie Sunuxsal sanft um den Hals.

Sunuxsal schloss die Augen und atmete tief ein. »Wenn ich sie auf meiner nackten Haut spüre«, sprach sie wie in einer warmen Trance gefangen, »überkommt mich immer wieder dieser Schauer. Es ist, als ob eine magische Kraft Einzug in meinen Körper hält.« Sie sah in den Spiegel und betrachtete den halbmondförmigen Anhänger, wie er auf ihrer Brust lag, während ihr Oberkörper leise bebte.

Debora legte ihr die purpurne Toga über die Schultern und verschloss sie mit einer dunklen Holzschließe unterhalb ihres Halses. »Meine Dea, ich weiß nicht, ob die Haube gelungen ist. Jedes Mal dasselbe Drama«, gluckste sie und holte die große Kopfbedeckung von dem rosafarbenen Styroporkopf, die aus dunkelrotem Leinen genäht und mit Stärke in Form gebracht war. »Dieser blöde Draht verbiegt sich immer wieder«, schimpfte sie leise. »Aber irgendwie kriegen wir sie schon zum Stehen«, fügte sie entschuldigend hinzu und steckte ihr die Haube auf, sodass sie Sunuxsals gesamte Haarpracht einrahmte und um eine Kopflänge überragte. Debora ging zu dem kleinen Türspion, der ihr einen Überblick über die Basilika verschaffte. »Es ist so weit, meine Dea!«, sagte sie im Flüsterton. »Die Menschen sind gekommen.«

Sunuxsal kontrollierte ein letztes Mal die Wirkung ihrer stark geschminkten Augen und übte noch einmal ihren traurig erhabenen Blick. »Sunuxsal«, hauchte sie in den Spiegel, erhob sich von ihrem Sessel und ging auf die Tür zu, wobei der Stoff ihrer Gewänder ein einlullendes Rascheln von sich gab. Debora öffnete die Tür, ging voraus und stellte sich vor den Matronenstein, wobei sie ihre Arme langsam nach oben bewegte. »Erhebt euch, liebe Flehende!« Die Kuppel über ihr verursachte trotz der ungefähr 50 Leute im Raum einen sphärischen Widerhall. Augenblicklich herrschte absolute Ruhe. »Dea Mater, Matrona Sunuxsal, wird euch alle nun mit ihrer Kraft beehren«, fügte Debora voller Ehrfurcht hinzu, bewegte ihre Hände gefaltet vor ihr Gesicht, drehte sich in Richtung Tür und trat rückwärtsgehend mit gesenktem Kopf in den Hintergrund, wo ein schwerer Kerzenleuchter stand, auf dem feierlich eine große weiße Kerze brannte.

Langsam und majestätisch schritt Sunuxsal in den Raum und wandte sich dem Matronenstein zu. Sie hob die Arme und begann ihre Anrufung. »Drei an der Zahl seid ihr, zwei der Erfahrenheit, eine der Jugend zugetan. Ihr heiligen Matronen, beschützet uns, mehret unsere Fruchtbarkeit und nehmt unsere Demut an, in der wir uns vor euch verneigen.« Sunuxsal verneigte sich lange vor dem Bildnis. Dann drehte sie sich zu den Menschen, die ihr ehrfürchtig zuhörten. »Ihr alle seid gekommen, aus den Städten und aus den Dörfern, in denen ihr euer Leben lebt. Und ihr alle habt verschiedene Gründe, uns hier in unserem heiligen Neuf Gression aufzusuchen. Doch alle habt ihr eines gemeinsam: Ihr sucht Rat und Hoffnung, denn eure Fruchtbarkeit liegt versteckt tief in euch und lässt euch warten. Ich weiß es, ich spüre es, wie ihr leidet.«

Tief betrübt sahen einige Frauen zu Boden. Anderen kamen die Tränen. Eine Frau wurde von ihrem Mann an den Schultern gehalten und schlug mit der Faust auf ihr Knie, immer wieder.

»Meine Schwester, tu das nicht«, bat Sunuxsal. »Öffne dich, sag uns deinen Namen und erzähle uns, was dich betrübt.«

»Ich heiße Lore«, schluchzte die Frau. »Wir versuchen es und versuchen es immer wieder. Wir waren bei unserem Pfarrer und ich habe zu Gott gebetet«, keuchte sie unter Tränen, »wir waren bei Ärzten und ich habe Medikamente genommen, wir waren bei Heilpraktikerinnen und ich habe Globuli geschluckt, und wir waren bei einem philippinischen Wunderheiler, und ich habe das Herumwühlen in meinem Bauch ertragen. Aber nichts, gar nichts hat geholfen. Hilf uns, wir möchten so gern ein Kind«, rief sie Sunuxsal an und streckte die Hände nach ihr aus. »Zeig mir den Weg, du bist meine letzte Hoffnung!«

Sunuxsal ging ein paar Schritte auf sie zu, nahm ihre Hände und presste sie an ihre Brust. »So wie du meinen Busen spürst, so wirst du dein Kind in dir spüren. Hab Geduld, liebe Lore, hab Geduld.« Sie wandte sich an die anderen Menschen im Raum. »Glaubt an die Kraft der Matronen. Glaubt an die drei heiligen Frauen, die zu euch kommen werden in euren Träumen. Ihr alle, helft ihr und ihrem treuen Mann hier«, beschwor sie salbungsvoll und sah dem Mann neben der aufgelösten Frau in die Augen. »Und nun werdet einem Wunder gewahr«, sprach sie leise in die Menge, drehte sich um und ging auf einen kleinen Tisch in der Ecke des Raumes zu. Debora holte einen Schlüssel hervor, nahm das weiße Tuch weg und öffnete das schwarze Tabernakel, das darunter zum Vorschein kam. Sunuxsal breitete die Arme aus und entnahm dem Schrein einen Messingeimer, der hell und strahlend wie Gold glänzte. Ein ehrfürchtiges Raunen erfüllte den Raum.

»Der heilige Kessel der Matronen«, rief sie feierlich. »Sehet den fröhlichen Reigen, den fruchtbaren Amor mit dem Thyrsosstab, der all eure Sehnsüchte stillen kann, meine Schwestern. Sehet die Flügel über seinen Lenden, die all eure Säfte anspornen werden, meine Brüder.« Sunuxsal hielt den Eimer in die Höhe und verharrte unter dem Applaus der Anwesenden, die aufgestanden waren und ihr zujubelten.

»Bringt euer Opfer«, fuhr Debora fort, »wie in den alten Zeiten! ›V.S.L.M.‹, und gehöret zu denen die ›das Gelübde gebührend eingelöst‹ haben werden!«, während Sunuxsal mit geschlossenen Augen den Prunkeimer immer noch nach oben reckte.

Debora zog weiße Handschuhe über, löste sich aus dem Schatten der Wand und nahm Sunuxsal feierlich den Topf ab. Nun hielt sie den Menschen im Raum das glänzende Heiligtum vor und flüsterte: »Fieri nobilis donator, werde zum edlen Spender!« Sie ging von Frau zu Frau, von Mann zu Mann, von Paar zu Paar. »Fieri nobilis donator!«

»Die Matronen wollen es rascheln hören und nicht klingeln!«, schnatterte eine ihrer beiden Begleiterinnen heiter. »Sunuxsal verspricht euch nicht, was die teuflischen Ablassprediger des Papstes versprachen, welche die Menschen belogen mit dem Spruch ›Sobald das Geld im Kasten klingt, die Seele in den Himmel springt‹. Denn es ist selbst für den Gott der Christen eine Beleidigung, billig klingende Münze als Almosen angeboten zu bekommen. Nein! Rascheln muss es, ein wohlig papiernes Rascheln muss der heilige Eimer aufnehmen«, mahnte sie, während Debora feierlich mit dem Eimer vor den Menschen auf und ab ging.

»Die Matronen hören euch aus dem Eimer der Weisheit und Fruchtbarkeit!«, rief Sunuxsal. »Sie werden euch dankbar sein und unserem unglücklichen Paar hier an eurer Seite helfen. Und auch euch wird irgendwann die Hilfe zuteilwerden.«

Ein Mann stand auf und sah demütig zu Boden. Unsicher schielte er zu allen Seiten und schien seinen ganzen Mut zusammenzunehmen, wartete darauf, dass Sunuxsal ihn ansprach. Sunuxsal wandte sich dem Mann zu und forderte ihn auf: »Sprich, mein Freund, was hast du uns zu sagen?«

»Wir … also … meine Frau Sonja und ich, wir kommen extra aus Sachsen-Anhalt zu euch. Wir leben in Frieden und Freude mit anderen zusammen in einem kleinen Dorf an der Elbe. Aber wir können keine Kinder bekommen. Im Internet haben wir von dir gelesen. Und dass du in alter germanischer Tradition zu den Matronen sprichst, die Gelübde zelebrierst und die Geldopfer annimmst. In einem Messingeimer aus Gression, so wie es die Matronen taten. Daher der Name eures Dorfes hier. Wie aber hast du, große Sunuxsal, von der Kraft dieses Eimers erfahren und von der Weisheit der Sunuker?«

Sunuxsal sah betreten zu Boden. »Es war in meiner … Kindheit. Schon damals wusste ich, dass es die Eimer aus Gression sind, die zu uns sprechen und uns Kraft schenken können. Ich war es, die einen dieser Eimer fand. Von den Sunukern hinterlassen, in einem alten Bergwerksstollen, nahezu zwei Jahrtausende verschüttet, um von mir gefunden zu werden. Ein Unglück führte dazu«, sagte sie und schluchzte, »dass der Eimer verschüttet wurde.« Sie wischte sich eine Träne aus dem Augenwinkel. »Und so machte ich mich mein Leben lang weiter auf die Suche, ich gab niemals auf, bis mich eine Stimme erreichte, die mir sagte, wo ich suchen müsse. Bis ich diesen hier fand.«

Demütig setzte der Mann sich neben seine Frau, fasste voller Hoffnung ihre Hände und lächelte sie an. »Siehst du, es geht alles mit rechten Dingen zu. Sunuxsal wird uns helfen, meine Liebe.«

»Zweifelt nicht und helft mit der Stärke und Kraft eurer

reichen Seelen!«, rief eine der Helferinnen. »Seht mich an. Ich bin Evi. Ich war am Boden zerstört. Die Matronen gaben mir den Mut. Sunuxsal aber gab mir die Hoffnung, denn ihr Name bedeutet, dass sie große Träume erfüllt. Irgendwann geschah das Wunder. Ich gebar ein strammes Kind, gesund und heute sieben Jahre alt!« Mit strahlenden, großen Augen sah sie nach oben in die Kuppel. »Vertraut auf die Macht der Matronen, so wie ich es tat!«, sprach sie und öffnete die Arme. Dann sah sie verklärt in die Runde der Menschen, die ihr an den Lippen hingen. »Seitdem wohne ich hier, bin ein Teil der Gemeinschaft der Sunuker, wie auch mein Mann und mein Sohn.« Ihr flossen Freudentränen über die Wange.

»Mir erging es ähnlich wie Evi. Ich heiße Lisa! Ich habe seit meiner Geburt eine Behinderung«, sagte sie und hob mit der gesunden Hand ihrem schlaffen Arm in die Höhe. »Meine Ärzte sagten, ich würde niemals Kinder bekommen. Doch nun habe ich zwei kleine Töchter, Zwillinge. Sie schlafen bereits.« Die Menschen vor ihr lächelten. »Mein Mann passt auf sie auf, während ich Sunuxsal unterstütze, um euch an unserem Wunder teilhaben zu lassen. Die Therapie, die Sunuxsal euch anbietet, sie funktioniert bereits seit Langem. Habt Mut. Auch ihr«, sagte sie und wandte sich an Sonja. »Nimm Sunuxsals Weisungen an!« Dann an Lore gerichtet: »Auch du, Lore, wirst der Matronen Heil erfahren!«

»Eure Opfer werden Leben schaffen!«, rief Sunuxsal, verneigte sich vor den Menschen und vor dem Matronenstein und schritt leise in den Nebenraum.

Sabzynski, der dem Ganzen aus der hinteren Reihe zugesehen hatte, blickte Sunuxsal bewundernd hinterher. Ein Schauer überkam ihn. Wie sehr er sie liebte! Debora wandte sich ein letztes Mal den Menschen im Raum zu, folgte Sunuxsal mit dem Eimer und schloss die Tür.

Sabzynski war beeindruckt von ihrer Größe und Stärke, von ihrer Überzeugungskraft und Ausstrahlung. Und von ihrer blendenden Schönheit, die jede Faser seines Körpers entflammte. Er musste zu ihr, sie berühren, sie in den Arm nehmen. Doch so groß die Sehnsucht nach ihr war, so groß war ebenso seine Angst, zurückgewiesen zu werden. Er war ihrer Übermenschlichkeit, die sie weit über sich hinauswachsen ließ, total und unwiederbringlich ausgeliefert. Nachdem alle anderen den Saal verlassen hatten, erhob er sich und ging zögerlich auf die Tür zu, hinter der sich Sunuxsal und ihr Mysterium verbargen, von denen er wusste, dass sie sein Verderben sein würden.

MONTAG, 14. AUGUST

DER SIEBENTE GRAL

Neuf Gression, Hohes Venn

Als er um halb vier Uhr morgens das Schild »Neuf Gression« passierte, bellte ein Hund und lief auf ihn zu. Der Hund war ihm zuvor schon aufgefallen, ein zotteliger, wilder Mischling mit graublauem Fell. Er hatte sich darauf eingestellt, dem Tier zu begegnen. Ardenner Salami, mit der er den Hund seines Nachbarn oftmals beruhigte. Ein paar Tropfen Benzodiazepin hineingespritzt, und diese Wurst bewirkte wahre Wunder. Das zottelige Viech stand jetzt knurrend vor ihm. Er warf ihm die Wurst hin, und es dauerte nur ein paar Sekunden.

Er wartete noch drei Minuten, doch alles blieb ruhig. Schnell und lautlos hatte er das alte Fenster geknackt, stieg in die Küche ein und öffnete die Tür zur Basilika. Seine Taschenlampe leuchtete auf die gegenüberliegende Wand, wo der Matronenstein eingemauert war.

Einen Augenblick lang verschlug es ihm die Sprache. Da stand er, der Gressenicher Eimer, der Gral der Sunuker, vor ihm auf dem Sims aus rotem Sandstein, über der Bronzetafel. Sunuxsal und Sabzynski hatten ihn also tatsächlich gefunden. Unfassbar! Schnell schlich er durch den Raum, betrachtete ihn kurz von Nahem, nahm ihn vorsichtig herunter, schlug ihn in ein Leinentuch ein und packte ihn in seinen Rucksack. Dann verließ er das Haus auf demselben Weg, den er eingestiegen war. Der Hund lag immer noch dort, wo er umgefallen war, und atmete tief und gleichmäßig.

Unbehelligt lief er zu seinem dunkelgrauen Mercedes G, den er etwa 200 Meter vor Neuf Gression auf dem Waldweg so geparkt hatte, dass er sofort losfahren konnte.

Einsam raste er auf nächtlichen Landstraßen dahin. Er kannte die Strecke wie im Schlaf, Monschau, Lammersdorf, hinab nach Zweifall, bis Stolberg, hinauf auf die Höhenstraße, vorbei an dem rot-weißen Funkmast auf dem Donnerberg, dem Birkengang entlang bis zur Bohler Heide im südlichen Stadtgebiet von Eschweiler. Dort parkte er den Mercedes G am Wegrand kurz vor der »Waldschänke Killewittchen« und ging im Schutz der Dunkelheit zu Fuß weiter. Hier irgendwo musste der Zugang zu dem Stollen sein.

Bald bog er in den alten Hohlweg ein, die Stirnlampe leuchtete ihm den Weg, den er nur schlecht fand. Weiter vorn musste der Eingang zur Höhle sein. Sie waren Kinder gewesen, als es damals passiert war. Schweiß tropfte von seiner Stirn. Die Angst seiner Kindheit kam auf. Ihm wurde schlecht. Wie damals. Er zitterte am ganzen Körper, setzte sich auf einen Stein. Alles kam zurück. Im Abschaum geboren. Alles kam zurück …

Der Trampelpfad ist äußerst unwegsam. Wir schlagen uns durch die Büsche, keiner spricht ein Wort. Nur Zirpen und Vogelgezwitscher, ein heißer Sommertag im Juli. Ab und zu knackt ein Ast, wenn einer von uns drauftritt. Unsere Wanderung von Gressenich hierher hat uns etwas mehr als eine Stunde gekostet.

Normalerweise sind wir zu dritt, doch heute haben wir Costa mitgenommen aus der Klasse unter uns. Costa, der verwöhnte Hasenfuß, wie Vroni ihn immer wieder bezeichnet. Aber insgeheim ist sie neidisch auf alles, was er hat.

Als Costa uns am Treffpunkt beim Gressenicher Friedhof begegnet, lachen Herbert und ich ganz schön blöd. »Was willst du denn mit dem Rucksack?«, frage ich hämisch. »Wir wollen nicht in die Alpen!« Herbert führt einen lächerlichen Kurzschuhplattler auf und gibt einen miserablen Jodelversuch von sich.

»Das kannst du ja noch mal üben«, bemerkt Costa unbeeindruckt.

Herbert läuft rot an.

»Heute könnte es regnen«, belehrt uns Costa. Ich kenne mich aus. Ich war schon ein paarmal mit meinem Vater am Olymp wandern. Und wenn es nur eine kurze Strecke ist, wichtig ist, dass du was zum Essen und gute Kleidung gegen einen Wettereinbruch dabeihast.«

»Er hat doch recht«, sagt Vroni und wir beide haben erst mal nichts mehr zu melden. Costa schreitet los. Herbert macht sich mal wieder an Vroni ran, will ihre Hand halten, doch sie sträubt sich, ist immer noch sauer wegen des blöden Schuhplattlers.

Nach etwa einer Stunde sind wir dort, wo wir hinwollen. Costa bleibt stehen und dreht sich feierlich zu uns um. »Hier ist es. Aber bloß nix verraten«, flüstert er verschwörerisch. »Niemand darf wissen, dass wir hier sind! Ehrenwort. Und schwör!«, sagt er und streckt Daumen, Zeige- und Mittelfinger der rechten Hand in die Höhe.

»Schwör«, bestätigen wir drei anderen und tun dasselbe.

»Erst mal eine Rast«, sagt Costa und packt für uns ein Brot, ein paar Scheiben Wurst, ein Stück Käse, Tomaten und eine Gurke aus.

»Oh, woher hast du das denn?«, fragt Vroni.

»Vom Bauernhof geklaut.«

Wir lachen ausgelassen und freuen uns an dem schönen Tag.

»Ich hab noch Limo«, sagt Costa und holt eine Flasche raus.

Wir setzen uns jeder auf einen Stein und beginnen zu essen.

Herbert sieht in den Himmel, die Sonne scheint unerbittlich, und es ist über 30 Grad. Doch am Horizont türmen sich Gewitterwolken auf. »Hört ihr das Grollen?«, fragt Costa. »Es wird wohl gewittern.«

»Ach, das ist noch weit weg«, sagt Vroni kokett und macht eine wegwerfende Handbewegung.

»Wir werden sehen«, antwortet Costa.

»Und wieso habt ihr mich hierhergeschleppt?«, fragt Vroni und blinzelt in die Sonne. »Was ist das Geheimnis?«

»Los, erzähl schon, sag's ihr!«, fordert Herbert den kleinen Costa auf.

»Also, mein Opa, der wohnt ja hier in Hastenrath«, sagt Costa. »Der hat mir erzählt, dass sie im Krieg die alten Bergwerksstollen und die Höhlen als Schutz vor den Tieffliegern genutzt haben«, flüstert er geheimnisvoll. »Tagelang haben die Frauen, Kinder und Alten vorn im Arnoldstollen und auch hier drin verbracht. Und er hat mir erzählt, dass die Frauen in alten Eimern aus Messing die Kartoffeln geputzt haben, sechs Eimer, die sie in einem der verlassenen Bergwerksstollen gefunden hatten.«

»Und er war dabei?«, fragt Vroni.

»Ja, da war er 13, so wie ihr. Die haben sich vor den Bombern versteckt«, fügt er hinzu und macht ein bedrohliches Motorengeräusch.

»Ja und, was ist mit den ollen Eimern?«, fragt Vroni mit überheblichem Blick.

»Wir haben doch in Heimatkunde gelernt, dass Messingeimer hier bei uns hergestellt worden sind und aus der Römerzeit stammen, das sind totale Prunkgefäße! Hier bei uns!« Herbert schlägt seinen Handballen gegen die Stirn.

»Die Sunuker waren das. Die haben die Eimer gemacht«, ruft Vroni. Sie hebt die Arme und bewegt sich wie eine Priesterin aus einer griechischen Sage. »Oh, Sunuxsal, oh, Sunuxsal,

ich bete dich an. Oh, Sunuxsal, schenk uns den Gral, führe uns zu ihm. Oh, Sunuxsal … deinen Heiligen Gral.« Sie windet sich und verdreht die Augen, sodass uns ganz schön mulmig wird.

»Hey Vroni, das reicht«, ruft Herbert und rüttelt an ihrer Schulter. »Lass das!«

Vroni sieht ihn an und lacht ihn aus. »Das war nur ein Spaß!«

Herbert sieht das anders. »Das ist Gotteslästerung!«

Vroni lacht noch mehr und will gar nicht aufhören. »Und hier haben sie also die Messingeimer gemacht?«

Herbert schüttelt den Kopf. »Nicht hier. Irgendwo da hinten!«, sagt er und zeigt in Richtung Stolberg. »Hier zwischen Gressenich und Hastenrath, da waren die Erzgruben, da haben die Römer das Erz rausgeholt. Deshalb heißt es ja ›Römerfeld‹!«

»Und das alles vor fast zweitausend Jahren!«, rufe ich. »Die Eimer, die sind weltberühmt und total wertvoll, unbezahlbar!«

»Wahnsinn, und die haben darin Kartoffeln geschält!«, ruft Vroni und gluckst. »In den wertvollsten Eimern der ganzen Welt! Oh, Sunuxsal, oh, Sunuxsal …«

»Hey, jetzt hör auf mit dem Blödsinn!«

»Ja, und? Wo sind die Eimer jetzt?«, fragt Vroni und sieht in den Himmel.

Costa zeigt auf den Eingang des Stollens. »Mein Opa sagt, da drin, da hat er sich als Junge vor den Bomben versteckt. Mit seiner Mutter und seiner Oma und noch ein paar Frauen. Fünf Eimer sind später irgendwo verschüttet worden. Aber einer, der soll noch drin sein.«

»Im Ernst?«, fragt Vroni. »Kann man denn da rein? Buh«, macht sie mit großen Augen und lässt ihren Kopf und die gespitzten Hände auf Costas Gesicht zuschnellen. Costa weicht zurück.

Ich sag: »Na und? Das ist doch ein Klacks in die Höhle rein. Nachts, wenn wir schlafen, da ist es dunkler.«

»Warst du schon mal drin in so 'ner Höhle?«, fragt mich Vroni flüsternd.

»Nee«, antworte ich. »Aber das würd ich machen! Klar!«

»Mein Opa sagt, das ist ganz schön gefährlich und dass man da auf keinen Fall reindarf! Kann alles zusammenkrachen.«

»Kinderkram«, gab Vroni an. »Da kannst du doch wohl rein, wenn dein Opa sagt, dass er auch drin war.«

»Wieso ich?«, fragt Costa empört. »Ihr wolltet hierher und es ihr zeigen!«, sagt er vorwurfsvoll an Herbert und mich gerichtet und zeigt auf Vroni.

»Weil du weißt, wie es da drin aussieht, oder?«, frage ich. »Dein Opa hat dir das sicher gesagt, oder nicht?«

Costa verzieht den Mund und nickt. »Ja, das hat er mir gesagt!«

»Ach, komm, lassen wir das!», meckert Vroni böse und spielt so was wie Enttäuschung vor. »Unser Kleiner ist eben zu klein. Wusste ich doch, ein Hasenfuß!«

»Hey, ich bin schon 12!«, protestiert Costa.

»Na und? Wir sind 13 und hätten keine Angst, stimmt's?«, behauptet Vroni.

Herbert und ich nicken.

Costa sieht Herbert an, und dann Vroni. Ich sehe die Enttäuschung in seinem Gesicht, erkenne aber auch seine Verzweiflung. Und ich sehe, wie Vroni sich insgeheim daran freut.

»Was krieg ich, wenn ich da reingehe?«, fragt Costa plötzlich mit sich fast überschlagender Stimme.

Ich gehe einen Schritt auf ihn zu. »Du kriegst von uns einen Römerorden«, sage ich verheißungsvoll. »Und 'nen Kuss auf die Backe von ihr!«, krächze ich und grinse.

»Willi, du Arsch!«, ruft sie mit zornigem Blick und schlägt nach mir.

Dann offenbare ich an Costa gewandt: »Wenn du da reingehst, dann bist du unser kleiner Held, Costa. Und wenn du den Eimer findest, dann darfst du ihn als unser Heiligtum präsentieren!«

Vroni schaltet um. »Aber so ’n Feigling wie du, der macht das doch nie!« Sie wendet sich ab, dreht uns den Rücken zu, verschränkt die Arme und sieht erneut in den mittlerweile wolkenverhangenen Himmel.

Herbert und ich nicken wieder. Herbert grinst und setzt einen überheblichen Blick auf.

»Ich mach’s«, sagt Costa mit fester Stimme.

Wir drei sehen uns überrascht an. »Gut«, sagt Vroni etwas zögerlich. »Habt ihr eure Taschenlampen bereit? Wir bringen Costa zum Eingang.«

»Okay, ich geh rein«, sagt der Kleine, packt seinen Rucksack und schreitet stramm voran.

Unsere Lampen leuchten in den hohlen Stollen. Das Licht verliert sich im Nichts. Kein Wort, keine Angst, keine Beschwerde. Costa kriecht hinein. Weiter und weiter. Man hört nur seinen Atem, doch auch der wird immer leiser. »Costa?«, frage ich gedämpft. Ein ängstliches »Ja« ist zu hören. Dann ein schleifendes Geräusch, ganz weit weg. »Costa?« Nichts mehr. »Costa?«, rufe ich. Ein Blitz in der Ferne, ein Donnern am Himmel, ein Platzregen. Und dann … ein Krachen aus der Höhle. »Costa?« Nichts. »Costaaaa!«, schreie ich verzweifelt. Stille. Stille. Absolute Stille, bis auf den prasselnden Regen. Wir werden völlig durchnässt. Dann Staub, der zu uns vordringt. Herbert heult. Ich schluchze. Uns ist völlig klar, was passiert ist. Wir rufen ihn unendlich oft, seinen Namen. Vroni steht daneben, kalt wie eine Statue. Keine Regung, kein Rufen, keine Panik. Nichts. Wir trauen uns nicht in die Höhle. Herbert klappert mit den Zähnen. Uns beide packt die blanke Angst. Herbert steht auf, sieht uns mit panischem Blick an und rennt davon. Vroni sieht mich an und rennt hinterher. Ich sitze hier. Allein. Begreife, was wir getan haben. Wir haben ihn hineingejagt. Es kommt wieder hoch in mir, das Gefühl, im Abschaum geboren. Ich zittere am ganzen Körper. Vroni, sie hat ihn hineingejagt. Ich hätte etwas tun müssen. Vroni! …

Er stieß einen Seufzer aus und sah sich um. Langsam erhob er sich, keuchte und ging weiter wie ferngesteuert, bis er den überwucherten Eingang erreicht hatte. Er kniete sich hin, befreite die Stelle vom Gestrüpp, richtete die Stirnlampe neu aus und kroch in den Stollen, in dem es stark nach Moder roch. Es war feucht und kalt.

Trotz der Kriechhaltung kam er gut und schnell voran. Dann, plötzlich die Stelle, an welcher der Stollen damals zusammengestürzt war. Vorsichtig und mit einem kalten Schauer grub er sich mit dem Klappspaten durch den Schutt, der damals aus der Decke herausgebrochen sein musste. Er wusste, dass die Suchmannschaft der Feuerwehr hier alles abgesucht hatte, aber auch sie hatte Costa nicht gefunden. Er galt seither als verschollen.

Er holte den Eimer aus dem Rucksack hervor, wickelte ihn aus dem Leinentuch und stellte ihn auf ein paar Steine. »Für dich, Costa«, flüsterte er mit zitternder Stimme. »Nicht der sechste, es ist der siebente Gral. Dein Gral. Du bist unser kleiner Held. Er gebührt nur dir, mein Freund, nur dir!« Er griff in die Tasche und holte die Ehrenschnur der Fremdenlegion hervor, die ihm in Afghanistan verliehen worden war. »Es sei dein Römerorden, Hasenfuß. Wir haben dich verraten, und es tut mir unendlich leid, mein kleiner Costa!«, flüsterte er wie ein Gebet. Schließlich schaufelte er Steine und Erde hinein und begrub das Gefäß so weit, dass man es nicht mehr sehen konnte. Er bekreuzigte sich, faltete die Hände, bat Gott still um Vergebung und robbte wieder zum Eingang zurück.

Um halb sechs Uhr kroch er aus dem Stollen. Er stellte sich hin und ließ den warmen Regen über seinen Körper und sein Gesicht laufen. Seine Tat von damals hatte alles zerstört, seine Kindheit, seine Jugend, sein Erwachsensein. Ein Leben lang hatte er die Bürde mit sich geschleppt. Jede Nacht war ihm Costas Lächeln erschienen, sein verdrießlicher Blick und sein trotziger Entschluss, den Stollen allein zu betreten. Und Vronis überhebliche Fratze, als sie Costa immer wieder antrieb, genau das zu tun.

Nun schien alles von ihm abzufallen. Der Regen fühlte sich an, als könnte er die Last und Pein von ihm waschen. Von der Missetat würde er nie erlöst werden, aber er hatte versucht, dem kleinen Costa zu geben, was er verdiente. Das befreite seine bedrückte Seele, die ihn wie ein Gummiband an seiner Kindheit festgehalten hatte. Es würde, so spürte Tius Rix, der bedeutendste Tag in seinem Leben sein.

LETZTE FAHRT

Gressenich, Kalvarienberg

Es dämmerte bereits, aber er würde sich noch gut davonmachen können. Südlich unter ihm befand sich der Steinbruch, der damals zu den Hastenrather Kalkwerken gehört hatte. In seiner Kindheit waren er und seine Freunde oft hier gewesen. Die Alten erzählten die Sage von den Killewittchen, den Zwergen, die tagsüber im Kalkgewölbe das Galmei-Erz abgebaut und zu nachtschlafender Zeit für die guten Menschen die Arbeit erledigt hätten. Von Höhlen und Stollen und von allerlei wertvollen Dingen in den verschütteten Schlufen und Gängen.

Er erinnerte sich daran, dass damals die Bäume ringsherum gräulich weiß statt grün gewesen waren. Der Opa von Costa hatte behauptet, an ihnen klebe der im Schmerz geborene Tränenschleier der Killewittchen, nachdem sie von den Menschen auf immer vergrämt und vertrieben worden seien. Heute wusste er, es war der Staub von den nunmehr seit Jahren stillgelegten Öfen, die Tag für Tag den Kalk gebrannt hatten. Die Zeiten hatten sich geändert, sodass die Straßen und Wege nun links wie rechts wieder von saftigem Grün gesäumt waren.

Als er in den Mercedes G stieg, war er komplett durchnässt. Er wollte unbedingt an dem großen Umzug heute teilnehmen, allerdings musste er sich dazu umziehen, aber im Regen draußen? Er fuhr vorbei an der Waldschänke, über einen Feldweg bis Hastenrath und dann nur noch zwei Kilometer weiter in Richtung Gressenich. Kurz vor dem Haus, in dem er aufgewachsen war, bremste er. Galle stieg in ihm hoch. Wie er das alles verachtete! Diese Bushaltestelle vor dem Haus, wie er sie hasste! Hier hatte er jeden Morgen gestanden, bei Regen und Kälte, um in die Schule zu fahren. Oben in Gressenich war Herbert zugestiegen, in Mausbach dann wieder ein paar Burschen, die nichts Besseres zu tun hatten, als Herbert zu hänseln. Jeden Morgen dasselbe Spiel, anfangs hatte er noch zugeguckt. Bis zu dem Tag, als es ihm zu bunt wurde. Kompromisslos hatte er jeden verprügelt, der es wagte, Herbert schief anzugucken. Fortan sah er das als seine Aufgabe. Seitdem waren sie ein Team. Unschlagbar. Heb, der Schlaue, und Willi, der Starke.

Er grinste bei dem Gedanken und bog ein in Richtung alter Sportplatz, wo der Motorradclub seine Trialstrecke hatte. Unter dem Kalvarienberg. Er stoppte den Wagen, nahm die kleine Packtasche und lief durch den Regen zu dem Unterstand, wo er genügend Platz hatte, sich umzuziehen. Als junger Bursche war er mal kurz Mitglied in dem Verein gewesen, wollte Trialfahrer werden. Ungeschickt war er nicht, aber auch mit diesem Verein hatte er sich angelegt. Bei allem, was er machen wollte, stand immer der quälende Gedanke an Costa und was sie ihm angetan hatten. Er konnte sich einfach nirgendwo eingliedern. Ach, geschenkt! Die alten Geschichten, dachte er. Ab jetzt würde alles anders werden. Und Costa ist sicher im Himmel und hat mir nun verziehen, dachte er. Ich habe ihn ehrenvoll behandelt, ihn und seinen Mut gewürdigt, dachte er. Er streifte die Tunika über, schnürte seine Sandalen und legte die Toga an. Der Regen hatte aufgehört. Schließlich setzte er sich noch einen vergoldeten Eichenkranz auf den Kopf. Er war schließlich der Chef hier, Creator ludi. Er sah an sich hinab und wollte gerade wieder gehen.

Was er nicht bemerkt hatte, war, dass er, seit er vom Stollen wieder weggefahren war, verfolgt wurde.

DER ANRUF

Polizeiwache in Vicht

Oberkommissarin Anja Schepp schreckte zusammen, als das Telefon läutete. Die Stimme am anderen Ende redete wie ein Wasserfall. Anja unterbrach immer wieder. »Ja, gut, wo genau? … Aha, eine Scheune? Was? Doch keine Scheune? … Unterstand … Aha. Und? Da liegt … verkohlt, sagen Sie?« Sie zog einen Bleistift und einen Notizblock näher zu sich. »Gressenich … was? Habt ihr nicht heute diesen Umzug im Dorf? … Wo jetzt? Ach so, okay, also Treffen am Parkplatz Motorradgelände Kalvarienberg, gleich am Dorfeingang, und wir sollen über Eschweiler kommen wegen dem Umzug im Dorf, jaja. Gut. Wann? Na ja, wir schaffen es ... halbe Stunde würde ich sagen, also gegen halb neun.« Sie schrieb etwas auf einen Zettel. »Jaja, hab verstanden. Sie stehen da, am ... jaja, ich verstehe ... am Parkplatz. Gut ... alles klar. Wer spricht denn eigentlich? ... Was? ... Sie sagen, er kennt Sie? Aha. Alles verstanden, wir kommen. Und wer spricht?« Klack. Sie blickte den Hörer an, schüttelte den Kopf, knallte ihn aufs Gerät und griff zu ihrem Handy.

Straubinger schreckte hoch. Schweißgebadet richtete er sich auf und griff zum Telefon.

»Straubinger, du musst sofort kommen«, rief sie. »Nicht schon genug, dass ich heute Bereitschaft habe, es liegt auch noch ein Toter in einem ... äh ... Unterstand.«

Straubinger versuchte sich zu konzentrieren, aber er hatte die Bilder seines immer wiederkehrenden Traums noch im Kopf. »Unterstand? Was soll das sein?«, fragte er mürrisch. »So früh am Montag schon ein Anruf von dir, Kollegin!«

»Ja, so 'ne Art Grillhütte.«

»Wo?«

»In Gressenich.«

»Geht es auch etwa genauer?« Er gähnte und reckte den freien Arm weit über seinen Kopf. Dann griff er zweimal nach der Mineralwasserflasche, die neben ihm auf dem Boden stand, wobei seine Füße auf den Teppich fielen und sein Gähnen erstickte. Er war gestern wieder mal auf dem Sofa eingeschlafen.

»Genaues, tja«, raunzte Anja müde ins Telefon. »Ein ... Unterstand, in dem gegrillt wird, oder so was stand in Flammen. Das hat mir soeben ein Feuerwehrmann gemeldet, der Pressesprecher der örtlichen Freiwilligen Feuerwehr. Sie kennen ihn, sagt er.«

»Er kennt mich?«, fragte Straubinger spöttisch. »Pressesprecher der Freiwilligen Feuerwehr Gressenich? Wer soll das sein? Du müsstest ihn doch kennen. Du bist die neue Beamtin vor Ort.«

»Nicht schon am frühen Morgen ein schlechtes Gewissen!«

»Ja, schon gut. Also?«

»Namen hat er gar nicht genannt, war total hektisch, nur Feuerwehr Gressenich, und dann hat er gleich sehr wichtig losgelegt, und weg war er wieder.«

»Schepp, mal ehrlich, was lernen wir als Erstes auf der Polizeischule?«

»Ja, klar, erst mal Namen und Adresse fragen, aber der hat nicht mehr aufgehört zu reden, und … flupp. Aufgelegt.«

»Aber der Anruf war jetzt kein Scherz, oder?«, rief Straubinger und trank erneut einen Schluck.

»Nein, der klang echt. Wir sollten auf jeden Fall hinfahren. Er wartet auf uns.«

»Hm, vielleicht kennt er mich aus dem ›Petit Marron‹, dieser Dorfkneipe. Die gibt es heute auch noch. Schon 'ne ganze Weile her, der Fall mit dem Wolkenmaler damals«, bemerkte Straubinger versonnen. »Unser erster gemeinsamer Fall, Anja.«

»Ja, da saß ich noch in Stolberg. Und du warst noch kein leitender Erster Hauptkommissar.«

Straubinger grinste.

»Ein paarmal warst du ja privat noch dort, oder?«, fragte sie.

»Ja, ein paarmal«, antwortete er und kratzte sich am Kopf.

»Ich hol dich ab, Josef. Du hast 15 Minuten.«

AN DER GRILLHÜTTE

Gressenich, Kalvarienberg

Als sie das Ortsende erreichten, flirrte bereits die Luft über der Landstraße zwischen Eschweiler und Gressenich. Am Straßenrand flatterte ein Transparent, das an zwei langen Stangen befestigt war.

Grand Parade
»DAY OF THE BRASS CESARS«
World-Famous Roman Village Gression
August 13/14th, 2023

Große Parade
»TAG DER MESSING-CAESAREN«
im weltberühmten Römerdorf Gressenich
13./14. August 2023

»Nanu! Ist das nicht heute?«, fragte Straubinger.

Anja nickte und sah auf die Uhr. »In einer halben Stunde geht der Umzug los.«

»Aber was soll das sein?«

Anja gähnte. »Das ist die Sache mit dem Computerspiel.«

»Was denn für ein Computerspiel?«, fragte Straubinger.

»Na, das Spiel, letztens, ich hab's dir doch gezeigt. Daraus ist ein richtiges Event geworden.«

»Event, aha.«

»Heute ist wohl so eine Art Siegerehrung. Da stand irgendwas in der Zeitung. Gestern war auch schon was. Genau weiß ich es nicht. Aber heute machen sie einen Umzug durchs Dorf.«

»Muss da nicht die zuständige Polizei den Verkehr regeln?«,

fragte Straubinger verwundert. »Du bist doch dafür zuständig.«

»Die haben nur eine Kraft angefordert. Kollege Tomke macht das. Ich habe Bereitschaft. Eine Kraft muss reichen.«

»Soso«, antwortete Straubinger, kurbelte ruckelnd die Scheibe an der Beifahrerseite herunter und ließ den Arm aus dem Fenster hängen.

»Schlecht gelaunt?«, fragte sie ihn.

»Gottloses Volk«, stöhnte Straubinger. »Bringen in der Herrgottsfrüh die Leut' um und setzen Grillhütten in Brand!«

Anja verdrehte die Augen. »Hey, Josef, du bist aber nun schon lange nicht mehr in deinem gesegneten Bayern. Du bist hier im Westen, im Sündenpfuhl, im dekadent katholischen Rheinland, und da sind die Leute bei Weitem nicht so heilig, wie der Dom zu Aachen vermuten lässt.«

Der warme Fahrtwind strich an seinem Arm entlang. Die Sonne brannte bereits jetzt am fast wolkenlosen Himmel, um sie herum war das Gras halb vertrocknet. »Fährst du nicht zu langsam für eine Polizistin im Einsatz?«, fragte er.

»Er ist schon tot, oder? Und wir sind nicht die Feuerwehr, richtig?«

Straubinger sah unbeirrt nach vorn. »Wie weit noch?«

»Da vorn, da muss die Straße zum Kalvarienberg sein«, antwortete Anja und zeigte mit dem Finger auf eine unscheinbare Einmündung.

»Auf der grünen Wiese sozusagen«, brummte er.

»Gestern, da hab ich noch mal in das Spiel gesehen«, sagte Anja, »das Computerspiel, du weißt schon.«

»Und? Ich dachte, du wärst geheilt?«

»Irgendwie merkwürdig. Meine Figur, die ich angelegt hatte, diese Anja Regina Magna, die gibt es nicht mehr. Einfach weg!«

»Da hat die göttliche … wie hieß sie doch gleich?«

»Sunuxsal …«

»… also die göttliche Sunuxsal dir wohl einen Strich durch die Rechnung gemacht und dich verschwinden lassen.«

»So einfach geht das nicht«, erwiderte Schepp, »ein anderer Mitspieler kann nicht einfach jemanden löschen.«

»Wer könnte so was machen?«

»Eigentlich nur der Spieleentwickler, der Administrator.«

»Ist ja nur ein Spiel, Schepp!«, bemerkte Straubinger und gähnte.

Anja bremste den Wagen ab und bog rechts ab. Der Platz war komplett mit Bussen belegt, und die Seitenstreifen waren mit Autos zugeparkt.

»Was ist denn hier los?«, fragte Straubinger irritiert.

Ein blauer Toyota Pick-up stand ein paar Meter weiter im Feld. Eine Tür öffnete sich. Der Mann setzte einen Feuerwehrhelm auf und kam auf sie zu. »Na, wenn das nicht die Polizei ist!«, rief er ihnen zu.

Straubinger stutzte. Dann erkannte er ihn. »Tschick! Was machst du denn in der Uniform? Da haben's ja den Bock zum Gärtner gemacht.«

»Guten Tag«, sagte Tschick, verneigte sich vor Anja und reichte ihr die Hand. »FMA Klodt, freiwillige Feuerwehr Stolberg, fünfter Zug, Löschgruppe Gressenich, Pressesprecher.«

Straubinger schnalzte. »Na so was! Tschick, der größte Rauchmelder der Gemeinde Gressenich. Du erinnerst dich, Kollegin. Du bist dem Herrn damals im ›Petit Marron‹ sehr kurz begegnet.«

»Ja, so langsam … Sie standen am Rauchertisch, stimmt's?«, fragte Anja.

»Qualmt wie ein Heizkraftwerk, der letzte Kettenraucher von Nordrhein-Westfalen, wenn er sich nicht gerade an einem Bier festhält, stimmt's, Tschick?«

»Mal langsam, Eisenfuß«, protestierte Tschick. Dann erklärte er an Schepp gewandt: »Diesen Spitznamen, dieses blöde österreichische Wort für Zigarette, hab ich aus der Kneipe. Aber ich hab längst aufgehört mit Rauchen. Ich lösche jetzt nur noch!«

Jetzt fiel bei ihr der Groschen. »Ah, Sie sind derjenige, der damals die Leiche von dem Belgier im Wald entdeckt hat, mit der Axt im Schädel, oder?«

Tschick nickte stolz.

»Und was heißt FMA?«, wollte Anja wissen.

»Feuerwehrmann-Anwärter«, antwortete Tschick stolz. »Aber von denen bin ich der Anführer!«

»Toll«, warf Straubinger bissig ein. »Dann hast du es ja endlich zu was gebracht, Tschick. Mit mehr als 40 Jahren.«

»Ich bin kurz vor der Prüfung«, antwortete Tschick mürrisch. »Dauert nicht mehr lange. Alter ist egal! Aber meine Jungs, die lieben mich!«

»Und warum Pressesprecher? Hier in einem Dorf?«, fragte Anja und konnte ihre Verwunderung kaum verbergen. »Ist das nicht ein wenig ... übertrieben?«

»Wir haben hier im fünften Zug in drei Dörfern ungefähr 4.200 Einwohner, und von denen sind geschätzt 130 Blogger, die schreiben jeden Tag einen anderen Blödsinn. Auch über die Feuerwehr. Und zehn von denen gehen ins ›Petit Marron‹, da weiß dann bald jeder im Dorf, was die Feuerwehr angeblich wieder angestellt hat. Schlauch zu lang, Schlauch zu kurz, falscher Alarm, zu spät am Einsatzort, Platten gefahren rechts, Helm verrutscht beim Einsatz, Wasser vergessen, Maibaum abgesägt, Eichhörnchen gerettet, aber Katze im Baum gelassen. Da hat unser Zugführer zu mir gesagt: ›Tschick, mach du das, du kennst dich aus mit Ausreden‹«, erläuterte Tschick stolz und nickte bekräftigend. »Tja, man muss sich eben medial zu wehren wissen.«

»Ist bestimmt ein wichtiger Job, Herr Tschick«, bestätigte Anja.

»Okay, du Held. Wer schickt dich?«, fragte Straubinger.

»Die stellvertretende Leiterin der Stolberger Feuerwehr, Stadtbrandinspektorin Joussen. Sie wartet an der Brandstelle auf euch.«

»Wo ist das?«

»Gleich da hinten im Wald, weniger als 100 Meter«, antwortete Tschick und schritt stolz voran.

Schon von Weitem hatte Anja Schepp den Kollegen Tomke Schluff erkannt. »Heute wird ein trockener Tag«, sagte Schluff, ohne Straubinger oder Anja anzusehen. Seine Hände in die Hüften gestützt, hing sein Blick immer noch an dem schwelenden Dach des Unterstands. Er sah auf die Uhr, dann auf ein Thermometer in seiner Hand. Seine Stimme klang rostig. »9 Uhr 50, Lufttemperatur 14,7 Grad, leichter Wind. Eher kühl im Vergleich zu den Augusttagen über die letzten zehn Jahre betrachtet. Aber warm und windig genug, um die Kraft des Feuers noch zusätzlich anzufachen. War schon zu spät, als ich kam.« Sein Blick richtete sich wieder nach oben.

»Tomke, was machst du hier?«, fragte Schepp. »Du solltest oben im Dorf den Verkehr regeln!«

»Manchmal wird man woanders gebraucht. Da muss man den Plan ändern.«

Schepp schüttelte den Kopf. »Kollege, was hast du denn hier ausrichten können außer wichtig zusehen, wie gelöscht wird? Und außerdem, wenn man einen Plan ändert, dann nimmt man das Handy und sagt den Kollegen Bescheid, oder?«

»Gefahr im Verzug, Kollegin, Gefahr im Verzug. Keine Zeit zu telefonieren. Ich musste sehen, ob alles mit rechten Dingen zugeht.«

»Schaut aus, als hätt's heut Morgen hier ein Sauwetter g'habt«, bemerkte Straubinger in bayerischem Tonfall und sah auf seine schwarzen Lederschuhe, die über und über von Schlamm bedeckt waren.

»Löschwasser ist nass, da passiert so was«, sagte Tomke Schluff, legte langsam den Kopf zur Seite und musterte ihn. »Und der Herr Hauptkommissar ist auch schon da.«

Straubinger ignorierte ihn und wandte sich um. »Anja, wann kommt die Spurensicherung?«

»Hach, kann noch etwas dauern«, rief sie und winkte mit dem Handy hin und her.

»Wie weit haben die es denn? Kommen die aus München?«, frotzelte Schluff.

Straubinger reagierte nicht weiter, ließ seine Hände baumeln und reckte sein Kreuz. Er ging auf Frieda Joussen zu und grüßte freundlich. »Wie lange hat es gedauert, bis ihr mit dem Löschen anfangen konntet?«

Frieda Joussen trat einen Schritt zur Seite. »Als wir ankamen, hat es keine zehn Minuten gedauert. Vom Moment, wo der Brand gemeldet wurde, bis zum ersten Wasserstrahl 28 Minuten.«

Jetzt hing Straubingers Blick an dem verkohlten Gebälk, von dem immer noch Löschwasser herabtropfte. »Eine halbe Stunde also«, antwortete er und nickte. »Da dürfte kaum etwas übrig gewesen sein.«

»Immerhin 50 Meter Schlauch«, erwiderte Joussen, »die wir hier durchs Gelände verlegen mussten.« Sie deutete auf den nagelneuen Feuerwehrwagen, der etwas unterhalb an dem ehemaligen Fußballplatz stand.

Straubinger betrachtete das noch dampfende Gebäude, das perfekt in die Hanglage eingepasst schien.

»Abscheulicher Anblick«, bemerkte sie.

Straubinger betrachtete die unwirkliche Kulisse, die sich ihnen bot. Eine Art offene Halle, eine Konstruktion aus Holz mit verstärkenden Stahlgerüsten, ein großer gemauerter Grill, das gesamte Gebälk verkohlt, das Holzdach abgebrannt, die Balken immer noch schwelend. In der linken Ecke ein Baum, um den man das Dach herumgebaut hatte. Die Äste waren schwarz, die wenigen noch verbliebenen Blätter ebenfalls. Auf dem Rost des großen Grills lag eine vollständig verkohlte Leiche.

»Was ist das?«, fragte Straubinger und deutete auf die schwarzen Flecken am Boden.

»Bitumen, von der Dachpappe, mit dem das Gebäude abgedeckt war. In der Hitze herabgetropft.«

»Was ist das für ein Blecheimer da in der Ecke?«, fragte Straubinger.

»Riecht nach Benzin!«

»Was glauben Sie, hat da jemand Brandbeschleuniger eingesetzt?«

»Davon gehe ich aus, ja.«

Straubinger wirkte nachdenklich. »Das hier ist doch ein Motorsportgelände, oder?«

»Ja, das ist das Trainingsgelände des ansässigen Trial-Clubs.«

»Trial, also ein Geschicklichkeits-Parcours?«, fragte Straubinger.

Joussen nickte. »Ja, kann man so sagen, für Motorräder.«

Vorsichtig betrat Straubinger die Bodenfläche in der Halle und streifte sich Latexhandschuhe über.

»Hey, Chef, die SpuSi wird sich ganz schön freuen, wenn du hier rumspazierst.«

»Bei der Sauerei, die das Löschwasser angerichtet hat, finden die ohnehin nichts mehr«, antwortete er unbeeindruckt. »Was ist das wohl?«, fragte er, bewegte sich auf die verkohlte Leiche zu und inspizierte den halb verbrannten Stoff am Boden, indem er ihn an einer Ecke vorsichtig anhob. »Ein Stück Stoff, mit lila Bordüre.«

»Merkwürdig«, sagte Anja leise, die sich in drei Meter Entfernung hingehockt hatte. »Sieht aus wie ein … ein Gewand. Eine Toga oder so.« Anja warf einen Blick auf die Füße der Leiche. »Ledersandalen, vermutlich geschnürt, würde ich sagen, wie die eines …«

»… eines Römers«, beendete Straubinger den Satz. Er musterte das rechte Bein, oder was davon übrig war. Etwas Helles blitzte hervor. »Siehst du das, Anja?«

»Eine Knieprothese?«

Straubinger nickte. »Die soll die SpuSi schnellstens untersuchen«, gab er ihr zu verstehen. »Hat bestimmt eine Produktnummer oder so was Ähnliches.«

»Der Mund der Leiche ist weit aufgerissen«, bemerkte Schepp.

»Kann vom Feuer kommen«, mutmaßte Joussen.

»Ich glaube eher«, antwortete Straubinger leise, »das ist ein gefrorener Schrei, die Person hat noch gelebt. Um ihren Hals, das ist ein Gürtel, man sieht die Gürtelschnalle.«

»Wer immer das ist, der da gegrillt wurde«, sagte Anja, »der wurde für etwas bestraft. Das war eine Art Hinrichtung. Wie bei den alten Römern.«

»Verdammt!«, rief Straubinger. »Kann mir irgendjemand erklären, was das alles mit der Römerzeit zu tun hat?«

RÖMERZEIT:
MITTE MÄRZ 169 N. CHR.

SÜHNE DER MATRONEN

Marcha Bodardi villaris (heutiges Butzweiler bei Trier), früh morgens

»Verdammt kalt heute«, krächzte der Bucklige und zitterte. Ein Hustenanfall beutelte ihn hin und her, sodass er beinahe in die Tiefe gestolpert wäre. Verschreckt starrte er in den Schacht des Bergwerks hinab. »Bald kann ich gar nichts mehr tun«, bellte er, band sich die schmutzigen Leinenfetzen um die Hände und schlang das Ende des steif gefrorenen Seils um seinen Leib.

»Bald werden die Erznester ohnehin ausgeschlagen sein«, brummte der Gallier, ein Hüne von Mann mit strohblonden Haaren. »Dann werden wir aus dem verfluchten Loch hier gar nichts mehr fördern können. Und wer weiß, was dann mit uns geschieht!«

»Der Staub macht mich fertig. Mir wird es irgendwann wie dem alten Noricer gehen. Ich werde da unten keine Luft mehr bekommen.«

Der Gallier ließ das Seil zweimal um einen Pflock und über das Dreibein aus poliertem Holz laufen, um den Buckligen die 16 Meter bis zur Abbausohle hinabzulassen. »Sei froh, dass du überhaupt noch leben darfst. Auch wenn dir die Kälte in deine krummen Knochen kriecht und der Staub dir den Odem vergiftet«, rief er in den Schacht hinunter. »Sklaven haben das Maul zu halten und zu arbeiten.«

»Ich stamme aus dem erhabenen Trier, vergiss das nicht! Sie konnten mich zwar unterjochen, aber sie werden mich niemals aus meiner germanischen Heimat vertreiben«, polterte der Bucklige zurück, »aus der heiligen Stadt ihres ehrwürdigen Kaisers Augustus. Du aber bist aus Gallien. Dich werden sie mit Haut und Haaren auffressen, wenn sie dich nicht mehr brauchen.« Das Gelächter des Buckligen hallte aus dem Schacht wider wie das Echo eines keifenden Dämons.

»Wichte wie dich hat man früher in die Kyll geworfen und die Fische mit dir gefüttert!«, schrie der Gallier und ließ das Seil ruckartig um eine Elle nach unten sausen, sodass der Bucklige kurz aufschrie. Der Gallier lachte hämisch. »Das Einzige, wozu du taugst, ist, das Erz aus den engen Stollen zu schlagen, solange es da unten noch welches gibt. Du kannst dich glücklich schätzen, wenn ich dich am Abend wieder hinaufziehe.«

Als der Bucklige die Teufe des Schachts erreicht hatte, band er sich los und sortierte sein Werkzeug. Er wog den spitzen Schlegel prüfend in der Hand und dachte erneut an den alten Noricer, den die römischen Herren einst aus dem Süden hierhergebracht hatten, wo er bereits in den hohen Bergen seiner Heimat in den Erzminen gearbeitet hatte. Er sollte mit seinen Kenntnissen hier, oberhalb der Kyll, den Bergbau vorantreiben, um dem Kalkgebirge das Kupfer, das Aes cyprium, das man als Erz von der Insel Zypern kannte, zu entreißen. Er beherrschte die Schrift der Römer und hatte ihn und den Gallier abends, wenn sie nicht allzu müde waren, das Lesen derselben gelehrt, hatte ihnen sogar gezeigt, wie man die Schriftzeichen mit einem Stock in den Boden ritzte. Vor einem halben Jahr war der Alte in dem finsteren Stollen hier unten zusammengebrochen, dem Tode nahe hatte er ihm Schlegel und Meißel vermacht. Diese Werkzeuge waren das Wertvollste, was der Bucklige je besessen hatte. Der Herr Marcus aber ließ den alten Noricer seither über Tage arbeiten, wo er mit geübtem Blick das schlechte Erz aussortierte und seither kaum Hustenanfälle mehr hatte.

Das eingepferchte kleine Holzkohlenfeuer glühte noch vom Vortag. Wie jeden Morgen legte der Bucklige einige Kohlen nach und fachte die Glut mit ein paar kräftigen Atemstößen an, holte einen frisch gezogenen Eichenspan aus seinem Hemd hervor und hielt ihn in die Glut. Als er hell aufflammte und zu glimmen begann, klemmte er den Span zwischen die Zähne und schlurfte hockend den engen Stollen entlang, den er und der Noricer in jahrelanger Arbeit in das Kalkgestein getrieben hatten. Am Ende angekommen begann er sein eigentliches Werk.

Das Malachiterz schimmerte im Schein des Holzspans kräftig grün wie die Blätter von Malven. Doch war der Stollen vor ein paar Monaten noch voll davon gewesen, biss das Erz allmählich aus und wurde immer weniger. Es lohnte sich kaum noch, den Stollen voranzutreiben, weil der Anteil an Erz immer geringer wurde. So ging es nicht nur ihm, sondern auch die anderen Arbeiter klagten über die abnehmende Ausbeute.

Nach ein paar harten Schlägen war er von Staub umhüllt. Erneut quälte ihn der Hustenreiz. Er fluchte verbissen, achtete jedoch darauf, dass der leuchtende Span zwischen seinen Zähnen nicht zu Boden fiel. Als er den Weidenkorb mit Gestein gefüllt hatte, schleppte er ihn zurück zum Schacht, wo er ihn an das Seil band und hinaufschrie: »Wo bist du, du gallischer Viehtreiber? Zieh ihn hoch!«

So ging es mehrmals am Tag. Der Gallier förderte die Erzausbeute zutage, sortierte und reinigte das Gestein mit Wasser und legte es in eine Holzkiste. Dann ritzte er mit einem Metallstichel das Zeichen des Buckligen, des Noricers und sein eigenes in eine Wachstafel und platzierte sie gut sichtbar zu den Erzbrocken, damit der Zahlmeister am Abend erkennen konnte, von wem die Stücke gebrochen worden waren. Anschließend trug er die Kiste hinüber zu dem alten Noricer, der grob den Malachit vom Nebengestein befreite. »Ach, bei allen Göttern, es wird immer weniger, was der kleine Kerl da unten findet«, stöhnte der Alte schwer atmend. »Bald werden sie uns verfluchen, und dann beerdigen sie uns dort unten und schütten das Loch zu!«

Währenddessen füllte der Bucklige in dem engen Stollen den nächsten Korb mit geschlagenem Erz. Kurz vor Sonnenuntergang schrie der Gallier hinab: »Nur noch ein halber Korb und du!«

Nachdem der Bucklige den Korb befestigt und sich oben auf die Erzbrocken gehockt hatte, drehte der Hüne an dem Hebel des Rundholzes, das waagerecht mit Steinen gelagert war, und rollte das Seil mit jeder Umdrehung ein Stück weiter auf. Irgendwann kam der Kopf des Buckligen am Rand des Schachts zum Vorschein.

»Komm raus, du runzlige Zwergengestalt!«, rief der Gallier, dessen Muskeln sich mit jeder Umdrehung bis zum Zerreißen spannten.

Der Bucklige sprang vom Korb hinab und schlug dem Gallier auf den Rücken. »Bin neugierig, wie der Herr Marcus unsere Ernte heute beäugt und wie viel Aes cyprium er aus dem Malachit kochen wird«, krächzte der Bucklige und spie grünen Schleim auf den Boden.

Der Gallier reichte ihm eine Kelle Wasser. »Es wird nicht so viel sein«, antwortete er besorgt.

Gierig trank der Kleine und rieb sich die wulstigen Lippen trocken. Dann hielt er sich die Hand vor den Mund und sah sich um. »Man sagt, unser Aes werde immer wertvoller, weil wir immer weniger finden.«

»Aber sie brauchen es dringend«, sagte der Noricer leise. »Oben im Norden, wo sie dieses Zaubererz finden.«

»Welches Zaubererz?«, fragte der Gallier.

»Lapis calaminaris nennen sie es«, tuschelte der Bucklige. »Galmei. Sie kochen damit aus unserem roten Kupfer das wie Gold glänzende Orichalcum. Ein prachtvolles Metall.«

»Ja, das gelbe Kupfer«, schnaufte der Noricer.

»Ich hab davon gehört«, sagte der Gallier und nickte. »Sie stellen daraus diese seltsamen Gefäße her, goldfarbene Kübel, prachtvoll geschmückt und zu höchstem Glanz poliert.«

»Ja, die Eimer von Crasciniacum«, flüsterte der Bucklige ehrfürchtig. »Edlere Handwerkskunst als aus diesem Gressenich gab es wohl nie im Römischen Reich. Diese Gefäße sind wie ein Heiligtum, in dem sie teure Dinge aufbewahren, Früchte und allerlei Geschmeide.«

»Ja, aber auch manchen Leichenbrand«, gackerte der alte Noricer.

Gebannt starrte der Gallier ihn an. »Leichenbrand?«

»Ja, die reichen Sunuker und andere Germanen, aber auch betuchte Römer bestatten ihre Toten darin«, flüsterte der Bucklige. »Vor allem, seit diese Seuche sich ausbreitet.«

»Pssst!«, mahnte der alte Noricer mit vorgehaltenem Zeigefinger und haute dem Buckligen auf den Mund. »Nicht einmal erwähnen darfst du sie, sonst ereilt sie uns hier auch noch.«

»Leichenasche in diesen wertvollen Gefäßen?«, fragte der Gallier unbeirrt.

»Aber niemand weiß, wie genau diese Crasciniacer das Orichalcum herstellen«, wisperte der Bucklige. »Und sobald sie es kochen, geschieht ein Wunder, denn wie durch Magie wird das Kupfer schwerer, goldgelb, härter und vermehrt damit seinen Wert, wie von göttlicher Hand!«

»Das kann nicht mit rechten Dingen zugehen«, sagte der Gallier mit weit aufgerissenen Augen und schüttelte den Kopf.

»Das können nur die Deae Matres bewirken, das sag ich dir!«, zeterte der Bucklige aufgeregt.

»Deae Matres? Wer soll das sein?«

»Ja, wer ist das?«, fragte nun auch der Noricer.

Der Bucklige riss die Hände in die Höhe. »Verflucht seid ihr Barbaren! Gallier, Noricer, alles eine Brut. Ja wisst ihr denn gar nichts über die Götter und ihre Ableger und Gesandten? Es ist wirklich kein Wunder, dass ihr von Rom besiegt und in Schande unterworfen wurdet! Deae Matres, das sind Roms heilige Mütter, Göttinnen, die, meist zu dritt ...«

»Ach, du meinst die Matronen, so heißen sie bei uns in Gallien.«

»Mag sein, ja, so heißen sie wohl bei euch und weiter im Norden.« Der Bucklige machte eine wegwerfende Handbewegung. Er sah sich um und flüsterte: »Sie kommen immer zu dritt, weil sie allein einen stattlichen Mann nicht im Zaume halten können«, ergänzte er hämisch. »Zwei Alte und eine Junge, mächtige Weiber, die uns zeigen wollen, wo das Böse hängt ...« Geifernd und mit ausgestreckter Zunge wies er mit dem Zeigefinger auf sein Gemächt.

»Zu mir werden sie nicht mehr kommen«, sagte der Noricer belustigt und grinste. »Aber bei dir, Gallier, da werden sie einiges zu ordnen haben, um dich an deinen gelegentlichen, aber wonnigen Verfehlungen zu hindern!«

Starr vor Schreck stierte der Gallier auf die Erzwanne. Er schien nachzudenken.

Der Bucklige zwinkerte dem alten Noricer verschmitzt zu, streckte sich, so gut er konnte, und wandte sich dann an den Gallier. »Wenn du es wild treiben willst, dann sind sie schon da und halten die Hand zwischen deinen Knüppel und die kleine Muschel der Sehnsucht. Und sie sollen schon den einen oder anderen Mann um einen palmus«, hämte er und zeigte mit der Geste von gespreiztem Daumen und Zeigefinger die gemeinte Länge an, »oder gar zwei …« Nach einer kurzen Pause fuhr er verschwörerisch fort: »… kürzer gemacht haben.« Grinsend stand er vor dem Gallier, griff sich mit beiden Händen in den Schritt und tänzelte herum. »Sie werden zu uns kommen, und dann ist es vorbei, du wilder femellarius, du Schwerenöter, ei und hui … weg mit deinem Prahljohann!«

Der alte Noricer lachte leise. Dem Gallier jedoch war gar nicht lustig zumute. »Sie werden wohl ihre ganze Zauberkraft einsetzen müssen«, mutmaßte der Gallier, in dessen Augen sich Beklommenheit und Ehrfurcht zugleich spiegelten, »um dieses gülden glänzende Erz zu mehren.«

»Ja, und weil du nur die Weiber im Kopf hast statt deiner Arbeit, werden sie befürchten, dass du nicht genügend Erz in ihrem Sinne schöpfen willst. Und glaube mir, ihre Macht ist grenzenlos. Nicht nur … im Angesicht der Leidenschaft«, fügte der Bucklige lasziv hinzu und schnippte mit den Fingern. »Wer ihnen aber einmal verfällt, der ist besessen und kommt nie wieder heraus aus ihren Fängen.«

»Wenn sie hierherkommen«, wandte der Gallier ein, »dann sind wir verloren.«

»Nicht ich und nicht der Alte hier, aber du, du lüsterner Springer. Dich werden sie nicht verschonen!«, spottete der Bucklige lauthals.

»Wir sollten ihnen ein Opfer bringen«, sagte der Gallier zitternd vor Angst.

»Dazu ist es vielleicht schon zu spät, du gallischer Hengst«, spottete der Bucklige. »Du bist verloren, ja, verloren bist du. Sie werden dich finden. Und dann holen sie dich … und reißen dir dein Gekröse heraus.«

MONTAG, 14. AUGUST

DER AUFMARSCH

Gressenich

Straubinger wandte sich an Tschick, der etwas abseits des Brandherdes stand. »Tschick, wann ist der Umzug?«, rief er.

»Äh, der geht gleich los«, antwortete Tschick und hastete auf Straubinger zu.

»Ich will mir das ansehen. Vielleicht verstehen wir dann, was das hier alles mit einem toten Römer zu tun hat.«

»Okay, wenn du dir den Umzug ansehen willst, dann brauchst du Geduld. Ich fahr euch hin«, sagte Tschick. »Aber wir fahren nicht komplett hinterher. Nur bis zum ›Kostnix‹-Parkplatz, an dem Supermarkt können wir das Auto abstellen.«

»Wieso, was ist denn los?«, fragte Straubinger.

»Gestern war das Geocaching, wegen dem Tag der Messing-Caesaren. Und heute der große Umzug. Da kommen wir sonst nicht weiter.«

»Tschick, würdest du nicht in Rätseln zu uns sprechen, könnten wir dich verstehen, du Kommunikationslöwe«, bemerkte Straubinger trocken.

»Also …«, schloss Tschick. »Heute werden doch die Messing-Caesaren gefeiert.«

»Messing-Caesaren?«, wiederholte Straubinger spöttisch. »Was soll das denn sein?«

»Ihr wisst das nicht? Wegen denen ist doch der ganze Zinnober hier ins Dorf gekommen. Das Computerspiel! Kennst du das nicht? ›Brass Master One‹. Sogar die Amis spielen das. Koreaner, Australier, Japaner. Einfach alle, die halbe Welt!«

Straubinger nickte. »Wir haben davon gehört.«

Tschick konnte sich kaum beruhigen. »Das angesagteste Computerspiel zurzeit! Und heute ist ›Tag der Messing-Caesaren‹, ›Day of the Brass Cesars‹, wie unsere amerikanischen Freunde sagen.«

»Aha. Und was genau ist das für ein Umzug?«

»Na der Festumzug für den Sieger. Wir haben sogar für den Umzug heute den frisch pensionierten Dorf-Sheriff wieder ausgegraben, weil Tomke Schluff sich total unterbesetzt fand.«

»Was, den Drechsler?«, fragte Straubinger.

»Ja, Oberkommissar a. D. Hanno Drechsler, er ist kurzfristig eingesprungen, sieht jetzt aus wie 'n Schülerlotse«, gluckste Tschick und lachte in sich hinein, »weil seine alte Uniform darf er ja nicht mehr tragen. Er würde sowieso nicht mehr reinpassen.«

»Hauptsache, *du* hast was Schickes an«, höhnte Straubinger.

Tschick ignorierte Straubingers Bemerkung. »Also, wir müssen uns da jetzt durchschleusen. Wird ein bisschen holperig«, sagte Tschick und lächelte Anja verstohlen an. »Wollen Sie vorn neben mir Platz nehmen?«

»Aber gern«, erwiderte sie und ließ sich von ihm zur Beifahrertür geleiten. Als Straubinger neben ihn trat, bemerkte er: »Tut mir leid, Eisenfuß. Du musst nach hinten auf die Ladefläche. Ist ein bisschen schmutzig.« Tschick öffnete die Klappe am Heck und machte eine übertrieben einladende Geste, wobei sein Dauergrinsen wie eingemeißelt schien.

Straubinger stützte die Hände in die Hüften, als er auf die Ladefläche sah. »Was? Da soll ich mich draufsetzen?«

»Ist doch halb so schlimm! Hab gestern nur zwei Schweine transportiert. Aber das stört dich sicher nicht, kommst ja auch vom Land, hab ich recht?«

Widerwillig schüttelte Straubinger den Kopf. »Niemals, ich fahr mit Anjas Kiste hinterher.«

»Nix da, Chef«, protestierte Schepp. »Setz du dich auf den Beifahrersitz, ich fahr mit meinem schicken Fahrzeug hinterher.«

Straubinger brummte. »Wie weit?«

Tschick schlug die Klappe der Ladefläche zu. »Nicht weit, aber langsam. Wirst schon sehen.«

Als sie in das Dorf hineinfuhren, herrschte ein Riesentrubel. Eine unüberschaubare Menschenmenge säumte die Hauptstraße, die Römerstraße hieß. Junge Männer und Frauen in einer Verkleidung, weiße Toga, Sandalen, manche trugen Holzschwerter an der Seite, und einige hatten sich die Haare silbern gefärbt. Aber diese Römer hatten alle eines gemeinsam: Sie trugen einen goldenen Lorbeerkranz auf dem Kopf, der beim näheren Hinsehen aus Plastik war.

Dahinter liefen Frauen mit roten und blauen Togen, hochgesteckten Frisuren und auffälligen Ringen an den Fingern. Zwei schoben sogar einen Kinderwagen, an einem steckte vorn ein Steckenpferd. An der Hand einer der Frauen ging ein kleiner Junge, in eine Römerrüstung eingekleidet, Schwert am Gürtel und Schild in der Hand, sodass er aussah wie ein Centurio.

»Wie sehen die denn alle aus?«, fragte Straubinger verwundert. »Woher haben die den ganzen Plunder?«

»Das kannst du alles im Onlineshop von ›Brass Master One‹ kaufen. Die in Weiß, das sind die Messing-Caesaren. Haben alle den Super-High-Level beim Computerspiel erreicht. Daher der Lorbeerkranz. Fast so viele Frauen wie Männer. Die anderen sind Familienmitglieder. Großartig, oder?«, rühmte Tschick mit leuchtenden Augen. »Da ist sogar der Sohn vom Bierbaron dabei, unserem Dorfwirt. Der ist echt gut in dem Spiel!«

Der Umzug hatte sich bereits in Bewegung gesetzt. Tschick lehnte sich aus dem Fenster und hupte laut. Er winkte und machte ein bedeutsames Gesicht. Die Leute im Umzug wichen zur Seite. Der kleine Centurio riss sich von seiner Mutter los, stürmte auf Tschicks Auto zu und schlug mit dem Holzschwert nach ihm, doch der duckte sich geschickt unter seinem Feuerwehrhelm weg.

»Ist das nicht toll, Eisenfuß? Als wären wir im alten Rom. So muss es gewesen sein!«

Straubinger beachtete ihn nicht. Ihm war das alles eher unangenehm. Dann erspähte er Hanno Drechsler, wie er am Straßenrand versuchte, für ein wenig Ordnung zu sorgen. Doch die Leute waren außer Rand und Band. Jetzt kam er auf sie zu.

»Hey, Tschick, was soll das, wo willst du hin?«, fragte Drechsler. Er trug eine gelbe Jacke, darüber eine orangefarbene Weste und eine rote Baseballcap mit der Aufschrift »Brass Master One«. In der Hand hielt er tatsächlich eine einfache Kelle mit Holzstiel, so wie Schülerlotsen sie benutzten.

Straubinger beugte sich zur Fahrerseite, sodass Drechsler ihn jetzt sehen konnte. »Hey, alter Kumpel. Schickes Outfit!«, frotzelte er.

Drechsler erkannte ihn und lachte. »Ja, da sieht man, wohin man kommt, wenn man erst mal aussortiert ist. Aber was tut man nicht alles für das Wohl des Dorfs?«

»Wo hast du denn die Kappe her?«

Drechsler nahm die rote Kappe ab, sah sie kurz an und erwiderte: »Von meinem Enkel ausgeliehen, haben die jetzt alle, so ein Ding. Schau dich um.«

Tatsächlich, Straubinger fiel auf, dass viele der Zuschauer, die die Straßen säumten, eine solche Kappe mit der Aufschrift »Brass Master One« trugen.

»Ist schon klar«, sagte Drechsler, »ihr wollt zum Parkplatz, nehme ich an.«

Straubinger nickte. »Wo ist Kollege Tomke?«

Drechsler hob die Schultern. »Keine Ahnung. Er macht sich irgendwo wichtig.«

»Er hat Schepp nicht mal verständigt, dass er dich reaktiviert hat.«

»Merkwürdig. Das ist seltsam, ich hab natürlich gedacht, dass er das mit ihr abgestimmt hat.«

»Na ja, wird sich schon klären. Also, viel Spaß noch, Kumpel.«

»Alles klar, ich mach euch den Weg frei.« Drechsler legte kurz den Zeigefinger an den Schirm der Kappe und schritt voran. Vor ihm teilte sich die Menge, und der Pick-up fuhr langsam hindurch.

»Tja, Eisenfuß«, sagte Tschick, »so macht man das in unserem Dorf, siehst du? So geht das.«

Ganz vorn ging die Blaskapelle. »Unsere Brassband«, erläuterte Tschick. »Großartige Leute. Machen das schon seit gefühlten hundert Jahren. Die sind sogar bis nach Tirol bekannt. Heute sind sie als Römer unterwegs. Fantastisch! Standesgemäß mit Messinginstrumenten. Eine echte römische Brassband!«

Statt Sandalen hatten die Musiker goldfarbene Flipflops an, und ihre Brustpanzer bestanden aus aufgesägten und aneinandergenieteten Blechdosen, dazu trugen sie silbern angemalte Bauhelme mit einem roten Handbesen obendrauf. Der Chef der Kapelle stand in einem einachsigen Kippanhänger, der zu einer Art Streitwagen umgebaut war und von zwei mit Pferdekopf bestückten Männern gezogen wurde, die in weißen Overalls mit langen Pferdeschweifen steckten.

Der Chef reckte seine Trompete in die Luft und gab den Musikern mit einer zackigen Bewegung das Zeichen für den Einsatz. Sofort ertönte ein militärisch klingendes Marschlied.

Plötzlich setzte die Hälfte der Musiker ihre Instrumente

ab und begann zu singen, während die andere Hälfte leise weiterspielte.

»Als die Römer frech geworden,
Sim serim sim sim sim sim,
Zogen sie zu uns in Horden,
Sim serim sim sim sim sim,
Messing und Trompetenschall,
Tä rä terätättää,
Gressenicher Feinmetall,
Tä rä terätättää,
für den Messing-Caesar,
Wau, wau, wau, wau, wau,
Oh, du Messing-Caesar,
Schnäde räng täng, schnäde räng täng
Schnäde räng täng, de räng täng täng. Bumm.«

»Ist das nicht ein altes Studentenlied?«, fragte Straubinger.

»Ach, kann schon sein, aber mit 'nem neuen Text«, antwortete Tschick verzückt. »Hat unser Pfarrer gedichtet.«

Am Rand standen Trauben von jungen Menschen und winkten heftig mit kleinen Nationalflaggen: Holländer, Belgier, Franzosen, Amerikaner, Australier, Japaner, Koreaner, Südafrikaner, Inder, Briten, Italiener, Schweizer und Österreicher. Und sie jubelten und feierten, während die Kapelle weitermarschierte.

»Wo bleiben die alle über Nacht?«, fragte Straubinger.

»Halb Gressenich hat eine Couch oder ein Bett vermietet. Mit Römerfrühstück.«

»Römerfrühstück?«

»Ja, Brot, Äpfel, Käse und ein Glas Moselwein. Natürlich im Römerglas.«

Der Dirigent drehte sich in seinem Streitwagen nach vorn und setzte die Trompete wieder an.

Bei einer Gruppe am Straßenrand kreiste eine Flasche mit Genever, eine junge Holländerin riss sich ihre orangefarbene Bluse vom Leib und präsentierte ihr großzügiges Caesaren-Tattoo mit zwei Lorbeerkränzen um ihre stolzen Spitzen, woraufhin die Umstehenden zustimmend johlten und applaudierten.

Vor Tschicks Pick-up aber schritt Oberkommissar a. D. Hanno Drechsler im Takt der Musik, hielt seine Kelle in die Höhe und zeigte sich von all dem Spektakel ungerührt.

Straubinger sah sich um. Anja fuhr hinter ihnen, hatte die Scheibe heruntergedreht und winkte lachend und sich im Takt bewegend der jubelnden Menge zu.

»Was ist das hier für ein Wahnsinn?«, stöhnte Straubinger leise und bewegte den Kopf langsam hin und her.

Tschick schlug mit den Händen im Rhythmus der Musik aufs Lenkrad und pfiff dazu. »Ein bisschen wie Karneval. Wir sind hier im Rheinland, Eisenfuß.«

Erst nach einer Viertelstunde im Pulk kamen sie an die Straßeneinmündung. Die Musikkapelle bog nun nach links ab und sang:

»Und in Rom da war'n sie heiter,
Sim serim sim sim sim sim,
denn sie kauften Messingeimer,
Sim serim sim sim sim sim,
für das große Mittagsmal,
Tä rä terätättää,
Augustus aß im Kaisersaal …«

»Jetzt muss auch noch der große Augustus herhalten«, grummelte Straubinger.

»Ja, der ›Prunk-Augustus‹!«, rief Tschick. »Die Caesaren schreiten ja gerade zum Forum vor dem ›Petit Marron‹. Sie schreiten zur Krönung ihres Augustus'. Der Sieger im Geocaching! Der ›Prunk-Augustus‹, der Erhabene unter den Caesaren. Der wird heute noch mit dem Siegerkranz aus Eichenlaub gekrönt. Das wird der Höhepunkt, sag ich dir.«

»Und wer ist das, dieser … ›Prunk-Augustus‹?«

»Irgendeiner aus Belgien, soweit ich weiß. Der hat gestern den ›Gression Bucket‹, also den Gressenicher Eimer, in seinem Versteck gefunden. Da vorn, siehst du?«, sagte Tschick und deutete dorthin, wo die Kapelle nach links um die Ecke bog. Vor der Kapelle wurde nun ein Mann auf einem knatternden Beiwagen-Motorrad sichtbar. Er trug einen goldenen Römerhelm und eine rote Toga, die den Beiwagen des Motorrads vollständig abdeckte. Ein stolzer Feldherr, wie es schien.

»Wer ist der majestätische Römer auf dem Motorrad?«, fragte Straubinger.

»Der Centurio, der den ›Prunk-Augustus‹ später abholt, am ›Petit Marron‹.«

»Wo hat der Fahrer denn die schicke Uniform her?«, frotzelte Straubinger.

»Die römische Uniform, ja … das ist eigentlich unser Sankt Martin.«

Straubinger sah ihn fragend an.

»Aus dem Sankt-Martins-Zug, der jedes Jahr im November durchs Dorf geht. Für die Dorfkinder. Normalerweise hat er ein Pferd. Aber heute steuert er den Streitwagen für den ›Prunk-Augustus‹.«

»Mit einem Motorrad?«, fragte Straubinger ungläubig.

»Ja, den hat der Motorradclub gebaut. Wir fanden, das passt … also irgendwie. Darin wird der ›Prunk-Augustus‹ später nach der Ehrung im Triumphzug durchs Dorf gefahren.«

»Ach darum sind die alle so fröhlich!«, sagte Straubinger. »Die freuen sich also auf diese Siegerehrung?«

Tschick nickte. »Ja, das hier ist ja erst der Aufmarsch. Die große Parade kommt dann noch. Haben alles die Dorfjugend und der Herr Landtagsabgeordnete Wohlfahrt organisiert.«

Hanno Drechsler drehte sich zu ihnen, machte eine galante Bewegung mit seiner Kelle und wies sie an, weiter auf der Straße geradeaus zu fahren, sodass Tschick aufs Gas treten konnte.

Tschick blickte Straubinger ein paar Sekunden von der Seite an. »Deshalb sollten wir möglichst diskret sein. Noch weiß niemand außer Drechsler, dass jemand gestorben ist. Ich hab den Leuten erzählt, die Feuerwehr hätte heute Morgen einen kleinen Brand löschen müssen, unten an der Grillhütte. Aber irgendwann wird sich das mit dem Toten herumsprechen.«

DIE PROTHESE

Polizeihauptwache Vicht

Anja Schepp war bereits nach Vicht gefahren und wollte sich um den Schriftkram kümmern.

»Deutsches Endoprothesenregister, Mannhart«, sagte die Frau am anderen Ende.

»Guten Tag, Oberkommissarin Schepp hier, Polizei Stolberg. Ich habe eine Frage zu einer Knieprothese, die wir an einer Leiche gefunden haben.«

»Kann ja jeder fragen. Wie soll ich wissen, dass Sie wirklich die Polizei sind?«

»Am besten ist, Sie rufen die Zentrale Dienststelle an und lassen sich zu mir vermitteln.«

Die Frau am anderen Ende bejahte Anjas Vorschlag und Anja gab ihr die Daten durch. Eine Minute später klingelte ihr Telefon.

»Entschuldigen Sie mein Misstrauen, aber …«

»Schon gut. Lassen Sie uns zum Fall kommen«, schlug Anja vor.

»Welche Angaben liegen Ihnen denn vor?«, fragte die Frau.

»Der obere Teil hat eine Seriennummer, die mit F2LM anfängt, der untere fängt mit T2LM an«, antwortete Anja.

»Haben Sie die kompletten Seriennummern?«

Anja zitierte die weiteren Zeichenfolgen.

»Hm, ja, hört sich nach einer Prothese von Genusan an, da würde ich Sie mal an die zuständige Stelle verweisen. Genusan sitzt in Aachen. Die können Ihnen da weiterhelfen.«

Anja wählte die Nummer, die ihr von der Mitarbeiterin gegeben wurde. »Das ist eine unikondyläre Schlittenprothese, Typ Uno«, sagte ein Mann mit tiefer Stimme am anderen Ende.

»Was bitte?«, fragte Anja nach.

»Eine Prothese, die bei lateraler Gonarthrose …«

»Geht es auch für Laien?«

»… also bei einseitigem Kniegelenk-Verschleiß zum Einsatz kommt. Ursache sind zumeist ausgeprägte X- oder O-Beine.«

»Und diese Seriennummer, können Sie sagen, wo sie eingebaut wurde?«

»Ja, aber da brauche ich eine schriftliche Anfrage, am Telefon geht das nicht. Schicken Sie mir eine E-Mail.«

Sie legte auf und startete die Anfrage. Die Antwort kam innerhalb von zehn Minuten. Gerade als sie die Nachricht ausdruckte, betrat Straubinger die Wache. Schepp ging ihm aufgeregt entgegen. Sie sah auf das Papier und las vor. »Die Knieprothese wurde 1997 am Bundeswehrkrankenhaus in Ulm eingebaut.«

DER »PRUNK-AUGUSTUS«

Gressenich, Spielplatz vor dem »Petit Marron«

Die Feuerwehr nahm Straubinger bis zu seiner Wohnung mit, sodass er das Auto holen konnte. Zurück in Gressenich steuerte er seinen grünen 70er-Jahre-Volvo in Richtung Spielplatz vor dem »Petit Marron«, wo die Feier anscheinend schon seit ein paar Stunden in Gang war. Auf den Straßen war der Teufel los, das halbe Dorf schien auf den Beinen und feierte mit. Keine Chance, dachte er, hier war kein Parkplatz zu ergattern. Er parkte fast einen halben Kilometer weit weg und ging zu Fuß zurück. Auf und rund um den Spielplatz feierten schätzungsweise 250 Leute, und ein Jugendchor in Toga und Sandalen sang das Lied von den jungen Römern.

Auf dem Spielplatz war eine Theke mit Zapfanlage aufgebaut, aus der das Bier in Strömen floss. Vor dem »Petit Marron« stand eine kleine transportable Bühne mit Mikrofonanlage. Neben der Bühne wurde das Motorradgespann aus dem Aufmarsch vorhin präsentiert. Der Beiwagen war mit einer blutroten Verschalung und goldenen Applikationen für den »Prunk-Augustus« versehen worden.

»Hallo, Freunde aus aller Herren Länder, willkommen im weltberühmten Römerdorf Gressenich«, knatterte es aus den Lautsprechern. Der Sprecher, ein dicker Mann mit einem Seehundschnurrbart, fügte lächelnd hinzu: »Und jetzt in Französisch!«, und reichte das Mikro weiter an einen anderen, der eine Schlägermütze und bunte Klamotten trug. Er sprach in fließendem Französisch eine ähnliche Willkommensbotschaft. Das Mikro wurde erneut weitergereicht, und so folgten Ansprachen in Englisch, Flämisch und eine junge Frau sprach sogar auf Italienisch.

»Was ist denn hier los?«, fragte Straubinger einen der Umstehenden.

»Wir warten auf die Krönung des ›Prunk-Augustus‹, der Wagen mit der Jury, der sollte eigentlich jeden Moment hier einziehen.«

»Die werden schon kommen!«, rief ein anderer.

»Also, willkommen zum ›Tag der Messing-Caesaren‹, dem ›Day of the Brass Cesars‹«, sprach der Dicke weiter. »Die Jury hat hoffentlich einen Sieger ermittelt. Die Jurychefin, unsere geschätzte Lisbeth Hauser, ansonsten Vorsitzende des Karnevalsvereins, wird bald mit den anderen Jurymitgliedern eintreffen, um uns allen zu verkünden, wer den Gressenicher Messingeimer, den ›Gression Brass Bucket‹ bei unserer Schnitzeljagd …«, er machte ein angestrengtes Gesicht und las etwas von einem Zettel ab, »… in Modern sagt man, glaub ich, ›Geocaching‹, oder?« Das Mikro fiepte laut. Die Umstehenden nickten und raunten, einige pfiffen, bevor er weitersprach. »Also, wir haben dann heute bald einen ›Prunk-Augustus‹ aus all den herrlichen Cesars, die aus der ganzen Welt zu uns gestoßen sind. Und unser Pfarrer wird ihn und euch alle dann noch segnen, schließlich waren es die Römer, die uns den rechten Glauben vor langer Zeit gebracht haben.« Alles wurde übersetzt, die Spannung stieg. Ein paar Pfiffe ertönten. Aufhören-Rufe waren zu hören.

»Haltet endlich die Klappe!«, grölte einer der Caesaren, der bereits ein paar Bier intus hatte. »Wir wollen den Scheißaugustus sehen!«

»Ja, wer von uns ist es geworden?«, rief ein anderer.

Straubinger drehte sich zur Seite und griff zum Handy. »Schepp, ich brauche ein paar Kollegen, die dafür sorgen, dass hier niemand verschwindet. Irgendwie hab ich ein ungutes Gefühl, dass hier gleich Panik ausbricht. Ich glaub, hier sind ein paar ganz miese Typen dabei … Ja, sofort. Sie sollen die

Straßen rund um das ›Petit Marron‹ weitgehend abriegeln. Und du kommst bitte auch mit, wir müssen hier eine Menge Leute vernehmen. Kannst du eigentlich Französisch?«

»Ja, nicht sattelfest, aber zum Rotweinbestellen reicht es«, antwortete Schepp.

»Gut. Also bis später.«

Aus dem Lautsprecher war erneut ein Pfeifen zu hören. Dann ergriff der Dicke wieder das Mikrofon. »Ein bisschen Geduld noch, die Jury kommt bald, und dann wird der Sieger im Triumphzug in seinem Streitwagen durch unser schönes Dorf ziehen können. Geduld, Geduld!«

Endlich war der bullige Motor eines Traktors zu vernehmen. Ein grüner Fendt tauchte auf, mit einem großen Anhänger, der aus der Filmkulisse eines Kleopatra-Films hätte stammen können. Goldene Einfassungen aus Alurettungsdecken, blutrote Römerschilde hingen von einer Brüstung herab, Matten aus gelbem Ginster, in der Mitte eine Art Burg aus roten Bartnelken gesteckt mit einem erhöhten Turm aus Pappmaché, der wie eine Steinmauer bemalt war. Ein Murmeln ging durch die Menge, Applaus und schließlich lautes Gejohle. »Endlich, da sind sie ja!«, rief eine Frau.

Jetzt war der Prunkwagen in seiner ganzen Pracht zu erkennen. An dem Turm der Schriftzug »Heil Dir Augustus«. Um die Burg herum standen fünf Leute, aber das waren keine Römer, sondern normal gekleidete Menschen mit sehr ernsten Gesichtern. Und das Unheilvolle war offensichtlich: Der Turm, auf dem die Jurychefin hätte stehen sollen, war nicht besetzt. Der Wagen hielt an, die ernst dreinschauenden Leute stiegen herunter. Schnellen Schrittes kam eine Frau nach vorn, betrat die fahrbare Bühne und schnappte sich das Mikrofon von dem dicken Conférencier. Das musste Lisbeth Hauser sein. »Freunde, Freunde«, rief sie mit offensichtlicher Beklommenheit. Ihre Stimme bebte. »Unser Augustus, den wir heute küren wollen, unser ›Prunk-Augustus‹, er steht fest.«

Gejohle und Applaus. »Wo ist er?«

Lisbeth rief ins Mikro. »Leider gibt es ein Problem.« Sie sah zu Straubinger hinüber und winkte ihn auf die Bühne. »Unser Hauptkommissar Eisenfuß … äh … Straubinger möchte kurz zu euch sprechen.«

Straubinger kämpfte sich durch, sprang die drei Stufen auf die Bühne hinauf und sagte leise zu ihr: »Das ist keine gute Idee«, schimpfte er. »Das gibt Tumult.«

»Sagen Sie was. Jetzt können Sie nicht mehr runter«, flüsterte Lisbeth ihm ins Ohr.

Straubinger nahm das Mikro. »Meine Damen und Herren, was ich Ihnen jetzt sage, darf Sie nicht beunruhigen. Machen Sie einfach weiter. Trotzdem: Es ist etwas passiert, was uns alle erschüttert.«

Geraune. »Was mault der denn da? Ist das Bairisch? Pfui! Zieht den Bayern die Lederhosen aus, Lederhosen aus, Lederhosen aus …« Immer mehr stimmten in einen Chor ein. »Zieht den Bayern …«

»Klappe!«, rief Straubinger ins Mikro. »Hört zu! Es gibt einen Toten unter euch. Und zwar in der Grillhütte des Motorradclubs.«

Ein wildes Gerufe und Gezeter setzte ein. »Scheißbayer!«, brüllte einer, wurde aber sogleich von einem anderen ermahnt. »Ruhe!«

»Bleiben Sie bitte an Ort und Stelle, meine Kollegen treffen gleich ein, sie werden Ihre Personalien aufnehmen.« Protestrufe, Geschrei. »Meine Damen und Herren, ich weiß, es sollte ein schönes Fest werden, aber …« Die ersten Plastikbecher mit Bier flogen durch die Luft und trafen Straubinger an der Brust. »Es geht nicht anders, bleiben Sie also bitte ruhig.« Er senkte das Mikro und wandte sich an Lisbeth Hauser. »Machen S' einfach weiter, ansonsten gibt's a Problem mit die Leut'«, wies Straubinger Lisbeth an und übergab ihr das Mikro.

»Lasst uns nun zur Siegerehrung schreiten. Unser ›Prunk-Augustus‹, es ist … Jérôme Bitter aus Belgien!«, rief sie. Applaus brandete auf. Die Kapelle spielte die Fanfare aus dem Hollywoodschinken »Ben Hur«. Zwei Diener mit Liktorenbündeln aus Holzruten, in denen jeweils eine Axt steckte, schritten aus der fahrenden Burg hinaus. Dahinter der »Prunk-Augustus« in einem edlen Gewand mit Purpurtoga, flankiert von zwei Senatoren und einem dritten hinter ihm, der einen goldenen Eichenkranz schwebend über seinem Kopf hielt. Vor ihm schritt stolzen Hauptes und als römische Schönheit verkleidet Marie und trug einen Messingeimer mit großer Würde voran, der mit allerlei Früchten gefüllt war. Erhaben schritten sie die Stufen hinauf auf die Bühne. Marie wurde ganz nach vorn gestellt. Stille. Der Sieger nahm das Mikro in die Hand und seufzte. »Dear Cesars, liebe Caesaren, mon chère Césars. Ich bin Jérôme aus dem schönen Tongern in Belgien. Ich bin stolz, hier sein zu dürfen. Ich hab eigentlich heute gewonnen, weil ich gestern den Messingtopf gefunden habe.« Marie reckte den Messingeimer unter dem Jubel des Publikums in die Höhe. »Es war nicht einfach, die Vrouwen und Mannen aus Gressenich hatten ihn gut verkapt … also verstreckt!« Wieder Applaus. »Aber ich möchte den Sieg nicht davontragen, angesichts der schrecklichen Tat, die hier passiert ist. Dat brengt geen geluck!« Jérôme nahm dem Mann hinter ihm den Eichenkranz ab und überreichte ihn Lisbeth, die ihn geschockt entgegennahm.

Buhrufe, erneute Würfe von Bierbechern und heftig wütende Reaktionen. Straubinger sah Lisbeth an und sagte: »Das war, glaub ich, wirklich keine gute Idee!« Er nahm das Mikro zurück. »Meine Damen und Herren, bitte bewahren Sie Ruhe.«

Zu spät, der Unmut griff um sich. »Wer ist dann der Vize?«, schrie jemand. »Ja, es muss einen zweiten geben. Lasst das Los entscheiden! Dann wird halt ein anderer Augustus!« Es ging ein wildes Geschrei los. Die Sorge um den Toten im Grillunterstand war schnell verflogen, anscheinend wollte jeder der Vize sein und zum Augustus gekrönt werden.

»Ruhe, bitte Ruhe!«, beschwor Lisbeth Hauser die Menge. »So beruhigt euch doch!«

Eine junge Frau kreischte hysterisch, auch sie im Caesarenkostüm. »Wir wollen einen Augustus!«

»Es ist noch schlimmer als nur tot«, erklärte Lisbeth Hauser.

»Was ist passiert? Sag es uns!«, rief jemand.

»Er wurde verbrannt. Ermordet. Hier in unserem Römerdorf! In der Grillhütte des Motoradclubs!«

Allgemeine Fassungslosigkeit machte sich breit. Frauen begannen zu weinen und schlugen die Hände vors Gesicht. Dann übersetzte jemand ins Englische, noch mehr Fassungslosigkeit. Doch jemand rief: »Who is the Vice?«

Lisbeth Hausers Miene verfinsterte sich. »Wer auch immer das jetzt gerufen hat aus der Menge! Dem möchte ich eindringlich sagen, dass es angesichts der Umstände wohl völlig unangebracht wäre, über einen zweiten Platz und die Kür eines neuen Augustus nachzudenken!«

Ein paar Leute applaudierten, die anderen waren wie kopflos. »Mord und Totschlag!«, schrie einer. »Blood and thunder!«

Die Menge setzte sich in Bewegung, Lorbeerkränze wurden zu Boden gerissen. Straubinger lief auf Hanno Drechsler zu. »Stell dich ihnen in den Weg! Lass niemanden durch, Hanno!«

Drechsler versuchte sein Bestes. Er kämpfte sich zu der kleinen Seitenstraße durch, um den Menschen den Weg zu versperren. »Stopp!«, rief er immer wieder mit ausgebreiteten Armen, sodass einige zurückschreckten, doch andere drängten sich einfach an ihm vorbei und liefen den Berg hinauf.

Unterdessen lief Straubinger zum Spielplatz, stellte sich vor die Leute und hob seinen Polizeiausweis in die Höhe. »Hey, alle hierbleiben!« Er wedelte mit dem Arm hin und her. »Niemand verlässt den Platz!« Doch auch er schaffte es nicht, die Leute aufzuhalten. Martinshorn, vier Polizeifahrzeuge trafen ein und sperrten rundum die Straßen ab, sodass niemand den Platz verlassen konnte. Der Caesaren-Mob begann zu laufen und rannte die Straße entlang, um zum Parkplatz mit den Bussen zu kommen. Doch die Menschen kamen nicht weit.

Straubinger erkannte die Aussichtslosigkeit und senkte die Arme. Plötzlich stand er vor ihm, in vollem Ornat. Ein Mönch stellte sich mitten ins Getümmel, mit dem Rücken zu Straubinger. Er trug eine helle Kutte mit schwarzem Überwurf, der seine schlanke, ja, fast dürre Gestalt ungewöhnlich lang wirken ließ. Mit einem Mal breitete er die Arme aus. »Weh euch, ihr Getriebenen!«, rief er lauthals. »Seht euch nur vor. Der Fluch wird euch alle heimsuchen! Zeter und Mordio! Verdorbene Brut! Der Herr wird euch strafen. Sehet, ich sage euch, haltet ein und sühnet!«

»Idiot, mach Platz!«, rief jemand und stieß ihn weg. »Blödmann, *go home!*« Der Mönch wurde zur Seite gedreht, und Straubinger sah, als er ihn im Profil betrachtete, wie ihm der Zorn ins Gesicht stieg.

Straubinger lief ein eiskalter Schauer über den Rücken. In dem Moment wurde der Kommissar mitgerissen und umgeworfen. Er fiel rücklings auf seinen Hintern, kippte zur Seite und schlug hart mit dem Kopf auf den Asphalt. Wie aus einem fernen Universum hörte er, als die Stimme des Mönchs in seinem Kopf widerhallte: »Nehmt dies … wawawa … und tut Buße … wawawa …!« Benommen und wie durch einen

Weichzeichner beobachtete er, wie der Mönch umherirrte, wobei er ein Bein leicht nachzog, und so etwas wie Asche in die Menge streute. »Der Herr wird eure Sünden … wawawa … sühnen und euch von eurem … wawawa …«

Alle, die Straubinger hatte aufhalten wollen, rannten an ihm vorbei, wobei er einige Tritte abbekam. Plötzlich blickte der Mönch auf Straubinger hinab. Wie vom Blitz getroffen starrte er ihn an. Diese lange, schmale Nase und diese prägnanten hohen Wangenknochen … dazwischen in tiefen Höhlen zwei fast schwarze funkelnde Augen … diese senkrechte Narbe am rechten Lid … und diese dräuende Strenge in seinem Antlitz … Er kannte den Mann, und dieser kannte ihn. Aber woher?

Der Mönch hielt inne, seine harten Züge weichten für einen Augenblick auf, er neigte kurz seinen Kopf, belegte Straubinger mit einem Kreuzzeichen und sprach ruhig die Worte: »Ego te absolvo, ich spreche dich frei von deinen Sünden.«

Benommen und verwirrt stierte Straubinger den Mönch an und griff nach ihm ins Leere. »Was … was redest du da, heiliger Mann?« Dann verschwand der Mönch in der Menge und ließ ihn liegen.

In dem Moment tauchte ein anderer Mann auf, der ihn untersuchte und irgendetwas sagte, was Straubinger nicht verstand. Er winkte jemandem zu. Hanno Drechsler tauchte auf. »Drechsler, übernimm den hier, ich muss da hinten jemandem helfen, der sich ernsthaft verletzt hat.«

»Mensch, Straubinger, hast du dir was getan?«, fragte Drechsler, hockte sich neben ihn und fasste ihn beim Kopf.

Nach kurzer Pause setzte Straubinger sich hin. »Ah«, stammelte er, »hilf mir lieber auf. Ist schon nicht so schlimm.« Er stützte sich an Drechslers Schulter ab und fing sich allmählich wieder. Dann schoss ihm eine zweite Option durch den Kopf. Erneut griff er zum Handy. »Ja, Schepp, schick zwei

Streifenwagen zum Parkplatz am Supermarkt. Die Busse dürfen das Gelände nicht verlassen. Nehmt allen die Ausweise ab und vermerkt auch, in welchen Hotels oder sonstigen Unterkünften sie wohnen! Vorerst darf keiner den Ort verlassen, bevor wir nicht seine Personalien haben!«

RÖMERZEIT

DER FREMDE

Marcha Bodardi villaris, Lager der Bergarbeiter, am Abend

»Habt ihr schon gehört?«, flüsterte der Thraker fast andächtig in die Runde, ein frömmelnder Minenarbeiter aus dem Osten des Römischen Reichs. »Der Herr Marcus hat einen Eimer bekommen, ein Geschenk des Präfekten.«

»Was für einen Eimer?«, fragte der groß gewachsene und spindeldürre Treverer aus der nahen Moselhauptstadt, hellhörig geworden.

»Einen dieser Eimer, die wie Gold glänzen und wie durch Zauberei aus unserem Erz gegossen werden. Eines dieser Prunkgefäße aus Crasciniacum, ein Eimer aus Gression.«

Der Gallier horchte auf. »Was hat er damit vor?«

»Er will ihn in ein paar Tagen präsentieren, ihn uns zeigen, damit wir sehen und begreifen, wofür wir uns hier zu Tode schuften.«

»Man sagt, dass ihre Matronen die Leibspeisen ihrer Rammler in den Eimern aufbewahren«, spottete der vierschrötige Gote, den sie vor gut zwei Jahren mit einem Zug Ostgermanen hierher verschleppt hatten.

»Ja!«, rief ein anderer. »Und dass die reichen Germanen, die mit den Römern unter einem Hut stecken und ihnen die Füße lecken, ebenfalls die Asche ihrer verstorbenen Popanze in solchen Prunkgefäßen aufbewahren und bestatten.«

»Man kann aber auch«, warf der dürre Treverer dazwischen, »die Weinration für einen ganzen Abend in einen solchen Eimer füllen und sie in einem Zug aussaufen!« Geckenhaft bewegte er sich mit aufgerissenen Augen auf einen Krug am Tisch zu, nahm ihn in beide Hände und soff, sodass ihm die Brühe rechts und links die Wangen hinunterlief. Die anderen jubelten und schlugen feixend mit den Händen auf den Tisch.

Währenddessen sah der Gallier mit starrem Blick an die Wand. Das war ein böses Zeichen. Ein Kübel aus Gression. Die Matronen würden dem Eimer folgen! Sie würden ihn bestrafen wegen seiner ausufernden Manneslust. Er hatte die letzten Tage versucht, enthaltsam zu sein. Doch es gelang ihm nicht. Jeden zweiten Tag nahm er sich eine andere Magd, die ihm schöne Augen machte. Er spürte Unruhe, musste etwas tun. Der Schweiß brach ihm aus. Er musste … er musste opfern. Aber wann?

»He, Gallier, welche Schöne wird es denn heute Abend sein?«, fragte der Bucklige voller Häme, als er sich neben ihn setzte, während die anderen Arbeiter vorgebeugt ihren Brei aus hölzernen Näpfen löffelten. »Erst gestern hast du doch die rothaarige Britannierin hinter das Holzlager geführt. Man hat sie gehört. Sie muss eine Wucht gewesen sein.«

Die anderen lachten höhnisch und tranken.

Der Gallier hasste diesen Trunk, den sie jeden Abend vorgesetzt bekamen. Nichts als saure Brühe, ekelhaft. Wie wunderbar war doch das gallische Hirsebier, das er mit seinesgleichen gezecht hatte, wenn sie eine Schlacht geschlagen hatten, ihre Feinde köpften, ihre noch zuckenden Leiber in den riesigen Weidenmann steckten und dann anzündeten. Wenn dieser Wicker zu Ehren von Taranis lichterloh brannte, dann labten sich Frauen wie Männer gemeinsam an ihrem einfachen, aber schmackhaften Göttergetränk, so viel sie nur saufen konnten. Und dann wälzten sie sich im Siegestaumel, sein Vater, seine Mutter, andere Männer und Frauen, voller Ekstase neben- und übereinander, und oft wachten sie erst morgens unbekleidet neben der noch heißen Asche wieder auf. Ein Grund, warum kaum eine gallische Mutter mit Sicherheit wusste, wer der Vater ihrer Kinder war.

Nacheinander erfasste er die anderen am Tisch mit seinem bangen Blick. Sollten sie doch volltrunken mit von diesem Wein verätzten Mägen ihre Schlafstatt vollkotzen, nachdem jeder von ihnen wie allabendlich etwa vier Handkrüge davon gesoffen hatte. Er wollte es sich jedoch nicht mit ihnen verderben, also setzte auch er den Becher an, den der Neue ihm vorgesetzt hatte, und stürzte ihn in einem Zug.

»He, Gallier, du bist ganz schön mutig!«, rief der Bucklige. »Säufst mit einem Parther aus einem Becher? Diese Burschen haben uns diese neue Seuche aus dem Osten hergebracht!«

»Na ja, solange die Seuche unserem Kaiser Marc Aurel nichts anhat, sind die Götter bei uns«, sagte der dürre Treverer. »Und ihn lässt diese Seuche so lange in Ruhe, wie er abends seinen Humpen leert. Also, sauft!«, rief er lachend, hob seinen Becher in die Höhe und trank erneut.

»Aber seinen edlen Mitkaiser Lucius Verus hat die Seuche, wie man hört, vor wenigen Wochen dahingerafft«, erwiderte der Bucklige. »Wenn das mal kein Zeichen ist ...«

»Diese elende Seuche«, fauchte der Gote, »hat schon jeden Vierten in Rom dahingerafft, erzählt man. Geschieht ihnen recht«, zischte er schadenfroh. »Haben die Legionäre sich aus dem Land der Parther mitgebracht, als sie deren Tempel geplündert haben. Wir sollten unserem Parther also gratulieren!«

»Aber jetzt ist sie auf dem Weg zu uns, so sagt man«, krächzte der Thraker verschwörerisch und ließ seine Hände umherflattern wie die Flügel eines unheilverkündenden Raben.

»Mir soll's egal sein«, warf der Bucklige ein, »ob der verdammte Husten mich umbringt oder ich an diesen eitrigen Blattern krepiere. Dann geht es wenigstens schnell.«

»Eher sterbt ihr alle an dieser sauren Brühe hier!«, warf der Gallier ein.

Ein Fremder setzte sich zu ihnen. Ein großer, stattlicher Hüne mit kurz geschorenen Haaren, wie die Römer sie trugen. Er nahm den Krug aus der Tischmitte und goss sich einen Becher ein.

»He, das ist unsere Ration, nimm dir dein eigenes!«, rief der Treverer.

Der Fremde reagierte besonnen und trank einen Schluck. »Hört, was ich euch mitzuteilen habe. Die Mine ist nicht mehr zu halten. Ihr wisst es. Es gibt kaum noch Erz.« Er sah in die Runde, aus der ihm viele Augenpaare ängstlich entgegenstarrten.

Schließlich fasste der Bucklige all seinen Mut zusammen und fragte leise: »Und was geschieht mit uns?«

Der Fremde richtete sich auf, wischte sich die Lippen ab und antwortete: »Ihr werdet nach Süden gehen, in die Heimat des Noricers.«

»Wir alle?«, fragte der Thraker.

»Ihr alle, ohne Ausnahme.«

»Aber das ist eine Reise von … von zwei Monden!«, warf der Noricer ein.

»Ihr seid gute Sklaven oder Spezialisten wie der Noricer. Euch alle werden wir weiterhin brauchen. In einer Silbermine, in der Provinz Noricum.«

»Wer sagt das?«, fragte der Gallier.

»Ich. Ich bin der Sondergesandte des Präfekten. Ich selbst komme aus Noricum. Ich kenne dort jeden Stollen, jeden Schacht, den Rom je vorangetrieben und ausgehoben hat. Eure Arbeit hier ist vorbei. Freut euch, denn dort gibt es ein gutes Leben. Es wird euch gut gehen dort. Ihr könnt euch auf mich und meinen Namen verlassen.«

DIENSTAG, 15. AUGUST

DEM TOD SO NAH I

Im Traum

Das Licht flackert. Meine alte Karbidlampe produziert kaum noch Gas. Der Overall ist voller Schlamm. Alles ist klamm, kalt und feucht. Seit fast vier Tagen sind wir unterwegs, fast 600 Meter unter dem Tageslicht, tief im Bauch des Gebirges. Ich führe die Truppe der Retter an, weil ich die Höhle kenne. Dieser Siphon noch, und dann muss die Halle kommen, in der die Verunglückten gestrandet sind. Ich lösche die Karbidlampe und verpacke sie in einen wasserdichten Sack. In völliger Dunkelheit halte ich die Luft an und tauche hinab in den gewundenen Schlauch aus Kalkstein. Ich robbe durch das eiskalte Wasser und komme blind wie ein Maulwurf in seinem Bau auf der anderen Seite wieder nach oben. Mein Kopf schießt aus dem Wasser, ich schnappe keuchend nach Luft.

»Hallo!«, hallt eine heiser gebrochene Stimme gedämpft aus der Dunkelheit. Sie leben!

»Wir sind da!«, rufe ich in die Stille hinein.

Mehrere Stimmen antworten, kaum hörbar, weinerlich, glücklich und erlöst.

»Verletzte?«, frage ich laut.

»Alle fünf!«, jammert eine Frauenstimme.

Ich muss mich konzentrieren, um sie hören zu können. Meine beiden Kameraden, die noch auf der anderen Seite sind, sie warten auf ein Signal von mir. Ich ziehe dreimal kräftig am Seil, das vereinbarte Zeichen, dass mir der Durchstieg durch den Siphon gelungen ist und ich ihn überlebt habe.

Die Verletzten klagen. Ich packe meine Lampe aus, setze den Karbidbehälter in Betrieb und warte, bis das Gas durch den Schlauch in die Beleuchtungseinheit strömt. Wegen ihrer gezackten Deckenform haben die Entdecker diese große Halle im Berg Elchgeweih genannt. Jetzt kann ich ihre Form in der sonnenhellen Flamme erkennen. Ich stelle mich auf und leuchte an die hintere Wand. Fünf Menschen sollen dort irgendwo sitzen, aber ich sehe nur eine zusammengestürzte Gesteinsmasse. Nur ein schmaler Schlitz oben scheint ihre Rufe durchzulassen. Dahinter müssen sie eingeschlossen sein. Ich gehe auf den Schutthaufen zu.

»Vorsicht!«, ruft die Frau. »Es ist alles nur locker verkeilt«, ruft sie noch, als ich in etwa drei Meter Höhe auf einen eingeklemmten Stein in der Größe eines Medizinballs trete. Er löst sich. Ich bin überrascht, er sah so fest aus. Es ist zu spät. Ich stürze, falle, liege, wie ein Maikäfer auf dem Rücken, am Fuß des Schuttbergs. Der langsam nachrutscht. Wirklich langsam. Ich sehe zu, atme, hebe den Kopf. Dann schneller. Steine fallen auf meinen Körper, ich ächze. Mehr und mehr fällt auf mich drauf. Die Beine unter dem Schutt. Ich hebe die Arme, ein Stein trifft die rechte Hand, ich schreie. Mehr Steine, große, kleine. Alles rutscht nach, bis nur noch mein Kopf aus dem Schutt herausragt. Verdammt. Ich bin begraben. Lebendig begraben. Das Karbidlicht flackert. Geht zu Ende. Schmerz. Ich bekomme kaum Luft. Ich lege den Kopf nach hinten, sodass ich hinter mir einen Lichtschein wahrnehme. Franz, der erste der beiden Kameraden, hat es geschafft. Ich rufe, doch er kann mich noch nicht sehen. Ich schließe die Augen. Es ist so kalt. So kalt …

»Sigrid!«, schrie er und wachte auf. Schweiß auf der Stirn. Wo war sie, fragte er sich und hielt sich den Kopf. Er tastete nach seinen Wunden. Wie konnte das sein? Der Traum, dieser immer wiederkehrende Traum. Nacht für Nacht. Jedes Mal, kurz vor dem Tod, wachte er an derselben Stelle auf. Aber heute war etwas anders. Heute hatte er nicht vergessen, was er geträumt hatte. Er tastete sein Gesicht ab. Ein Pflaster auf der Stirn, eines auf der linken Wange. Wie konnte das sein? Es war doch nur ein Traum gewesen. Dann fiel es ihm wieder ein. Die Rangelei auf dem Dorffest. Hanno Drechsler hatte ihn noch zum Arzt gefahren und dann nach Hause gebracht. Eine leichte Gehirnerschütterung und ein paar Abschürfungen. Kopfschmerzen. Wahnsinnige Kopfschmerzen hatte er. Er fasste sich an den Hinterkopf, spannte die Kopfhaut an und stakste vorsichtig ins Bad. Zwei Paracetamol und viel Wasser.

Der alte Arzt hatte sogar empfohlen, einen Wodka hinterherzukippen. Wodka, geschmackloser Kartoffelschnaps, ohne Seele, nein, er brauchte etwas mit fruchtigem Herz. Er nahm einen bayerischen Williams aus einer Schnapsbrennerei seiner Heimat. Der lief runter wie Öl. Noch einen. Der Alkohol schoss durch seine Venen. Er befreite seine Gedanken von dem Traum, der sich ständig wiederholte. Er schüttelte ihn ab, duschte sich, ohne den Kopfverband nass zu machen, und zog leichte Klamotten an. Es würde ein anstrengender und heißer Tag werden.

BRASS BUCKET CACHING

Im »Petit Marron«

»Oh Gott, was für ein schöner Verband«, sagte der Bierbaron und zeigte auf Straubingers Kopf, als dieser die Schirmmütze abnahm.

Straubinger grinste und zeigte auf seinen Hinterkopf. »Andenken von den kriegerischen Caesaren.«

»Warst du im Krankenhaus?«, fragte Tschick, der an der Theke saß und in einem Kaffee rührte.

»Ja, Drechsler hat mich gestern noch hingefahren. Nicht schlimm, bloß ein Kratzer.«

»Hach, so was sagen mir als Rettungsmann die starken Männer doch immer und dann fallen sie mir platsch vor die Füße.«

Straubinger sah ihn grimmig an. »Tschick, du bist ein wahrer Held!«, spottete er. Dann an den Bierbaron gerichtet: »Eine krasse Veranstaltung war das gestern.«

»Seit dieses Computerspiel die Welt erobert, ist Gressenich der zweitbeliebteste Ort auf diesem Planeten.«

»Gleich nach Bangkok«, warf Moni im Vorbeizischen ein, bevor Straubinger fragen konnte.

»Kölsch?«, fragte der Wirt unaufgefordert und zapfte ein Glas an.

»Lieber einen Kaffee«, antwortete Straubinger.

Der Bierbaron hob die Schultern, ließ einen Kaffee einlaufen und trank das Kölsch selbst aus.

»Sag mal, hast du von dem Toten am Motorradgelände schon etwas gehört?«

Der Bierbaron sah Tschick kurz an und antwortete: »Wenn ich davon nichts gehört hätte, dann wäre ich kein guter Wirt, oder?«

Straubinger trank einen Schluck Kaffee. »Was war denn

los bei euch, also, bevor der umgebracht wurde? Vorgestern, am Sonntag?«

»So was wie ’n Geocaching.« Der Wirt stellte Straubinger einen Schnaps hin.

»Wer hat da alles mitgemacht?«

»Leute aus aller Welt. Holländer, Briten, Franzosen, Belgier, Amis, die kamen aus Bonn, Brüssel, was weiß ich. Sogar ein paar Japaner.«

»Aber die kamen von Toyota aus Düsseldorf«, warf Tschick ein.

Straubinger sah auf das Schnapsglas und schob es weg.

»Schön leer trinken«, sagte der Bierbaron mahnend.

Straubinger verzog das Gesicht. »Vor allem schön, oder?« Er schob das Glas noch ein Stück weiter weg und fragte: »Worum genau geht es dabei?«

»Bei dem Schnaps?«, fragte der Bierbaron ignorant.

Straubinger grummelte. »Bei dem Spiel, Mann!«

»Äh ...«, war von Tschick zu hören, »wertvolle Messingeimer spielen eine Rolle.«

»Und dann schlagen sich die Spieler die Köppe ein«, erläuterte der Bierbaron missmutig. »Und diese alten Messingeimer sollen tatsächlich hier bei uns zur Römerzeit hergestellt worden sein. Sollen so was Magisches haben. Vor ungefähr, äh ... Tschick?«

»Vor etwa 1.800 Jahren, so sagt der Historiker, der Sabzynski«, antwortete Tschick. Ein gewisser Stolz in seiner Stimme war nicht zu überhören.

»Unten im Hängerdal, also für den Herrn Bayer Hintertal«, fügte der Wirt hinzu, »da soll ein römisches Bergwerk gewesen sein.«

»Also dort, wo wir die Leiche gefunden haben.«

»Ja, in der Nähe, da geht der Weg weiter zum Schotterwerk«, erklärte Tschick. »Römerfeld heißt das.«

»Wir haben da früher als Kinder auf den Feldern nach allem gesucht, was wir finden konnten«, erzählte der Bierbaron. »Scherben, Schrauben, Nägel, alles haben wir aufgehoben und wie einen Schatz behandelt. Römer haben wir die Teile genannt, vor allem untergepflügte Scherben, egal was es wirklich war, für uns Kinder waren es Römer.«

»Und ein Geocaching? Das kapiert ja kein Mensch so richtig, oder?«, fragte Straubinger, betrachtete noch einmal das Schnapsglas vor ihm und trank es in einem Zug aus. Der Bierbaron grinste.

»Eigentlich ist das eine moderne Bewegung, eine Art Internet-Schnitzeljagd«, erklärte Tschick beflissen.

»Und was passiert da?«

»Mein Oliver und ein paar Freunde, die hatten die Idee«, sagte der Bierbaron. »Sie haben es ›Brass Bucket Caching‹ getauft. Frag ihn, er kann dir mehr dazu erzählen.«

»Gut, werd ich machen. Wo ist er?«

»In einer Stunde ist er hier«, antwortete der Bierbaron und beugte sich leicht vor. »Und … äh … kannst du vielleicht mal mit ihm reden? Dieses Computerspiel macht die Leute komplett bekloppt. Die geben da echt Geld aus und glauben auch noch, dass es was Supertolles wäre.«

Straubinger nickte. »Ich versuch es.«

»Versprochen?«, fragte der Bierbaron.

»Versprochen«, antwortete Straubinger und beugte sich vor, »wenn ich keinen Schnaps mehr trinken muss.«

Tschick fühlte sich irgendwie übergangen. »Äh, und bei dem Geocaching, also normalerweise«, setzte er an, »ist das so, dass irgendjemand einen Schatz irgendwo auf der Welt versteckt. Und dann suchen irgendwelche Leute von woher auch immer danach und finden den Schatz. Oder auch nicht«, dozierte Tschick. »Bei uns haben die Jungs einen Messingeimer aus dem Baumarkt versteckt, in der Gegend, wo angeblich die alten römischen Stollen waren. Aber diese alten Stollen, die sind wohl angeblich alle weggebaggert worden, von den Steinbrüchen.«

»Ihr seid mir ein merkwürdiges Volk. Baggert die eigene Vergangenheit einfach weg.«

»Das ist nicht das Einzige, was die Leute hier vergessen wollen«, sagte der Wirt und grinste. »Wenn du hier mal zu graben anfängst …«

DIE SPIELREGELN

Gressenich, am Spielplatz

Straubinger hatte sich die Beine vertreten und war an den Pferdeställen vorbei durch die Felder in Richtung Mausbach spaziert. Nach dem gestrigen Vorfall brummte ihm immer noch der Schädel. Die frische Luft sollte ihm guttun. Er nahm sich die Zeit und dachte nach, über Sigrid, über seine gescheiterte Ehe in Köln und warum er mit seinen Frauen ein Problem hatte. Was war bloß los mit ihm? Oder war es so, dass er wenigstens ehrlich damit umging, während andere Männer nur so taten, als wäre alles in Ordnung? Er würde diese Frage heute nicht lösen können, aber es tat ihm gut, sich ab und zu infrage zu stellen. Auf dem Rückweg begegnete ihm am Omerbach ein junges Paar, das ausgelassen lachte, sich umarmte und mit sich zufrieden schien. Straubinger lächelte, grüßte und grinste in sich hinein. Es war schön, unbekümmerte Menschen zu sehen. Sein Handy klingelte. »Ja. Was, er hat noch gelebt? Ruß in der Lunge? Okay, danke.«

Nach etwas weniger als einer Stunde war er zurück, um mit Oliver zu reden. Mittlerweile hatte Moni die Tische unter der Kastanie des »Petit Marron« rot-weiß eingedeckt, und die Kastanie spendete breiten Schatten. Gerade balancierte sie ein Tablett voller Gläser nach draußen in den Gastgarten, wobei sie die schwarze Angebotstafel geschickt umkreiste, auf die der Bierbaron das Motto für den heutigen Tag geschrieben hatte.

Unsere Rippchen kommen von gut genährten Schweinen,
unser Bier vom gut genährten Wirt.

Straubinger stellte sich an den Stehtisch neben dem Eingang zu ein paar Gästen, die hier fast jeden Tag zu finden waren. Der Rauchertisch.

»Ah, Eisenfuß, schon irgendeinen Verdacht?«, fragte einer der Männer und glaubte, einen Witz machen zu müssen. »Oder hast du diesmal selbst mitgezündelt?« Die anderen lachten verhalten.

»Ja, ein Verdacht besteht«, antwortete Straubinger. »So viel steht fest, es muss jemand mit einem Feuerzeug gewesen sein.« Die drei Männer sahen verdutzt vor sich und nahmen wie ferngesteuert vorsichtig ihre Feuerzeuge vom Tisch.

»Hey, Eisenfuß, wart mal«, rief der Wirt von der Theke aus, als Straubinger den Schankraum betrat, drehte sich weg und ging kurz zu der Treppe, die zu den Privat-Gemächern führte. »Oliver!«, schrie er nach oben.

Ein entferntes »Ja?« war zu hören, dann stampfte jemand die Stufen hinunter. Ein etwa 20-jähriger Bursche stand da. »Wat is denn, Vadder?«

»Das hier ist Kommissar Eisenfuß, dem kannst du mal das mit dem Computerspiel erklären. Und wer die Schnitzeljagd verbrochen hat.«

»Die hat niemand verbrochen. Niemand und jeder. So was passiert heutzutage im Internet«, nölte Oliver.

»Komm, Oliver, wir gehen ein paar Schritte«, sagte Straubinger und verließ den Raum wieder, überquerte die Straße und stieg über den Jägerzaun des Kinderspielplatzes. Er winkte Oliver zu sich, der ihm nur zögerlich folgte. Straubinger setzte sich auf die Holzbank. Ein paar Kinder tobten an den Spielgeräten, während ihre Eltern im Biergarten des »Petit Marron« den Rest des Tages genossen.

»Wie sieht denn das aus, wenn ich mich neben einen Bullen setze? Da hinten, das sind meine Freunde, die hecken jetzt irgendwas gegen mich aus.«

»Sind das die beiden, mit denen du die Idee zu dem Geocaching hattest?«

Oliver sah zu Boden und setzte sich schließlich hin. »Ja, Tim und Marie.«

»Hol sie her, die sollen dabei sein. Seid ihr alle drei über 18?«

Oliver nickte und winkte die beiden zu sich.

»Also, das Spiel, das ist echt cool«, sagte er. »Spielen mittlerweile an die 300.000 Leute. Also weltweit. Ist so gemacht, dass sich viele Spieler zusammenschließen können.«

Marie und Tim kamen dazu und grüßten mit einem gelangweilten »Hallo«.

»Setzt euch zu uns«, forderte Straubinger sie auf. »Darf ich ›du‹ sagen?«, fragte Straubinger. Alle drei nickten. Marie setzte sich, Tim blieb lieber stehen.

»Und zu was kann man sich da zusammenschließen?«, fragte Straubinger.

»Zu einer Art Minengesellschaft der Antike«, erklärte Tim. »Du bezahlst Einsatz, um dich an einem Bergwerk zu beteiligen, nur ein paar Euro, die heißen natürlich in dem Spiel Sesterzen.«

»Wie im alten Rom die römischen Münzen«, bemerkte Marie.

Oliver nickte. »Dann kann eine Gruppe Galmeierz abbauen, hier in Gression, danach kannst du Schmelzhütten mit Hochöfen errichten, Kupfer aus anderen Ländern besorgen und schließlich Messing daraus machen. Verhütten heißt das. Und der Höhepunkt ist das Herstellen der Prunkgefäße, im Spiel heißt so ein Ding ›The Gression Bucket‹.«

»Was übersetzt so viel heißt wie ›Eimer von Gressenich‹.«

»Ja, genau. Jedenfalls, um diese Eimer geht es. Die Dinger werden dann im Spiel in alle Himmelsrichtungen im Römischen Reich verkauft. Und wer dabei den meisten Reibach macht, wer am Ende also die meisten Sesterzen sammelt, der bekommt eine Auszeichnung als ›Brass Cesar‹, also ›Messing-Caesar‹. Da kriegt man dann ein Zertifikat und einen Lorbeerkranz aus Messing zum Anstecken.«

»So einen, wie du hier an deinem Shirt trägst?«, fragte Straubinger und schnippte mit dem Finger an den Anstecker an Olivers Brust.

Oliver nickte. »Er hat auch schon einen! Zeig mal her, Tim!«, fügte er hinzu.

Tim klappte sein Revers um und bewegte seinen Oberkörper kurz nach vorn, wobei er einen geschnalzten Klicklaut von sich gab.

»Genial«, lobte Straubinger.

»Ich hab zwölf Bit-Sesterzen als Preis gekriegt.«

»Bit-Sesterzen?«, fragte Straubinger erstaunt.

»Ja, die mausern sich zur Kryptowährung, machen dem Bitcoin harte Konkurrenz zurzeit.«

»Aber du musst doch sicher vorher Startgeld zahlen.«

Oliver grinste. »Na ja, man muss halt alles einkaufen, das Kupfer, das Galmei, man muss Geld zahlen, um einen Hochofen zu bauen und so. Alles kostet Sesterzen. Die kann man sich aber im Kampf dazuverdienen.«

»Im Kampf?«, fragte Straubinger.

»Na ja, man kann ja einen Krieg anzetteln«, warf Tim ein, »und da kann man eben auch Geld verdienen. Indem man den anderen was wegnimmt.«

»Und das Zertifikat?«

»Ist umsonst.«

»Aber die Anstecknadel und der Lorbeerkranz?«

»Na ja, muss man was für zahlen, wenn man so was haben will«, sagte Marie. »Ich hab aber noch keinen erkämpft, hab also auch noch keinen Lorbeerkranz abbekommen.«

»Du bist immer viel zu friedlich!«, lachte Tim. »Keine Kämpferin!«, warf er ihr vor und tippte mit dem Zeigefinger an ihren Kopf.

Marie drehte sich weg. »Und? Habt ihr was am Ende verdient?«, schmetterte sie ihnen entgegen. »Krieg endet immer im Chaos, habt ihr das noch nicht begriffen?«

»Ich hab draufgezahlt«, gab Oliver zu und machte kurz ein bedröppeltes Gesicht. »Aber sag meinem Alten nix, sonst gibt's Ärger.«

»Die Bank macht am Ende immer Gewinn«, sagte Straubinger, schlug Oliver freundschaftlich aufs Knie. »In dem Fall der Spielerfinder! Und außerdem, du bist alt genug, dein Geld zum Fenster rauszuschmeißen. Das musst du selbst wissen.«

Oliver schwieg und schien zerknirscht. »Aber es macht ja auch Spaß, das zu spielen. Nur der Tod …«

»… ist umsonst, ich weiß. Und der hat nun mal hier in deinem Dorf zugeschlagen.«

Tim räusperte sich. »Ja, das ist tragisch.« Er biss sich auf die Unterlippe. »Man sagt, der Tote, unten am Kalvarienberg, das war … Selbstmord?«

»Und anschließend selbst angezündet und gegrillt?« Straubinger sah ihn an. »Die Obduktion hat ergeben, dass er noch gelebt hat, als er schon brannte.«

Die drei schwiegen betreten.

»Von wem kam die Idee mit dem Geocaching?«, fragte Straubinger.

Oliver bewegte den Kopf hin und her. »Also, eigentlich war es eine Art Flashmob. Eine Verabredung der Fans des Spiels im Internet. Das ist nämlich so: Irgend so 'n Freak hat Anfang Mai gepostet, dass es solche Buckets, also Eimer, wirklich noch gibt und dass die in irgendeinem Stollen verborgen seien. Dann ging das Ganze los. Die Leute fragten: Wo? Wo sind die Buckets?«

»Und wer ist der Typ, der das verbreitet?«

»Der Typ nennt sich Creator ludi.«

»Creator ludi? Hast du Latein gehabt?«

Oliver verneinte. »Irgendwie klingt das geheimnisvoll.«

»Keine Idee gehabt, was das heißen könnte?«, fragte Straubinger.

»Mann, eh, da sind so viele Leute drin, die sich irgendwelche Namen geben, Suaheli, Pidgin-English, Finnisch, Hintertupfingerisch, wie soll ich da wissen, dass das Latein ist?«

»Das heißt ›Schöpfer des Spiels‹.«

Oliver setzte sich gerade hin und drehte sich zu Straubinger. »Echt jetzt? Wow, das wär ja so, als wenn du mit Gott sprichst.«

»Was hat er denn so von sich gegeben?«

»Der Typ hat für alle lesbar geschrieben, dass er wüsste, wo die Buckets zu finden sind, aber es noch nicht verrate. Man solle sich im Internet informieren. Hey, der volle Aufruhr und so. Da war der Bär aus der Höhle!«

»Hat was von einer Verschwörungsgeschichte«, sagte Straubinger.

»Ja, hat was davon. Jedenfalls folgte Diskussion auf Diskussion. Shitstorm nach Shitstorm. Lügner wurde er genannt, Betrüger und so. Aber er hatte sehr schnell wesentlich mehr

Anhänger als Gegner. Er schrieb immer wieder, er wüsste, wo die heiligen Eimer sind. Sechs seien in der ganzen Welt verteilt, weil schon gefunden worden. Aber einer, einer sei noch unentdeckt. Er sei von unschätzbarem Wert. Und dass die Eimer bereits im Altertum nahezu grenzenlose Macht gebracht hätten. Die Macht der Matronen in sich gebunden, heilige Frauen und so.«

»Was ist denn das für ein Unsinn?«, entfuhr es Straubinger. »Hast du das etwa geglaubt?«

Oliver richtete sich auf. »Keiner hat das geglaubt, und doch irgendwie alle! Alle waren völlig bekloppt! Die Leute durchstöberten das Internet. Nach Hinweisen zu dem letzten, dem siebenten Eimer von Gressenich. Alle waren wie verrückt, wollten mehr wissen. Hat sich wie eine Pandemie ausgebreitet! Der Teufel war los hier bei uns. Und dann hab ich auch noch den Gastgarten des ›Petit Marron‹ als möglichen Treffpunkt angegeben. Ist halt die letzte übrig gebliebene Kneipe im Dorf. Mein Vadder war total fertig! Zu viele Leut' auf einmal!«

»Und wie lief das dann weiter ab?«

»Wir haben das Geocaching umgetauft in ›Brass-Bucket-Caching‹ und das Ganze im Internet verbreitet«, sagte Marie.

»Dass sich so viele Caesaren aus aller Welt anmelden, damit haben wir nicht gerechnet«, meinte Oliver.

»Wir haben einen großen Blumentopf aus Messing gekauft«, erklärte Tim, »ein Messingschild drangelötet mit ›The Gression Brass Bucket‹ und ihn dann irgendwo da draußen versteckt. Und dann ging die Jagd los. Und der, der den Topf finden würde, der sollte zum ›Augustus‹ gekrönt werden.«

»Ja, und dann haben wir in der Facebookgruppe den 14. August zum ›Day of the Buckets‹, also zum ›Tag der Eimer‹ ausgerufen.«

»Wieso gerade den 14. August?«, fragte Straubinger.

Tim lachte. »Weil unsere liebe Marie rausgefunden hatte, dass Kaiser Augustus an einem 14. August irgendwann einen Triumphzug durch Rom gemacht hat. Und diesen Triumphzug, den sollte der ›Prunk-Augustus‹, gekrönt mit einem goldenen Eichenkranz, ja auch durch Gressenich machen. Ist ja gründlich in die Hose gegangen.«

»Tolle Idee«, sagte Straubinger und lachte bewundernd. »Wie habt ihr das Ganze finanziert?«

Oliver hob die Schultern. »Wir haben Startgeld kassiert und so. Und für den Augustus hatte der Motorradclub einen Streitwagen gebaut, aus so 'nem alten Motocross-Motorrad mit Beiwagen.«

Straubinger staunte und zog die Brauen hoch.

Oliver beugte sich vor und ergänzte: »Da brauchst du kein Pferd oder so! Das ist ja heute alles modern, sag ich dir. Und wir alle haben die Kohle unseres Lebens gemacht!«

BEI LISBETH

Gressenich

»Herr Hauptkommissar, da haben Sie ja 'ne schöne Schramme abgekriegt! Von gestern?«

»Frau Hauser, deswegen bin ich gar nicht hier«, antwortete Straubinger und grinste.

»Ja, klar. Sagen Sie Lisbeth zu mir, so nennt mich jeder hier«, fügte sie hinzu.

Straubinger grinste und nickte. »Gut, Queen Lisbeth, wer hatte denn nun die Idee, den ganzen Zinnober hier zu veranstalten?«, fragte Straubinger.

»Die jungen Leute, allen voran Marie Grotehahn und ihr Freund, Tim Klotz, er kommt aus Stolberg. Die beiden kamen wohl auf die Idee, zusammen mit Oliver, dem Sohn vom Bierbaron. Ich weiß nur, dass die drei auf den Vorstand vom Motorradclub zugegangen sind. Tims Onkel ist ja Vorsitzender beim MTC. Aber auch andere Vereine haben mitgemacht. Der Karnevalsverein, dem ich ja vorstehe, die Freiwillige Feuerwehr und der örtliche Eifelverein. Ja, und dann die Musikkapelle, die haben sich vielleicht gefreut, sich als Römer zu verkleiden. Fragen Sie meinen Mann, der ist dabei.«

»Was kann einen daran so freuen?«, fragte Straubinger und schüttelte den Kopf.

»Es gibt das Rheinländervirus. Bekommt man aber nur, wenn man hier geboren wird, Herr Kommissar. Folglich können Sie das gar nicht verstehen.«

»So, wie nur eine Kuh die Maul- und Klauenseuche bekommen kann«, bemerkte Straubinger.

Lisbeth bewegte den Kopf langsam hin und her. »Hm, ich würde eher sagen wie Rinderwahn. Den bekommen in der Regel auch nur Kühe, aber gelegentlich schwappt das auch auf andere über. Sie haben also noch Chancen, zum Rheinländer zu werden. Sie müssen sich nur genügend in ansteckungsgefährdete Gebiete begeben.«

»So wie Gressenich?«

»Ja, so wie hier bei uns in Gressenich. Irgendwann werden Sie es dann auch haben, das Virus. Die Möglichkeit besteht. Eine Freundin aus Freiburg, eine andere aus Graz, sie beide sind beruflich in Köln gelandet und heftig angesteckt worden. Völlig verrückt. Es ist nichts anderes als der Spaß am Mummenschanz, verstehen Sie?«

»Als Bayer, ich weiß nicht. Da bin ich einfach zu sehr immunisiert«, erwiderte Straubinger, hob die linke Hand und grinste. »Mir ist das alles suspekt.«

»Da kann man nix machen«, sagte Lisbeth und zog die Schultern hoch. »Schade eigentlich, sie hätten einen schmucken Prinzen abgegeben.«

Straubinger grinste und sah zu Boden.

»Sehen Sie, das ist schon ein leichtes Symptom. Es wird Sie erwischen. Irgendwann!«

»Etwas anderes. Ist Ihnen hier am Wochenende jemand aufgefallen, der ausgeprägte X- oder O-Beine hat?«

Sie warf ihm einen strengen Blick zu. »Ja was denn jetzt? X oder O? Da muss man sich schon entscheiden, Herr Hauptkommissar, X und O, das ist nämlich was ganz anderes.«

»Also, wie gesagt, beides ist interessant«, antwortete er und nippte an seinem Kaffee.

»Geht es um den Toten?«

»Ja, er hatte eine Prothese.«

Sie hob die Schultern und meinte: »Also, O-Beine, da haben wir ein paar Frauen«, sagte sie und ließ drei Namen fallen. »Aber die habe ich ja gestern Abend noch gesehen. Und ein Mann fällt mir ein, unser Pfarrer. Aber der lebt ja auch noch. Und, hmm … X-Beine, ja, da wäre eigentlich nur einer, der mir aufgefallen ist. Unten beim Bierbaron, im ›Petit Marron‹. Er saß im Garten, am Sonntag. Er humpelt ein bisschen, also wenn man so von hinten guckt«, bemerkte sie und beschrieb die Beinstellung mit einer übertrieben abgewinkelten Linie, die sie mit der Hand in die Luft zeichnete. »Den kenne ich.«

»Und woher kennen Sie ihn?«

Sie hob die Schultern. »Von früher. Wohnte hier im Dorf. Hatte als Kind schon X-Beine. Jetzt ist aber nur noch ein Bein schief bei ihm.«

»Und wie heißt er, also mit vollem Namen?«

Sie holte tief Luft. »Mann, Herr Hauptkommissar, was Sie alles wissen wollen.« Sie schüttelte kurz den Kopf.

»Na ja«, grinste Straubinger, »wenn Sie so eine großartige Quelle sind, muss ich das doch nutzen.«

»Er heißt Willi.«

»Und weiter?«

»Reimschüssel, das war sein Familienname.«

»Eigenartiger Name«, stellte Straubinger fest.

»Er ist hier aufgewachsen, also teilweise. Aber er ist kein richtiger Gressenicher.«

»Kein richtiger Gressenicher? Wie meinen Sie das?«

»Also nicht hier geboren. Die Familie kam aus Schlesien. Evangelisch und so. Sie wissen ja, hier gibt es nur Katholiken. Der hatte es schwer, der Junge.«

»Warum?«, wollte Straubinger wissen.

»Wegen der Aussprache. Und dann war die Mutter auch noch evangelisch, und sie bestand darauf, dass der Junge auch evangelisch erzogen wurde. Ich glaube, im Dorf war damals nur eine Familie evangelisch, die Reimschüssels waren erst die zweiten. So was führte damals noch zu Ausgrenzung.«

»Wie waren denn die Familienverhältnisse?«

»Die waren aus Schlesien erst ins Ruhrgebiet eingewandert. Der Opa Reimschüssel war Bergarbeiter, glaub ich jedenfalls, und der Sohn auch Bergarbeiter, der ist wohl gestorben. Dessen Frau hat dann einen neuen Mann aus Gressenich kennengelernt. So sind sie dann hier gelandet. Der arme Junge, in der Schule, da haben sie ihn ja auch nur veräppelt.«

»Und der neue Stiefvater? Wer war das?«

Lisbeth atmete tief durch. »Ein A...loch vor dem Herrn. Säufer, Schläger und eine faule Sau obendrein. Hat auf Kosten der Frau gelebt, die ging putzen. Aber den Namen Reimschüssel hat sie für sich und ihren Sohn behalten. Und er, er lag nur zu Hause rum und hat seine Frau und den Jungen in der Mangel gehabt.«

»Was war da los?«

»Solche Typen gibt es überall. Lebensfrustriert, da muss irgendwer herhalten. Und alle haben weggesehen. Wir haben den Willi ja im Verein aufgenommen. Ein bescheidener, sehr zurückhaltender Junge. Und der Junge war anfangs echt gut. Der hat mitgeholfen, wo es nur ging. Aber dann gab es eine merkwürdige Veränderung. Die geringste Anspielung, die geringste Meinungsverschiedenheit, und Willi ist total ausgerastet. Damals, nachdem der kleine Costa verschwunden ist.«

»Costa? Erzählen Sie!«

»Ja, da fragen Sie was! Costa, er war ein Kind eines griechischen Gastarbeiters. Sehr nette Leute. Die Mutter, sie stammte aus Hastenrath, ist vor lauter Kummer gestorben, sagt man, aber wahrscheinlich war es Selbstmord. Der Junge war ihr Ein und Alles. Costas Vater ist nach seinem Verschwinden zurück nach Griechenland.«

»Was genau ist damals passiert?«, fragte Straubinger.

»Ist ja nie richtig aufgeklärt worden. Der kleine Costa war verschollen, irgendwo in einer Höhle. Die Feuerwehr hat ihn gesucht, aber nie gefunden. Da redet im Dorf bis heute niemand gern drüber.«

»Wer war damals der Einsatzleiter bei der Feuerwehr?«

»Hm, Sie wollen Sachen wissen! Tja, das war Alfons Müllejans.«

»Lebt er noch?«

»Ja, er lebt, ist froh und munter, und wenn Sie Glück haben, treffen Sie ihn manchmal beim Bierbaron.«

»Haben Sie am Sonntag oder Montag mit einem der drei gesprochen?«

»Gott bewahre, nein. Die meidet man, wenn man kann. Der eine arrogant, die andere vor Schönheit durchgeknallt und Willi ist ja nun mal aggressiv wie ein Terrier.« Sie nahm die Kanne und goss zwei Kaffee nach. »Herrje, der Willi, der kam hier schon als junger Bursche nie klar, ist mehrmals abgehauen von zu Hause. Und jedes Mal, wenn er zurückkam, wurde er wieder nach Strich und Faden versohlt.«

»Und das wissen Sie so genau?«

»Das weiß hier jeder. Den Willi, den kannte man einfach. Hatte ständig Streit mit dem Stiefvater, war schon nach einem Bier laut und hat sich mit jedem angelegt. Dem Saufen zugesprochen bis zum Augenstillstand. Und dann, eines Tages, da ist er verschwunden.«

»Einfach so verschwunden?«

»Ja, komplett durchgedreht. Damals hat er gerade studiert. Blöd war der ja nicht. Irgendwas mit Computern. Mehr weiß ich nicht.« Sie griff sich an den Kopf und machte ein angestrengtes Gesicht. »Hach, es ist alles schon so lange her. Normalerweise ist es so, dass wir die Jugend mitnehmen auf ihrem Weg, auch wenn manche da mal schwierig sind, verstehen Sie?«

»Lisbeth, Sie haben doch die Liste der Leute, die zum Geocaching angemeldet waren. Können Sie da mal nachsehen, ob Reimschüssel draufsteht?«

Lisbeth stand auf und ging zu ihrem Schreibtisch, kramte die Listen raus und las sie durch. Dann schüttelte sie den Kopf. »Weder Reimschüssel noch Sabzynski.«

Straubinger nickte.

»Und heute, wo wohnt er heute, dieser Willi Reimschüssel?«

»Keinen blassen Schimmer! Fragen Sie mal den Bierbaron. Der weiß so was vielleicht, er ist mit ihm auf dieselbe Schule gegangen.«

RÖMERZEIT

DER AUFBRUCH

Marcha Bodardi villaris, Kupferbergwerk

Jeder wusste es. Es stand ihnen ein langer Marsch bevor. Beim heutigen zunehmenden Halbmond würden sie losmarschieren, ungefähr beim übernächsten zunehmenden Halbmond würden sie ankommen. Doch außer dem alten Noricer hatte niemand von ihnen auch nur annähernd eine Idee, wo das Land lag, in das es sie verschlagen würde. Die ganze Nacht hatten sie ihn gelöchert, wie es dort war, in Noricum, dem Land im Süden, dem Land der hohen Berge. Er hatte ihnen erzählt, dass sie dort dieselben Götter verehrten wie die Gallier. Der Alte hatte von dem vergangenen Königreich Noricum berichtet, dem geheimnisvollen Land zwischen den erhabenen weißen Gipfeln, den heißen Sommern in den Tälern und den kalten Flüssen, die aus dem ewigen Eise hoch oben in die Ebenen flössen und die voller köstlicher Fische seien, und von dem Wild, das jeder jagen dürfe. Und dass die Noricer keine Sklaven seien, sondern selbstbestimmt. Dass sie, wie ja jeder wisse, Spezialisten im Bergbau seien und die Römer seit jeher mit Salz und Erz belieferten.

Als sie abmarschbereit waren, kam ein Sklave des Herrn Marcus auf die Gruppe zu, der ein weißes Pferd mit einem einachsigen Karren an der Leine führte. »Für euch, zum Transport von Hab und Gut.«

Der Herr Marcus trat hinzu und stellte sich vor den alten Noricer. »Ohne dich und dein Wissen hätten wir das Bergwerk hier kaum ausbauen können. Nun ist es zu Ende. Du bist alt, und du sollst einen Platz auf dem Wagen haben«, sagte er und legte ein Ziegenfell auf die Ladefläche. »Und nun, mein Alter, darfst du dir zum Abschied etwas wünschen, was dein Herr dir in Dank erfüllen kann.«

Der Alte überlegte nicht lange. »Etwas, was nicht zu bescheiden ist, aber mir einen großen Wunsch erfüllt?«

Der Herr Marcus nickte vorsichtig.

»Nun gut, mein Herr, dann gebt mir den Prunkeimer mit auf die Reise, auf dass wir uns alle jederzeit daran erinnern werden, wozu wir das Aes cyprium aus dem Berg geholt haben. Auf dass wir jeden Tag bestaunen und fassen können, wie unser Erz zu göttlicher Schönheit wurde.«

Der Herr Marcus schluckte, ließ sich jedoch nichts anmerken. Diese Eimer waren eine Rarität, einen zu bekommen, ein großes Glück. Und nun sollte er seinen einzigen in die Obhut eines sklavengleichen Menschen geben?

»Deinem Blick entnehme ich Unwillen«, sagte der alte Noricer. »Ich mag dem Herrn Marcus vielleicht unwürdig erscheinen, doch ich bin kein Sklave, ich bin ein Noricer, ein freier Mann. Mein Wunsch ist also einer, den der Herr Marcus erfüllen kann.«

Jetzt konnte der Herr Marcus nicht mehr zurück. Mürrisch gab er seinem Adlatus ein Zeichen. Der Diener brachte den Kessel, der in mehrere weiße Leinentücher gehüllt und mit zahlreichen Lederriemen verschnürt war, und übergab ihn seinem Herrn. Vorsichtig wickelte er ihn unter den neugierigen Blicken der anderen aus.

Das Metall war derart poliert, dass es in der gleißenden Sonne funkelte und die Umstehenden in Verzückung versetzte. Staunend betrachteten sie das goldblitzende Gefäß.

Der eigentliche Kessel bestand aus einer Halbkugel, die sich in einer gleichmäßigen Röhrenform nach oben fortsetzte. Die Öffnung war etwa doppelt so breit wie der Fuß. Der Kessel ruhte auf einem ringartigen Band aus Messing, zwei Handbreit, das sich nach oben verjüngte. Der Eimer war insgesamt nahezu exakt so hoch wie breit. Die Wandung aus dem goldglänzenden Messing war sehr dünn. Oben überragten zwei kräftige, exakt gegenüberliegende Ösen die Wandung, in denen der halbkreisförmige Bogen eines in sich verschlungenen, beweglichen Henkels eingearbeitet war. Der obere Rand war außen etwa handbreit mit einem umlaufenden Bildfries versehen, in dem eine eingepunzte Figur lustig von links nach rechts sprang, mit gespreizten Beinen, nackt und mit Flügeln, einmal nach vorn schauend mit einer Lyra, dann mit einer Schriftrolle in Händen schalkhaft nach hinten blinzelnd und wieder ein anderes Mal mit einem Riesenfenchelstängel, dem Thyrsosstab, der ihn lachend dem Bacchus huldigen ließ. »Siehst du, Gallier, das ist der lüsterne Gottknabe Amor, die Liebeskraft in Person«, erläuterte der Bucklige zur Freude der anderen. »Kein anderer Gott lässt sich in seiner boshaften Kunst so darstellen und will die Menschen derart ins Verderbliche verführen!«

»Aus unserem Erz gefertigt, weiter im Norden, in Crasciniacum«, sagte der Herr Marcus feierlich. »Nehmt ihn mit, als Zeichen meiner Dankbarkeit.« Als er dem alten Noricer feierlich den Messingeimer überreichte, ging ein Raunen durch die Umstehenden angesichts dieser Pracht, die keiner von ihnen je zuvor zu Gesicht bekommen hatte.

»Verhüllt ihn wieder in den Tüchern, dann wird ihm kein Ungeschick etwas anhaben können«, riet der Herr Marcus.

So zog der Tross davon in das unbekannte Land zwischen den großen Bergen, im Gepäck die Ungewissheit über eine Zukunft, die ihnen als besser versprochen worden war, und ein einzigartiges Geschenk, das sie verehrten wie ein Heiligtum.

Der Gallier, der als Letzter das Bergwerksgelände verließ, sah kurz zurück und ahnte, dass alles anders kommen sollte, als es sich die anderen erhofften.

Ihre Reise führte sie an großen und kleinen Flüssen entlang, durch Wälder und zu römischen Ansiedlungen. Ihre Lager waren mal ordentlich, mal schmutzig und mal ekelerregend. Die Wege und Straßen mal gut ausgebaut, mal staubig und mal schlammig. Bei gutem Wetter schliefen sie draußen im Wald, bei Regen suchten sie Unterschlupf. Am liebsten lagerten sie in freistehenden Unterständen ohne Wände, diese eigneten sich noch am besten als Bleibe und waren regelmäßig zu finden. Verfallene Behausungen mit Wänden waren in der Regel voller Schmutz und Exkremente. Manchmal flitzten in den Abendstunden Ratten umher. Doch nach den langen Tagesmärschen war ihnen das zumeist egal, Hauptsache, sie konnten endlich schlafen und waren vor Regen geschützt.

Als sie nach 30 Tagen die ersten Berge erblickten, stockte ihnen allen der Atem. »Die Alpes«, stöhnte der alte Noricer, als fiele ihm eine Last vom Rücken. »Endlich, bald werden wir die Grenze nach Noricum überschreiten!« Seine alten Augen funkelten. »In Juvavum, der großen Salzstadt im Noricum diesseitig der hohen Berge, werden wir rasten und uns vergnügen können«, ließ er die anderen mit lustvollem Blick wissen, »bevor uns dann der schwierige Teil unseres Weges bevorsteht.«

Der Bucklige stützte sich am Karren ab und fragte: »Hier bist du also zu Hause, mein Alter?«

»Noch nicht, aber bald.«

Am Abend erreichten sie eine römische Villa, auf deren Land sie in einem Pferdestall übernachten durften. An einem der nächsten Tage überquerten sie bei bestem Wetter den ersten hohen Pass und trafen auf Schnee.

Nach nunmehr sieben Wochen seit ihrem Aufbruch hatten sie einige weitere Passübergänge geschafft. Ihre Füße waren wund, und jeder hatte beträchtlich an Gewicht verloren. Doch ihre Muskeln waren gestärkt, und selbst der Bucklige hatte die Torturen gut überstanden. Jetzt waren sie endlich angekommen. In der Villa rustica hinter dem großen See am Fuße der gewaltigen Stierberge.

Zwei Tage lang ruhten sie sich auf dem Gutshof aus und waren gern gesehene Gäste. Sie wurden bestens verköstigt, bekamen eine trockene Bettstatt und wurden von allen als das geachtet, was sie waren, nämlich Bergleute, die den Wohlstand der Region zu mehren imstande waren. Allerdings konnte nur der alte Noricer verstehen, was die Menschen sprachen. Denn hier, in den Stierbergen, hier war seine Heimat.

Die Einheimischen wussten, dass der Alte einst in einer Silbermine weiter westlich als junger Knappe sein Handwerk gelernt hatte. Und so hatte der Hausherr dem Alten den Säumer vorgestellt, der sie mit seinen beiden Pferden am morgigen Tag begleiten sollte. »Du bist also der alte Knappe, der das Silberbergwerk wieder aufbauen soll«, sagte der Säumer und zog an seiner Pfeife. »Dein Ruf eilt dir voraus.«

»So? Welcher Ruf?«, fragte der Alte brummig.

»Man hat dich damals nach Norden gebracht, um ein Bergwerk aufzubauen. Und daran haben sie sich erinnert. Nun hat man dich zurückgeholt. Es gibt nicht mehr viele, die wissen, wie man eine Mine errichtet.«

»Wo ist das Bergwerk genau?«, fragte der Alte.

»Hoch oben, von wo das ewige Eis wie die Riesenzunge eines Dämons vom Berg herabfließt«, flüsterte der Säumer ihm zu, »dort hat das ewige Eis die uralte Silbermine unserer Vorfahren wieder freigegeben.«

»Warum? Was ist dort geschehen?«, fragte der Bucklige, der sich dazugesellt hatte.

Der Säumer sah ihn misstrauisch an. Er machte eine Pause und blickte dem Alten fragend in die Augen.

»Er hat alles von mir gelernt«, sagte der alte Noricer. »Du kannst ihm vertrauen, er ist mein wichtigster Mann!«

»Gut«, antwortete der Säumer und fuhr fort. »Die Sommer sind wieder wärmer, und das Eis ist zurückgegangen, seit Jahren schon. Vor zwei Jahren haben wir den Eingang zu der Mine entdeckt. Dort, wo noch vor kurzer Zeit ewiges Eis war, ist jetzt alles frei, nackter Fels. Die Mine scheint gut erhalten zu sein, sodass wir sie weiter ausbeuten können.« Dann wandte er sich wieder direkt an den alten Noricer. »Und du sollst es angehen, mein Alter. Mit deinen Kenntnissen und deinen Männern hier. Das ist der Grund, warum sie euch zu uns geschickt haben.«

Am frühen Morgen marschierten sie erneut los. Die Füße hatte man ihnen mit dem Fett der Murmeltiere eingerieben und ihnen eine Ziegenhaut als Vorrat damit gefüllt.

»Der Weg zur Mine ist noch weit«, sagte der Säumer zum alten Noricer. »Wir nehmen zwei frische Gebirgspferde mit, sie sind genügsam und stark.« Er streichelte die Kuppe eines der kräftigen Tiere, das deutlich kleiner war als das weiße Pferd, das sie vom Herrn Marcus bekommen hatten. Dann half er dem alten Noricer auf das warme Fell, platzierte den immer noch verhüllten Prunkeimer zwischen seine Beine und stellte mehrere Taschen aus Weidengeflecht, welche die Wirtin am Gutshof mit Früchten, Speck, Käse und Brot gefüllt hatte, auf die hölzerne Ladefläche. Daneben legte er einen Stapel Decken. »Die werdet ihr brauchen«, sagte er und bedankte sich zum Abschied bei der Wirtin.

»Diese Schuhe werdet ihr dort oben ebenfalls schätzen«, setzte sie hinzu und legte einen Leinensack neben die Decken.

»Wie weit?«, fragte der Bucklige den Säumer und stützte sich auf einen langen Stock.

»Es gibt einen Saumpfad, der gut zu finden ist. Doch es ist gefährlich. Ich schätze, wir werden zwei Tage brauchen.«

»Legt all eure Werkzeuge auf den zweiten Karren«, rief der Säumer, »neben die Proviantsäcke. Unsere Pferde werden uns sicher hinaufbegleiten. Geht einer hinter dem anderen, niemals nebeneinander.«

Am späten Nachmittag des ersten Tages wurde der Weg steiler und steiler. Seltsam unbeteiligt ging der Gallier als Letzter hinterher. Ihn quälten seine Gedanken, denn er hatte die Unterhaltung belauscht, als der Alte zu dem Säumer gesagt hatte, dass der Bucklige sein wichtigster Mann wäre. Seither benahm der Bucklige sich ablehnend, ja, überheblich ihm gegenüber. Nicht eines Blickes würdigte er ihn. Und wenn sich zufällig ihre Blicke trafen, grinste der Bucklige ihn mit zitternder Unterlippe an. Das schmerzte ihn. Dieser Zwerg, dieser anmaßende Kerl, er sollte der wichtigste Mann sein? Niemals! Nur weil er unter Tage besser arbeiten konnte? Aber war es nicht er, der dem alten Noricer alle Lasten hinterhergetragen und das Erz aussortiert hatte? Ihm zur Hand ging, wo er konnte? Keinesfalls konnte der Bucklige wichtiger sein als er. Er, der Starke, der Kräftige.

Das Pferd, das den ersten Karren zog, schaffte es angesichts der schweren Lasten kaum den Weg hinauf. Der alte Noricer stieg ab und ging wie alle anderen zu Fuß weiter. Nach einer Stunde der steilen Wegstrecke blieb er stehen und atmete schwer. Er zitterte und begann zu husten. Der Treverer fühlte seine Stirn. »Heiß bist du. Fieber.«

Der Säumer trat dazu und bat ihn, erneut auf den Karren zu steigen, was er mithilfe des Treverers und des Thrakers auch tat. »Bald sind wir an der Säumerhütte«, erklärte der Säumer den weiteren Weg. »Dort wirst du dich ausruhen können.« Er zeigte nach Süden. »Dort, vor uns. Dort ist die Hütte. Du kannst sie schon sehen.«

Der alte Noricer blickte kurz auf, nickte und schloss die Augen.

An der Hütte halfen ihm der Treverer und der Thraker auf ein Strohlager und breiteten zwei Decken über ihn aus.

»Der Eimer. Bring mir den Eimer«, flüsterte der Alte hustend.

Der Thraker legte den Proviant auf den groben Holztisch und stellte das verhüttete Messinggefäß neben ihn auf das Stroh.

Der Alte lächelte, nahm den Eimer in seine Arme und sah den Gallier an, der gedankenverloren neben dem Strohlager saß. »Ich werde nicht mehr lange bei euch sein. Ihr sollt mich verbrennen, du und der Bucklige. Meine Asche soll in diesem Eimer im Bergwerk bleiben. Versprich es mir!«, beschwor er den Gallier und fasste seinen Arm. »Ihr sollt ihn erst auswickeln, wenn ihr meine Asche hineinfüllt!«

»Ja, aber willst du ihn jetzt nicht noch einmal sehen?«

Der Alte bewegte den Kopf langsam hin und her. »Nein, was würde es mir jetzt bringen? Erst meine Asche soll der ganzen Pracht begegnen. Das soll mir ewiges Glück bescheren.«

»Ich verspreche es«, antwortete der Gallier und sah den alten Noricer noch lange an, nachdem er lächelnd und ermattet die Augen geschlossen hatte.

GECRASHTES EIS

Privathaus Gerd Völkert

»Oh, wie kommen Sie denn hier rein, Frau Kommissar?«

»Oberkommissarin, bitte. Oberkommissarin Schepp.«

»Ja, natürlich«, antwortete Gerd Völkert, Vorsitzender des Motorradclubs MTC 1968.

»Über den Zaun. Ich hab mich einfach schon mal hingesetzt und auf Sie gewartet«, antwortete Anja.

»Jetzt haben Sie mich gerade noch erwischt«, sagte er abgehetzt. »Komme von der Arbeit und wollte gleich weiter zum Vereinsgelände, mir genau ansehen, was mit dem Dach los ist«, sagte er, stürmte auf Schepp zu und streckte die Hand zum Gruß aus.

Schepp reagierte nicht darauf. »Guten Tag, Herr Völkert, lieber keine Hand.«

»Auch gut«, sagte Völkert und zog seine auffällig kleinen Motorradstiefel aus.

»Das Gelände ist noch gesperrt, da kommen Sie ohnehin jetzt nicht hin.«

Er sah sie kurz an und verstand. »Ach, das wusste ich gar nicht«, antwortete er, während er ein paar blitzblanke weiße Turnschuhe festschnürte. Dann legte er seine Lederjacke auf die Enduro. Der Mann schien gut trainiert zu sein und machte trotz seiner vielleicht Einszweiundsiebzig einen kräftigen Eindruck. Allerdings war ein Wohlstandsbauch bereits deutlich zu erkennen.

»Was arbeiten Sie?«, fragte Anja.

»Ich bin Dachdeckermeister. Hab ein eigenes Geschäft in Mausbach.«

»Ach, Sie sind das. ›Bedachungen Flach und Steil Völkert‹?«

Er nickte. »Allerdings gehe ich selbst nur noch selten aufs

steile Dach. Nur noch flach. Steil machen meine Jungs. Da bleibt dann so was nicht aus«, sagte er grinsend und klatschte die rechte Hand auf seinen Bauch. »Aber ich bin ja bald 60, ich darf das haben«, konstatierte er und zwirbelte an seinem üppigen grauen Schnurrbart.

Anja grinste. »Natürlich«, sagte sie leise.

»Schlimm, was da gestern passiert ist. Wir sind wirklich völlig fertig mit den Nerven. Weiß man schon, wer das war?«

»Wen meinen Sie, den Mörder oder das Opfer?«

Völkert schien einen Augenblick lang verwirrt. »Äh … ja, beides eigentlich.«

»Wo waren Sie gestern Morgen, also zwischen drei und sieben Uhr?«

»Sie müssen das fragen, oder?«, wollte er wissen, setzte sich zu ihr an den Terrassentisch und grinste über das ganze Gesicht.

»Also, wo waren Sie?«

»Ich war hier, bei meiner Frau im Bett. Und wissen Sie, was das Tolle ist? Sie kann es bezeugen. Wir lieben es nämlich, morgens in der Früh, immer gegen sechs Uhr, da bin ich nämlich besonders …«

»Ist gut«, ging Anja dazwischen und hob die Hand, »ich glaube es Ihnen.«

»Jeden Morgen«, setzte Völkert hinterher. »Deswegen nennt sie mich ›Gerd, das Pferd‹«, sagte er grinsend und nickte. »Reimt sich.«

Anja stöhnte. »Gut, Sie Hengst. Haben Sie eine Idee, wer das gewesen sein könnte?«

Er hob die Schultern. »Null Ahnung. Echt. Keinen blassen Schimmer.« In dem Moment horchte er auf und hob den Zeigefinger. Anja hörte, wie jemand im Haus einen Schlüssel auf eine Holzplatte warf.

»Meine Frau«, sagte er und drehte sich zur offenen Terrassentür. »Irmi, bitte, bringst du uns einen Krug Limonade?«

Ein gedämpftes »Ja« war im Hintergrund zu vernehmen. »Spezialität von ihr«, sagte Völkert, »Zitronenlimonade mit selbst gezogener Minze und gecrashtem Eis.«

Schon kam die Frau, die vielleicht einen halben Kopf größer war als er, mit einer Kanne und zwei Gläsern an den Tisch.

»Liebling, das ist Oberkommissarin Schepp. Wegen dem Grill auf dem Trialgelände.«

»Schlimme Geschichte«, sagte sie und kratzte sich am Hals. Als sie damit begann, tat Völkert dasselbe. Schepp sah ihnen zu, und ihr fielen die roten Flecken am Hals der beiden auf. Sie kannte das, wenn sich einer kratzte und sie das sah, dann juckte es sie auch, also kratzte sie sich ebenfalls, wenn auch nur kurz.

»Die Frau Oberkommissarin will wissen, ob wir es heute Morgen getrieben haben«, bemerkte er, wobei er wieder von einem Ohr zum anderen grinste und ihr einen Klaps auf den Hintern gab.

»Hey!«, rief sie und gab ihm einen auf den Kopf. Dann wandte sie sich Anja zu. »Tatsächlich, heute Morgen war er brav neben mir ...«

»... und auf dir!«, ergänzte Völkert grinsend.

»... im Bettchen! Außerdem ist er nicht gut im Grillen, glauben Sie mir. Was heiße Dinge angeht, da kann er anderes besser!«, setzte sie mit einem frivolen Blick hinterher und zwinkerte Schepp zu.

Völkert sah ihr noch so lange hinterher, bis sie im Haus verschwunden war. »Eine einzigartige Frau!« Dann richtete er seinen Blick erneut auf Schepp. »Wo waren wir ... äh ... stehen geblieben?«

»Ob Sie eine Idee haben, wer das sein könnte, der Tote. Feindschaften im Verein? Animositäten wegen des Geocachings, irgendwas, was Ihnen einfällt?«

Völkert sah nachdenklich aus. »Wissen Sie, wie viele Animositäten ich zu beschwichtigen hab? Ein Verein ist ein

Querschnitt durch die Gesellschaft. Da gibt es alle möglichen Typen, Berufe und Charaktere, es gibt Liebschaften, Eifersucht, Ungunst, Glaubenskonflikte. Einfach alles, was Sie sich vorstellen können. Mit einem Unterschied. Am Ende, da ziehen alle an einem gemeinsamen Strang. Denn es geht um ein gemeinsames Interesse. Den Vereinszweck. Bei allen Nickeligkeiten, da bringt man doch niemanden um! Und dann auf unserem schönen Grill! Nein, nein!« Völkert schüttelte vehement den Kopf. »Das glaube ich niemals. Das kann nur ein total Irrer und Fremder gewesen sein. Dafür lege ich meine Hand ins Feuer.«

Anja ließ ihn nicht aus den Augen. »Das mit der Hand im Feuer, das würde ich mir an Ihrer Stelle in dieser Situation doch noch mal überlegen.« Sie nahm das Glas mit der Limonade, lehnte sich zurück und trank genüsslich, bis sie das Eis zwischen ihren Zähnen zerkrachen ließ.

X-BEINE

Im »Petit Marron«

»Hast du diesen Willi Reimschüssel am Wochenende hier gesehen?«, fragte Straubinger.

Der Bierbaron verdrehte die Augen. »Au Mann, dieser Idiot. Am Sonntag war er hier, hat mal wieder totalen Stunk gemacht.«

»Und gestern?«

Der Bierbaron schüttelte den Kopf. »Ich hab ihn gestern nicht gesehen, nein. Aber da waren so viele hier …« Er hob die Schultern.

»Hat er X-Beine?«

»Keine Ahnung, hat er?«

»Lisbeth hat mich zu dir geschickt, sagt, du kennst ihn von der Schule her.«

»Ja, aber er war«, sagte der Bierbaron und kratzte sich mit dem Bleistift am Ohr, »ich glaube, ein paar Klassen über mir.«

»Weißt du, wo er wohnt?«

»Irgendwo in Belgien. Er taucht alle Jubeljahre mal hier im Dorf auf, schiebt schlechte Laune und trinkt ein halbes Fass Leffe, wenn er da unter der Kastanie sitzt. Immer noch ein Armleuchter, wie er im Buche steht«, fügte er mit stoischer Ruhe hinzu. »Dem willst du nicht allein begegnen. Aber«, sagte er und hob den Zeigefinger, »er ist ein Sprachentalent. Spricht alles. Französisch, Englisch, Italienisch. Computersprachen haben ihn besonders interessiert. Damit hat er im Schulbus immer geprahlt. Sogar die Ratten versteht er«, fügte er sarkastisch hinzu.

»Dann ist er also ein guter Kommunikator?«, fragte Straubinger.

»Oh Mann, Eisenfuß, er ist wirklich kein unterhaltsamer Typ.«

»Er ist nicht sehr beliebt, wie?« Straubinger sah ihn direkt an. »Hat er Freunde hier im Dorf?«

Der Bierbaron lachte schräg. »Freunde? Willi und Freunde? Der Einzige, der in der Schule mit ihm befreundet war, das ist Herbert, unser Dorfhistoriker.«

»Sabzynski, oder?«

»Ja. Dr. Herbert Sabzynski. Hat ja hier, hm … warte mal, ich glaub, im Mai war das, da hat er hier im Pfarrheim einen Vortrag gehalten. Zu dem Thema ›Gressenicher Eimer‹.«

»Und dieser Herbert Sabzynski, wohnt er in Gressenich?«

Der Bierbaron schüttelte den Kopf. »Nein, er stammt aus Gressenich, wie auch Willi. Er wohnt aber mittlerweile in

Lüttich, macht da irgendwas an der Uni. Ab und zu kommt er vorbei und trinkt was.«

»War er in letzter Zeit hier?«

»Wart mal, am letzten Mittwoch«, er sah auf den Wandkalender, »am 9. August war das, da war er kurz hier. Mit der Vroni, also Veronika Lorenz, stammt auch aus Gressenich. Am späten Nachmittag, ich hab sie nur kurz gesehen und sie begrüßt, sie waren irgendwie total aus dem Häuschen. Die haben was miteinander, das sag ich dir. Haben beide ein Römergulasch gegessen und saßen kurz nach Mittag ganz allein zu einem Schäferstündchen im Biergarten.«

»Ist dir irgendwas aufgefallen?«

Der Bierbaron dachte kurz nach und verzog den Mund, dann schüttelte er den Kopf. »Nein. Herbert hat wie so oft ein Leffe und einen Els dazu bestellt. Aber sonst?«, antwortete er und hob die Schultern.

»Und diese Frau, Vroni?«

»Die Vroni hatte 'nen Tee. Die ist ein bisschen …«, der Bierbaron lachte verhalten, »ein bisschen … verspannt. Sie ist eher selten hier. Ein bisschen …«, er bewegte die Hand vor der Stirn hin und her, »balla balla!«

In dem Moment betrat Tschick den Gastraum und setzte sich an die Theke.

»Da kommt der richtige Mann«, frotzelte der Bierbaron, »die Bildzeitung von Gressenich. Der weiß vielleicht noch etwas über den Sabzynski.« Ohne zu fragen, zapfte der Bierbaron ein Bier und stellte es vor Tschick auf den Tresen. »Zum Wohle, der Herr. Der Herr Hauptkommissar will wissen, ob du Willi kennst?«

Tschick rauft sich die Haare. »Kennen? Dieser Vollidiot!«

»Du magst ihn also auch nicht?«, fragte Straubinger.

Tschick zischte. »Das ist der unangenehmste Sack, der mir je begegnet ist.«

»Ach so, ich dachte, da hätte ich schon den ersten Platz!«, frotzelte Straubinger.

»Bayern zählen nicht!«, konterte Tschick und trank sein Glas aus.

»Und Herbert Sabzynski? Kennst du ihn näher?«

»So ein bisschen von früher, aber der ist ja auch schon lange weg. Am Sonntag, also vorgestern während des Geocachings, da hab ich ihn zuletzt gesehen, hier im Garten. Die saßen zu dritt ganz hinten, am letzten Tisch. Der Herbert, der Willi und die Vroni. Herbert ging es nicht so gut, ich hab ihm noch 'ne Packung Taschentücher gegeben.«

»Nur mit Willi oder waren noch andere Personen dabei?«

»Hm, mal überlegen. Da waren so viele Leute. Der Pfarrer hat den Sabzynski kurz begrüßt, dann Wohlfahrt, klar, dann war mal der Wanderprediger da, hat wieder so 'nen Scheiß gelabert ... und Lisbeth auch kurz. Und natürlich Veronika in so 'ner Wahnsinnsaufmachung. Hat natürlich mal wieder allen schöne Augen gemacht. Wie früher. Durchtriebenes Weib, sag ich dir. Aber dann war sie wieder weg, kurz bevor der Streit losging.«

»Ein Streit?«, fragte Straubinger.

Tschick nickte. »Ja, Willi war mal wieder Scheiße drauf wie immer. Hat sich ganz schön gefetzt mit dem Herbert.«

»Weißt du, worum es ging?«

»Nein, keine Ahnung, besoffener Kram, ich vermute um Veronika, was sonst? Soll doch früher auch schon so gewesen sein, das erzählt man jedenfalls im Dorf. Willi trinkt zwei, drei Gläser, und dann dreht er komplett ab und wird eifersüchtig«, fügte er hinzu und untermalte das Ganze, indem er mit der Hand Kreisbewegungen vor der Stirn machte. »Dem hat jemand voll ins Gehirn gesch...«

»Tschick! Jetzt ist aber gut!«, schimpfte der Bierbaron und fixierte ihn mit gespieltem Ernst. »Recht hat er ja«, sagte er dann zu Straubinger, und wieder an Tschick gerichtet: »Weißt du, wo der jetzt wohnt?«

Tschick sah ihn fragend an. »Wer jetzt?«

»Willi, wo er jetzt wohnt?«, wiederholte der Bierbaron mit Nachdruck.

Tschick schüttelte den Kopf. »Schon seit Jahren abgetaucht. Keine Ahnung!«

»Und Herbert Sabzynski?«

»Ach, der Herbert ist an der Uni in Lüttich. Aber wo genau der wohnt? Das weiß ich auch nicht«, antwortete Tschick und hob die Schultern. »Man erzählt sich aber im Dorf, dass er eine Freundin in Lüttich hat.«

»Was ist mit Veronika Lorenz? Weißt du da irgendwas Näheres? Wohnort?«, fragte Straubinger und trank von seinem Kölsch.

Tschick überlegte und spielte mit seinem Bierglas. »Genau auch nicht. Veronika, die ist doch irgendwo im Venn, oder? Weißt du da nix?«, fragte er den Bierbaron.

»Die hat so 'ne Art Sekte«, antwortete er und ließ drei neue Bier aus dem Zapfhahn laufen. »Irgendein Fruchtbarkeits-Firlefanz. Von irgendwas muss man ja leben«, sagte er fast mitleidig. »Sie verkauft Wässerchen und Tinkturen und so 'n Zeug.«

»Ja, genau, mir hat sie mal einen Beutel selbst gesammelten Verdauungstee verkauft«, sagte Tschick. »Sollte Magen und Darm reinigen. Hat geklappt!«

»Gut abgeführt?«, fragte der Bierbaron.

»Umgekehrt. Ich kotz heut noch, wenn ich dran denk.«

Straubinger machte eine Pause und fixierte den Bierbaron.

»Ist was?«, fragte der.

»Wer hatte eigentlich die Idee zu dem ›Brass-Bucket-Caching‹ hier im Dorf?«

Tschick sprang auf wie ein Pfeil. »Das war Oliver, der hatte diese Superidee! Das war doch klasse, fürs ganze Dorf war das …«

»Halt doch mal einfach die Klappe, Tschick!«, empörte sich der Wirt.

»Warum hast du mir heute Morgen nicht erzählt, dass Oliver bei dem ganzen Zinnober hier eine gewichtige Rolle spielt?«

Der Bierbaron zögerte mit der Antwort, er wirkte mit einem Mal unsicher. »Äh, ja, ich hielt das nicht für so wichtig.«

»Nicht für wichtig?«, bohrte Straubinger nach.

»Eisenfuß, du weißt doch, wie das ist. Hat etwas Erfolg, bist du gleich der Größte. Wenn irgendwas misslingt, dann hast du ein ganzes Rudel Hyänen im Nacken. Und die kommen nachts und wollen dich auffressen. Mit Haut und Haaren. Und dafür ist mein Junge noch zu jung.«

»Haben die drei, also Herbert Sabzynski, Veronika Lorenz und Willi Reimschüssel denn bei dem Geocaching mitgemacht?«

Der Bierbaron schüttelte den Kopf. »Eher nicht. Die waren einfach hier, im Biergarten, warum auch immer.«

»Beide waren jedenfalls im Römergewand hier. Toga, Tunika, und so. Wie die ganzen anderen Heinis auch. Und Willi, der Angeber, mit goldenem Eichenkranz«, erläuterte Tschick, der jetzt plötzlich ein nachdenkliches Gesicht machte. Er wandte sich an den Bierbaron. »Aber jetzt müsst ihr mir mal erklären, warum ihr eigentlich die ganze Zeit nach dem blöden Herrn Wilhelm Servatius Reimschüssel fragt?«

»Weil der X-Beine hat, Tschick!«, antwortete der Bierbaron bärbeißig.

Straubinger hielt kurz inne. »Wilhelm Servatius Reimschüssel. Ist das sein vollständiger Name?«

Der Bierbaron nickte. »Ja, wer so bescheuert heißt, der kann ja nur bekloppt werden.«

Straubinger grinste und fragte: »Und Veronika Lorenz? Was hatte sie an?«

»Auch so was Römisches. Mit so 'ner großen roten Haube auf 'm Kopf, keine Ahnung. Sah super aus! Sie ist wie eine Göttin durch den Garten stolziert, na ja, abgehoben war sie ja schon immer«, sagte er kichernd und zerrupfte einen Bierdeckel. Der Bierbaron riss ihm die Pappe aus der Hand.

»Und dann war da wohl die Sache mit dem kleinen Costa«, sagte Straubinger leise und beobachtete die beiden nacheinander. »Lisbeth hat mir da was erzählt.«

»Tragisch«, sagte der Bierbaron und warf die Pappe in den Mülleimer. »Die haben damals im Römerfeld, glaub ich, gespielt.«

»Killewittchen, sagt Lisbeth.«

»Ach ja, die Verlängerung nach Eschweiler, sozusagen. Was sie dort gesucht haben, das weiß bis heute niemand. Sie sind wohl nie so genau raus mit der Sprache.«

»Wer jetzt?«, fragte Straubinger.

»Also Willi, Herbert und Veronika«, sagte Tschick bedeutungsschwanger. »Costa konnte ja wohl nix mehr ...«

»Mann, Tschick, red nicht so dämlich! Da warst du noch in Windeln unterwegs!«

»Na und? Ich weiß es aber. Hab schließlich das Feuerwehrarchiv unter mir.«

»Unter dir, aha!«, fuhr der Bierbaron ihn an. »Du darfst froh sein, wenn du mal reinschnuppern darfst.«

»Tschick, was steht da im Archiv?«, wollte Straubinger wissen.

»Zapf mir lieber ein Bier, du Übelkrähe«, warf Tschick zurück. Dann schilderte er, an Straubinger gewandt, was er wusste: »Also, der kleine Costa Papazoglou, so sein voller Name, wurde im Juli 1981, genaues Datum hab ich jetzt nicht im Kopf, bei der Polizei als vermisst gemeldet. Muss wohl so

’n richtig witziger Kerl gewesen sein und hatte auf alles eine Antwort. Er ist am Abend nicht nach Hause gekommen. Die Eltern waren natürlich sehr besorgt. Niemand wusste etwas. Nur ein Schulfreund hat ausgesagt, dass er etwas Geheimes vorhatte, mehr wisse er aber nicht. Dann kam nach fünf Tagen heraus, dass Costa mit Willi und anderen unterwegs gewesen sein muss, was Costa aber normalerweise nicht machte. Willi und er, sie waren nämlich überhaupt nicht befreundet. Aber Costa muss Willi wohl sehr bewundert haben, wie der Schulfreund sagte. Die Polizei hat Willi dann im Beisein seines Stiefvaters ziemlich unter Druck gesetzt, und Willi hat verraten, dass auch Herbert und Vroni dabei waren. Die Kinder haben der Polizei schließlich die Höhle gezeigt. Und die Feuerwehr wurde gerufen …«

»… und wir haben den Jungen dann gesucht«, mischte sich die sonore Stimme eines Mannes ein, der gerade das »Petit Marron« betrat.

»Alfons!«, rief Tschick. »Du kommst genau richtig!«

Alfons Müllejans ging auf Straubinger zu und reichte ihm die Hand. »Alfons Müllejans, Herr Kommissar, ich hab hier früher die Freiwillige Feuerwehr geleitet. Lisbeth hat mich soeben angerufen. Und da hab ich mir gedacht, Sie können vielleicht meine Hilfe brauchen.«

»Danke, dass Sie gekommen sind. Erzählen Sie einfach, was damals passiert ist. Kurz und bündig.«

Der Bierbaron stellte Müllejans ein Pils hin. Müllejans, ein Mann mit einem wettergegerbten Gesicht, nahm neben Straubinger auf einem Barhocker Platz und begann seine Schilderung. »Das war damals eine schreckliche Sache für unser gesamtes Dorf. Es war im Sommer 1985. Bis heute fällt es uns allen schwer, darüber zu sprechen«, sagte er und blickte Straubinger mit seinen sanften, graublauen Augen an. »Als die Polizei uns gegen Mittag anrief, sind wir sofort ausgerückt, wir waren zu viert. Haben Äxte und übliches Rettungsmaterial, ein Seil, Lampen, Schaufeln, Hacken, Hammer und Werkzeug mitgenommen. Krankenwagen und Notarzt bestellt. Kollege Sigfried und ich, wir sind in die Höhle gekrochen, nachdem Willi Reimschüssel uns den Eingang gezeigt hatte. Wir sind dann an einer Stelle nicht mehr weitergekommen, da war die Decke eingestürzt. Aber man konnte durch einen Spalt die andere Seite sehen. Wir haben den Durchblick erweitert, und Sigfried ist da durch, also durch das Loch, hat auf der anderen Seite noch lange gesucht, bis er nicht mehr weiterkam. Er sagte, da war alles zusammengefallen. Wir haben sehr sorgfältig gesucht, Herr Kommissar. Sigfried und ich, wir und die beiden Kameraden haben zwei Tage lang jeden Stein umgedreht, den ganzen Schutt weggeschaufelt. Glauben Sie mir, da war niemand mehr. Kein Costa.«

»Haben die drei Kinder vielleicht gelogen? War es vielleicht ein anderer Stollen?«

Müllejans sah auf den Tresen, schüttelte den Kopf und schnalzte. »Die standen so unter Druck, nein. Es war die richtige Höhle. Ein alter Bergbaustollen, und da waren ganz einfach ein paar Holzstützen marode.«

»Und woher wissen Sie so genau, dass es der richtige Stollen war? Vielleicht haben die Kinder den richtigen Stolleneingang nicht mehr gefunden?«

Müllejans nahm einen Schluck von seinem Bier, wischte sich den Schaum von den Lippen. »Ich habe einen Schuh, Größe 37, unter dem Schutt gefunden. Costas Mutter hat ihn wiedererkannt, als der Polizist ihn ihr gezeigt hat.«

»Lisbeth hat mir erzählt, dass sie sich das Leben genommen hat. Warum hat sie das getan, wo sie doch seine Leiche nicht gefunden haben?«, fragte Straubinger.

Müllejans' Blick schien die Schuld der ganzen Welt widerzuspiegeln. »Es ist meine Schuld. Ich hätte persönlich zu ihr gehen müssen. Dieser Schwachkopf von Polizist, ein äußerst unliebsamer Kollege aus Eschweiler, hat ihr damals zwar den Schuh zur Identifikation gezeigt, ihr aber nicht gesagt, dass wir von dem Jungen noch keine Spur hatten. Am nächsten Morgen war sie tot.«

SPITZWEGERICH

Lüttich, Outremeuse

Straubinger rieb sich die Augen, als er in der Sommerhitze über die A 44 in Richtung Lüttich unterwegs war, der Hauptstadt der Wallonie, des französischsprechenden Belgiens. Das Land lag zwar vor Stolbergs Haustür, aber Straubinger war seit seinem Umzug vor etwa zehn Jahren nur einmal in Belgien gewesen. Sattes Grün trotz der Hitze überall, Kühe und ausgedehnte Weiden, Bäume und Höfe aus Naturstein, eine sanfte Hügellandschaft, so weit er sehen konnte. Jetzt verstand er, warum die Menschen diese Gegend das Butterländchen nannten.

In Lüttich fuhr er an der Maas entlang zu einer Adresse im Stadtviertel Outremeuse, Rue George Simenon 45. Die Straße machte einen kleinbürgerlichen Eindruck, dreigeschossige Backsteinbauten mit Blausteinsimsen, die gründerzeitliche und jugendstilartige Fassaden durchbrachen. In dieser Straße wollte er den belgischen Kollegen treffen, ein Polizeikommissar Raehs war ihm angekündigt worden.

Er parkte den Volvo schräg gegenüber. Ein dunkler Peugeot raste heran und kam abrupt vor dem Haus 45 zum Stehen. Jemand stieg aus, groß, schlank, kurzes schwarzes Haar, gewandt wie eine Katze, sportlich, athletisch. Nur die Finger bewegten sich, um die Tür ins Schloss fallen zu lassen. Diese Person, so schien es Straubinger, wusste genau, wie viel Aufwand für etwas erforderlich war, und sie wusste genau einzuschätzen, wo das Unnötige begann. Der klare Blick mit den dunklen Augen traf Straubinger direkt, wobei die Brauen zur Begrüßung kurz wippten … Das Gesicht gehörte einer Frau.

Straubinger verließ das Auto und überquerte die Straße. »Hauptkommissar Josef Straubinger«, sagte er und reichte ihr die Hand. »Gut, Sie zu sehen.«

»Commissaire de police Camille Raehs. Freut mich auch«, antwortete sie in ausgeprägtem ostbelgischem Akzent und hielt ihre Hände auf dem Rücken. Zum Gruß nickte sie kurz.

Straubinger ließ die Hand sinken und nickte ebenfalls. »Gut, Frau Polizeikommissarin.«

»Sie können ruhig Polizeikommissar sagen«, erwiderte sie. »Und sag du!«

»Du sprichst gut Deutsch, darf ich Camille sagen?«

Sie nickte. »Camille ist okay.«

»Kommst du aus Ostbelgien?«

»Ja, aus Waimes. Zu Hause Französisch, aber Deutsch lernt man nebenbei auf der Straße.«

»Du weißt Bescheid?«

»Sie haben ein paar Fragen an Madam Renard hier aus der Rue George Simenon 45. Mehr weiß ich nicht. Ich bin ja bloß als Begleitung abgestellt.«

Straubinger nickte. »Eigentlich habe ich ein paar Fragen an ihren Lebensgefährten, ein deutscher Staatsbürger, Dr. Herbert Sabzynski, Dozent an der Universität Lüttich. Und von seiner Kollegin an der Uni habe ich erfahren, dass er Urlaub hat und hier wohnt. Er ist vielleicht Zeuge in einem Mordfall.«

»Ach«, antwortete sie in einem fast beleidigten Ton. »Es geht also um einen Toten? Warum weiß ich das nicht?«

Straubinger hob die Schultern. »Also wir haben es der Polizei in Lüttich heute Morgen gemeldet.«

Straubinger bemerkte, wie sie ihren Groll unterdrückte. »Ach ja, schon klar«, gab sie vor und lenkte ab. »Und sag Liège, wir sagen hier Liège.«

»Gut«, antwortete Straubinger, hob die Hände und senkte zustimmend den Kopf. »Liège. Ihr habt also Kommunikationsprobleme in Liège.«

Sie ging nicht weiter auf Straubingers Spitze ein. »Besuchen wir also Dr. Sabzynski und Madam Renard.«

Sie ging zur Haustür. »Hier, ›Renard Schrägstrich Sabzynski‹, steht auf der Klingel«, stellte sie fest und drückte den Knopf.

Eine Frau, etwa Mitte 40, öffnete die Tür. Ihr schon leicht ergrautes, ansonsten dunkles Haar, sah ungepflegt aus und rahmte zwei helle, strahlende Augen ein, die Raehs und Straubinger abwechselnd anblitzten. »Oui, qu'y a-t-il?«, fragte sie mit einer Reibeisenstimme, die neben den dunklen Augenringen und der wächsernen Haut einiges über ihr Rauchverhalten vermuten ließ.

»Polizeikommissar Raehs, das ist der Kollege Hauptkommissar Straubinger aus Deutschland, Madam. Wohnt hier ein Herbert Sabzynski?«, fragte Raehs ebenfalls auf Französisch. Raehs hielt auch dieses Mal beide Hände auf dem Rücken.

»Oui. Il est arrivé quelque chose?«, fragte sie beinahe desinteressiert und zog an ihrer Zigarette.

»Ja, es ist tatsächlich etwas passiert. Aber wir möchten Dr. Sabzynski sprechen. Ist er zu Hause?«, fragte Straubinger und sah Raehs abwartend an. Als sie übersetzte, unterbrach Madam Renard: »Ich verstehe Deutsch, nicht nötig. Ich verstehe, was er sagt.«

»Dürfen wir Ihnen ein paar Fragen stellen?«, fragte Straubinger.

Madam Renard sah auf die Uhr. »Na gut. Entrez, s'il vous plaît!« Sie bat die beiden mit einer flapsigen Geste, den Hausflur zu betreten. Als Straubinger an ihr vorbeigehen wollte, hielt Raehs ihn zurück. »Nach Ihnen Madam, wir folgen Ihnen. Ich schließe die Tür für Sie.«

»Vorn links, da ist die Küche.«

Raehs stellte sich an die hintere Wand und bat Straubinger, dasselbe zu tun.

»Wir sollten Platz nehmen«, schlug Madam Renard vor und setzte sich auf einen einfachen Holzstuhl.

Straubinger wollte sich ebenfalls setzen, doch erneut hielt Raehs ihn sanft zurück. »Nein, danke, wir stehen lieber.«

Als Straubinger sie irritiert ansah, gab Raehs ihm mit ihrem Blick zu verstehen, dass sie ihm später eine Erklärung liefern würde.

»Was wollen Sie wissen?«, fragte Madam Renard.

Straubinger holte kurz Luft. »Nun, wo ist Ihr Lebensgefährte?«

Madam Renard hob die Schultern. »Lebensgefährte. Na ja«, antwortete sie mit frustrierter Miene. »Ich weiß es nicht. Mal wieder länger unterwegs.«

»Wir ...«, begann Straubinger zögerlich, »... wir haben in Deutschland eine Leiche gefunden. Noch können wir nicht genau sagen, wer es ist. Wir vermuten aber, dass Ihr Mann ein wichtiger Zeuge sein könnte.«

»Wieso?«, fragte sie mit erschrockenem Blick.

»Er hat sich, wie es aussieht, vielleicht als einer der Letzten mit dem Toten unterhalten.«

Straubingers Telefon klingelte. »Anja? Ja ... was ... in dem Steinbruch? Wie? Ein Mercedes G? Hui, welch Verlust! Belgisches Kennzeichen? Okay, schick sie mir aufs Smartphone.«

Wenige Sekunden später erschien ein Bild von einem ausgebrannten Auto, die Farbe war kaum mehr zu erkennen. Man konnte gerade noch den typischen Stern am Kühlergrill ausmachen. Ein weiteres Bild zeigte das angekohlte Nummernschild, das jedoch noch gut leserlich war. Straubinger las es aus der Distanz vor. »Kennen Sie dieses Auto? Das Nummernschild?«

Madam Renard verneinte, wobei sie Straubinger aus dem Augenwinkel schielend beäugte. Sie schob den Kopf vor, lugte auf das Bild, lehnte sich zurück und fragte. »Das Auto von dem Toten?«, krächzte sie mit belegter Stimme.

Straubinger nickte. »Vielleicht. Ein Mercedes G. Ohne Kennzeichen oder Papiere. Fahrgestellnummer wird noch überprüft. Das ist ein auffälliges Auto. Sind Sie sicher, dass Sie es noch nie gesehen haben?«

Erneut schüttelte sie den Kopf, dieses Mal noch vehementer.

»Können wir Ihren Lebensgefährten irgendwo erreichen?«, fragte Straubinger.

Sie blies die Luft aus. »Verschwunden.«

»Was bedeutet das?«, wollte Camille Raehs wissen. »Er muss doch erreichbar sein. Kein Handy?«

»Muss er nicht. Manchmal ist er tagelang nicht erreichbar. Handy, hat er meistens ausgeschaltet. Er mag es einfach nicht, immer erreichbar zu sein. Zuletzt ist er nach Österreich gefahren, irgendeine berufliche Reise. Da hat er sich fünf Tage nicht gemeldet.«

»Wann war das? Wann ist er nach Österreich gefahren?«

»Am 1. August. 14 Tage her. Am 6. August war er wieder hier. War ein Sonntag. Aber nur kurz. Letzten Samstagabend, also am 12., da kam er kurz wieder, hat irgendwas gebraucht und ist bis Sonntagmorgen geblieben. Da musste er, wie er sagte, nach Deutschland. Am Abend kam er dann wieder zurück.«

»Und Sie wissen wirklich nicht, wo er jetzt ist?«

Sie runzelte die Stirn. »Nein. Ich weiß es nicht«, presste sie gequält hervor. »Er kommt und geht, Forschungsreisender, sagt er.«

»Ist Ihnen zuletzt etwas an ihm aufgefallen? War irgendwas anders?«

»Am Samstag, da hatte er Kopfweh. Rückenschmerzen, er hat sich sehr früh ins Bett gelegt. Müde war er, außergewöhnlich müde, abgespannt hat er gewirkt. Und ein paar rote Flecken hatte er im Gesicht, an Hals und Armen, die ihn ständig gejuckt haben. Hat er mit einer Tinktur eingerieben. Und geflucht hat er. Er müsse raus an die frische Luft, hat er gesagt, damit er wieder fit wird. Und ...«, sie bewegte die Hände, als würden sie davonfliegen, und pfiff dazu, »futsch!«

»Welche Art Tinktur?«, fragte Straubinger.

»Mit, äh, steht da auf dem Kühlschrank ... plantain lancéolé ... wie sagt man auf Deutsch?«

»Spitzwegerich«, übersetzte Raehs. »Woher hatte er diese Tinktur?«

»Ach, er hat da so eine Bekannte, die hat ihm das besorgt. Ich glaub, er vögelt mit ihr rum, eine totale Spinnerin, wenn Sie mich fragen ...« Dabei hob sie Hände und Schultern zu einer Abwehrhaltung, wobei sie den Mund verzog und den Kopf hin und her wippen ließ.

»Sie sagen das, als ob es das Normalste von der Welt wäre«, bemerkte Camille Raehs.

»Ist mir egal geworden«, antwortete sie, als würde sie das Thema langweilen.

»Wieso sagen Sie, dass sie spinnt?«, fragte Straubinger.

»Irgendwas Esoterisches.«

Camille verzog den Mund in Richtung Straubinger, ohne Madam Renard aus den Augen zu lassen. »Halten Sie es für möglich, dass er bei ihr ist?«, fragte sie.

»Kann schon sein, ist mir auch egal.« Sie drückte ihre Zigarette aus, wobei sie unnötig viel Kraft einsetzte, sodass der Aschenbecher an einer Seite kippte und sich die Asche auf dem Tisch verstreute. »*Merde!*«, fluchte sie.

»Kennen Sie einen Namen, eine Adresse?«, fragte Straubinger.

Sie schüttelte den Kopf. »Nein, nein. Gar nichts«, schrie sie ihn an. »Ist jetzt genug!«

»Wie nennt er sie denn, sie muss doch einen Namen haben.«

»Er nennt sie …«, sie zögerte und blies die Wangen auf, »Sunu… Sinu… irgendwie so.«

»Woher kennt er sie, diese wie? Sunu… wie?«

»Su…nu…ki, Su…nu…ku, Su…nu… Sunudummekuh, oder so ähnlich.«

»Also, woher kennt er diese Frau?«, fragte Raehs eindringlich.

»Er sagt von früher. Keine Ahnung. Hat wohl immer schon diesen Namen gehabt. Ist so was wie ein Künstlername. Wohnt irgendwo im Venn. Aber wo genau …«, erneut hob sie entschuldigend Schultern und Hände.

»Im Venn«, fragte Raehs. »Im Venn, da kann man nicht wohnen, das ist Wildnis.«

»Na dann eben nicht«, antwortete sie trotzig.

Straubinger deutete auf eine kleine braune Flasche, die auf dem Kühlschrank stand. »Ist das dort diese Tinktur?«

Überrascht von der Frage sah sie zum Kühlschrank. »Ja, wieso fragen Sie?« Straubinger machte ein Foto von dem Etikett.

»Wann hat er sich zuletzt gemeldet?«, fragte Raehs.

»Am Sonntagmorgen.«

»Also am 13. August?«, fragte Straubinger. »Und wo war er da?«

»Im ›Quick‹ in Eupen, eine kleine Autobahnraststätte. Ich hab ihm noch gesagt, er soll nicht diesen ungesunden Quatsch zum Frühstück essen. Gelacht haben wir. Weil er schon gefahren ist, als ich noch im Bett lag.«

»Gelacht? Ich dachte, Sie hätten sich gestritten?«, fragt Raehs.

Sie verneinte. »Wieso gestritten? Wir haben uns kaum gestritten, eigentlich nie.«

»Um wie viel Uhr war das?«

»Es war halb acht, als er anrief, ich hab auf die Uhr gesehen, als das Telefon klingelte.« Sie streckte ihren Oberkörper und hob den Kopf. »Er wollte sich bei mir entschuldigen. Für sein muffliges Benehmen. Ja, er hat sich bei mir entschuldigt«, legte sie mit Genugtuung in der Stimme dar, fast so, als wollte sie sich dafür rechtfertigen, so schlecht von ihm behandelt worden zu sein. »Da war er gerade eine halbe Stunde unterwegs.«

»Wohin unterwegs?«

»Darüber haben wir gar nicht gesprochen, er klang irgendwie betrübt, aber auch fröhlich, aber auch ein bisschen geheimnisvoll. Eigentlich wie immer.«

»Und diese Tinktur, die hat er nicht mitgenommen?«

»Er hat mehrere Fläschchen davon.«

»Wussten Sie, was er am Sonntag machen wollte?«

»Er hat recherchiert, nehme ich an. Er ist Historiker, und er ist unermüdlich unterwegs.«

»Und wo er das macht, das wissen Sie nicht?«, bohrte Raehs nach.

»Na ja, überall«, sagte sie und verdrehte die Augen, »wo die Römer waren. Selbst wenn er es mir erzählt, ich behalte es nicht. Manchmal denke ich, er ist mehr mit Rom liiert als mit mir.« Sie warf die Hände in die Luft. »Ach, was weiß denn ich schon!«

»In dem Ort, wo er war, hat so etwas wie eine Schnitzeljagd stattgefunden, letzten Sonntag und Montag«, bemerkte

Straubinger. »Das hatte etwas mit Römern und mit einem Computerspiel zu tun.«

»Mit einem Computerspiel?« Sie sah nachdenklich aus. »Das ist ja merkwürdig.«

»Wieso merkwürdig?«

»Er …«, sie nahm ein Taschentuch und schnäuzte sich kurz, »er hat einen alten Freund beraten, der ein Computerspiel über die Römerzeit entwickelt hat.«

»Er ist also so was wie Spieleentwickler?«, fragte Raehs.

»Nein«, antwortete sie. »Er ist da nicht so fit. Er hat nur den historischen Teil übernommen.«

»Wissen Sie, wie der Mann heißt, den er beraten hat?«

»Hui, Sie fragen Sachen. Nein, das weiß ich nicht.« Nach einer kurzen Pause fragte sie: »Wo genau haben sich denn die beiden getroffen?«

»In der Nähe von Aachen«, antwortete Straubinger. »Gressenich heißt das Dorf.«

»In G… Gressenich?«, stammelte sie und hielt sich die Hand vor den Mund. »Das ist«, fauchte sie verächtlich, »sein heiß geliebter Heimatort. Da ist er als junger Bursche abgehauen. Und trauert dem Scheißkaff immer noch hinterher«, schnaubte sie verächtlich. »Das ist für ihn ein Lebenstrauma. Ihn und diesen Schulfreund mochten sie dort wohl nicht besonders. Genaues hat er mir nie erzählt.«

»Hat er mal eine Veronika erwähnt?«

»Nein«, sagte sie und schüttelte den Kopf. »Aber irgendein Mädchen hat ihm gehörig den Kopf verdreht.«

Straubinger nickte und sah Raehs an. »Haben Sie noch Fragen, Frau Kommissar?«

Raehs verneinte kurz und sagte: »Vielen Dank, Madam.«

»Wenn Ihnen noch etwas einfällt, hier haben Sie meine Daten«, sagte Straubinger und legte eine Visitenkarte auf die Anrichte.

»Wir finden allein hinaus«, sagte Camille Raehs.

Madam Renard nickte noch einmal kurz zum Abschied, blieb am Küchentisch sitzen und zündete sich eine Zigarette an.

Als Straubinger und Raehs wieder auf der Straße waren, sagte er: »Die Frau, die im Venn wohnt, heißt Veronika Lorenz. Und sie nennt sich Sunuxsal. Sie und Sabzynski sind Jugendfreunde. Und soviel ich weiß, haben sie auch heute noch was miteinander.«

Raehs Handy klingelte. »Ja? Aha. Das Tropeninstitut.« Sie hörte noch eine Weile zu. »Ja, sie war hier. Wir? Nein, wir sind nicht mit ihr in Berührung gekommen. Nein. Okay. Ich bleibe noch hier und pass auf.« Sie steckte das Handy weg. »Straubinger, das klingt nicht gut. Das Tropeninstitut sucht Sabzynski ebenfalls. Erst gestern ist jemand auf die Idee gekommen, dass er eine Lebensgefährtin hat. Die haben sie aber gestern nicht angetroffen.«

»Das Tropeninstitut? Warum denn das? Wieso suchen die Sabzynski?«

»Das haben sie mir jetzt nicht sagen wollen«, antwortete sie nachdenklich. »Merkwürdig alles. Haben Sie die roten Flecken an ihrem Hals gesehen?«

DER STREITWAGEN

Hohes Venn, Neuf Gression

»Ausgedörrt, alles ausgedörrt«, schimpfte Sunuxsal. »Draußen ist es, als wären wir in der Wüste! Binsen und Seggen trocknen aus, das Venn wird bald tot sein, wenn die Hitze nicht bald aufhört!«

»Was kümmert dich das Venn, wenn es uns alsbald an den Kragen geht?«, fragte Herbert Sabzynski und hustete. Sabzynski lag auf dem weiß gedeckten Bett, seine Haut war über und über mit eitrigen Pusteln bedeckt. Debora hatte das Leinentuch seines Betts mit Dolden und Kräutern bestreut, die sie aus dem eigenen Heilgarten geerntet hatte. Nun schritt sie in der kleinen Hütte, die sie vor drei Jahren als Krankenstation hergerichtet hatten, auf und ab, um das Zimmer auszuräuchern, wobei sie den Rauch immer wieder beschwor:

»Die Bibernelle befreit die Luft,
der Weihrauch heilt mit scharfem Duft.
Der Meisterwurz vertreibt die Pest,
Wacholder Gift und Wasser lässt.«

Sunuxsal trug einen Mundschutz und Latexhandschuhe und rieb Sabzynski mit einer öligen Tinktur ein, die sie mit Debora selbst hergestellt hatte.

»Sag ihr, sie soll mit dem Räuchern aufhören. Ich krieg keine Luft«, bettelte Sabzynski.

Sunuxsal lächelte und ignorierte seinen Wunsch.

»Was ist das in der Tinktur?«, wollte Sabzynski wissen.

»Spitzwegerich lindert den Juckreiz, Pfefferminze ist gegen den Schmerz. Die orangene Farbe kommt vom Sanddornöl, antiseptisch und entzündungshemmend.«

»Sunuxsal, ich befürchte, ich habe etwas Schlimmeres«, versuchte Sabzynski, sie zu überzeugen. »Hast du nichts, was wirksamer ist?«

Sunuxsal brauste auf. »Wirksamer als meine Medizin? Du vergisst dich!«

Sabzynski sah gequält zur Seite. »Es war der Inhalt des Grals«, hauchte er geschwächt. »Irgendwas stimmt da nicht. Ich fürchte, ich habe mir die Antoninische Pest geholt! Ich muss dringend ins Institut, ich muss das Ergebnis der Untersuchung einsehen.«

Sunuxsal wurde ungehalten. »Du bist viel zu schwach, um aufzustehen! Und außerdem hast du noch Urlaub«, sagte sie und unterdrückte ihre Stimme. »Lass uns das machen. Debora und ich, wir werden dich heilen, ich verspreche es dir!«

»Der Messingeimer, dein Gral, er ist verflucht«, hauchte Sabzynski und schloss die Augen. »Verflucht …«

Ihr Gesicht wandelte sich zu einer hysterischen Maske. »Und wer immer uns den Gral gestohlen hat, er wird seines Lebens nicht mehr froh werden! Auch er sei verflucht, auf ewig!«

»Du hättest ihn einschließen müssen«, antwortete Sabzynski keuchend und tastete sein Gesicht ab. Er spürte die Erhebungen und betrachtete seinen geschwollenen und mit Pusteln übersäten Unterarm. »Sehe ich im Gesicht genauso aus?«, fragte er verzweifelt. »Gib mir einen Spiegel«, bat er Sunuxsal.

»Liebster, du willst dich jetzt nicht sehen«, sagte sie streng. »Es geht vorbei. Glaube mir, es geht vorbei.«

»Sunuxsal, denk bitte daran. In einer halben Stunde, die neue Opferweihe«, erinnerte Debora sie.

»Ja, ich komme schon.«

»Die Menschen, sie warten bereits gespannt auf dich!«

»Was wirst du ihnen präsentieren, wenn nicht den Gral?«, fragte Sabzynski.

»Ich werde ihnen Fotos zeigen von unserer heiligen Bergung. Von unserem Fund, von meinem heiligen Moment, als ich den Gral am Fundort in Händen hielt. Das wird sie überzeugen und ihre Brieftaschen öffnen, mein Liebster. Ruh du dich aus. In zwei Stunden bin ich zurück.«

Als Sunuxsal und Debora Sabzynski verließen, lag er bereits draußen zwischen zwei Büschen auf der Lauer. Leise schlich er zu der Hütte, in der Sabzynski allein zurückgeblieben war, öffnete die Tür, legte Mundschutz und Schutzhandschuhe an, setzte die Motorradbrille auf und schlich in Sabzynskis Zimmer.

»Hallo, wer ist da?«

»Psst, nicht reden. Du bist zu schwach. Ich hole dich aus ihren Fängen, und ich kann dich von deinem Leid erlösen. Du allein sollst der Prunk-Augustus sein und auf deinem Weg den Gral in Händen halten.«

Sabzynski konnte ihn nicht erkennen. Der schwarze Kapuzenpullover, das Schild der dunklen Baseballcap und die altmodische Motorradbrille verdeckten seine Augen und sein Gesicht. »Komm, sonst bist du verloren. Sie wird dich unwürdig sterben lassen. Glaube mir.«

Er hob Sabzynski vom Bett hoch, wickelte ihn in eine Decke und trug ihn aus dem Haus. Hinter dem Haus stand das Motorrad auf dem schmalen Weg, der rund um die Lichtung führte. Der Beiwagen war immer noch mit der blutroten Verschalung und den goldenen Applikationen geschmückt, so wie er ihn von dem Gelände des Clubs am frühen Morgen gestohlen hatte. »Der Streitwagen des Prunk-Augustus, für dich ganz allein«, flüsterte er, legte Sabzynski vorsichtig in den Beiwagen, setzte ihm einen Helm auf und rollte ihn in eine Lammfelldecke ein. Dann öffnete er den dunklen Rucksack. Feierlich holte er das Gefäß hervor und legte es in Sabzynskis geschundene Hände. »Dein Gral, nur dein!«, beschwor er leise.

Sabzynskis Miene erhellte sich schlagartig. Wie von einem heiligen Blitz getroffen strahlte er ihn aus den trüben Augen an. »Woher hast du …?«

»Psst!«, sagte er, drückte ihm noch einmal den Messingeimer fest in die Arme, bestieg das Motorrad und fuhr, bevor sie jemand bemerken konnte, knatternd los.

DAS MESSER

Gressenich, am Kalvarienberg

Der Wind pfiff leise von der Werther Heide herüber. Westwind, wie zumeist in dieser Gegend. Eigentlich war der Kalvarienberg ein stiller Ort, wenn hier nicht gerade unterhalb des Kreuzes die Motoren heulten.

Es war ein wenig abgekühlt an diesem Abend, und niemand und nichts war zu hören, außer ein paar Krähen, die auf den Feldern krächzend nach Kleingetier und verlorenen Saaten suchen mochten.

Sabzynski saß auf dem Sockel, die Füße hingen herab, und seine Hände waren in zwei Schlingen am Querbalken des Holzkreuzes festgebunden, sodass Arme und Oberkörper bizarr wie ein Ypsilon nach oben gereckt waren. Seine Hände und das Gesicht waren mit glänzenden Pusteln übersät.

Die Fahrt hatte ihn angestrengt. Aus seinem Mund floss blutiger Schleim. Kurz riss er die Augen auf und bekam einen Hustenanfall. Auf seinem Schoß ruhte der Messingeimer. Sein Blick ging jetzt nach oben, flehend, mit offenem Mund, der jedoch kein Wort mehr formen konnte. Die Sonne stand bereits tief, rötlich war sie, freundlich. Sabzynski wollte schreien. Doch jeder Versuch wurde in einem Hustenanfall erstickt. Das Jucken der Haut war unerträglich, sein Durst quälend.

Er hockte vor ihm, trug immer noch die Brille, eine Gesichtsmaske und Schutzhandschuhe. Nun setzte er Brille und Maske ab und sah Sabzynski in die Augen.

Sabzynski erschrak, als hätte er den Teufel erblickt. Mit aufgerissenen Augen versuchte er zu sprechen, doch er schaffte es nicht. Flehend blickte er ihn an, doch er wusste, dass es das Ende war.

Wie zum Trost strich der andere Sabzynski durch die Haare und streichelte seine Wange.

Plötzlich ein Geräusch. Auf dem Fahrweg unterhalb. »Hallo«, rief ein Junge. Der Junge konnte wohl nur Sabzynski am Kreuz gesehen haben, da der Maskierte tief vor ihm hockte. Er schlich um das Kreuz herum und versteckte sich im Gebüsch. Der Junge kam langsam auf das Kreuz zu, hielt inne, als er den leblosen Sabzynski sah, ging aber langsam weiter. »Hallo? Hallo, sagen Sie doch was!«, versuchte er es zaghaft. Er betrachtete den Messingeimer auf Sabzynskis Schoß und hob ihn leicht an. Dann fasste er all seinen Mut zusammen, ergriff sein Kinn und hob seinen Kopf hoch. Blut und Speichel tropften aus dem Mund auf die Hände des Jungen. Als Sabzynski für einen kurzen Moment die Augen öffnete, erschrak der Junge derart, dass er die Hand zurückzog und sich ins Gesicht fasste, wobei er ein Geräusch machte, als hätte er sich verbrannt. Gerade, als er losschreien wollte, sprang eine Gestalt aus dem Gebüsch, packte ihn von hinten und hielt ihm die Luft ab, bis er das Bewusstsein verlor.

Er legte den Jungen vorsichtig auf den Boden, holte ein Messer hervor, hielt die Schneide in die Flamme eines Feuerzeugs und ritzte den linken Oberarm des Jungen und seinen eigenen einen Zentimeter weit ein. Dann erhob er sich und stellte sich hinter das Kreuz. Ruhig schnitt er eine eitrige Pustel des Gekreuzigten auf, schabte mit der Rückseite der Schneide das auslaufende Wundsekret ab und rieb dem Jungen das Sekret in den kleinen Schnitt an seinem Oberarm, dann wiederholte er das Ganze an seinem eigenen Arm. Danach schleuderte er mit einer schnellen Handbewegung das Messer hinter sich ins Gebüsch und rieb die Wunden mit dem Saft eines Spitzwegerichblattes ein, das er vom Boden gepflückt hatte. Er hob den Jungen vom Boden auf, trug ihn zum Weg und ging zehn Meter weiter auf das Haus zu, wo er den Jungen neben den Weg legte und sein Fahrrad so platzierte, dass es im ersten Moment so aussah, als sei der Junge vom Fahrrad gestürzt. Zurück am Kreuz stellte er sich vor den Gekreuzigten, nahm ihm den Eimer aus dem Schoß, setzte ihm einen goldenen Eichenkranz auf und ließ den Kopf langsam auf seine Brust sinken. Dann schrieb er ein Kreuzzeichen in die Luft und flüsterte: »Ego te absolvo.«

RÖMERZEIT

DIE SILBERMINE

Am höchsten der Stierberge (heutiger Großglockner, Österreich)

Am frühen Morgen zogen sie ohne weitere Worte los. Die letzte Etappe lag nun vor ihnen. Der alte Noricer war so geschwächt, dass er nur noch schwer atmete. Der Bucklige beobachtete, wie er sich ständig kratzte. Als der Treck eine kurze Pause einlegte, ging er zu ihm hin und hob die Decke hoch, in die sie ihn am Morgen eingewickelt hatten. Der rechte Arm zeigte einige eitrige Blasen, die sich der Alte aufgekratzt hatte.

Der Bucklige betrachtete ihn besorgt. »Was ist das?«, fragte er den Alten.

»Ich weiß es nicht, aber es fühlt sich an wie der Tod«, hauchte er und versank erneut in tiefen Schlaf.

Der Saumpfad zog sich in unendlichen Windungen den Berg hinauf, bis sie zum ersten Mal die hohe Spitze in ihrer ganzen Mächtigkeit erblickten. Andächtig und mit offenem Mund blieb der Thraker stehen. Er sank nieder, fiel auf die Knie und stammelte unverständliche Worte vor sich hin.

»Auf, auf, oder willst du auf dem Weg festfrieren?«, rief der Säumer in gebrochenem Latein. »Zur Hütte am Eingang zur Mine ist es nicht mehr weit.« Er zeigte auf die riesige Gletscherzunge, die vom Berg herabzog. »Dorthin, zum gefrorenen Fluss, dann noch kurze Zeit, dann sind wir dort.«

Der Thraker machte ein Kreuzzeichen.

»Bist du etwa einer dieser Christen?«, fragte der Gallier entsetzt. »Verflucht!«, zischte er.

»Bitte verrate mich nicht!«, flehte der Thraker, warf sich nach vorn und umklammerte die Beine des Galliers.

Der Gallier half ihm auf. »Komm, steh auf. Niemand wird dir ein Leid zufügen! Wir brauchen deine Kraft«, brummte er und blickte den Säumer scharf an.

»Nichts gesehen«, antwortete dieser und hob die Hand. »Alles in bester Ordnung.«

Der Säumer wandte sich ab und setzte sich wieder an die Spitze des Zuges. Eine Stunde später kämpften sie sich am Rand des Gletschers entlang. Den Karren hatten sie stehen lassen müssen. Hier war es bitterkalt, auch wenn die Sonne am Himmel stand. Der Säumer führte das erste Pferd an der Leine, der Treverer das zweite, auf die sie die Vorräte und ihre Habseligkeiten umgeladen und verteilt hatten. Für den alten Noricer hatten sie eine Trage aus einigen Holzstangen des Karrens und zwei Decken gebaut, die der Gallier und der Thraker trugen. Dann, endlich, standen sie vor dem Eingang zur Mine.

Ein großes Mundloch tat sich auf. An der rechten Wand lagen Fackeln, Holzbohlen, ein Haufen Brennholz und allerlei Werkzeug gestapelt. Nach einigen Schritten ins Innere konnte der Gallier eine Holzbehausung erkennen, eine Knappenhütte. »Die müsst ihr noch ein bisschen ausbauen, dann könnt ihr es sogar warm haben«, sagte der Säumer und zeigte auf den Holzhaufen.

Weiter hinten hörte man das Meckern von Ziegen. »Bergziegen«, sagte der Säumer. »Sie sind besonders anspruchslos. Hab ich erst vor drei Tagen hergeführt. Ich habe ein kleines Gehege gebaut. Dort fühlen sie sich wohl. Sie fressen Stroh und Kräuter, die ihr hier auf den Weiden weiter unten findet. Sie geben köstliche Milch, und einige der Zicklein werden euch besonders gut munden.« Er zeigte auf die Hütte. »Aber unsere Pferde haben noch mehr hochgetragen, was für euch gedacht ist.«

»Gallisches Hirsebier?«, fragte der Gallier scherzhaft.

Der Säumer lachte. »Kein Hirsebier. Richtiges Bier. Und Trester, wir hörten, dass ihr dort im Norden guten Wein gewohnt wart. Den könnt ihr hier oben kaum erwarten, aber ihr werdet euch schon daran gewöhnen. Ein Fass davon steht in der Knappenhütte. Und nun bereitet euch eure Bettstatt. Und nehmt den Alten mit. Er ist erschöpft.«

Nachdem sie sich eingerichtet hatten, ruhten sie sich nach dem anstrengenden Tag aus. »Wäh«, schimpfte der Gote, »dieser Trester ist nicht zum Saufen, den sie uns da geben!« Er bäumte sich auf, als wüsste er nicht wohin mit seiner ganzen Kraft, zertrümmerte seinen Holzbecher mit einem Faustschlag und spuckte sein Gesöff auf den Boden.

»Nanu? Was hat uns denn der Säumer in diesen edlen Tresterwein hineingemischt?«, fragte der dürre Treverer und kostete an seinem Becher. »Ah, vorgekauter Sauerampfer«, lästerte er gurgelnd, »oh, und Tannenharz.« Mit dem linken Auge spähte er auf den Becherboden, als würde er die Zukunft lesen können. »Eine gute Prise Kalkmehl, damit der Trunk unsere Mägen nicht gänzlich vergrätzt.« Dann roch er noch einmal intensiv daran und zwinkerte dem verärgerten Säumer zu. »Oder ist es gar ein Löffelchen von der Bergziegenscheiße«, höhnte er und hielt dem Gallier den Becher unter die Nase, der sich mit Abscheu abwandte. »Oh ja, ich rieche sie«, rief er spottend, »sie veredelt alles noch einmal ins Herbsüße!«

Die anderen am Tisch bogen sich vor Lachen. Dann hob der Treverer schlaksig den Becher in die Höhe und seufzte. »Hach, wie erbaulich war da doch der Wein von der Mosella, den die Römer für uns Barbaren angepflanzt haben!«

»Ist doch egal, wie das Zeug schmeckt, Hauptsache es macht jecks!«, rief der kleine Ubier in die Runde und soff den Becher in einem Zug aus. Alle anderen taten es ihm johlend gleich und freuten sich, an der warmen Feuerstelle zu hocken.

Kurz sah der Gallier zu dem alten Noricer hinüber und lauschte. Der Alte röchelte, das beruhigte ihn. Dann legte auch er sich nieder und schlief wenige Minuten später ein.

Als der Gallier am frühen Morgen die Augen öffnete, war nur das leise Schnarchen einiger der Männer zu hören. Augenblicklich schoss ihm der Alte in den Sinn. Es war noch dunkel. Er sprang auf, zündete ein flaches Wachslicht an und ging langsam auf das Strohlager zu. Der Messingeimer funkelte im Schein der Kerze. Das Röcheln, das der Alte noch in der Nacht von sich gegeben hatte, war verstummt.

Als der Gallier das kleine Licht höher hielt, erschrak er und riss die Augen auf. Das Gesicht des Alten war voller Blattern. Vorsichtig hob er die Decke. Auch Hände und Arme waren mit Pocken übersät, groß wie Erbsen, einige waren geplatzt. Der Mund des Alten stand offen, doch er atmete nicht mehr.

Der Gallier sprang zu dem Buckligen am hinteren Ende des Raums und weckte ihn rüde. »Der Meister ist tot. Übersät mit Pocken.«

Der Bucklige erhob sich schnell und rieb sich den Schlaf aus den Augen, zündete eine größere Kerze an und folgte dem Gallier.

Mittlerweile hatte auch den Säumer die Unruhe im Raum erfasst, und er trat zu ihnen. »Bei den Göttern der Unterwelt, die Antoninische Pest!«, rief er erschrocken und hielt die Hand vor den Mund. »Wir müssen ihn schleunigst verbrennen!«

Ohne große Zeremonie wickelten der Gallier und der Bucklige den Leichnam des Noricers in eine Decke, trugen ihn hinaus und bahrten ihn über einem Haufen Holz auf. Beide zündeten sie das Feuer an. Es dauerte weniger als eine halbe Stunde, dann war er verbrannt. Der Gallier holte den noch verhüllten Messingkübel aus der Knappenhütte, stellte ihn auf einen großen Stein am Rand des Gletschers ab und löste die Leintücher. Erneut beeindruckt von der Schönheit des glänzenden Metalls, streichelte der Gallier das Gefäß und flüsterte voller Ehrfurcht: »Ein echter Prunk aus Crasciniacum. Zweifellos ein Meisterwerk und wahre Zauberei.«

Der Bucklige schob den Gallier zur Seite und schaufelte die noch warme Asche des alten Noricers in den Kübel. Dann verschloss er ihn sorgfältig mit Moränenlehm. Andächtig hob er den Eimer an dem Henkel in die Höhe und ging langsam auf den Eingang des Bergwerks zu, flankiert von den anderen, die in Ehrfurcht ihre Köpfe senkten.

Er humpelte den verfallenen Seitengang entlang, den die anderen zuvor, so gut es ging, freigeräumt und mit Fackeln bestückt hatten. Als der Gallier ihn begleiten wollte, stieß er ihn zurück und trug den Eimer mit dem Leichenbrand des Alten allein hinein. An der Stirn des Stollens stellte er den Eimer ab, packte ein paar Steine drumherum, nickte und begab sich zurück zum Ausgang. Abrupt wandte er sich dem Gallier zu. »Der Anführer im Bergwerk, der bin jetzt ich«, bestimmte er barsch. »Und du, Gallier, du hast dich zu fügen.«

Dem Gallier verschlug es die Sprache angesichts dieser Direktheit. Überrumpelt starrte er dem Buckligen hinterher. »Hier oben wirst du kein Weibsbild finden«, höhnte der Bucklige, »das du dir nehmen kannst, Gallier. Die Wirtin der Villa rustica wird vorerst dein letztes gewesen sein! Und ich werde keines hereinlassen in dieses Bergwerk, egal, wer sie heraufholen will!«, spie er ihm zu und ließ den Gallier stehen. »Außer«, rief er zurückgewandt, »die Matronen, wenn sie dich holen! Sie folgen dem Kübel, sie werden ihn finden, unseren großen Amor!« Sein verächtliches Lachen vor allen anderen brandmarkte den Gallier wie einen gerupften Hahn.

Fassungslos starrte er dem Buckligen hinterher. Zutiefst verletzt blieb er neben dem Eingang zu der Grablege stehen. Der Bucklige hatte ihn auf böse Art kaltgestellt.

Drei Matronen stehen an seiner Bettstatt. Drei heilige Frauen, Göttinnen gleich. Gehüllt in einen Lichtkranz, wie von einem Hauch aus Seide umgeben, eine schöner als die andere. Sie lächeln. Lächeln so zauberhaft, dass er sich nicht regen kann. Sie richten ihn auf, streicheln jeden Muskel an seinem Rücken, liebkosen seine Brust und kämmen sein helles Haar. Sie küssen ihn und waschen seinen Körper. Die Erste streckt die Hand aus und nimmt sein Geschlecht, sodass ihn ein sehnsüchtiger Schauer überkommt. Die Zweite schmiegt ihre warme Gestalt an ihn, sodass er ihre bebende Brust spürt. Die Dritte lässt ihr Haar über sein Gesicht fallen, und er saugt ihren Duft nach Veilchen auf. Die Erste holt ein Messer unter ihrem Gewand hervor und setzt lächelnd mit bebenden Lippen zu einem Schnitt an. Er schreit auf.

Über ihm erscheint der Bucklige. Der Gallier starrt ihn entsetzt und vor Schmerz schreiend an. Er versteht nicht, doch dann begreift er, was sie ihm soeben geraubt haben.

Der Bucklige lacht! »Dem Kübel, sie folgen dem Kübel«, ruft er voller Häme und Spott. Wie dieser Bucklige lacht! …

Schweißgebadet sprang der Gallier von seinem Lager auf. Ein böser Schein? Er griff sich in den Schritt und kontrollierte, ob noch alles vollständig war. Erleichtert stieß er die Luft aus. Doch alles schmerzte bei dem Gedanken an den Traum. Der Bucklige. Sein Lachen hallte wider in seinen Ohren, als wäre es wirklich gewesen. Oder war es wirklich? Es war ein Zeichen. Das Zeichen des Bösen. Sie würden kommen, die

Matronen, auf der Suche nach ihm. Der Bucklige würde sie zu ihm führen, sie würden ihn finden und bestrafen für seine unaufhörliche Manneslust.

Er musste seinem Taranis ein Opfer bringen, so wie sie es früher in seiner gallischen Heimat gemacht hatten, als sie ihre Feinde in einen Wicker gesteckt und verbrannt hatten. Er würde den richtigen Tag abwarten und eine Ziege opfern. Taranis würde ihm ein Zeichen senden. Ein Zeichen, flehte er, nur ein einziges Zeichen!

MITTWOCH, 16. AUGUST

ÄRZTEGEJAMMER

Polizeiwache in Vicht

»Josef, wo bist du gerade?«, fragte Schepp.

»Auf dem Weg zu dir, warum?«, antwortete Straubinger und hatte seinen Arm lässig auf die heruntergekurbelte Scheibe seines Volvos gelegt.

»Ich habe gerade mit dem Chefarzt telefoniert«, antwortete sie. »Mehr erzähle ich dir, wenn du hier bist.«

»Was für ein Chefarzt?« Straubinger sah sein Handy an. Schepp hatte bereits aufgelegt. Er verabschiedete sich und trat aufs Gas. Als er in Vicht ankam, öffnete sie ihm bereits die Tür zur Wache. »Komm erst mal rein! Kaffee?«

Straubinger brummte irgendwas daher. Schepp interpretierte das als Ja und goss zwei Tassen ein. »Der Chefarzt der Gelenkchirurgie …«

»Moment«, unterbrach Straubinger. »In welchem Land, in welcher Stadt, in welcher Angelegenheit?«

»Bundeswehrkrankenhaus Ulm. Chefarzt, Oberstabsarzt Dr. Hermann Schlüter. Prothese?«, murrte sie und starrte ihn abwartend an.

Straubinger nickte.

»Der meinte, es wäre kaum möglich, mit Sicherheit zu sagen, welche Prothese zu welchem Patienten gehört. Damals gab es das Zentralregister noch nicht. Wahnsinn!«

»Was ist Wahnsinn?«, fragte Straubinger und gähnte.

»Das musst du dir mal durch die Birne gehen lassen!«, bemerkte Anja und fasste sich an den Kopf. »Allein in Deutschland werden jedes Jahr 350.000 Endoprothesen an Hüfte und Knie eingebaut. Und da kann man nicht sicher sagen, welche zu welchem Patienten gehört, sagte der Doktor.«

»Das ist doch übliches Ärztegejammer, oder?«, stellte Straubinger eher fest, als dass er fragte.

»Klar, hab natürlich nicht lockergelassen. Also, für die Serie kommt nur ein Zeitfenster von zwei Monaten im Jahr 1997 infrage. Da hatten sie 15 Frauen mit Knieproblemen und neun Männer. Aber nur zwei, die eine Schlittenprothese für einseitigen Verschleiß bekommen haben. Einer der beiden ist putzmunter, 77 Jahre alt, wohnhaft in Herzogenrath. Ich habe mit ihm telefoniert, und er bedankte sich für die Nachfrage nach seinem Knie, es geht ihm gut. Die Dinger halten immerhin seit über 20 Jahren.«

»Und der andere?«

»Tja, da hätten wir ein Problem. Wir haben keine gesicherte Adresse. Und keinen gesicherten Namen.«

Straubinger sah an die Decke. »Keinen gesicherten Namen? Was ist das?«

»Er war bei der Fremdenlegion. 1997 im IFOR-Einsatz, stationiert in der Nähe von Sarajewo. Die haben einen Namen, aber der ist oft nicht richtig. War eine Kriegsverletzung. Ist mit der Bundeswehr aus Bosnien ausgeflogen worden. Die Rechnung hat der französische Staat bezahlt.«

»Wieso wurde ein Fremdenlegionär in einem Bundeswehrkrankenhaus in Ulm operiert?«, fragte Straubinger verwundert.

»Ich hab mal recherchiert. 1996 hatte die Bundeswehr einen Teil einer Sanitätsbrigade in Visoko unweit von Sarajewo stationiert. Dort hat auch ein deutsches Pionierbataillon Dienst geleistet, das nicht nur die Feldlazarette aufgebaut hat, sondern auch das in der Nähe stationierte 2. Fallschirmjägerregiment der französischen Fremdenlegion mit Aufbauarbeiten unterstützt hat. Da lag es nahe, dass ein Fremdenlegionär mit einer Kriegsverletzung bei der Bundeswehr behandelt und dann zur OP nach Ulm ausgeflogen worden ist. Adresse: keine Chance, sagte der Oberstarzt. Ich soll mich an die Fremdenlegion wenden.«

»Au Mann. Das auch noch. Und unter welchen Namen haben die ihn behandelt?«

Anja feixte grimmig. »›Tius Rix‹ wurde angegeben, aber so heißt ja niemand.«

STRECKENKONTROLLE

Kalvarienberg Gressenich

Seit der Tote in seiner Grillhütte gefunden worden war, hatte der Verein beschlossen, zweimal wöchentlich eine Begehung des Geländes zu machen, mittwochs und samstags. Und das zumindest bis zum Winter. An diesem Morgen war Gerd Völkert mit der Streckenkontrolle an der Reihe. Eigentlich sollte ihn jemand von der Vereinsjugend begleiten, aber um diese Uhrzeit war die Jugend auf der Arbeit. Völkert war seit ewigen Zeiten der Vorsitzende des Motorrad Trial Club Gressenich e. V., des MTC.

Das Gelände am Kalvarienberg war noch vor 50 Jahren eine wilde Müllhalde gewesen, bevor ein paar Motorradfreunde es komplett saniert hatten und im Gegenzug für ihre Zwecke umbauen durften. Heute war es eine der bekannten

Strecken für Geschicklichkeitsfahrer von europäischem Rang. Und daran hatte Völkert einen bedeutenden Verdienst. Seine fast nur noch sitzende Tätigkeit in seinem Dachdeckergeschäft hatte dafür gesorgt, dass die schicke Lederkombi ihm längst nicht mehr richtig passte. In dem engen Ding hatte er mittlerweile Schwierigkeiten beim Absteigen, aber das wusste nur er. Er stellte seine Enduro auf dem Parkplatz ab, nahm den Helm vom Kopf und strich seine leicht ergrauten Haare zurück, sodass die kahle Stelle am Hinterkopf möglichst verdeckt wurde. Er erinnerte sich daran, dass die Polizistin gestern auf seinen Bauch gestarrt hatte, als wäre er ein Geschwür. Aber sie hatte ihm auch ein verstecktes Lächeln geschenkt, da war er sich sicher.

Über dem Eingang der Grillhütte empfing ihn der Schriftbogen »Trial am Kalvarienberg«, darüber »MTC 1968«, angekokelt. Er sah sich um, nichts Auffälliges. Mannomann, in einem Jahr hatten sie 50er-Jubiläum, und er hatte bald den runden Geburtstag. Sie wollten ein Riesenfest schmeißen, hier auf dem Gelände, und jetzt dieser Mist! Wie sollten sie jemals wieder feiern können hier in der Hütte, geschweige denn grillen auf dem Grill! Als er den Fleck neben dem Grill sah, der noch von dem Toten herrührte, schüttelte er sich. Das abgebrannte Dach würde bald repariert sein, zwei seiner Jungs, ein Tag Arbeit. Den Grill würde er abreißen und an einer anderen Stelle einen neuen bauen.

Er schlenderte den Hügel hinauf, um die einzelnen Hindernisse an der Strecke zu kontrollieren, Hindernisse, welche die Motorrad-Freaks fast im Schlaf bewältigten. Hach, wie wunderbar war es damals gewesen, als er noch jung war, als sie weit und breit die Ersten waren hier in Gressenich, die so was machten. Er war gerade zehn, als sie hier zu trainieren begannen. Fast täglich stand er neben der Bahn. Dann, als er zwölf war, durfte er zum ersten Mal aufs Motorrad.

Motocross, das gab es damals schon in Kleinhau, oben in der Eifel. Da war er schon mal mit seinem Onkel und seinem Vater gewesen. Aber da ging es um Schnelligkeit. Trial aber, das war eine eher philosophische Disziplin. Lauernd schleichst du dich an dein Hindernis heran, hast genügend Zeit, es in Ruhe zu betrachten, du stehst auf zwei Reifen vor dem Hindernis wie ein Matador auf seinem Pferd, du fixierst es mit starrem Blick wie einen angriffslustigen Stier, du schiebst dein Vorderrad allmählich ran, wählst den Punkt sorgfältig, an dem du ansetzen wirst, dann verlagerst du dein Gewicht, du steigst in die Pedale, du gehst in die Knie, in die Federn, streckst dich, hebst vorn entschlossen an, als würdest du die Zügel deines Pferdes hochreißen, und gibst Gas, sodass dein Gerät bockt, das Vorderrad anhebt und, ohne den Stier zu reizen, mit tänzerischer Gelassenheit vom Hinterrad über das Hindernis geschoben wird. Dann geht es schnell, oben, fast stillstehend auf zwei Rädern, mit erhabener Eleganz und mit aller Langsamkeit hältst du die Balance und weißt, du hast den Stier ausgetrickst, ohne mit dem Fuß den Boden berührt zu haben. Und dann dieser herrliche Geruch nach Benzin!

Völkert grinste und streckte sich, als er vor dem Arrangement aus Felsbrocken stand, und erinnerte sich an seinen Meisterschaftslauf, als ihm die Lederkombi noch gepasst und er an dieser Stelle alle anderen geschlagen hatte. Jedes Mal, wenn er hier verweilte, klopfte sein Herz schneller, zwirbelte er an seinem Schnurrbart und nickte.

Heute aber, als er gerade seine Hand zum Schnurrbart heben wollte, da fiel ihm etwas auf. Durch den lichten Baumbestand hindurch sah er oben am Geländekamm, dass am Kreuz auf dem Kalvarienberg irgendetwas anders war als sonst. Er atmete tief durch, kräuselte die Augenbrauen und stutzte. Dann richtete er den Blick wieder auf den Boden und schleppte sich schnaufend bergauf. Noch ein paar Schritte, dann würde er oben sein. Er hob den Kopf und traute seinen Augen nicht. Da saß jemand und rührte sich nicht.

»Hey! Was ist los?«, rief er und ging auf das Kreuz zu. »Was machst du hier …« Es verschlug ihm die Sprache. Er rüttelte an der Schulter. Ein Mann saß dort, am Holzkreuz gefesselt. Er war als Römer verkleidet. Überall auf Armen und Beinen Blattern, rot und eiterig. Das Gesicht zeigte ebenso glänzende Pusteln. Völkert ging in die Knie, zog einen Motorradhandschuh über und hob den Kopf des Mannes vorsichtig an. »Verdammt«, murmelte er, »was machst du hier?« Vorsichtig tatschte er dem Mann ein paarmal auf die Wange und rief verzweifelt: »Aufwachen, aufwachen!« Erst dann sah er die Blattern im Gesicht des Mannes. Völkert wich zurück. Dann stand er auf, zog sein Handy aus der Tasche und wählte die 110. »Hallo, hier Völkert, Gerd Völkert, MTC Gressenich, ich bin am Kalvarienberg. Schickt mal die Polizei vorbei. Für die 112 ist es wohl zu spät.« In dem Moment, als Völkert das sagte, bewegte der Mann den Kopf. Völkert gab einen schreckerfüllten Schrei von sich. »Moment!«, kreischte er ins Handy. »Der zuckt noch. Notarzt … Notarzt … schnell!«

Kurz sah der Mann ihn an. Rötlicher Schleim lief aus dem Mund. Er blubberte ein Wort heraus. Völkert spitzte die Ohren, ein zweites Mal versuchte der Mann zu sprechen. Völkert stutzte und schüttelte kurz den Kopf.

Die Beine des Mannes zappelten ein letztes Mal wie zwei an Land gezogene Fische. Er bäumte sich auf, ließ den Kopf auf die Brust fallen und sank tot in sich zusammen.

PASTICE

Lüttich, Place du Marché

»Camille, hier Straubinger. Wir haben eine Idee, wer der Tote sein könnte«, rief er gegen das Rauschen des warmen Fahrtwinds in sein Handy, der ihm angesichts des offenen Fensters die Haare zerzauste. »Er ist wahrscheinlich Fremdenlegionär und soll Tius Rix heißen.«

»Was ist denn das für ein Name?«, fragte sie.

»Merkwürdig, ja. Wahrscheinlich eine Abwandlung von irgendwas.« Er erläuterte ihr kurz die Zusammenhänge und sagte: »Kennst du Veteranen der Fremdenlegion? Man sagt, dass sich einige aus der Legion in Liège zur Ruhe setzen.«

Camille zögerte. »Na ja, klar, ich kenne da so eine Truppe, die sich regelmäßig trifft.«

»Kannst du mal nachforschen, ob irgendjemandem der Name was sagt?«

»Kann ich machen. Ich melde mich.« Camille wusste, wo sie zu finden waren, die Veteranen der »Légion Étrangère«. Sie stoppte ihren Wagen, drehte um und raste am östlichen Ufer der Maas entlang in Richtung Markplatz. Im Schatten des Brunnens le Perron saßen sie wie fast jeden Tag und erzählten sich Abenteuergeschichten. Sie alle kannten die Welt, und das nicht von ihrer schönsten Seite. Überall, wo es krachte, da waren sie an vorderster Front zu finden, die Männer der Legion. An diesen zwei Tischen und den zehn Stühlen war außer den Legionären auch immer die stumme Erinnerung an ein paar Hundert Massakrierte anwesend.

Forsch fuhr Camille vor, stellte den Wagen ab und ging auf den ältesten der Männer zu. Er trug lange Haare und einen üppigen Bart, hatte breite Schultern und einen mürrischen Blick, ein Sappeur-Veteran, von dem Camille wusste, dass er als Sergent der ranghöchste Unteroffizier unter den Männern war.

»Na, Massimo, was macht das Welträtsel?«

Er grinste verschmitzt und antwortete: »Wir sind dabei, es zu entflechten, wir kommen der Lösung jeden Tag ein Stück näher.« Mit einer großzügigen Handbewegung lud er sie ein, Platz zu nehmen.

»Camille, wenn du auftauchst, dann gibt es für uns Männer hier meist nichts mehr zu lachen«, rief ein vierschrötiger Kerl. Allgemeine Heiterkeit. »Los, Camille, trink einen mit«, bat er sie. Auf den Tischen standen mehrere Platten mit orientalischen Vorspeisen, mehrere Krüge mit Eiswasser, gekühlter Weißwein und zwei Flaschen Pastice de Marseille. In der Mitte prangte eine Standarte mit der siebenflammigen heraldischen Granate, das Symbol der Fremdenlegion.

Camille hob die Schultern. »Karl, du weißt, dass ich im Dienst bin. Trinken, lieber ein andermal«, antwortete sie und griff nach einer kleinen Schawarma mit Knoblauchcreme. »Gut ist das!« Zur Freude der Männer kaute sie begeistert. »Sagt mal«, fragte sie mit vollem Mund, »sagt euch der Name Tius Rix etwas?«

Karl, ein weiterer Mann und Massimo tauschten ernste Blicke. »Warum fragst du?«

»Was wisst ihr über ihn?«

»Hat er was angestellt?«, fragte Massimo brummig.

Camille warf ihm einen bohrenden Blick zu. »Ihr kennt ihn also?«

»Was ist mit ihm?«, fragte Karl noch einmal nach.

»War er einer von euch?«

Massimo nickte. »Du sagst *war?*«

Camille schwieg.

»Tius Rix hat sich in Verviers zur Ruhe gesetzt. Gar nicht so lange her, dass wir bei ihm waren.« Massimo erzählte ihr den Husarenstreich, den sie mit den Burschen aufgeführt hatten, woraufhin die Männer rauflustig lachten und die Gläser erhoben.

»Welches Auto fährt er?«

»Mercedes G, dunkelgrau«, antwortete Karl.

»Was ist das für ein Name?«, fragte Camille.

»Er war in meiner Einheit«, warf ein kleiner, drahtiger Mann mit faltigem Gesicht und dunkler Haut ein. »Ein Deutscher.«

»Er heißt laut Ausweis Wilhelm Servatius Reimschüssel«, schob Karl hinterher. »Wir haben damals ziemlich gewiehert. Er war sofort beleidigt und hat 'ne Schlägerei angezettelt. Schau dir seine krumme Nase an«, sagte Karl, lachte hämisch und deutete auf das Gesicht des kleinen Beduinen. »Dieses schiefe Ding hat Tius Rix ihm damals verpasst, nicht wahr, Said?«

Said breitete die Arme aus und machte eine kleine Verneigung, wobei er freundlich lächelte.

»Aus Servatius«, erläuterte Karl, »wurde Tius. Und sein Nachname …«

»Tja«, sagte Klaus, »… den konnte keiner von den französischsprachigen Kameraden aussprechen. Reimschüssel, was für ein blöder deutscher Name! Rix haben die Franzosen ihn dann genannt, das passt ja zu seinem aufsässigen Charakter.«

»Aufsässiger Charakter?«, fragte Raehs.

»Ja, ein Raufbold. Aber er hat schnell Karriere gemacht. Er ist unser Capitaine.«

»Euer Chef?«, fragte Camille überrascht.

»Ja, er hatte anfangs allerdings viele Probleme, doch unser Ausbilder erkannte, je mehr er ihn in die Verantwortung nahm, desto disziplinierter wurde er. Zum Schluss war er sehr beliebt bei den Kameraden. Und als er aus unseren Reihen zum Capitaine befördert wurde, haben wir uns alle gefreut. Er ist ein guter Mann. Wir sind ihm gefolgt, wohin er uns geführt hat. Immer.«

Camille bedankte sich kurz und griff zum Handy. »Wilhelm Servatius Reimschüssel«, sagte sie zu Straubinger, »ist *Capitaine* Tius Rix.«

Sie steckte das Handy in die Hosentasche und wandte sich an die Veteranenrunde. »So, Jungs, und jetzt könnt ihr eure Standarte auf Halbmast setzen. Euer *Capitaine* Tius Rix ist nicht mehr. Er wurde gefesselt, gewürgt und geröstet.« Raehs stand auf und verabschiedete sich. »Habt euch lieb!«

DER MANN AM KREUZ

Kalvarienberg Gressenich

Straubinger ließ die Autotür zufallen und ging auf dem staubigen Feldweg in Richtung des Kreuzes, wo eine Ansammlung von Kollegen herumstand.

»Was ist hier los?«, fragte er Schepp, die gerade das Gelände abgesperrt hatte.

»Ein toter Mann. Um die 50«, berichtete Anja. »Der Vorsitzende vom Motorradclub sagt, es ist Dr. Sabzynski, der Historiker.«

»Wie kann er das sagen?«

»Er kannte ihn. Dahinten steht er. Ich hab ihn hinter die Absperrung gelassen. Noch was, der Tote hat eiterige Pusteln an Händen, Füßen und im Gesicht.«

»Spurensicherung?«

»Kommt später, schaffen es nicht schneller.«

Straubinger gab einen leisen Fluch von sich, nickte und

ging hinüber zur Notärztin, der gerade von ihrem Begleiter ihr weißer Overall dekontaminiert wurde. Sie gab ihm ein Zeichen, kurz zu warten. Dann kam sie herüber.

»Hauptkommissar Straubinger, Polizei in Stolberg.«

»Dr. Preiß. Verdammt, Mann, so was hab ich noch nicht gesehen, ein Gekreuzigter«, fluchte die Ärztin, auf deren Unterarmen sich äußerst bunt tätowierte Fantasiefiguren rekelten. »Das ist irgendeine Virusschweinerei, Mann, ich tippe mal auf Varizella Zoster.«

»Was bedeutet?«

»Windpocken oder auch Feuchtblattern, irgendwas Ansteckendes«, bemerkte sie kopfschüttelnd. »Das ist ein Erscheinungsbild im Höchststadium. Pusteln an Händen, Füßen und im Gesicht. Kenne ich so nur von Windpocken.«

Straubinger kräuselte die Augenbrauen und nickte kurz. »Ja, verstehe. Aber sind Sie sicher, dass es Windpocken sind? Das Tropeninstitut in Belgien, das hat schon mal nachgefragt.«

»Ja, das Tropeninstitut. Was glauben Sie, wie oft es da Fehlalarm gibt? In unseren Breiten sage ich, das sind Windpocken. Was sonst? Aber auch die sind nicht zu unterschätzen. Daran sterben Menschen, Erwachsene übrigens häufiger als Kinder. Aber vielleicht stellt Ihre Rechtsmediziner«, sie machte eine kurz abgehackte Sprechpause, »-in eine andere Diagnose. Ich bin da keine Spezialistin.«

»Da wäre es doch besser, wenn wir vorerst niemanden hinter die Absperrung lassen«, schlug Straubinger vor.

»Ja, das könnte hilfreich sein. Die heißen übrigens Windpocken, weil der Wind sie überträgt. Also schön wegbleiben! Und der Mann, der ihn gefunden hat, der ist ziemlich wahrscheinlich angesteckt, wenn er die Windpocken als Kind noch nicht hatte. Also am besten ist vorerst kein Kontakt! Ich werde das Gesundheitsamt mal informieren.« Sie griff zum Handy.

»Können Sie näher sagen, was da passiert ist?«, fragte Straubinger. »Ich meine, es sieht doch fast nach einer Hinrichtung aus, sagt die Kollegin.«

»Hören Sie, ich bin keine Rechtsmedizinerin. Das müsst ihr klären! Aber den hat jemand gekreuzigt. Gestorben ist er aber wohl an Erschöpfung. Der Mann da hinter der Absperrung, der in der … etwas aus der Mode gekommenen Lederkombi, der hat angegeben, der Tote habe noch was gesagt …« Sie drehte sich weg. »Hallo, Gesundheitsamt? Ja, Dr. Preiß hier. Ich hab hier einen Fall von Viren. … ja, ich vermute Viren, Varizella Zoster oder so was!«, rief sie. »Nein«, schnauzte sie genervt, »keine Grippe, irgendwas mit Pusteln. Ja, Notarzt Dr. Preiß. … nein, eher eine Tötung durch Freiheitsberaubung … Ach verdammt, jetzt schicken Sie mir sofort Leute hierher, sonst krieg ich Sie dran wegen unterlassener Hilfeleistung, fahrlässiger Tötung und Anstiftung einer Höllenverschwörung! Machen Sie hin, Frau!«, befahl sie und stieg in den Notarztwagen. »Und immer schön Händewaschen», rief sie Straubinger zu und schlug die Tür zu, und schon brauste der Notarztwagen davon.

»Was haben die hier bloß immer mit dem ›schön‹«, grummelte er vor sich hin. Straubinger ging zu Schepp. »Keinen hinter die Absperrung lassen. Wegen Ansteckungsgefahr, klar?«

Straubinger ging weiter an das Absperrungsband und rief Völkert zu sich, der den Kopf in die Hände gestützt zehn Meter entfernt auf dem Boden saß. Völkert erhob sich und kam auf ihn zu. Ungefähr fünf Meter vor ihm forderte Straubinger ihn auf, stehen zu bleiben.

»Herr Völkert, Sie haben das großartig gemacht.«

Völkert nickte. »Sie brauchen mich nicht zu trösten. Das hat Ihre zauberhafte Kollegin schon übernommen.«

»Die Spurensicherung ist unterwegs«, rief Schepp. Sie kam den Berg hinauf. »Hier, medizinische Masken, die sollen wir aufsetzen, sagt die Notärztin. Hat sie mir geschenkt.« Sie reichte Straubinger eine hellblaue OP-Maske. Für Völkert hängte sie eine an das rot-weiße Absperrband.

Straubinger hob die Hand. »Gut. Bitte dringend: Ruf mal Dr. Monheim an, ich möchte seine Einschätzung hören.«

»Aber der ist doch lange in Rente«, antwortete Anja.

»Ja, aber er war mal Tropenmediziner, als er jung war, und als solcher längere Zeit in Indien«, erklärte Straubinger. »Das hat er mir mal bei einem Bier erzählt.« Dann wandte er sich wieder an Völkert. »Sagen Sie, ist Ihnen etwas Besonderes aufgefallen?«

»Tja, was ist da nicht besonders. Ich hab so was noch nie gesehen. Der arme Kerl«, sagte Völkert sichtlich betroffen. »So will ich nicht enden.«

»Werden Sie nicht«, versicherte Straubinger. »Hören Sie, Herr Völkert, irgendwas, hat er noch was gesagt?«

»Ja, er hat es versucht, aber ich habe es nicht verstanden.«

»Einen Namen?«

»Einen Namen? Vielleicht ... aber es kam sehr erstickt.« Völkert machte ein angewidertes Gesicht. Er verstellte offensichtlich seine Stimme, indem er den Kopf leicht nach vorn schob, um den Kehlkopf hohl klingen zu lassen. »Hoos-ha«, drückte er leise und rauchig heraus. »Oder so was, jedenfalls überhaupt nicht verständlich.«

»Denken Sie noch einmal nach, bitte!«, forderte Straubinger ihn auf.

»Hab ich schon. Ich will es doch auch wissen, was er da geblubbert hat. Aber ich komm nicht drauf.«

VARIOLA MAJOR

»Petit Marron«

Straubinger sah auf die Uhr. Er hatte einen Anruf von Dr. Monheim bekommen, dass er ihn sofort sprechen müsse. Als Treffpunkt hatte er das »Petit Marron« vorgeschlagen. Er hörte, wie ein Auto vorfuhr. Durch das Fenster konnte er erkennen, dass in der Windschutzscheibe des kleinen SUV ein Arztsymbol klebte. Als Monheim das »Petit Marron« betrat, kam er direkt auf Straubinger zu. Der groß gewachsene, schlanke und immer noch gut aussehende 74-jährige Arzt fragte ihn: »Können wir uns irgendwo ungestört unterhalten?«

Straubinger verließ das Bistro und ging auf den Tisch neben der Kastanie zu. Der Biergarten war noch leer. »Gut, dass Sie kommen«, sagte Straubinger, »sind es Windpocken?«

»Setzen Sie sich und hören Sie genau zu. Ich war am Montag hier und hab mir das ganze Spektakel vor dem ›Petit Marron‹ angesehen. Ich habe beobachtet, wie Sie da vorn umgeworfen wurden. Ich habe Ihre Prellung am Kopf kurz versorgt, aber daran werden Sie sich kaum erinnern.«

»Drechsler hat mir so was erzählt«, antwortete Straubinger leicht irritiert.

»Ja, Hanno Drechsler hat dann übernommen, weil es noch einen gab, der schlimmer dran war als Sie.«

»Dann wird es Zeit, dass ich mich bei Ihnen bedanke. Also …«

»Das ist nicht der Grund, warum ich mit Ihnen sprechen muss. Erinnern Sie sich, als dieser Mönch kurz neben Ihnen herumgefuchtelt und Ihnen noch eine Absolution erteilt hat?«

Straubinger stutzte und kramte in seiner Erinnerung. »Hm, ja, schwach kann ich mich …«

»Mir fiel auf, dass er wie wild beschwörend irgendein Pulver, eine Art Asche, über die Menschen verstreut hat.«

»Ja, ich habe so ein vages Bild im Kopf. Ich erinnere mich schleierhaft …«

»Aber als er Sie sah, da ist er komplett erschrocken. Er ist verharrt. Sie hat er, und da bin ich mir sicher, Sie muss er erkannt haben.«

Straubinger zog die Stirn in Falten und sah zur Seite. »Ja, ich glaubte auch für einen Moment, ihn zu kennen. Aber woher? Ich kann mich nicht erinnern.«

»Als ich mir heute Morgen die Leiche am Kalvarienberg ansah, da habe ich einen Abstrich von den Pusteln des Mannes am Kreuz gemacht. Und dabei ist mir eingefallen, dass der Mönch am Montag nach der Begegnung mit Ihnen einen Beutel am Spielplatz weggeworfen hat. Ich bin also dorthin und musste gar nicht lange suchen. Der Plastikbeutel lag neben einem Papierkorb im Gras. Ich habe immer AIDS-Handschuhe und Gesichtsmaske dabei, die habe ich übergestreift und den Beutel verpackt und mitgenommen. Ich hab ihn dann zu Hause untersucht. Ich konnte es kaum glauben, als ich durch mein Mikroskop geguckt hab. Was ich darin entdeckt habe, hat mich einigermaßen erstaunt.«

»Machen Sie es vielleicht nicht ganz so spannend«, bat Straubinger.

»Ich habe den Typ Variola major gesehen. Sowohl in dem Abstrich des toten Sabzynski als auch in der Probe aus dem Beutel des Mönchs.«

»Und was heißt das auf Deutsch?«

»Pocken«, konstatierte Monheim und hob die Hände.

»Pocken?«, entfuhr es Straubinger.

»Ja, das sind Pockenviren. Und zwar ziemlich große!«

»Kommen Sie, Dr. Monheim, das kann doch nicht sein«, bemerkte Straubinger mit skeptischem Blick. »Die gelten seit

Ende der 70er-Jahre weltweit als ausgestorben, wenn mich nicht alles täuscht.«

Monheim fixierte ihn mit dem verunsichernden Augenspiel des Wissenden. »Ja, das glaubt man wohl.«

»Und hier in Deutschland? Hier hat es doch sicher seit hundert Jahren keine Pocken mehr gegeben!«, gab Straubinger salopp zurück. »Die Notärztin sprach von Windpocken.«

Monheim strich sich durch seine vollen grauen Haare und verzog das Gesicht zu einem Grinsen. »Windpocken!«, zischte er. »Selig sind die Unwissenden!« Er gab einen kurzen Lacher der Verhöhnung von sich. »Ich erzähle Ihnen jetzt eine Geschichte. Hier in unserer Gegend, genau genommen in Lammersdorf in der Eifel, hat 1962 ein Montageleiter die Pocken aus Indien eingeschleppt. Hochansteckend. Die Weltgesundheitsorganisation in Genf erklärte den damaligen Kreis Monschau zum internationalen Infektionsgebiet. Belgien schloss die Grenzübergänge. Ortsschilder trugen die Aufschrift ›ACHTUNG! Pockenverdacht. Durchfahren!‹. 33 Menschen steckten sich an, eine Person starb, 700 mussten wochenlang in Quarantäne. Auch damals hat der Arzt zuerst auf Windpocken getippt.«

Straubinger reagierte geschockt. »Davon hab ich noch nie gehört.«

»Es war damals so, dass sich keine Behörde traute, etwas zu unternehmen, einer schob die Zuständigkeit auf den anderen, bis hin nach Düsseldorf zur Landesregierung. Ein Krankenwagen mit dem ersten infizierten Kind irrte zwischen Simmerath und Aachen hin und her, weil der Kreis Aachen sich weigerte, das kranke Kind aufzunehmen. Dann kam es doch nach Simmerath ins Krankenhaus, obwohl sie dort keine Quarantänestation hatten. Die Kinder wurden in der Schule eingesperrt, Zäune wurden gebaut. Männer wurden kaserniert. Es war entsetzlich. Der Einzige, der den Schneid besaß, den Menschen zu helfen, war der unglaubliche Günter Stüttgen, der bereits als ›The German Doctor‹ bei den Amerikanern im Zweiten Weltkrieg zur Legende wurde.«

»Ist das der Mann, der Hunderten Soldaten, deutschen wie amerikanischen, nach der bitteren Schlacht im Hürtgenwald das Leben rettete?«, fragte Straubinger.

»Ja, den meine ich. Dr. Stüttgen und ein junger Kollege haben sich getraut, in die Eifel zu fahren und zu helfen. Und ein paar tapfere Krankenschwestern opferten sich ebenfalls auf.«

»Das ist sehr ehrenwert«, bemerkte Straubinger und nickte anerkennend.

»Das gesamte Team, Krankenschwestern und Ärzte, ist nachher vom Ministerpräsidenten geehrt worden. Nur einer nicht, das war ein Skandal. Bei der Veranstaltung war er zwar eingeladen, aber eine Ehrung wurde ihm nicht ausgesprochen. Dr. Orfanos, ein Grieche. Wahrscheinlich, weil er Ausländer war, damals war das tatsächlich so. Es war demütigend vor allen anderen.«

»Das kann ich mir vorstellen.« Straubinger machte eine Pause. »Sind Sie wirklich sicher, dass es die Pocken sind?«, bohrte er schließlich nach und rutschte nervös hin und her.

»Nach dieser Pockengeschichte in der Eifel wollte ich unbedingt mehr drüber wissen. Ich hab Pockenviren in den frühen 70ern in Bangladesch studieren können, einem der letzten Länder mit Pocken, bevor sie als ausgerottet galten. Einer der heimtückischsten Feinde, die der Mensch hatte, und wohl immer noch hat! Aber die Form scheint hier ein bisschen anders zu sein.«

»Anders? Wie meinen Sie?«, bohrte Straubinger nach.

Monheim hob die Schultern. »Ich kann es nicht genau sagen. Die, die ich gesehen habe, sind sehr groß, schätzungsweise an die 300 bis 400 Nanometer. Die Form ist meiner Meinung nach aber identisch.«

»Und das haben Sie gesehen?«, fragte Straubinger verwundert.

»Viren der Pockengruppe sind die größten Viren und gerade noch so mit einem guten Lichtmikroskop sichtbar. Meines ist ein altes Hochleistungslichtmikroskop«, sagte er nicht ohne Stolz. »Wenn man also weiß, wonach man suchen muss, kann man es erkennen. Und ich bin mir sehr sicher.«

»Hören Sie, Dr. Monheim, das klingt alles sehr beunruhigend. Glauben Sie, dass diese Viren in der Asche, oder was der Kerl da verstreut hat, überleben können?«

»Sie haben sich bewegt. Sind noch aktiv. Mehr kann ich nicht sagen.«

Straubinger blies die Backen auf, stöhnte und reckte den Oberkörper. »Ist Ihnen an der Leiche am Kalvarienberg etwas Besonderes aufgefallen?«

Monheim hob die Schultern. »Wenn ich mir die Bemerkung erlauben darf, die ganze Erscheinung war etwas Besonderes. Ich hab mir eine Maske aufgesetzt und mir diese Leiche genauer angesehen. Gesicht und vor allem die Gliedmaßen über und über mit Pusteln bedeckt. Glänzende Eiterbeulen, um genau zu sein. Ich hab alles fotografiert, von allen Seiten, um es zu dokumentieren.«

»Und, Ihre Diagnose?«

»Es ist eindeutig. Es sind Pocken. Sie sollten die Dörfer absperren lassen, sodass niemand rauskommt. Das muss schnell passieren, bevor die Behörden wieder die Zuständigkeit hin- und herschieben.«

»Ja, das werde ich gleich veranlassen.« Straubinger rief Schepp an. »Anja, alles abriegeln, sorge bitte für eine hermetische Abriegelung des ganzen Dorfes. Organisiere das! Es geht um nichts weniger als um Leben und Tod. … Ja, du hast richtig gehört. Alles abriegeln. Richtung Düren, Langerwehe, Eschweiler und Stolberg.« Straubinger legte auf.

»Es gibt folgende Regel: Solange die Betroffenen noch keine Flecken und später Pusteln zeigen, sind sie nicht ansteckend. Aber in Sabzynskis Zustand … Gott bewahre! So was ist bis auf drei Meter nur durch die Luft übertragbar. Dagegen ist Corona ein kleines Würstchen!«

»Und was bedeutet das jetzt für uns?«, bohrte Straubinger nach.

Monheim rückte nervös auf dem Stuhl hin und her, beugte sich vor und verschränkte die Hände. »Hören Sie gut zu, Herr Hauptkommissar, das dürfen Sie noch niemandem sagen. Niemandem! Ich muss das erst abklären. Es sind nicht die Pocken, die es bis vor 50 Jahren noch gab. Die Viren sind größer. Wenn ich nicht genau wüsste, dass das jetzt versponnen klingt«, sagte er leise, »dann würde ich sagen …«, offensichtlich rang er nach Worten, sah Straubinger lange an und fügte schließlich hinzu: »… dann würde ich sagen, sie kommen aus irgendeiner anderen Welt.«

DAS PROVISORIUM

Provisorische Polizeiwache Gressenich, »Petit Marron«

»Tut mir leid, aber wir müssen das tun. Und es macht mir keinen Spaß!«, herrschte Straubinger den Wirt an. »Dein Saal ist konfisziert.«

»Ihr habt sie ja nicht alle!«, fluchte der Wirt. »So eine Scheiße! Ihr könnt mir doch den Laden hier nicht zumachen! Erst Corona, dann die Flut, und jetzt kommt ihr Idioten!«

Straubinger ging zu ihm hin. »Setz dir eine Maske auf!

Wenn wir das hier nicht machen, dann gnade uns Gott. Uns allen. Es ist besser, du kooperierst.«

Der Bierbaron blickte ihn wütend an, beruhigte sich jedoch zunehmend. »Ich verstehe. Ich kann ohnehin nichts machen, oder?«

»Du kannst dich wehren, oder du kannst uns helfen. Ruh dich aus, komm wieder, wenn du eine Entscheidung getroffen hast.« Straubinger wandte sich ab und gab ein paar Anweisungen. »Nein, hey, den großen Tisch hinten in die Ecke. Ja, so ist gut.«

»Hey, Eisenfuß. Was kann ich tun?«, fragte der Bierbaron.

»Einfach da sein, wenn ich dich brauche. Mach uns vielleicht ein paar Brote. Und Kaffee, viel Kaffee.«

»Gressenich und die Nachbardörfer sind abgeriegelt, alles dicht nach Düren hin, nach Langerwehe, nach Eschweiler und nach Stolberg!«, rief Anja. »Bundeswehr, Bundespolizei und unsere örtlichen Einheiten. Jetzt sind wir alle in Quarantäne, Josef. Keiner kommt raus, auch wir beide nicht.«

»Gut. Das muss uns allen klar sein, wir waren alle im Dorf, als Sabzynski hier rumgelaufen ist«, sagte Straubinger zu den anwesenden Helfern der Stadtverwaltung, die im Quarantänegebiet wohnten. »Gott sei Dank haben wir alle Namen und Adressen, die am Montagmittag auf dem Platz vor dem ›Petit Marron‹ waren. Als ich so heldenhaft am Boden lag, haben die Kollegen …«

»… und Kolleginnen …«, rief Schepp dazwischen.

»… trotzdem niemanden durchgelassen, bevor wir die Personalien aufgenommen hatten.«

Schepp nickte. »Und von denen, die am Montag hier waren, ist die Hälfte noch da.«

»Aha, warum sind die hiergeblieben?«, fragte Straubinger sichtlich überrascht.

»Das wirst du jetzt nicht glauben. Oliver!«, rief Schepp.

Oliver betrat den Raum. »Ja, kann ich helfen?«, fragte er.

»Oliver, unser Hauptkommissar will wissen, warum so viele von den Caesaren noch hier sind.«

»Das sind die, die sich noch die Hoffnung machen.«

»Hoffnung worauf?«, fragte Straubinger.

»Die warten drauf, dass doch noch ein neuer Augustus ausgerufen wird. Dass ausgelost wird oder so was«, erklärte Oliver.

Straubinger sah ihn fassungslos an. »Die glauben tatsächlich … Sind die völlig durchgeknallt?«

Oliver hob die Schultern. »Tja, es gibt Leute, die kann man nicht verstehen. Egomanen vor dem Herrn. Denen ist das völlig egal, was hier passiert ist.«

In dem Moment betrat Tim Klotz aufgeregt den Raum. »Herr Kommissar, ich muss dringend nach Stolberg, ich wohne in der Altstadt. Aber die Polizei lässt mich nicht raus aus Gressenich!«

»Ja, und das ist auch richtig so.«

»Nur weil meine Freundin in diesem gottverdammten Kaff wohnt, muss ich jetzt hierbleiben?«, fragte Tim empört.

»Hättest dir ja ne Freundin woanders suchen können«, grätschte Oliver dazwischen. »Du bist auch so ein Egomane, was? Und Marie ist dir scheißegal!«

»Was nutzt mir das jetzt?«, entgegnete Tim kühl. »Ich will raus aus diesem Provinznest!«

Oliver stürmte vor und packte Tim beim Kragen. »Sag nie wieder was über Gressenich, du dusseliger Stolberger!«

Straubinger ging dazwischen und trennte die beiden. »Hey, aufhören, das ist hier kein Boxring.«

Tim wich zurück, bleich im Gesicht und geschockt über Olivers Reaktion.

»Versteck dich nur gut, bevor ich dich erwische!«, setzte

Oliver hinterher. »Und bleib von Marie weg. Ganz weit, du feiger Sack!«

Tim machte kehrt und hob beim Verlassen des Raums den Mittelfinger.

»Na? Wo willst du jetzt hin?«, rief Oliver ihm hinterher.

»Lass gut sein«, besänftigte Anja ihn. »Wir sind alle ein bisschen angespannt.

»Wie weit ist die Auswertung der Personalien?«, fragte Straubinger an Schepp gerichtet.

»Zwei Kolleginnen in Aachen sitzen dran, die Gesundheitsämter zu informieren. Ist nicht ganz so einfach, weil viele der Leute ja auch aus dem Ausland kamen. Aber was ich gehört habe, funktioniert es halbwegs.«

»Halbwegs«, wiederholte Straubinger verdrießlich. »Das ist zu wenig! Woher kamen sie genau?«

»Brüssel, Paris, Düsseldorf und Köln, dann noch ein paar Käffer außerhalb, aber es ist wohl schwierig, das alles in den Griff zu bekommen«, sagte Hanno Drechsler, der jetzt hinter Straubinger stand.

»Hanno, was machst du denn hier?«, fragte Straubinger überrascht.

»Ich kann euch doch jetzt nicht allein lassen und zu Hause die Füße hochlegen, während die Welt untergeht, oder?«

»Wir müssen diese Caesaren kasernieren«, sagte Straubinger. »Aber nicht in einem Zelt. Ich will, dass sie irgendwo untergebracht sind, wo sie nicht so leicht abhauen können, wenn sie erfahren, dass sie unter Quarantäne stehen, sodass wir es wenigstens im Griff haben.«

Hanno Drechsler überlegte kurz. »Also wir hätten noch den Saal im ehemaligen ›Zum Bayerischen Bua‹. Die Kneipe ist leer, die hat aber noch eine Küche, Toiletten und reicht aus für 150 Leute, wenn wir Betten organisieren.«

»Bringt uns das Rote Kreuz«, rief Schepp dazwischen.

»Weißt du was zu dem anderen Lazarett?«

»Das Rote Kreuz richtet es in der Grundschule ein«, sagte Drechsler. »Alles unter Biohazard-Bedingungen.«

»Biohazard?«, fragte eine junge Kollegin.

»Biologische Gefährdung, das schwarze Zeichen auf gelbem Grund. Wenn du das irgendwo siehst, weglaufen!«, antwortete Drechsler.

Ein Kollege in Overall und mit FFP3-Gesichtsmaske kam in den Raum. »Wir haben die paar Leute, die in der Nähe vom Kalvarienberg wohnen, nun alle befragt. Ein Junge ist heute Morgen am Wegrand unterhalb des Kreuzes gefunden worden. Er war mit dem Fahrrad unterwegs. Sein Vater hatte Streit mit ihm, weil er abends noch mal weggefahren ist. Sie haben aber erst am nächsten Morgen gemerkt, dass er in der Nacht nicht in seinem Bett war, wie er sagte, und ihn gesucht.«

»Und?«, fragte Straubinger ungeduldig.

»Der Junge, Leo Nörvenich heißt er, 15 Jahre alt. Schüttelfrost, leicht unterkühlt. Ist so weit unverletzt bis auf eine kleine Wunde am linken Oberarm.«

»Eine Wunde? Was für eine Wunde? Abschürfung, Schnitt, Stich, Schuss? Woher kommt die?«, fragte Straubinger.

»Vielleicht vom Sturz mit dem Fahrrad?«, sagte der Kollege.

»Vielleicht, vielleicht!«, wetterte Straubinger. »Was nutzt uns ›vielleicht‹? Genau, präzise, Fakten! Mann!«

Der Kollege hob sichtlich eingeschüchtert die Schultern. »Die Eltern wissen es auch nicht, und Leo konnte nichts dazu sagen, weil er tief und fest schlief. Sie sagten was von ›Atem weg‹, hätte der Junge noch geflüstert.«

»Niemandem sonst ist etwas aufgefallen? Wirklich niemandem?«, fragte Straubinger mit Nachdruck.

»Der Vater des Jungen hat mir gesagt, zu Fuß geht den Weg kaum jemand entlang, die fahren alle mit dem Auto oder die

Kinder mit dem Rad, und da sieht man das Kreuz hinter dem Bewuchs nicht unbedingt.«

»Also nur der Junge …«, sagte Schepp nachdenklich. »Der lag also vielleicht die ganze Nacht an dem Weg.«

»Schick Dr. Monheim zu dem Jungen. Der soll sich die Wunde am Arm mal ansehen«, ordnete Straubinger an.

»Sabzynski saß also wahrscheinlich seit gestern Abend am Kreuz gefesselt«, seufzte Schepp.

Straubinger ergänzte: »Und die ganze Zeit hat er noch gelebt.«

Der Kollege hob erneut die Schultern. »Anscheinend.«

Am Eingang der Grundschule standen drei Bereitschaftspolizisten, alle mit medizinischen Masken, Schutzhandschuhen und Chemiebrillen. Wie bereits unten an der Straße hing über dem Eingang ein Schild »Biohazard-Lazarett. Achtung! Wegbleiben!« Daneben ein gelbes Transparent mit einem Biohazard-Zeichen.

»Wer leitet die Sache hier?«, fragte Straubinger und zeigte seinen Ausweis. Jemand rief und winkte eine Frau herbei. »Oberkommissarin Hinrich. Sie sind der Mordermittler?«, fragte sie.

Straubinger nickte. »Und ranghöchster Polizist im Ort. Dürfen wir uns umsehen?«, fragte er.

Hinrich nickte und führte sie in die Schule. »Wo sind denn die ganzen Caesaren und Römer, die von dem Umzug jetzt? Die sollten doch einzeln untergebracht werden, in dieser alten Dorfkneipe.«

»Die haben wir dort untergebracht, ja, war eine Menge Arbeit, die Leute abzuholen, und das unter Schutzbedingungen. Viele wollten abhauen, haben sich über Facebook verständigt, dass wir sie abholen würden. Die sind ja alle mit Bussen gekommen, deshalb haben sie sich Taxis gerufen.

Aber die Kollegen haben das mit dem Abriegeln gut hingekriegt. Jetzt sind sie also in der ehemaligen Kneipe mit dem großen Saal untergebracht. ›Zum Bayerischen Bua‹, heißt die«, sagte sie lachend. »War die mal von Ihnen?«, fragte Hinrich und grinste.

»Toller Witz!«, antwortete Straubinger. »Gibt es Probleme mit den Leuten?«

»Na ja«, antwortete Hinrich, »können Sie sich sicher vorstellen. Die Leute wollen nach Hause. Aber wir haben strikte Anweisung vom Innenministerium, dass wir niemanden rauslassen dürfen. Das ist besser in einem Saal zu kontrollieren als in einem Schulgebäude mit vielen Fenstern und Ausgängen. Hier in der Schule sammeln wir die Einheimischen, die wollen nicht unbedingt ausbrechen.«

Straubinger nickte zufrieden.

»Es macht übrigens die Runde, dass der Tote am Kreuz die Pocken hatte«, bemerkte Hinrich.

Straubinger ging nicht auf ihre Bemerkung ein. »Halten Sie diese Leute unbedingt zusammen. Da werden in den nächsten Tagen sicher noch mehr kommen. Niemand darf weg, das hat höchste Priorität.«

»Kriegen wir hin«, sagte sie. »Und? Stimmt das mit den Pocken?«

Er warf ihr einen strengen Blick zu und antwortete immer noch nicht. »Alles, was Sie tun, nur mit medizinischer Maske! Merken Sie sich das gut, es ist zu Ihrem eigenen Schutz! Und was diese Krankheit angeht, fragen Sie einen der Virologen hier.«

DAS NACHTLAGER

»Petit Marron«

»Ein Kölsch, und zwar ein bayerisches!«, rief Straubinger mit medizinischer Maske vor Mund und Nase. Zu seiner Überraschung stand Tschick hinter der Theke. Tschick fackelte nicht lange, zapfte einen halben Liter Kölsch in ein Glas und hustete dabei in die Armbeuge.

»Hui, erkältet?«

»Geht schon wieder, gestern war es schlimmer. Bin auf dem Weg der Besserung.«

»Wo ist der Chef?«, fragte Straubinger.

»Der macht für euch da oben in der Einsatzzentrale etwas zu essen«, antwortete er. »Da hast du ihm ja was angetan«, beschwerte er sich. »Am Wochenende war hier noch die Hölle los, und jetzt ist die Bude dicht! Eine Einsatzzentrale im Ausnahmezustand!«

Straubinger sah in den Gang, der zum oberen kleinen Saal führte, alles war hermetisch mit Plastikfolie ausgekleidet. »Wer es noch nicht begriffen hat, Tschick: Wir haben ein Virus im Dorf!«

»Wer es glaubt …«

Straubinger stellte sich auf den Fußlauf der Theke, hielt sich mit der Linken am Tresen fest, packte nach Tschicks Arm und zog ihn zu sich. »Bist du schwer von Begriff? Das ist mit die tödlichste Krankheit, die Menschen ereilen kann! Was läuft in deinem Schädel nicht richtig?« Dann ließ er ihn los und stieß ihn zurück. »Und setz eine Maske auf, du Vollkoffer!«

Tschick drehte sich bedröppelt zum Regal und nahm eine Maske aus der Schublade. »'tschuldige, Eisenfuß, ich mein ja nur …«

Straubinger lief rot an. »Du meinst ja nur *was?*«, schnauzte er wütend. »Diese vollkommen dämliche Formulierung hör ich mir permanent von euch an. Und dann nichts mehr! Wenn du ›nur was meinst‹, dann sag mir gefälligst, *was* genau du nur meinst!«

Tschick reagierte mit heftiger Abwehr. »Ist ja gut, ist ja gut! War ein harter Tag, oder? Komm runter, Mann! Keiner sagt uns, was los ist. Sag du es mir!«

In dem Moment kam der Bierbaron zur Tür herein. »Hey, wer brüllt denn hier so, meine Herren?«

»Siehst du, dein Chef trägt auch 'ne Maske.«

»Alle tragen Maske«, sagte der Bierbaron in stoischer Ruhe. »Aber ich fürchte, das wird nicht reichen.«

Straubinger schwieg und hielt sich den Kopf.

»Das ganze Dorf nennt dich zwar Eisenfuß, aber vielleicht sollten wir dich besser Brummschädel nennen«, frotzelte der Bierbaron. »Tschick, du kannst nach Hause gehen, und danke, dass du ausgeholfen hast.«

»Sag mal, stimmt das, dass der Tote am Kalvarienberg Sabzynski ist?«

Straubinger nickte.

»Und dass er ein Virus hat? Die da oben wollen mir nichts sagen.«

»Ja, das ist wohl richtig. Es scheint so, dass es ein Virus ist, und das ist ansteckend. Also nehmt das ernst.«

»Verdammte Sch…! Das ist wirklich übel.«

»Da war ein Mönch, der hat vom Untergang gepredigt am Montag, mitten in der Menge. Weißt du, wer das ist?«

Der Bierbaron lachte kurz. »Ach der, das ist ein harmloser schräger Vogel. Er kommt ursprünglich wohl aus dem Kloster Rochefort, eine wunderbare Klosterbrauerei. Superstarkes Bier, Trappistenbier!«

»Woher weißt du das so genau?«, fragte Straubinger. »Ich meine, es gibt doch sicher mehrere solcher Klöster.«

»Der war Anfang des Jahres das erste Mal hier. Da hat er mir drei Probeflaschen von dem Bier mitgebracht, das sie in seinem Kloster brauen. Wart mal«, rief er, ging hinter die Theke, öffnete den Schankkühlschrank und holte eine dunkle kleine Flasche hervor. »Hier, eine hab ich noch. Rochefort 10, die stärkste Nummer. 11,3 Prozent Alkohol, da wird den Mönchen beim Beten ganz schön schwindelig! Hier trinkt das niemand.«

»Vielleicht doch?«, fragte Straubinger.

Der Bierbaron holte zwei kleine Gläser und teilte das Bier auf.

Straubinger prostete ihm zu. »Sag mal, hast du 'ne Matratze für mich? Ich darf das Dorf nicht verlassen.«

»Ein Schlafplatz mehr wird wohl nichts ausmachen. Es ist alles desinfiziert. Anordnung von den Virologen, so ein Wichtigtuer aus Aachen war eben hier, der hat wohl im Lazarett in der Grundschule das Sagen, der trägt so einen gelben Ganzkörperpariser mit Fenster drin«, lästerte er.

Straubinger stutzte. »Der kam in dem Anzug hierher?«

»Ja, er und seine Assistentin.«

Der Bierbaron druckste. »Ich muss dir was sagen.«

»Nur los.«

»Wenn Herbert Sabzynski an einem Virus gestorben ist, und er vor sieben Tagen hier im Biergarten war, da war er vielleicht schon ansteckend.«

Straubinger sah ihn an. Ihre Blicke verfingen sich ineinander, es gab keinen Ausweg wegzuschauen. Straubinger stöhnte kaum hörbar und nickte kurz. »Wir müssen wohl mit allem rechnen. Bist du ihm … nahe gekommen an dem Tag?«, fragte Straubinger.

Der Bierbaron schüttelte den Kopf. »Nein, ich hab ihn ja gar nicht bedient. Tschick war hier an dem Tag, er wollte ihn begrüßen, er hat die beiden bedient.«

Straubinger sah ihn lange an und nickte dann wortlos.

»Du kannst auch hier im Gastraum schlafen.« Der Bierbaron verschwand kurz und kam dann mit einer Gartenliege und einer Decke zurück. »Da, mach es dir gemütlich. Kannst ausschlafen, Frühschoppen fällt morgen aus.«

»Kann sicher eh nicht schlafen, aber großen Dank, das sieht perfekt aus.«

»Weißt du was, Straubinger? Ich glaub, die haben uns längst abgeschrieben. Oder warum lassen die uns weiterhin hier frei rumlaufen, statt uns in Plastikanzüge zu stecken?«

»Weil sie nicht drauf vorbereitet sind«, antwortete Straubinger und richtete sein Bett. »Keiner hat mit so was gerechnet. Wir haben nichts dazugelernt.«

CAESARENAUFSTAND

Gressenich, Biohazard-Lazarett 2, Zum Bayerischen Bua

Es lagen etwa 100 Männer und vielleicht 20 Frauen dicht aneinandergereiht auf Feldbetten und auf Isomatten in dem Saal. Einige in Freizeitkleidung, andere immer noch in ihrem Kostüm. Fast alle spielten mit ihrem Handy herum. »Totales Chaos im ›Brass Master One‹«, meinte einer. »Da wird immer noch angezeigt, dass dieser Belgier der Gewinner ist. Das Spiel ist seither blockiert«, schimpfte er fassungslos wie ein Kind, dem man das Fahrrad geklaut hatte.

»Da fehlt offensichtlich der Programmierer. Er hat verkündet, dass der Augustus feststeht und das Spiel kurz ausgesetzt, damit es von vorn beginnen kann. Aber er hat offensichtlich vergessen, es wieder freizuschalten.«

»Oder er ist verschwunden und kann es gar nicht mehr freischalten. Vielleicht ist er der Tote?«

»Verflucht, das halte ich nicht länger aus!«, rief einer der Caesaren. »Ich brauche was zum Saufen!«

»Das hier soll doch eine Kneipe sein, oder?«, fragte einer der Kölner. »Da muss es doch was geben! Vom Roten Kreuz allein kann man nicht leben!«

»Die machen uns ohnehin wieder nur Erbsensuppe mit Wiener Würstchen.«

»Ja, aber die gibt es nicht mehr, die Kneipe! Ist seit Jahren stillgelegt«, widersprach ein Düsseldorfer.

»Ich hab gehört, für Beerdigungen machen die noch auf«, rief ein Holländer. »Un wer für de Dode Kaffee und Kuchen macht, der hat auch für de Levende ein Bier im Keller. Wat meint ihr?«

Schon rannten einige aus dem Saal, vorbei an der Reihe Dixi-Klos, die am Ausgang vor der Treppe aufgestellt waren. Draußen saßen zwei wachhabende Polizisten und ein Helfer von der Feuerwehr, alle mit Masken, Brillen, Handschuhen und einem Schutzkittel aus Kunststoff an einem kleinen Tisch und spielten Skat. Der Polizist fragte, was los sei.

»Nix, spielt ihr mal weiter euer Dinosaurierspiel«, sagte der Kölner in überheblichem Ton und lachte glucksend, »das könnt ihr sicher gut. Wir sorgen ein bisschen für Abwechslung.« Er riss die Kellertür auf und stürmte die Treppe hinunter in den Bierkeller. »Hey!«, rief er enthusiastisch. »Ihr glaubt es nicht! Drei Fässer Bitburger.«

»Na ja, wenn es kein Kölsch gibt, kann man das notfalls auch Bier nennen, haha!«, lachte sein Kumpel. Ein Dritter kam hinzu und legte fachmännisch den Degen an, um das Fass anzustechen, und drehte den Hahn zum Kohlendioxid auf Druck. »Drei, zwo, eins und zisch!«

Sie liefen nach oben, stürmten den Gastraum und drehten am Bierhahn. Weißer Schaum rann aus dem chromglänzenden Ausfluss. Ein Gejohle unter den Leuten. »Kommt alle her, es gibt Freibier!«, verkündete der Kölner und zapfte, was das Zeug hielt. Immer mehr kamen aus dem Saal heran und soffen die Gläser leer, die gerade frisch gefüllt wurden.

»Hey, Moment mal, Leute, das geht nicht!«, rief die junge Polizistin.

»Quatsch, das siehst du doch, dass das geht!«, entgegnete einer, der bereits das dritte Bier intus hatte.

Zwei Frauen hatten die Küche gestürmt und einen großen Topf Erbsensuppe auf den Herd gestellt, den die Frauen vom Roten Kreuz bereits für den morgigen Tag vorbereitet hatten. Eine rührte beständig, die andere trank Grappa, den sie im Küchenschrank entdeckt hatte, und gab auch der Rührerin immer wieder zwischendurch einen zu trinken. Dann kippte sie zehn Gläser Wiener Würstchen eines nach dem andern in die Erbsensuppe.

In der Kneipe nahm es allmählich überhand. Gläser flogen gegen die Wand, einige Männer lagen auf der Theke. Der junge Polizist rief: »Halt. Hört auf, das könnt ihr nicht machen!«

»Was is los?«, lallte einer. »Trink doch auch mal was.«

Einer, der immer noch im Caesarenkostüm war, griff zwei leere Gläser, zwinkerte seinem Kumpel zu, und füllte die Gläser mit Orangensaft. »Für unsere speziellen Freunde zwei spezielle Getränke«, sagte er giftig und übergab sie seiner Freundin, die den beiden Polizisten die Getränke überreichte. »Hier, für euch beide, ihr sollt ja nicht danebenstehen und nichts haben.«

Der Polizist wollte erst nichts annehmen, doch die Kollegin fasste das Glas, trank und bedankte sich. »Komm, Sebastian, sei kein Frosch«, sagte sie, und auch der Kollege trank aus dem Glas.

Einer der Feiernden stellte die Musikanlage an, verband sie mit seinem Smartphone und ließ wieder den alten Falco-Song über die jungen Römer laufen, woraufhin der ganze Saal bebte und die Leute zu tanzen begannen.

Die Polizistin legte ihre Mütze weg, öffnete ihre zusammengesteckten Haare und begann ebenfalls zu tanzen, zog ihren Kollegen auf die Tanzfläche und lachte. »Komm, du Stoffel, mach schon mit! Was haben wir zu verlieren? Oder glaubst du ernsthaft dran, dass hier eine Seuche grassiert? Das ist doch alles nur vorgeschobenes Zeug!«

Der Kollege riss sich los und schrie: »Setz die Maske auf, Marga! Los, setz deine Maske auf und lass das sein.«

Kollegin Marga aber tanzte weiter. Und plötzlich blieb sie stehen, taumelte, sah ihren Kollegen starr an, verdrehte die Augen, bis nur noch das Weiße zu sehen war, und fiel in sich zusammen wie eine Marionette, der man die Fäden durchtrennt hatte. Kollege Sebastian fing sie gerade noch auf, trug sie weg und legte sie auf eine Bank. Die anderen lachten nur, tanzten weiter und tranken und tranken und tranken.

Eine der Küchenfeen kam in die Gaststube gerannt. »Äzezupp für alle!«, schrie sie in die Menge, woraufhin die Leute in die Küche stürmten. Die andere, schwankend vor dem Erbsensuppentopf, begann damit, mit einer großen Kelle tiefe Teller zu befüllen, wobei durchaus beträchtliche Mengen auf dem Boden landeten.

Die Leute aßen und ließen die Teller achtlos dort stehen oder fallen, wo sie gerade waren. »Quarantäne kann ja so schön sein!«, rief ein kleiner Dicker und warf den Teller halbvoll an die Wand, dass es nur so spratzte.

Alle feierten und tanzten, schluckten Pillen und tranken Bier ohne Ende. Im kleinen Saal neben dem Gastraum lagen drei Pärchen auf den Tischen, bedeckt von langen Tischdecken, und trieben es miteinander, während andere drumherum tanzten, johlten und sie anfeuerten.

Henri, der junge Feuerwehrmann-Anwärter, war lange nicht zu sehen gewesen. Er hatte sich vor Stunden auf der Toilette eingeschlossen, als ihm schwindelig geworden war. Gegen sieben Uhr morgens wachte er auf. Es war ruhig, keine Musik war zu hören. Schwankend kam er zurück in den Flur, setzte sich an den Kartentisch und musterte seine Hände. Rote Flecken auch an den Armen, sein Hals und sein Gesicht juckten. Er betrachtete seine mit Flecken übersäten Beine. Er stand auf und ging in den Gastraum, um die zwei Polizisten zu suchen.

Die Leute saßen schlafend an den Tischen, die Polizisten waren außer Gefecht. Bierleichen überall, es roch nach abgestandenem Bier und nach Menschen. Henri, der Feuerwehrmann-Anwärter, stolperte, fing sich am Tresen, woraufhin drei Gläser umfielen und zersprangen. Drei Leute, die auf den Barhockern saßen, ein schales Bier vor sich und ihre Köpfe auf ihre Arme gestützt, wurden schlagartig wach. Noch im Taumel ihres Rausches sahen sie sich um. Dann richtete sich der Erste auf und betrachtete skeptisch den Mann in der Feuerwehruniform. »Was … verdammt, wie siehst du denn aus?«

Mit einem hochgekrempelten Ärmel, einem hochgezogenen Hosenbein und geöffnetem Hemd stand Henri vor ihm, sein Gesicht gezeichnet von Hilflosigkeit. »Hey«, rief der Erwachte und stieß seinem Nachbarn derb in die Seite, der sich sogleich erschrocken reckte. »Hey, hey, der Typ da, der sieht aus wie ein Streuselkuchen.«

»Wo ist Tschick?«, fragte Henri hilfesuchend und taumelte. »Holt Tschick!«

»Wer ist Tschick?«, fragte der Dritte, der noch nicht vollständig erwacht war.

»Wahrscheinlich sein Feuerwehrhauptmann«, ätzte der Zweite.

»Haltet doch mal die Klappe!«, herrschte der Erste sie an. »Verdammte Scheiße! Der hat die Seuche! Der hat die Pocken!«, schrie er.

Mehr und mehr Leute erwachten. Schreie, Empörung und Angst. Sie rannten zurück in den Saal, wo die anderen lagen und schliefen. »Die Pocken, der Feuerwehrmann hat die Pocken!«

Panik brach aus. Der junge Polizist war immer noch völlig außer Gefecht, während die Polizistin allmählich erwachte. Sofort nahm sie ihr Handy und rief Oberkommissarin Hinrich an. »Chefin! Alles total entgleist. Hier ist die Hölle los. K.-o.-Tropfen, ja wir wurden reingelegt. Schick schnell ein paar von der Hundertschaft. Ich hab die Türen zwar abgesperrt, aber ich weiß nicht, wie lange das noch hält. Und der Feuerwehrmann, der hat die Pocken! Wir brauchen dringend Verstärkung.«

RÖMERZEIT

IN EISIGER NACHT

Im Bergwerk der Stierberge

Zwei Tage lang hatten sie geschuftet, die alten Abstützungen repariert, Stollen und Schächte freigelegt. Der Bucklige hatte sie geführt, hatte jeden Schritt und jeden Handgriff kontrolliert, so wie der alte Noricer es ihm beigebracht hatte. Worauf zu achten war, wenn sie einer Ader mit Silbererz folgen wollten. Jede Verbauung, jeder Stützbalken und jede Verschalung war als Einzelteil wichtig, um das alte Bergwerk zum Leben zu erwecken und standfest zu machen. Die Arbeit gestaltete sich schwierig, denn dieses Urgestein hier oben war ungleich härter, kompakter und nicht so gut zu spalten wie der Kalkstein, in dem sie bisher gearbeitet hatten.

Wegen der frostigen Kälte, die in alle Winkel des Bergwerks kroch, hatten sie im Hauptstollen mehrere Holzkohlefeuerstellen eingerichtet. Den Stollen mit der Grablege des alten Noricers hatte der Gallier notdürftig mit zwei Balken kreuzförmig versperrt. Nach den ersten Erfolgen des Ausbaus hatten sie am Abend kräftig zugelangt und dem Trester eifrig gefrönt. Nun, in der Nacht, lagen alle trunken und schnarchend auf ihren Lagern. Bis auf den Gallier, der schlaflos auf seinem Strohlager saß.

Er hustete stark. Sein Leib fühlte sich matt an. Um die anderen nicht zu wecken, schleppte er sich zum Bergwerkseingang. Der Himmel war klar und übersät mit Sternen. Die

Luft war eiskalt. Jeder Atemzug gefror vor seinen Augen. Wie wunderbar es hier oben war. Und wie einsam! Er bibberte vor Kälte, sah in den Himmel. Da, ein Lichtstreif schoss quer durch das Meer aus Sternen, ein zweiter und ein dritter. Das war das Zeichen. Taranis, sein Gott des Himmels, des Wetters und des Donners, er sprach zu ihm! Heute musste es geschehen. Er musste das Opfer bringen!

Zitternd und hustend hastete er zurück ins Bergwerk und schlich zum Ziegenverschlag. Leise sprach er zu den Tieren, die friedlich auf hellem Stroh lagen, während er vorsichtig über das Gatter stieg. Einige Ziegen flohen meckernd zur anderen Seite. Ein kleines Zicklein lag bei seiner Mutter und bewegte langsam den Kopf. Er schritt auf das Tier zu, schnappte es sich und kletterte zurück über das Gatter. Die Mutter rannte hinterher und meckerte traurig. Doch es würde kaum jemand hören, denn der Verschlag war zu weit von der Knappenhütte entfernt.

Während der Gallier mit dem kleinen Tier auf dem Arm nach draußen eilte, klagte das Zicklein ängstlich, als würde es spüren, dass es zur Schlachtbank geführt wurde. Er hielt es fest in der linken Hand und holte ein Messer hervor. Als er gerade ansetzen wollte, das Zicklein zu schlachten, stand der Bucklige neben ihm, hustend und zitternd, seinen Schlegel in der Hand. Doch er lachte, lachte lauthals. Er hörte nicht auf zu lachen, gerade so, wie er dem Gallier in seinem Traum erschienen war. Er hustete und lachte, böse, spottend und verachtend.

Der Gallier erschauderte. Der Thraker hatte ihm vor zwei Abenden in leisen Sätzen von einem Mann namens Judas erzählt, der den jungen Gott der Christen an die Römer verraten und ausgeliefert hatte. Judas, der Gefährte von diesem Jesus. Genauso würde der Bucklige ihn verraten. Er würde die Matronen zu ihm führen. Vor ihm stand das Böse.

»Du willst den Matronen opfern? Du Dummkopf«, rief der Bucklige, zeterte mit dem Schlegel und lachte lauthals. »Nichts wirst du verhindern können! Sie werden dich überall finden, du Lüstling. Entmannen werden sie dich! Entmannen!« Ein weiterer Hustenanfall hielt ihn auf in seinem Spott.

Zitternd und mit bebenden Lippen ließ der Gallier das verängstigte Zicklein fallen und warf sich mit einem röhrenden Schrei auf ihn. Ein, zwei, drei Messerstiche, und der Spott des Buckligen verstummte. Ein Röcheln, ein Stöhnen, dann brach er zusammen, während das Zicklein fröhlich meckernd davonsprang. Aus dem offen stehenden Mund des Buckligen floss nun statt des Geifers rotes Blut, ein letztes Mal starrte er den Gallier an, grinste hämisch und starb.

Der Gallier hob den Leichnam auf, warf ihn über die Schulter und trug ihn zum Stolleneingang. Er ließ ihn über die Sperrbalken fallen, nahm zwei der großen Vorratstaschen aus Weidengeflecht und holte getrocknetes Brennholz vom Stapel, so viel er tragen konnte. Dann warf er alles über die Absperrung, kletterte hinterher und nahm eine Fackel mit. Der Leichnam des Buckligen schien ihn in schaurig verdrehter Haltung am Boden liegend anzustarren.

Eilig schleppte er alles bis zur Stirnwand des vereisten Stollens, wo er den Messingkessel umringt von Steinen fand. Mit der Fackel entzündete er ein Feuer, warf die groben Hölzer hinein und wartete, bis es heftig glühte. Der hauchdünne Eispanzer an Wänden und Decke schmolz und tropfte herab. Er hob den Leichnam des Buckligen in die Höhe, ließ ihn krachend in das lodernde Feuer fallen, stülpte die Weidentaschen über ihn und zog sich ein paar Schritte zurück. Leise rief er Taranis an, seinen Gott, so wie er es mit seinen Stammesgleichen in Gallien getan hatte, wenn der Weidenwicker mit ihren Feinden brannte.

Zunehmend ging es ihm schlechter. In der Wärme begannen die Unterarme, höllisch zu jucken. Bis zum frühen Morgen drückte er sich in eine Ecke neben dem Feuer, wo er vom Fieber zitterte. Immer wieder nährte er das Feuer mit Holzscheiten, bis der Leichnam zu Asche zerfallen war. Er dämmerte vor sich hin, als auch seine Beine zu jucken begannen. Im schwachen Schein der niedergebrannten Fackel entdeckte er wieder ein paar kleine Pusteln. Er fasste in sein Gesicht und spürte die Unebenheiten der Blattern, die sich mittlerweile über seinen gesamten Körper ausgedehnt hatten. Er kratzte daran, bis sie aufbrachen. Müde und hustend erhob er sich von dem Stein, auf dem er saß. Die restlichen Holzscheite waren bereits mit einer dünnen Reifschicht überzogen. Mit seinem Schweißtuch wischte er sich den Eiter aus den aufgekratzten Blattern von Armen und Beinen. Er entfernte die noch feuchte Lehmabdeckung aus dem Messingkessel, füllte ihn mit der Asche und ein paar Knochen des Buckligen bis zum Rand, warf sein Schweißtuch obenauf und verschloss den Eimer wieder mit dem Lehm. »Schändlicher Narr«, stieß er teils verächtlich, teils bedauernd hervor. »Hier wird dich niemand finden! Verweile, den Matronen zum Opfer, auf ewig an dem Platz, wo du dem Bauch der Erde das Erz entreißen wolltest. Auf dass sie mich in Frieden lassen. Mögen sie dich statt meiner annehmen und möge Taranis mich beschützen. Und heilen«, stammelte er hustend. Mit seinem Metallstichel ritzte er zwei Zeilen in den Lehm:

»Exsecro te, improbus! Honoro te, sodalis!
Sed tu, situla ex Crasciniacum,
cave cinis eiorum in aeternum.«

Zitternd stolperte der Gallier zurück und legte sich vor das prächtige Gefäß. Er betrachtete es ein letztes Mal im schwachen Schein der glimmenden Glut, ließ den Stichel aus seiner Hand gleiten, kauerte sich zusammen und schloss für immer die Augen.

DONNERSTAG, 17. AUGUST

HOCHALARM

Gressenich, in Dr. Monheims Labor

Als Straubinger die Einsatzzentrale im »Petit Marron« betrat, rieb er sich die Augen. Völlig übernächtigt gähnte er unaufhörlich und ging auf die Kaffeemaschine zu, die bereits röchelte. Schepp saß schon am Schreibtisch, zerzauste Haare, Schminke verwischt. Ihr PC war eingeschaltet. »Wie ist die Lage, Anja?«

»Ich habe als Erstes heute eine Anzeige von der Besitzerin des ›Zum Bayerischen Bua‹ bekommen. Die Caesaren haben da gestern die ganze Bude auseinandergenommen und gefeiert wie die Blöden. Haben im Keller zwei Fässer Bier gefunden, die für die nächsten Beerdigungen geplant waren. Alles leer gesoffen, Schnaps, Bier. Alles auf Facebook gepostet. Hier, sieh dir das an«, sagte sie und hielt Straubinger ihr Handy hin.

»Anscheinend haben die beiden Kollegen, die nachts Wache hatten, mitgefeiert«, stieß sie verächtlich aus. »Aber Hinrich hat angeblich wieder alles im Griff.«

»Die kauf ich mir noch. Was Neues aus Düsseldorf?«

»Quarantäne geht weiter! Impfstoff nicht in Sicht, schreibt das Ministerium«, sagte sie ruhig.

»Wie bitte?«, rief Straubinger. »Kein Impfstoff?«

»Das Gesundheitsamt schreibt, die eingelagerten Pockenimpfstoffe können nicht freigegeben werden«, las sie vor, »weil man nicht weiß, um welche Art Pocken es sich handelt.

Die Proben haben ergeben, dass es eine unbekannte Virenform ist. Ein juristisches Problem! So lange besteht absolutes Ausgehverbot in den Ortschaften Gressenich, Schevenhütte, Werth und Mausbach. Nur zum Arzt oder zum Einkaufen im Ort dürfen sie raus.«

»Na Mahlzeit!«, stieß Straubinger aus. »Die haben nur einen Supermarkt, und der Arzt befindet sich in unseren Biohazard-Lazaretten.«

»Und Dr. Monheim. Er wird sicher helfen!«, schlug Schepp vor.

»Ich wollte mich ohnehin gleich mit ihm hier treffen.« Er sah auf die Uhr. »Oh, ich glaube, da ruft er schon an«, bemerkte er und ging an sein Handy.

Ohne zu grüßen, legte Monheim gleich los. »Gestern Abend noch konnte ich den Jungen untersuchen«, erläuterte er. »Es geht ihm so weit gut. Er war nur kurz wach. Er hat Fieber, kein Wunder, er hat ja die ganze Nacht draußen gelegen. Ich habe ihm noch ein Schlafmittel gespritzt. Der ist erst mal für einen Tag weg vom Fenster.«

»Und die Wunde?«, drängte Straubinger.

»Eine kleine Schnittwunde am Oberarm. Vielleicht einen Zentimeter lang. Mehr kann ich erst mal nicht sagen.«

Straubinger schüttelte den Kopf. »Und Sie konnten ihn nicht fragen, was passiert ist, bevor sie ihm die Spritze gesetzt haben?«, murrte er.

»Hören Sie, Straubinger, ich bin Arzt, kein Detektiv, das ist Ihr Job. Der Junge schläft und braucht Ruhe, totale Ruhe. Die Eltern des Jungen melden sich, sobald er heute wieder wach und ansprechbar ist. Kommen Sie kurz zu mir, ich will Ihnen was zeigen.«

Wenige Minuten später stieg Straubinger vor Monheims Haus aus dem Auto.

»Ich hab mir die Fotos von dem Toten gestern am Kalvarienberg noch mal sehr genau angesehen«, sagte Monheim noch in der Haustür stehend. »Und ich habe eine sehr interessante Entdeckung gemacht. Erst hab ich meinen Augen nicht getraut.«

»Ja, was denn?«, drängte Straubinger.

»Folgen Sie mir einfach«, antwortete Monheim ruhig und grinste.

Straubinger erkannte, dass Monheim mit Drängeln nicht zu beeindrucken war. Man musste ihm wohl seinen Rhythmus lassen. »Kommen Sie«, sagte er erneut und führte Straubinger in den Keller, in dem totales Chaos herrschte. »Achten Sie nicht drauf. Meine Frau ist seit Jahren weg, und die Putzfrau ist schwanger. Und ich hab keine Lust aufzuräumen.« Er betrat sein Arbeitszimmer, wo im Gegensatz dazu eine außergewöhnlich klare Ordnung zu herrschen schien. »Und hier die wichtigen Dinge. Nehmen Sie Platz«, lud er Straubinger ein und zeigte auf einen bequemen Sessel vor seinem Schreibtisch. Er reichte ihm einen Ausdruck eines Schwarz-Weiß-Fotos. Straubinger sah sich das Foto genau an. »Sehen Sie, ein deutlicher Schnitt ist zu erkennen, das hab ich vor Ort kaum sehen können bei dem schattigen Licht. Am Hals, hier, eine Blase, die ist sauber angeschnitten worden. Und daneben noch eine.«

»Angeschnitten?«, fragte Straubinger.

»Ist der Spurensicherung das auch nicht aufgefallen?«

»Noch habe ich keine Ergebnisse«, sagte Straubinger.

»Also, angeritzt mit einem sehr scharfen Messer oder Skalpell.«

»Warum sollte jemand so etwas tun?«

»Um an das Sekret heranzukommen«, antwortete Monheim.

»Was soll jemand damit wollen?«, fragte Straubinger irritiert.

»Es gibt dafür eigentlich nur einen Grund, nämlich um eine Direktimpfung durchzuführen, eine sogenannte Variolation.«

»Direkt mit dem Sekret?« Straubinger schüttelte den Kopf und schien verwirrt. »Aber wer macht so was? Und warum?«

»Nur jemand, der weiß, worum es geht, der weiß, welche Krankheit das ist. Und der befürchtet, dass er sich vielleicht anstecken könnte.«

Straubinger sah äußerst besorgt aus. »Jemand der weiß, worum es geht ... Ein Arzt, eine Krankenschwester?«

Monheim hob die Schulter. »Ja, könnte sein. Oder jemand, der sich mit Medizingeschichte auskennt.«

Straubinger kratzte sich das Kinn. »Also jemand, der weiß, welche Krankheit das ist ...« Er sah Monheim direkt in die Augen. »Glauben Sie, da hat sich jemand selbst vor Ort geimpft?«

»Das ist durchaus möglich«, antwortete Monheim und lehnte sich in seinen Schreibtischsessel. »Er braucht sich das Sekret nur in eine selbst zugefügte Wunde zu reiben. Oder er hat jemand anders geimpft.«

»Jemand anders?«

»Ja, den Jungen. Der Schnitt am Oberarm. Er hat den Jungen geimpft.« Monheim nickte. »Die Eltern haben sich eben, bevor Sie kamen, gemeldet. Der Junge ist wach. Er hat gesagt, er hat einen Toten gesehen, der über und über mit Pusteln übersät und am Kreuz gefesselt war. Dann ist er plötzlich angefallen worden, und danach weiß er nichts mehr.«

»Er ist von dem Jungen überrascht worden«, sagte Straubinger leise. »Der Junge hat Sabzynski angefasst oder ist ihm zu nah gekommen. Und dann hat der Täter den Jungen irgendwie ... stillgestellt und hat ihn geimpft. Warum?«

»Weil er Mitleid hatte und nicht wollte, dass der Junge sich ansteckt.«

Straubinger stand auf. »Das ist doch alles verrückt! Wer macht so was?«

»Ein merkwürdiger, aber konsequenter Charakter«, schloss Dr. Monheim. »Jemand, der einen Hass auf bestimmte Dinge und Menschen hat und der auf der anderen Seite bestimmte Menschen schützen will, koste es, was es wolle.«

»Wenn wir das Skalpell oder das Messer finden, dann haben wir vielleicht eine DNA«, schloss Straubinger. »Und das schon nach acht bis neun Stunden.«

DIE VERSCHWÖRUNGSJÜNGER

Gressenich, Rote Erde, Biohazard-Lazarett 1, Grundschule

Als Straubinger die Einsatzzentrale betrat, sah Drechsler ihm über die Schulter und bemerkte mit zusammengebissenen Zähnen: »Oh je, hinter dir rollt ein Problem auf dich zu.«

»Was ist hier los?«, rief die Schulleiterin, die wie von der Tarantel gestochen auf Straubinger zustürmte.

»Nur die Ruhe«, sagte Straubinger und machte eine beschwichtigende Geste, indem er die Hände hob. »Wir haben die Schule vorübergehend beschlagnahmt. Sie wird als Lazarett eingerichtet.«

»Dort machen die Kinder Musik, und sie turnen. Und jetzt?«

»Es ist nur ein Provisorium, aber ein wichtiges«, redete Straubinger weiter beruhigend auf sie ein.

»Dieser unsägliche Arnold Altmann mit einem Haufen Verschwörungsgläubigern, die stehen auf meinem Schulhof!«

»Wir kümmern uns drum. Gehen Sie nach Hause«, unterbrach Straubinger, »es besteht strenges Ausgehverbot. Haben Sie die Lautsprecherwagen nicht gehört?«

»Ich wurde nicht benachrichtigt, nein!«, fauchte sie.

»Dann eben jetzt«, antwortete er, »jetzt wissen Sie es und haben sich danach zu richten.«

»Meine schöne Aula! Mein schöner Schulhof«, schnaubte sie mit bösem Blick. »Überall ein Riesendurcheinander!«

»Bitte gehen Sie! Die Schule fällt bis auf Weiteres aus«, bestätigte Straubinger eindringlich. »Wir alle müssen uns daran halten.«

»Sagen Sie mir nicht, was ich zu tun habe!«, schrie sie aufgebracht, drehte sich abrupt weg und verließ das »Petit Marron« mit schnellem Schritt. »Und schaffen Sie diese unsäglichen Menschen von meinem Schulhof!«

Straubinger warf Schepp einen ratlosen Blick zu. »Was hab ich falsch gemacht?«

Sie erwiderte seinen Blick. »Du hast nichts falsch gemacht. Glaub nicht bei jedem emotionalen Scheiß, dass du etwas falsch machst, und sei nicht in deiner Ritterehre gekränkt. Halte durch, nimm es ihr nicht übel, sie hat sich lediglich übergangen gefühlt und dir«, sie zwinkerte ihm zu, »die Zähne gezeigt. Lass dich einfach mal beißen, Herr Hauptkommissar, es tut dir doch nicht weh. Dir nicht!«

Straubinger guckte sie verdutzt an, bewegte den Kopf hin und her und antwortete: »Kruzifix, darüber müssen wir tatsächlich noch mal reden, Frau Oberkommissar.«

»Wir sollten uns um Altmann kümmern. Das verheißt nichts Gutes!«, warf Drechsler dazwischen.

»Was wissen wir über diesen Altmann?«, fragte Straubinger.

»Arnold Altmann«, berichtete Drechsler, »ein völlig gestörter Kerl, wenn du mich fragst. Hier im Dorf geboren. Mitglied in einer rechtsnationalen Kampfgruppe, Möchtegernreichsbürger.«

»Anja, ich fahr mal zum Schulhof und sehe mir an, was die da treiben«, sagte Straubinger.

»Josef, mach das nicht allein. Nimm Dr. Monheim mit«, sagte Drechsler. »Er kennt ihn schon, seit er ein Kind war.«

»Okay, Hanno, ruf ihn bitte an.«

Auf dem unteren Schulhof harrten ungefähr 30 Leute aus, mit Schildern und Spruchbändern ausgestattet. Das Tor am Gitter, das die Schule umgab, hatten sie offensichtlich aufgebrochen. Straubinger parkte an der Straße und ging gemeinsam mit Dr. Monheim langsam den Schulhof entlang, die Treppe hinauf zum oberen Teil.

Jetzt zog der Pulk los, auf den oberen Hof und auf das Gebäude zu. Als sie stehen blieben, schrie ein Mann mit rasiertem Kopf, Brille und dunkelgrünem Kampfanzug schwer verständliches Zeug in ein Megafon, das er viel zu nah an seinem Mund hielt. »Nieder mit der Ärztediktatur!« Applaus und Gejohle. »Nieder mit dem Medizinterror!« Erneut Applaus und Gejohle. »Nieder mit der Zwangskasernierung!« Anhaltend Applaus und Gejohle. Der Mann, etwa Mitte 40, hatte eine kleine 88 im Nacken tätowiert, ziemlich dilettantisch, fand Straubinger, wahrscheinlich mit Nadel und Tinte im Knast gemacht. Insider kannten das Symbol natürlich, die 8 stand für den achten Buchstaben im Alphabet, H.

»Ist das Arnold Altmann?«, fragte Straubinger leise.

Dr. Monheim nickte.

Der Kerl reckte die Faust der linken Hand nach oben, die mit einem schwarzen Kunstlederhandschuh bekleidet war.

»Falsche Hand!«, rief Dr. Monheim. Die Leute drehten sich nach ihm um.

Der Glatzkopf starrte Dr. Monheim wütend ins Gesicht. »Hä? Was willst du denn hier, Doktorchen?«, rief er verächtlich zurück, wobei er seinen ganzen Hass in das letzte Wort legte und es fast ausspie.

»Das ist die falsche Hand, das ist deine linke«, antwortete Dr. Monheim ruhig. »Als Nazi-Schreihals musst du die rechte Hand nehmen. Sonst machst du dich unglaubwürdig.« Altmann nahm die Hand runter und wollte gerade vorsichtig, ja, zögerlich wechseln. Doch er hielt inne. »Du Arsch, du hast mir hier gar nix zu sagen, klar? Du bist doch längst in Rente und siehst den Ratten jeden Morgen beim Anknabbern deiner Zehen zu«, zischte er Monheim entgegen.

»Jaja«, sagte Dr. Monheim, »ist klar. Aber ich weiß, wer von uns beiden in der Schule nicht aufgepasst hat. Und deshalb verwechselst du eben rechts und links, schon dein Leben lang. Also, nimm das andere Händchen, wenn du abgedroschene Parolen schreien willst.« Dr. Monheim nickte ihm aufmunternd zu und lachte. »Nur zu, mach noch mal, die warten alle drauf!« Dann ging er auf einzelne Leute zu. »Wollt ihr diesem verirrten Typen wirklich hinterherlaufen? Wollt ihr wirklich mit einem solchen Kerl gemeinsame Sache machen?«

Niemand antwortete. Von hinten ertönten Pfiffe.

Straubinger fiel ein Mann auf, der ein Protestschild in der Armbeuge hielt. Er hatte den Schirm seiner Baseballkappe tief ins Gesicht gezogen. »Was lese ich auf dem tollen Schild? ›Weg mit dem Ausgehverbot!‹« Straubinger richtete sich an alle anderen. »Das kann ich ja verstehen, dass ihr gern rausgehen wollt. Aber ihr gefährdet euch und andere. Geht freiwillig nach Hause, bevor wir hier räumen müssen.«

Erneut Pfiffe. »Scheißbullen!«, rief einer aus der hinteren Reihe.

»Nicht sehr originell«, bemerkte Straubinger.

Der Mann mit dem Schild zitterte. Er sah zu Boden, hielt sich den Mund zu und hustete in seine Hand. Jetzt erst erkannte Straubinger ihn. »Tschick, was machst du hier? Ist das jetzt dein neuer Kumpel?«, fragte er und zeigte auf Altmann.

Tschick wirkte apathisch. Er wippte von einem Fuß auf den anderen und strauchelte. Straubinger setzte seine Maske auf und ging einen Schritt näher, hielt aber gebührenden Abstand. Jetzt konnte er die roten Flecken an Tschicks Hals erkennen. »Leute, haltet Abstand!« Dann rief er Tschick zu: »Schlag mal die Ärmel hoch! Los, schlag die Ärmel hoch!«

Tschick druckste und sah sich mit ängstlichem Blick um.

»Na los, zeig den Leuten die Flecken, die du hast, oder stimmt es nicht? Hast du keine roten Flecken?« Die Leute raunten und gingen ein paar Schritte zurück.

»Na los, Tschick, zeig uns schon«, forderte Dr. Monheim. Ein Aufschrei ging durch die Menge der Verschwörungsjünger. Tschicks Unterarm war über und über mit roten Flecken übersät. »Das war heute Morgen noch nicht«, rief er verzweifelt mit gebrochener Stimme und bekam erneut einen Hustenanfall.

Dr. Monheim reagierte sofort. Er ging auf die beiden Polizisten zu, die den Eingang zur Schule bewachten. Straubinger wandte sich Dr. Monheim zu und beobachtete, was er und die Polizisten machten.

Tschick ahnte, was sie vorhatten. Unbemerkt drehte er sich weg und schlich sich davon. Sein Zustand erlaubte es kaum, schnelle Schritte zu machen. Alle wichen zurück, als er über den Schulhof die Straße hinabtaumelte.

Einer der beiden Polizisten telefonierte, und eine halbe Minute später kamen zwei Sanitäter in gelben Anzügen nach draußen. Dr. Monheim wollte auf Tschick zeigen, doch der war nicht mehr zu sehen. »Wo ist er hin?«, rief Straubinger. »Verflucht!«

Niemand antwortete. Altmann inszenierte sich und stand mit verschränkten Armen vor den Leuten, als würde er sie beschützen.

Straubinger lief zur Straße und sah erst nach rechts, dann nach links. Dann rannte er ihm hinterher.

»Wir sehen uns wieder, Herr Hauptkommissar!«, rief Altmann ihm voller Häme hinterher.

Straubinger lief zur Hauptstraße vor. Doch Tschick war nicht zu sehen. Er ging ein paar Schritte und entdeckte ihn gerade noch, bevor er aus seinem Blickfeld verschwand, wo die Poststraße bergab führte. Sein Gang ähnelte mehr einem Schwanken als einem Gehen oder Laufen. Jetzt war Straubinger klar, wohin es Tschick zog. Dort, genau in der Dorfmitte, war das Gebäude der Freiwilligen Feuerwehr. Da fühlte er sich zu Hause. Straubinger lief hinab, an dem Gebäudekomplex des Seniorenwohn- und Pflegeheims »Der Sorgsame Heilend« vorbei und sah, wie Tschick um das Feuerwehrhaus herumtaumelte. »Tschick, bleib stehen!«

Tschick schreckte auf und verschwand hinter dem Gebäude. Straubinger rannte hinterher. Als er um die Ecke kam, stand Tschick vor ihm mit einem Brecheisen in erhobenen Händen. Straubinger ging vier Schritte zurück.

»Hau ab, Eisenfuß!«, keuchte er verzweifelt. »Hau ab, sag ich! Seit du hier aufgetaucht bist, haben wir nur Schwierigkeiten, du bayerisches Arschloch!«

»Tschick!«, sagte Straubinger ruhig mit erhobenen Händen. »Das ist doch sinnlos! Komm, du brauchst einen Arzt.«

»Einen Arzt? Die machen doch nur Hackfleisch aus dir!«, schrie er und zuckte mit dem Brecheisen. »Und du steckst mit denen unter eine Decke, du mieses Schwein!«

»Tschick, dass du dich aufregst, das kann ich gut verstehen. Du hast die Pocken, Tschick. Da kann dir niemand helfen, außer einem Seuchenspezialisten. Komm, nimm das Ding da runter.«

»Die wollen mich einsperren, stimmt's?«

»Tschick, man muss dich isolieren, ansonsten steckst du

das ganze Dorf an. Willst du das? Deine Freunde von der Feuerwehr, deine Familie, den Bierbaron, alle.«

»Hau ab!«, rief er erneut und ließ das Brecheisen über seinem Kopf tanzen.

»Tschick, du kannst dich kaum noch halten. Du brauchst einen Arzt!«

Tschick brummte wie ein Bär. »Weg!«

»Was hast du bloß mit dem Altmann zu schaffen? Du bist kein Rechtsradikaler. Tschick, du bist ein guter Mensch!«

»Wir wollen euch nicht. Nieder mit euch.«

»Nur die Rechten und die Dummen, die laufen Altmann hinterher. Die Rechten, denen ist alles egal. Sie scheren sich um nichts, erst recht nicht um die Kranken wie dich. Und die Dummen, die haben es eingestellt, sich für irgendwas zu schämen«, bemerkte Straubinger. »Willst du so einer sein? Retten, Bergen, Schützen, Löschen. Das ist deine Pflicht.«

Tschick stand dort und starrte Straubinger an.

»Lass es fallen, Tschick. Tu das Richtige.«

Tschick hatte Tränen in den Augen. Langsam ließ er das Brecheisen sinken, bis es zu Boden fiel. Tschick setzte sich an die Wand des Feuerwehrhauses und schluchzte.

»Ja, Dr. Monheim, wir sind am Feuerwehrhaus.« Nach wenigen Minuten waren Dr. Monheim und zwei Sanitäter in Schutzanzügen dort.

»Darf ich Ihren Unterarm sehen?«, fragte ciner der beiden. Zögerlich streifte Tschick seinen Hemdsärmel hoch. »Kommen Sie bitte mit. Und keine Angst, es wird Ihnen nichts geschehen.« Tschick folgte ihnen in das Fahrzeug. »Wir gehen zu Fuß«, rief Dr. Monheim und winkte ihnen hinterher. »Kommen Sie, Straubinger, ein bisschen frische Luft tut uns gut.«

Straubinger atmete hörbar auf. »Ein echtes Problem, diese Verschwörungsgläubigen.«

»Tja, da ist gerade die Medizin ein wunderbares Beispiel«, bemerkte Dr. Monheim. »Da gibt es jede Menge selbst ernannte Fachfrauen und -männer, die vollkommen kenntnisfreie Behandlungsmethoden unter die Leute bringen. Ätzende Desinfektionsspülung als Mittel gegen Corona oder gemahlenes Nashornpulver als hippes Allheilmittel oder …«

»… Kräutertinkturen gegen Pocken«, ergänzte Straubinger grinsend. »Wem können diese Pocken überhaupt gefährlich werden?«

Monheim hob die Schultern und atmete tief durch. »In Westdeutschland endete 1976 die Impfpflicht. Die Kinder wurden damals zwischen sechs und zehn Jahren geimpft. Man kann also davon ausgehen, dass alle, die später als 1966 geboren sind, gefährdet sind, weil sie nicht mehr immunisiert wurden. Andererseits lässt so ein Impfstoff nach 20 Jahren auch nach, nach 30 Jahren ist er eigentlich kaum noch wirksam, aber er bewahrt die Infizierten unter Umständen vor dem Tod.«

»Oberkommissarin Schepp und ich sind dann schon mal sicher gefährdet. Ich wurde nie gegen Pocken geimpft«, schloss Straubinger. »Wir sind beide zu jung.«

DIE ABTEI

Abbaye Notre-Dame de Saint-Rémy, Rochefort, Belgien

Straubinger hatte sie gestern Abend noch angerufen, sie war schon zu Hause gewesen und hatte sich gerade ein Bad eingelassen. Camille Raehs hatte es kaum glauben können. »Ein ganzes Dorf unter Quarantäne?«, hatte sie erstaunt gefragt.

»Nicht nur eines«, hatte er gesagt. »Es sind vier Dörfer.« Das Innenministerium habe offiziell eine Nachrichtensperre verhängt, die Medien dürften also nicht darüber berichten. Das sei aber ein lachhafter Anachronismus in der vernetzten Zeit, denn in den sozialen Medien würde das Ganze bereits ziemlich hoch gehandelt. Es würde sicher nicht lange dauern, bis auch Presse, Hörfunk und TV aufspringen würden, hatte Straubinger sie informiert. Dann hatte er sie gebeten, zum Kloster Rochefort zu fahren und dort nachzuforschen, wer dieser Mönch sein könnte. Seine Geschichte, warum er nach Gressenich gefahren sei und was er mit diesem Kloster zu tun hatte.

Am Morgen vereinbarte sie gleich in der Früh ein Treffen mit dem Abt für 10.15 Uhr. Kurz vor 9 Uhr fuhr sie in Lüttich los. Jeder in Belgien kannte die Geschichte: Die Trappistenabtei Rochefort, rund 70 Kilometer südlich von Lüttich gelegen, hatte vor drei Jahren gegen einen der global größten Kalk- und Mineralienproduzenten einen zehnjährigen Prozess gewonnen. Es ging um die Gefährdung der Brauwasserqualität des berühmten Biers und gegen die Vertiefung und weitere Ausbeutung einer Kalkgrube. Damit hatten sich die Mönche von Rochefort den Ruf von hartnäckigen Kämpfern gegen die Übermacht weltlicher Konzerne erworben und galten als Helden, deren Beharrlichkeit allgemein großen Respekt genoss. Den empfand auch Camille, und sie spürte ein Grummeln im Bauch, als sie auf das riesige Viereckanwesen des Klosters zufuhr. Den Trappisten, offiziell die Zisterzienser der strengeren Observanz, sagte man nach, dass sie zu den schweigsamsten Mönchen zählten, nur Arbeiten und Beten im Kopf hätten und im Besonderen Maria verehrten. Aber Camille dachte sich, wer so ein starkes Bier braute, der müsste doch auch seine lustigen und gefälligen Seiten haben.

Sie parkte ihr Auto direkt vor dem riesigen Holztor in der

Blausteinfassade, stieg die drei Stufen zur Eingangstür hinauf, atmete tief durch und betätigte den Türklopfer. Sie schwitzte. Die Hitze machte sich bereits jetzt bemerkbar. Keine Wolke am Himmel, seit Tagen.

Es dauerte eine Zeit, bis ein Mönch in weißem Habit und schwarzem Schulterüberwurf öffnete und nickte. »Polizeikommissar Camille Raehs«, sagte sie mit einem Frosch im Hals und zeigte ihren Ausweis. »Ich habe einen Termin mit Abbé Anselme.«

Der Mönch verneigte sich und bedeutete ihr, zu folgen. Camille folgte ihm durch lange Gänge, in denen bei jedem Schritt der Widerhall ihrer Schuhe zu hören war. Irgendwie war es ihr peinlich, dass sie heute Morgen die Lederschuhe mit den harten Absätzen angezogen hatte.

Schließlich standen sie vor einer schweren Tür. Der Mönch blieb stehen, klopfte und trat ein. Er verständigte sich mit dem Abt durch Handzeichen, deutete auf Camille und gab ihr wiederum ein Zeichen einzutreten.

Einigermaßen irritiert stakste Raehs auf den Schreibtisch des Abtes zu. Der Mann erhob sich. Seine weiße Kukulle fiel von den Schultern in akkuratem Faltenwurf bis zum Boden hinab, sodass seine Füße nicht zu sehen waren. Er lächelte freundlich und bat ihr einen Sitzplatz vor seinem Tisch an.

»Frau Kommissar, ich möchte Ihnen versichern, dass wir Sie in unseren Mauern willkommen heißen. Auch wenn wir den Ruf haben, eher zur Schweigsamkeit zu neigen, so ist uns die Welt außerhalb unserer bescheidenen Behausung durchaus nicht fremd.«

Raehs lächelte und verneigte sich kurz. »Vielen Dank für den freundlichen Empfang, hochwürdiger Abbé. Ich hoffe, ich stehle Ihnen nicht die Zeit.«

»Nein, nein, es sei denn, auch Sie wollen nur etwas zu unserem Bier wissen.«

»Hochwürden, ich habe eine Frage zu einem Ihrer Mitbrüder, der hier lebt oder gelebt hat. Wir sind uns nicht sicher.«

Der Abt hob die Augenbrauen. »Wer ist in dem Falle ›wir‹?«

»Ich leiste Amtshilfe für die deutsche Polizei. In der Nähe von Aachen, genau genommen in Gressenich, ermitteln wir in einem bedauerlichen Mordfall, und der Pater, den wir suchen, könnte wertvolle Hinweise leisten.«

Der Abt faltete die Hände und sah nahezu andächtig auf die glänzende Tischplatte vor ihm. »Ach, herrje«, seufzte er, »Sie meinen sicher Pater Konstantin?«

Raehs spannte das Gesicht an. »Er soll groß und …«

»… und hager sein mit einem Vollbart und einer Verletzung am Augenlid«, vervollständigte der Abt.

Raehs nickte. »Ja, so hat der deutsche Kollege ihn beschrieben. Aber … woher wissen Sie so treffsicher, wen ich meine?«

Der Abt machte einen resignierten Eindruck und rang nach Worten. »Es gibt nur zwei Brüder, die aus dieser Gegend stammen, aber der eine ist letztes Jahr verstorben. Und doch hängen die beiden zusammen.« Erneut gab er einen Seufzer von sich. »Wo soll ich anfangen? Eine traurige Geschichte. Darf ich Ihnen etwas zu trinken anbieten? Ich weiß, unser Bier verbietet sich im Dienst, aber vielleicht ein Glas von unserem eigenen Wasser?«

»Ein Wasser wäre recht. Man hört nur Gutes darüber.«

Der Abt nickte zufrieden und lächelte. Er drückte einen Knopf, und der Mönch, der Raehs hierhergeführt hatte, erschien. Der Abt gab ihm ein Zeichen.

»Sehen Sie, Pater Konstantin war eine der wenigen Ausnahmen, die wir machen. Mein Vorgänger, Abbé Gérard, ein überaus großherziger und frommer Mann, er hat dem Kleinen damals Zuflucht gewährt und ihn …« Es klopfte. Der Mönch brachte zwei Gläser kristallklares Brauwasser. Zum Dank nickte der Abt, und der Mönch verschwand wortlos.

»Der Kleine?«, fragte sie.

»Ja, es gibt eine lang gehegte, aber kaum mehr gebräuchliche Tradition bei den Zisterziensern, die wir ja alle sind, dass wir nach den Regeln des heiligen Benedict verlorene Kinder aufnehmen, uns um sie kümmern und sie im Geiste des Ordens erziehen und für sie sorgen. Dazu sollte eine Notlage erkennbar sein. Abbé Gérard hat diese Notlage damals erkannt.«

»Haben Sie das damals der Polizei gemeldet?«

Der Abt hob die Schultern und deutete an, dass er darüber schweigen wollte.

»Wie kam er hierher?«

Der Abt hob die Schultern. »Damals kam er mit einem älteren Mann hier an, er trug den Jungen auf dem Arm. Es war 1985, ja, an einem Tag im Juli 1985. Der Junge war zwölf Jahre alt. Ich war noch einfacher Mönch und als junger Mediziner für die Arzneien zuständig. Deshalb holte mich Abbé Gérard dazu. Der Junge hatte Schnittwunden im Gesicht, ein Fuß war blau und dick geprellt, notdürftig verbunden und der Unterschenkel stellte sich als gebrochen heraus. Die Hände komplett aufgeschrammt. Er sprach kein Wort. Seine Haare waren voller Staub und getrocknetem Blut. Eine erbärmliche Erscheinung. Er war tagelang verschüttet, so hieß es. Und so haben wir den Jungen aufgenommen und medizinisch versorgt.«

»Wissen Sie, wo das war, also wo der Junge verschüttet war?«

Der Abt hob die Schultern. »Es war traurig, die beiden zu sehen. Der Junge, völlig verstört und traumatisiert, der alte Herr, er war wohl sein Großvater, hat ständig etwas von ›Wir sind im Krieg‹ gefaselt, immer noch vom 40 Jahre zurückliegenden Krieg verfolgt.«

»Das hat ihn immer noch so verwirrt?«, fragte Raehs.

»Heute würde man posttraumatische Belastungsstörung dazu sagen. Über die Alten früher aber haben viele zu viel gelacht, wenn sie vom Krieg erzählten. Heute kommt es alles wieder näher«, bemerkte er.

Raehs presste die Lippen zusammen und nickte verdrossen. »Aber warum ist der Alte gerade hierher zu Ihnen gekommen?«

»Er hatte einen Bruder, der war seit den 50er-Jahren hier bei uns im Kloster, Pater Heinrich, er wäre heute weit über 90. Nun ist er nur 89 geworden. Heinrich hat sich rührend um den Jungen gekümmert, er hat jeden Tag mit ihm gebetet. Dass der Junge nicht sprach, störte niemanden, denn wir sprechen auch wenig. Auch«, sagte er und lächelte charmant, »wenn ich eine Abwechslung wie das Gespräch mit Ihnen sehr genieße.«

»Und dieser Junge, was geschah mit ihm? Konnten Sie ihn heilen?«

»Von seinen körperlichen Wunden, ja. Wir haben hier eine sehr gut funktionierende Krankenstation. Ich habe sein Bein geschient, seine Wunden verbunden und ihn, so gut es ging, gesund gepflegt. Das Bein zieht er immer noch ein bisschen hinterher. Aber seine Seele, die konnte ich nicht heilen, das hat auch Heinrich über die Jahre versucht. Der Junge wuchs heran, er war zurückgezogen, und das Einzige, was ihn wirklich interessiert hat, das war die Speläologie.«

Raehs blickte ihn erstaunt an. »Also Höhlenforschung? Mit einem kaputten Bein?«

»Nicht, dass er selbst eine Höhle erforscht hätte, ab und zu ist er zwar mal zu einer Höhle gefahren, aber ich glaube nicht, dass er selbst hineingekrochen ist. Hier in der Nähe gibt es eine Höhle, die Grotte de Lorette-Rochefort, da hat er sich oft aufgehalten. Er hat alles über Höhlen gesammelt und archiviert. Mit beinahe wissenschaftlicher Akribie.«

Camille sinnierte. »Das ist sehr interessant. Wann war er zuletzt hier bei Ihnen?«, fragte Raehs.

»Das kann ich Ihnen nicht sagen, wir fragen Bruder William.«

»Kann ich seine Sammlung über die Höhlenforschung einsehen?«, fragte sie.

»Warum nicht. Pater Konstantin hat alles sorgfältig archiviert.«

»Das ist gut.« Raehs breitete kurz die Arme aus.

»Ich werde Sie hinführen.«

Sie folgte dem Abt und Bruder William durch einen dunklen Gang. Als sie haltmachten, öffnete Bruder William eine Tür. »Hier hat er gearbeitet«, sagte der Abt. Er gab dem Bruder ein paar Zeichen. William verzog den Mund, wiegte den Kopf hin und her und gab ebenfalls ein paar Zeichen. Der Abt sah ihn überrascht an, dann blickte er zu Raehs. »Bruder William sagt, vor ein paar Tagen sei er hier gewesen. Er sei gekommen und nur eine Nacht geblieben«, führte der Abt mit irritierter Miene aus. »Ich habe ihn nicht bemerkt, weil er nicht zum Abendessen und zum Gebet erschienen ist.«

Bruder William machte erneut ein paar Zeichen. »William meint, dass er abends wieder in seiner Grotte war.«

»Hat er dort übernachtet?«

Bruder William hob die Schultern, sah den Abt an und nickte dann verhalten.

»Wir lassen Sie eine halbe Stunde allein«, sagte der Abt, »dann holt Bruder William Sie wieder ab.«

Raehs betrat den Raum und sah sich um. Einfache Holzregale mit sauber beschrifteten Ordnern, Sperrholzschuber mit Zeitschriften und ein Kartenschrank aus Stahl mit vielen Schubladen.

Die Schuber enthielten verschiedene Magazine zur Speläologie und Höhlenkunde, deutsche und österreichische, französische und amerikanische, nach Jahreszahlen geordnet. In dem Schubladenschrank waren neben Höhlenplänen auch Katasterpläne und Zeitungsausschnitte zu finden. Alles Berichte über Höhlenunfälle, Bergwerksunglücke und Rettungsaktionen. Dramatische Berichte zu Geretteten und zu Toten. Ein Bericht in den »Salzburger Nachrichten« über eine Rettungsaktion lag obenauf, er war nicht chronologisch eingeordnet. Datiert war der Ausschnitt mit dem 28. Juni 1997. Pater Konstantin hatte diesen Bericht also wahrscheinlich zuletzt herausgesucht und studiert. Raehs las:

Rettung nach Drama in der Monsterhöhle –
Deutsche Höhlenretter beklagen Tote

Saalfelden. – Wie die Salzburger Nachrichten bereits berichteten, ist eine Gruppe erfahrener Höhlenforscher im Steinernen Meer bei Saalfelden in einem der größten Höhlensysteme der Ostalpen, der s.g. Kolkbläser-Monsterhöhle, eingeschlossen worden. Vier Tage und 500 Meter tief vom Höhleneingang entfernt, sind die fünf nach einem Erdbeben verletzten Höhlenforscher durch einen Wassereinbruch in einer Halle vom Rückweg abgeschnitten worden. Höhlenretter aus dem gesamten Alpenraum sind innerhalb kurzer Zeit angereist und zum Eingang in über 2.100 Meter Höhe ins Steinerne Meer aufgestiegen. Als Erste vor Ort waren Männer von der deutschen Bergwacht der Region Chiemgau, die nach dem ersten misslungenen Rettungsversuch nun zwei Tote und den schwerverletzten Einsatzleiter zu beklagen hat.

Ein Bild über die ganze Seitenbreite zeigte völlig verdreckte und erschöpft wirkende Männer, die mit hängenden Köpfen und Armen im Hintergrund standen, während weitere Höhlenretter drei Tragen mit Verletzten trugen. Auf der vorderen Trage lag ein Mann, der das Emblem der Bergwacht Bayern an seinem Ärmel trug, er gehörte also offensichtlich zur Höhlenrettung. Der Mann war verbunden und geschient. Sie betrachtete sein gut erkennbares Profil, mit dem er stoisch einen der Träger anzustarren schien. Raehs las weiter im Text:

> Erdbeben löst Felssturz aus
>
> Nach einem moderaten Erdbeben war in der unterirdischen Halle das Deckengewölbe aus Kalkstein eingestürzt und hatte die fünf Höhlenforscher eingeschlossen. »Eine Magnitude von 3,7 ist an sich noch nicht sehr bedrohlich«, so der Geophysiker Dr. Heinz Eichberger von der Hohen Warte in Wien, »kann aber durchaus ein Auslöser für einen Felssturz sein, wenn der Fels bereits gelockert ist.« Der Wassereinbruch sei die weitere Folge gewesen und habe einen Siphon, also eine nur durch Kriechen überwindbare Engstelle der Höhle, voll Wasser laufen lassen, so die örtliche Einsatzleitung.

Raehs stutzte, betrachtete das Foto genauer und traute ihren Augen nicht. Der Mann auf der Trage war Straubinger, Josef Straubinger. Er war Höhlenretter gewesen und bei dem Einsatz offensichtlich schwer verletzt worden. Raehs spürte den Adrenalinstoß. Ihr Herz klopfte so heftig, dass sie es zu hören glaubte. Als Raehs das Bild weiter prüfte, fiel ihr im Hintergrund ein Mann auf, der offensichtlich nicht wie ein Retter gekleidet war. Er hatte einen Vollbart, längere Haare und trug einen Priesterkragen sowie eine schwarze Jacke. Sein Blick war auf Straubinger gerichtet. War das Pater Konstantin? Kein Zweifel. Ein weiterer Artikel der österreichischen

»Kronen Zeitung« schilderte Ähnliches und zeigte sogar ein Porträt von Straubinger. Ein gut aussehender, kantiger Kerl damals, dachte Raehs und lächelte in sich hinein.

Raehs schloss die Schublade. Sie sah auf und atmete tief ein und aus. Straubinger war dem Pater also schon begegnet. Wenig später klopfte es an der Tür, Bruder William. Er führte sie wieder zurück zum Abt.

»Haben Sie etwas gefunden, was Ihnen weiterhilft?«, fragte der Abt.

Raehs legte die beiden Zeitungsberichte auf den Tisch. »Davon brauche ich Kopien, lieber wäre mir, ich könnte die Originale mitnehmen.«

»Was ist das?«, fragte der Abt, offenbar neugierig geworden.

»Ist das Pater Konstantin?«, wollte sie wissen und zeigte auf den Mann im Hintergrund.

»Zweifellos«, sagte der Abt. »Das hat ihn damals sehr mitgenommen. Ich erinnere mich gut daran. Ein Unfall, in einer Höhle in Österreich. Wird mehr als 20 Jahre her sein. Konstantin ist hingefahren und hat die Retter gesegnet und für sie gebetet.«

Raehs beobachtete den Abt, wie er versonnen auf den Bericht blickte. »Nur für die Retter?«

»Wie?«

»Sie sagten, er hat für die Retter gebetet. Nicht für die ursprünglich Verunglückten?«

Der Abt hob nachdenklich den Kopf. »So hat er sich ausgedrückt. Er wird die Verunglückten sicher in sein Gebet eingeschlossen haben.« Er nickte mehrmals. »Ja, ganz sicher wird er das getan haben.«

»Ich nehme das mit.«

»Bitte gehen Sie vorsichtig mit dem Bericht um. Wir bekommen ihn doch zurück, oder?«, fragte der Abt unsicher.

»Natürlich«, antwortete Raehs und hob die Arme. »Tja, viel mehr gibt es wohl nicht zu ergründen. Ich muss mich sehr herzlich bei Ihnen bedanken, Hochwürden.«

»Und noch eine Bitte, Frau Polizeikommissar. Behandeln Sie Pater Konstantin gut, er hat viel durchgemacht.«

»Ich werde es beherzigen«, versprach sie. Als sie den Raum verließ, wandte sie sich noch einmal um. »Ach, übrigens, wie hieß Pater Konstantin eigentlich, als er als Junge hier ankam.«

Der Abt dachte kurz nach. »Tja, ich kann es Ihnen nicht sagen. Er hat ja gar nicht gesprochen. Vielleicht hat der Großvater es erwähnt? Aber da war ich nicht dabei. Und Abbé Gérard können wir leider nicht mehr fragen. Wir interessieren uns hier nicht für die Vergangenheit eines Bruders.«

»Wo ist Pater Konstantin jetzt?«

»Seit Pater Heinrichs Tod ist er kaum noch hier, das hat ihn sehr mitgenommen. Er wandert viel und predigt. Wir kontrollieren uns nicht. Ab und zu übernachtet er bei den Trappistenbrüdern von Mariawald in der Eifel, in der Nähe des Wallfahrtsortes Heimbach. Dort kann er der Heimat seiner Kindheit wieder näher sein.«

Raehs nickte, drehte sich zur Tür und verließ den Raum.

»Äh, aber vielleicht fragen Sie Bruder William beim Hinausgehen«, rief der Abt ihr hinterher, »wegen des Namens, er ist zwar sprachscheu, aber er kann es Ihnen vielleicht aufschreiben. Er ist mit Pater Konstantin eng befreundet.«

TOTENSTILLE

Gressenich, Biohazard-Lazarett 1, Grundschule

Nachdem Straubinger mithilfe der wachhabenden Polizisten den Verschwörungsjüngern um Arnold Altmann Hausverbot auf dem Schulgelände erteilt hatte, hatte der Mob sich aufgelöst. Kein Geräusch war zu hören, kein Auto fuhr. Es herrschte Totenstille im Dorf. Nur in der Ferne konnte Straubinger den Lautsprecherwagen der Polizei hören. Erneut wurden die Menschen aufgefordert, zu Hause zu bleiben und bei Symptomen eine Notrufnummer anzurufen. In der letzten Viertelstunde hatte er dreimal das Martinshorn gehört. Das bedeutete, dass nun vermutlich drei Menschen in den Bereich für Infizierte in der Schulaula geholt werden würden. Dort war man vorbereitet, die Erkrankten, die offensichtliche Symptome zeigten, unter Plastikzelten in strenger Quarantäne zu versorgen.

Dr. Monheim hatte ihm erklärt, dass man diese ziemlich sicher mit antiviralen Medikamenten behandeln würde, von denen jeder Arzt wusste, dass sie nur eindämmend wirkten, aber kein Virus bekämpfen konnten. Vergleichbar wie David gegen Goliath, hatte er gesagt, und Goliath sei in dem Spiel das Virus! Die Menschen hätten kaum eine Chance, sich den Pocken zu entziehen. »Aber Goliath hat am Ende doch verloren«, hatte Straubinger dagegengesetzt.

Straubingers Telefon klingelte. »Ja? Danke. Gut. Macht einen DNA-Vergleich. Ja, sehr wichtig, sehr dringend! Keine Pause machen, bitte!« Er legte auf und wählte Schepps Nummer. »Sie haben tatsächlich den Schuh des kleinen Costa gefunden. Er war noch in der Asservatenkammer. Eigentlich hätte er schon längst entsorgt werden müssen. Aber dieses Durcheinander, weißt du noch?«

Schepp konnte sich sehr wohl entsinnen, als man ihn damals in den Keller der Polizeiwache verbannt hatte, um das gnadenlose Unheil im provisorischen Lager aufzuräumen. Und sie hatte ihm dabei helfen müssen. »Da hat sich wohl nichts verbessert im Laufe der Jahre.«

Straubinger sah auf die Uhr. »Sie werden sich bei dir oder bei mir melden.«

Er wollte mit einem Virologen sprechen und in Erfahrung bringen, ob es nicht doch eine Möglichkeit gäbe, vorzeitig an einen Impfstoff zu kommen. Angeblich, so hatte Dr. Monheim erläutert, gab es Pockenvirenstämme nur noch in zwei von der UNO akzeptierten Hochsicherheitslabors, einem in Russland und einem in den USA. Und es gebe seit Anfang der 2000er-Jahre wieder ein Impfstofflager für den absoluten Notfall wie einen terroristischen Anschlag. Aber das war seit dem Überfall auf die Ukraine nun für einen Kriegsernstfall priorisiert.

Als er auf die Schule zuging, sah er, dass der Eingang nun von zwei anderen Polizisten mit vorgehaltener Maschinenpistole bewacht wurde. Hinrich stand gestikulierend neben ihnen und redete auf sie ein. Als sie Straubinger sah, verschwand sie wieder in der Schule, bevor er sie sich vorknöpfen konnte. Straubinger ging auf die beiden Polizisten zu und holte seinen Dienstausweis hervor. »Holen Sie mir Oberkommissarin Hinrich zurück«, befahl er einem der Polizisten, der ihm hinter seiner Maske jedoch schnell klar machte, dass er hier gar nichts zu melden hatte. »Das ist ein Befehl«, sagte Straubinger. »Ich bin Erster Hauptkommissar. Sie wollen mir das tatsächlich nicht verweigern, da bin ich mir sicher.«

Der Kollege telefonierte, und zwei Minuten später war Oberkommissarin Hinrich da. »Ja, Straubinger, ich weiß, Sie wollen mich zusammenscheißen und mir eine Ermahnung erteilen. Da bin ich also«, sagte sie und hielt auf makabre Art und Weise ihren Hals hin.

»Kollegin, lassen Sie das. Hier geht es um ernste Dinge. Kommen Sie.« Er ging ein paar Schritte die Treppenstufen hinunter auf den Schulhof. »Muss ja nicht jeder hören.«

Hinrich dackelte hinterher und machte ein gespielt leidendes Gesicht.

»Oberkommissarin Hinrich, mit mir kann man wunderbar zusammenarbeiten. Ich habe für viele Dinge Verständnis. Wenn Sie ein Spiel mit mir spielen wollen, werden wir uns messen müssen.« Er sah ihr prüfend in die Augen. »Sie gegen mich.« Straubinger wartete, bis sie ihren maskenhaften Blick aufgab und sie ihren üblichen, immer noch angespannten, Gesichtsausdruck angenommen hatte. »Sehen Sie, so geht es auch.«

»Was wollen Sie also von mir?«, fragte sie.

»Ich will mit Ihnen zusammenarbeiten. Da frage ich mich, wieso Kollegin Schepp und ich von dieser Begebenheit in der Kneipe durch eine Anzeige der Besitzerin erfahren müssen und nicht, wie es sich geziemt, von Ihnen, der Einsatzleiterin. Was haben Ihre Kollegen da aufgeführt?«

Hinrich wurde unruhig. »Da ist was aus dem Ruder gelaufen. Die Leute haben wohl feiern wollen. Die beiden jungen Kollegen haben, wie sie es aus der Stadt gewohnt sind, erst mal nichts gesagt, haben einen Saft getrunken. Selbe Altersklasse, selbe Umgebung, ähnliche private Interessen. In der Stadt geht man hin, redet ruhig mit den Leuten, und dann ermahnt man sie, die Musik leiser zu schalten. So haben sie es gelernt.«

»Frau Hinrich, das ist doch keine Entschuldigung!«, gab Straubinger zurück.

»Nein, natürlich nicht. Aber ganz ehrlich. Ich wollte die beiden erst anhören, bevor ich sie mir zur Brust nehme. Als ich an der Kneipe ankam, das Bild können Sie sich gar nicht vorstellen. Betrunkene, Berauschte, sie lagen überall herum.

Der junge Kollege lag benommen auf einer Bank und die Kollegin saß an der Bar und hielt sich den Kopf. Die Kollegin sagte, sie seien überrumpelt worden, K.-o.-Tropfen im Saft. Ich kam wahrscheinlich zur selben Zeit dort an, als bei Ihnen die Anzeige einlief. Ich habe die falschen Leute eingesetzt. Mein Fehler.«

»Die beiden sind suspendiert«, sagte Straubinger.

»Ist schon passiert, sie sind nun ebenfalls in Quarantäne und haben schon eine hübsche Matratze und eine Zahnbürste bekommen. Und der junge Feuerwehrmann-Anwärter, das war einer der Schüler von dem Herrn, den Sie alle Tschick nennen, wahrscheinlich hat er sich bei ihm angesteckt, den haben wir hierher geholt.«

»Gut«, antwortete Straubinger zufrieden.

»Was ist mit mir? Werden Sie es berichten?«, fragte Hinrich.

»Nein«, antwortete er und schüttelte entsprechend den Kopf, woraufhin sie erleichtert aufatmete. »Ich möchte jetzt gern einen der Virologen sprechen«, sagte Straubinger und deutete mit dem Kopf nach oben zu der Fensterreihe der Aula. »Bitten Sie doch mal einen, zu mir herunterzukommen.«

»Die schotten sich ab«, antwortete Hinrich. »Mit mir wollen sie vorerst auch nicht sprechen.«

Ein Krankenwagen fuhr vor. Zwei Männer in gelben Anzügen mit offenem Plastikvisier stiegen aus und riefen: »Weg da!« Die Polizisten machten den Weg frei und schoben Straubinger zur Seite. Die Männer öffneten die hintere Tür des Krankenwagens und holten eine Trage hervor, auf der ein Mann hermetisch unter einem durchsichtigen Plastikzelt lag. Deutlich konnte Straubinger die roten Flecken erkennen, die den Mann befallen hatten. Hände und teilweise das Gesicht. Furchteinflößend. Ein kleiner, dunkelhaariger Mann, dessen Bauch sich abzeichnete. Straubinger erschrak. Er glaubte, unter der Atemmaske einen der Männer zu erkennen, die sich regelmäßig an dem kleinen Rauchertisch vor dem »Petit Marron« trafen. Straubinger ging auf einen der Sanitäter zu, steckte ihm eine Visitenkarte in den Overall und sagte: »Hauptkommissar Straubinger, sagen Sie dem Virologen, er soll mich unbedingt anrufen! Es ist wichtig!«

»Hauen Sie ab, Mann«, pfiff der andere Sanitäter ihn an. »Sehen Sie denn nicht, was hier los ist?«

Mist, dachte Straubinger, die Virologen waren auf diesem Weg nicht greifbar. Irgendwie hatte er das Gefühl, dass hier die Leute im Stich gelassen wurden. Verdammt, erst Tschick, dann der junge Feuerwehrmann, jetzt der andere Gast. Es würden immer mehr werden in den nächsten Stunden und Tagen, so viel war ihm klar. Und er konnte nichts tun.

Er fuhr zum »Petit Marron«, um Schepp abzuholen. Er hupte dreimal, als sie am Fenster erschien, winkte er ihr zu. Sie stieg in sein Auto, und Straubinger berichtete ihr, was Monheim ihm erklärt hatte über die angeritzten Pocken am Hals des Toten. »Wir müssen noch mal zum Kreuz zurück. Wir suchen ein Messer oder ein Skalpell. Kann ja sein, dass die SpuSi das übersehen hat. Manchmal ist es gut, wenn man weiß, wonach man sucht.«

Das Gelände um das Kreuz herum war von dichtem Gestrüpp bewachsen.

»Hat er vor ihm oder hinter ihm gestanden?«, fragte Straubinger.

»Wenn ich jemanden unfreiwillig anritze, dann stehe ich nicht vor ihm. Das mach ich von hinten, würde ich sagen«, bemerkte sie.

Straubinger stellte sich hinter das Kreuz. »Wohin würdest du ein Messer schmeißen, wenn du dir den Oberarm damit bearbeitet hättest?«

»Wieso Oberarm?«, fragte sie.

»Weil früher für gewöhnlich Pockenimpfungen am Oberarm durchgeführt wurden. Der Täter wird das gewusst haben, warum sollte er es dann an einer anderen Stelle bei sich vornehmen?«

»Leuchtet ein«, antwortete sie. »Nun, ich würde das also machen, und dann würde ich das Messer ein bisschen angekelt nach hinten über die Schulter schmeißen.«

»Aber wenn er sich gar nicht geritzt hat, sondern nur den Jungen?«

Schepp sah ihn an und hob die Schultern.

»Wir können es nicht wissen. Aber nehmen wir an, er hat sich selbst auch geritzt. Wie wirft er es also. Etwa so?«, fragte Straubinger und warf ein kleines Stöckchen nach hinten über die Schulter ins Gebüsch.

Schepp sah dem Stock hinterher. »Könnte passen. Also los!«

Vorsichtig schlug Straubinger das dünne Geäst mit einem langen Stock zurück. Schepp legte Lederhandschuhe an und kroch am Boden umher. Insekten wurden aufgescheucht, sodass sie ab und zu ihre Haare ausschütteln musste. »Ah«, rief sie verdrießlich. »Einfach widerlich!«

»Nicht so widerlich, wie am Kreuz zu hängen und sein eigenes Blut schlucken zu müssen«, gab Straubinger zurück.

Nach zehn Minuten stand sie genervt auf. »Wohl doch nicht so, wie wir uns das gedacht haben.«

Straubinger löste sie ab und kroch am Boden entlang, diesmal etwas weiter links. »Was ist das?«, rief er. Schepp eilte zu ihm. Da glänzt etwas. Schepp schob das Gestrüpp auseinander, langte in das Geäst und packte zu. »Ich glaub, da ist etwas«, sagte sie freudig, zog den Arm heraus und blickte auf ihre Hand. Ein einfaches Opinel-Messer mit poliertem Holzgriff und glänzender Metallschneide. »Ein französisches Taschenmesser«, stellte sie fest.

»Sauscharf, aber rostanfällig«, sagte Straubinger und holte

mehrere Plastikbeutel hervor, steckte sie ineinander und hielt sie Schepp hin. Vorsichtig ließ sie das Messer hineingleiten. »Und ab damit ins Labor.«

Schepp telefonierte. »Ja, genau. Schick jemanden, der das abholt, wir warten an der Ortsgrenze. Masken, Handschuhe und einen sicheren Behälter nicht vergessen. Und schnell soll es gehen.«

DEM TOD SO NAH II

Im Traum

Ich denke, ich sterbe. Meine Knochen. Höllischer Schmerz! Sie graben mich frei, bevor sie sich den anderen zuwenden können. Als die Frau hinter dem Schuttberg verzweifelt um Hilfe schreit, ruft Fritz ihr zu, dass sie bald kommen werden. Erst aber müssen sie mich freibuddeln. »Mehr Helfer sind unterwegs«, ruft Fritz. Eugen, der Arzt, gibt mir eine Spritze, nachdem sie meinen Arm ausgegraben haben. Die Schmerzen schwinden, ich werde müde, unendlich müde. Sie graben mich weiter aus. Mein Bein ist wie ein Bleistift durchgeknickt. Die Gedanken tanzen in meinem Kopf. Die beiden legen mich behutsam auf eine Plane, weit abseits des Schuttberges, der mir von hier aus außergewöhnlich steil erscheint. Fritz und Erwin steigen hinauf, um auf die andere Seite zu den Verunglückten zu kommen. »Vorsicht«, lalle ich, doch die beiden können mich nicht hören. Dann ein mächtiges Gepolter. An der Stelle, wo sie mich freigegraben haben, klafft am Fuß des Schuttkegels eine Lücke, in die der Schutt nachrutscht. Fritz und Erwin verlieren weiter oben das Gleichgewicht, schrab-

ben, schreien, rutschen. Steine, nichts als Steine. Dann wieder ein kleines, kaum spürbares Beben, doch es reicht, um ganz oben weitere Kalkplatten zu lösen. Sie stürzen tonnenschwer herab und begraben die beiden unter sich. Jetzt liegen sie dort, erschlagen in ihrem Mut und ihrer Kühnheit. Dann weiß ich nichts mehr. Ich schlafe ein.

Acht Tage später tragen sie mich ans Tageslicht, hoch oben im Steinernen Meer. Das rechte Bein ist gebrochen, der linke Arm ebenso. Die Rippen geprellt und ein Fuß mächtig verstaucht. Dann kommt er auf mich zu, sieht mich aus seinen tiefen Augenhöhlen an, die Narbe, die sich durch sein Augenlid zieht, gibt ihm einen harten Blick. Sein weißer Priesterkragen blendet mich. Er hebt drei Finger und zeichnet mit der rechten Hand ein Kreuz in die Luft. »Ego te absolvo!«, haucht er und hält mich in seinem Blick gefangen …

»Sigrid!«, schrie er und wachte auf. Schweiß auf der Stirn. Wo war sie, fragte er sich erneut und hielt sich den Kopf. Déjà-vu! Erst jetzt verstand er, dass er nicht in ihrem Bett lag, sondern auf einer alten Matratze im »Petit Marron«.

War es möglich? Dass die Vergangenheit ihn wieder einholte? Seit zwei Jahren hatte er diese Albträume. Sein Traum schien zu Ende zu sein, oder war da noch was? Alles kam wieder hoch. Immer wieder das Bild, wie Fritz und Erwin erschlagen wurden, doch dann war er bis heute immer aufgewacht. Bis heute hatte er es nicht verwunden, dass gerade seine besten Freunde, seine ihm anvertrauten Freunde von der Bergwacht tief unten in der Höhle gestorben waren. Der Mönch! Verdammt, dieser Mönch! Straubinger fuhr sich durch die Haare. Der Mönch hatte ihn gesegnet, nachdem sie ihn schwer verletzt aus der Höhle geschleppt hatten.

Er sah auf die Uhr. 12.30 Uhr? Wie kam er zu dieser Zeit hierher? Er erinnerte sich. Als sie vom Kalvarienberg zurückgekommen waren, hatte er beim Aussteigen aus dem Auto einen kleinen Schwächeanfall gehabt. »Deine Gehirnerschütterung macht dir immer noch zu schaffen!«, hatte Anja gewettert, als sie ihm in die Pupillen geleuchtet hatte. »Du brauchst Ruhe, Josef! Leg dich hin!« Dann hatte sie ihn zu seinem provisorischen Bett in den gesperrten Gastraum gebracht. Seit einer Stunde musste er also geschlafen haben.

Sein Telefon klingelte. »Camille?«

»Der Mönch, er hat einen Zeitungsartikel aufgehoben. 28. Juni 1997. Höhlenunfall im Steinernen Meer.«

»Ja«, antwortete Straubinger. »Ich hab mich soeben daran erinnert.«

»Soeben erinnert?«, fragte Raehs verdutzt. »Willst du mich auf den Arm nehmen?«

»Er stand damals plötzlich vor mir, hat mich gesegnet und mir die Absolution erteilt.«

»Um eine Absolution zu bekommen, muss man schuldig sein an irgendwas, oder?«, fragte Camille Raehs.

Straubinger spürte den Kloß im Hals, der ihm für ein paar Sekunden die Sprache verschlug. Dann erzählte er langsam mit belegter Stimme: »Ich hatte damals meine Männer verloren und konnte die Eingeschlossenen nicht retten. Kannst du dir dieses Gefühl vorstellen? Ich habe mich damals schuldig gefühlt.«

Einen Moment herrschte Stille.

»Hast du noch mehr herausgefunden?«, fragte Straubinger.

»Pater Konstantin war besessen von der Höhlenforschung. Vor allem haben ihn Höhlenunfälle, Bergwerksunfälle et cetera interessiert. Hat eine richtige Sammlung aufgebaut. Deshalb habe ich diesen Bericht gefunden. Mit einem Bild, auf dem du und der Mönch gemeinsam zu erkennen seid.«

»Und seine Vergangenheit? Hast du darüber was rausgekriegt?«

»Nicht viel. Aber ich habe einen Namen. Den hat mir ein schweigsamer, aber durchaus freundlicher Bruder im Kloster Rochefort aufgeschrieben.«

»Und?«, rief Straubinger ungeduldig ins Handy.

»Sein Vorname als Junge war Costa.«

»Costa«, wiederholte Straubinger leise, »ich glaub es nicht. Jetzt kapier ich! Costa, das ist der Name, den Sabzynski kurz vor seinem Tod Völkert zugeflüstert hat.«

SIE STERBEN!

Gressenich, Haus von Dr. Monheim

Als sie in Straubingers Auto stiegen, klingelte Anjas Handy. Sie legte den Arm aufs Dach und hörte zu, ohne zu antworten. Nur zum Schluss brachte sie kurz ein betrübtes »Danke« hervor. Schepp war aufgebracht. »Sie sterben! Die ersten Toten.«

»Komm, steig ein. Wie viele?«, fragte er.

»Ein toter Mann, zwei tote Frauen. Beide in Quarantäne gestorben.«

Straubinger fuhr viel zu schnell los, er war nervös. »Das werden sicher nicht die Letzten sein …«, grummelte er.

»Die Leute geraten mehr und mehr in Panik. Josef, die Leute gehen auf die Barrikaden, sie wollen sich nicht einsperren lassen, sie wollen ihre Kinder sehen, die im Kindergarten eingepfercht wurden. Die Kollegen haben Probleme, die Leute in Schach zu halten, und einige Kollegen halten die Situation selbst nicht mehr aus.«

»Sie werden es aushalten müssen!«, antwortete er streng und klammerte sich ans Lenkrad.

»Verdammt, Josef!«, stöhnte sie. »Eigentlich sollen wir einen Mord aufklären, uns um diesen Mönch kümmern, diesen Pater Konstantin. Und jetzt dieser Mist mit den Pocken! Ich weiß nicht mehr, was wir tun sollen. Was soll das noch werden? Die Rechten und die Verschwörungsheinis, wie kriegen wir die in Schach gehalten?«, rief sie und fuchtelte mit der rechten Hand, sodass sie mehrmals an Decke und Seitenfenster stieß. »Verdammt, das ist es nicht, was wir uns gedacht haben, als wir Polizisten geworden sind.«

Straubinger trat auf die Bremse und hielt an. »Anja, das Letzte, was wir jetzt brauchen können, ist Angst!«, beschwor er sie leise. »Wir haben keine Angst. Das ist unser einziger Weg. Wir nicht!«

Sie keuchte, atmete tief durch und sah ihn an. »Okay«, sagte sie und wischte sich eine Träne aus dem Auge. »Okay, es ist halt …«

»Anja, halte durch. Wenn wir beide und Monheim uns hier nicht kümmern, verlieren die Menschen das letzte Vertrauen, das sie noch haben.« Er sah ihr tief in die Augen und streichelte mit dem Handrücken ihre Wange. »Richtig?«

Sie schniefte und rieb sich die Nase. »Richtig«, antwortete sie, nahm sich ein Taschentuch aus Straubingers Türtasche und putzte sich die Nase. »Richtig, Josef. Wir haben keine Angst!«

Straubinger lächelte ihr kurz zu. »Pater Konstantin werde ich finden, so schnell es geht.«

»Aber auch du darfst momentan das Dorf nicht verlassen«, gab sie zu bedenken.

Straubinger zwinkerte ihr wortlos zu und bog in die Straße ein, in der Dr. Monheim wohnte.

»Immer noch kein Impfstoff freigegeben?«, fragte Monheim und bat die beiden ins Haus.

Schepp schüttelte den Kopf. »Nein. Das Gesundheitsamt

hat alles nach oben delegiert, und oben im Ministerium rührt sich anscheinend kein Schwein. Abgetaucht. Nicht erreichbar«, klagte sie verzweifelt.

»Wie damals in Lammersdorf«, bemerkte Monheim und schüttelte den Kopf. »Was sagt unser Landtagsabgeordneter Manni Wohlfahrt?«

»Auch nicht zu erreichen«, gab Schepp zurück.

»Das gibt's ja nicht!«, fluchte der alte Arzt und lief zum Telefon. Er ließ es lange klingeln, dann rührte sich jemand am anderen Ende. »Manfred? Hier Monheim. Manfred, was ist los bei euch? Bist du in Düsseldorf?«

»Ja«, hörten sie es aus dem Hörer krächzen.

»Ich hab dich mal auf laut gestellt. Die Kommissare sind bei mir. Was ist geplant? Wann bekommen wir Impfstoff?«

»Da überschreite ich deutlich meine Kompetenz, wenn ich mich dazu äußere«, stellte Wohlfahrt mit einem unschuldig gefärbten Ton fest.

»Jetzt hör mal zu, mein Sportsfreund!«, sagte Monheim ungehalten. »Ich hab dich, als du noch in die Windeln geschissen hast, vom Fieber befreit, als du mit acht vom Dach gefallen bist, hab ich dich eingegipst, und als deine erste Freundin im Heuschober vom Bürgermeister den Scheidenkrampf hatte, da hab ich …«

»Ist ja gut, ist ja gut.«

»… und ohne mein Vitamin B hättest du niemals den Listenplatz für die FWG bekommen und würdest immer noch hinter deiner Werkbank sitzen und für alte Säcke wie mich die dritten Zähne zusammenschrauben! Und jetzt, wo es ernst wird, hast du dich rechtzeitig in die Landeshauptstadt verpisst.«

»Also, was willst du?«, fragte Wohlfahrt stoisch.

»Aha, schon besser. Wir brauchen Informationen. Hier krepieren die Leute. Das ganze Dorf steht unter Quarantäne, wie du weißt. Wann kommt der Impfstoff?«

Pause. Monheim sah den Hörer an. »Manfred?«

Am anderen Ende war ein Stöhnen zu hören. »Hör zu, Doc. Hier ist echt die Scheiße am Dampfen. Glaube mir, ich versuche hier mein Bestes! Es stellt sich mehr und mehr heraus, dass der eingelagerte Pockenimpfstoff … unbrauchbar ist. Es sind nur geringe Mengen, und die sind seit 2003 nie erneuert worden. Die Pocken gelten als ausgestorben, wie du weißt.«

»Es hieß doch, dass wieder welche eingelagert werden sollen …«

»Ja, aber die Coronapandemie hat alle Aufmerksamkeit auf sich gezogen. Es waren ganz einfach keine Leute mehr da, die sich um Pockenimpfstoff kümmern konnten.«

»Das kann doch nicht wahr sein!«, rief Monheim ins Telefon.

»Doc, hör zu. Ich dürfte euch das alles nicht sagen.«

»Schon klar«, mischte sich Straubinger ein. »Was können wir hier tun, Herr Abgeordneter Wohlfahrt?«

Wohlfahrt seufzte erneut. »Ich kann euch keine große Hilfe sein. Ihr müsst eine andere Lösung finden. Doc, du bist Arzt, ich bin Politiker, und Straubinger, Sie sind Polizist.«

Wutentbrannt legte Monheim auf.

Straubinger strich sich die Haare glatt, nahm eine gerade Haltung an und appellierte in einem offiziellen Tonfall. »Herr Doktor Monheim, Frau Oberkommissarin Schepp, ich glaube fest daran, dass wir drei einen Weg finden werden. Wir brauchen jetzt all unseren Mut! Wir müssen es möglich machen, auch ohne Genehmigung. Wir müssen etwas tun! Also, Doktor, welche Mittel gibt es? Es muss etwas geben!«

Monheim atmete tief durch und versank in seinem Sessel. Er kaute auf einem Fingernagel und schien etwas auszubrüten. Dann beäugte er die beiden nacheinander und machte einen Vorschlag. »Wir machen es wie unser Täter vom Kalvarienberg.«

Eisiges Schweigen schlug ihm entgegen. Straubingers Gesicht verfinsterte sich. »Wie bitte?«

»George Washington«, fuhr Dr. Monheim fort, »kämpfte im amerikanischen Unabhängigkeitskrieg gegen die Briten. Das wird so vor 240 Jahren gewesen sein. Als die Lager der amerikanischen Freiheitskämpfer von den Pocken heimgesucht wurden, starben mehr und mehr Soldaten einen jämmerlichen Tod durch dieses heimtückische Virus, nicht zu vergleichen mit einem sauberen Schuss auf dem Schlachtfeld.« Monheim richtete sich in seinem Sessel auf. »Als Washingtons Armee bereits arg dezimiert war, empfahl ihm in dieser verzweifelten Lage ein Arzt, eitrige Pocken von erkrankten Kameraden aufzukratzen und den Schleim in vorbereitete Schnittwunden der noch nicht befallenen Soldaten zu schmieren.«

Straubinger und Schepp hingen an seinen Lippen. »Und weiter?«

»Nur weil sie diese Methode wählten, konnten die Amerikaner schließlich den Krieg gewinnen. Versteht ihr? Variolation, das ist unsere einzige Chance.«

»Das war im Krieg, da macht man viele verzweifelte Dinge.«

»Das haben die Chinesen und Inder bereits vor 500 Jahren so gemacht, auch die Osmanen haben so was angewendet.«

»Aber wie kann das sein? Ich infiziere mich mit dem Sekret eines Kranken, und das soll mich dann schützen?«, fragte Schepp mit angeekeltem Gesichtsausdruck.

»Es ist nichts anderes als eine vorbeugende Ansteckung mit einer geringen Dosis von Viren, sodass man zwar kurz erkrankt, daran aber nicht stirbt. Wenn ich genügend Sekret habe, werde ich es noch behandeln und vermehren müssen. Das kann ich hier in meinem kleinen Labor durchaus machen. Ob das mit unseren Viren auch so klappt, das weiß ich natürlich nicht.«

»Es ist der einzige Versuch, den wir haben«, sagte Straubinger zustimmend. »Ansonsten wird das Dorf in ein paar Wochen kaum noch Leute beherbergen, und der Friedhof wird zu klein sein.«

TSCHICKS VERMÄCHTNIS

Gressenich, Biohazard Station 1, Grundschule

»Ja?«, rief Straubinger barsch ins Handy, als sie auf dem Weg zur Quarantänestation waren.

»Camille hier. Bist du im Stress? Was ist mit die Quarantine bei euch?«, fragte sie mit ihrem französischen Einschlag in der Stimme.

»Nein, nein, schon gut. Wir müssen hier dringend etwas durchboxen. Im Dorf sterben die Leute. Die Menschen hier werden unruhig, wir kriegen sie kaum gehalten. Die beiden Biohazard-Lazarette sind voll, und es werden mehr Befallene. Die Bereitschaftspolizei riegelt zwar die Orte ab, aber wir haben hier keine Leute, die uns helfen.«

»Tja, das ist bitter. Vielleicht fällt euch noch was ein …«

»Ach, Camille, wenn es so einfach wäre.«

»Ich habe noch was vergessen. Pater Konstantin hält sich des Öfteren im Kloster Mariawald auf, bei Heimbach. Da solltet ihr hinfahren. Vielleicht findet ihr dort irgendwas über ihn. Vielleicht ist er sogar zurzeit dort.«

Straubinger druckste. »Ich kann hier nicht weg.«

»Ihr werdet schon jemanden finden.«

»Ja, du hast recht, wir müssen jemand anders finden.«

Als Straubinger auflegte, sah Anja ihn an. »Denkst du dasselbe wie ich?«, fragte sie mit verzogenem Mund.

»Ja, was anderes bleibt uns wohl nicht übrig. Ruf ihn an.«

»Was wollen Sie hier?«, fragte die Ärztin in dem gelben Plastikanzug barsch.

»Ich bin Dr. Monheim, ich habe in den 70er-Jahren Pocken in Indien und benachbarten Ländern studiert, und ich muss mit Ihnen reden!«

»Wie sind Sie überhaupt reingekommen?«

»Das hier ist Hauptkommissar Straubinger, und …«

»… ich kenne die beiden Polizisten, die den Eingang bewachen. Wir müssen dringend zu einem Ihrer Patienten«, erklärte dieser.

»Das kommt überhaupt nicht infrage! Sie können hier nicht rein.«

»Hören Sie, ich weiß nicht, ob Sie die Information schon haben«, entgegnete Straubinger. »Das hier ist eine gefährliche Pockenvariante. Dr. Monheim hat das entdeckt. Und wir haben laut Gesundheitsamt keinen Impfstoff, der freigegeben werden kann.«

»Aber wir haben eine Möglichkeit, etwas zu tun. Sie sind Virologin?«

»Ja«, antwortete die Ärztin zögerlich. »Aber Sie können hier nicht rein.«

»Frau Doktor …?

»Heidenau. Gudrun Heidenau. Also? Von welcher Möglichkeit sprechen Sie?«

»Variolation. Wir impfen das ganze Dorf mit Variolaviren.«

»Das ist ja absurd!«, rief die Ärztin empört. »Unmöglich. Sie sollten wissen, dass dieses Verfahren längst verboten ist!«

»In England wurde es 1840 verboten, ja. Nun, es ist in der Folge großflächig auch bei uns nicht mehr angewendet worden. Aber so richtig verboten ist es nicht«, gab Monheim listig zurück.

»Dr. Heidenau«, sagte Straubinger, »ich glaube, aus rechtlicher Sicht ist es so, dass der Hippokratische Eid Ihnen als Ärztin jederzeit gestattet, das Gebotene zu tun, um Leben zu retten, das steht im Zweifel über dem Gesetz.«

Die Ärztin dachte nach. Dann schüttelte sie langsam den Kopf, doch Straubinger spürte, dass sie in Zweifel geriet. »Das kann ich nicht machen. Wir können doch nicht …«

»Wir können. Sie können. Jetzt haben Sie die Chance dazu, ein Dorf vor dem Untergang zu bewahren. Lassen Sie uns bitte durch, ich muss mit einem Ihrer Patienten reden!«

Sie starrte Straubinger an, dann Monheim, dann wieder Straubinger.

»Bitte, kommen Sie mit. Wir brauchen Ihre Hilfe!« Ein letzter scharfer Blick, ein demütiges Nicken von Straubinger, und sie trat zur Seite.

Straubinger und Monheim gingen schnell durch die Reihen der Erkrankten, alle lagen unter einem eigenen durchsichtigen Kunststoffzelt. Schließlich entdeckte Straubinger das Zelt, unter dem Tschick hermetisch abgeschottet lag. Straubinger erschrak, senkte den Kopf und schloss die Augen. Dann hob er langsam den Blick und seufzte. Tschick war über und über mit glänzenden Pusteln bedeckt. Das Gesicht, der Hals, die Hände und Arme, auch seine übersäten Füße waren zu sehen. Straubinger musste schlucken. »Kann er mich verstehen?«, fragte er die Ärztin.

»Ja, die Folie ist dünn genug. Sprechen Sie ihn an.«

»Tschick«, sagte er leise. »Hörst du mich?« Tschick zeigte keine Reaktion. »Rudolf Klodt«, rief er lauter. »Kannst du mich hören?« Langsam drehte Tschick den Kopf und öffnete die Augen, von denen nur noch dünne Schlitze zu sehen waren, denn selbst die Lider waren befallen.

»So hast du mich noch nie genannt, Eisenfuß.« Er hustete und lächelte gequält. »Was machst du hier?«

»Ich weiß, dass es dir dreckig geht, Tschick. Deshalb frag ich erst gar nicht. Kannst du klar denken?«

Tschick nickte. »Ja, das kann ich. Mann ist das eine Scheiße. Und entschuldige, dass ich dich so …«

»Schon gut, Tschick, du kannst etwas Gutes tun. Du kannst deinem Heimatort helfen.«

Tschick starrte ihn aus geschwollenen Augen an und fragte: »Kann mir jemand helfen?« Jetzt erst sah er Dr. Monheim hinter Straubinger stehen. »Doktor! Was machen Sie denn hier? Das ist ja …«

»Herr Klodt, wir wissen nicht, ob es Hilfe für Sie gibt. Aber die Tabletten, die Sie bekommen, lindern zumindest die Symptome etwas. Die Ärzte hier tun alles, um Ihnen zu helfen. Gegen diese Krankheit gibt es kein Mittel. Außer einer Impfung. Und da können Sie uns allen helfen.«

Tschick schwieg.

»Wir alle hoffen, dass du es schaffst. 70 Prozent der Erkrankten schaffen es in der Regel, wieder ganz gesund zu werden.«

Tschick nickte lethargisch. »Hmm …« Dann sah er zum Zeltdach. »Und der Rest?«

»Herr Klodt, Sie können alle anderen, die noch nicht erkrankt sind, vor demselben Schicksal bewahren«, sagte Monheim.

»Wie?«, fragte er und blinzelte.

»Wir müssen deine Pusteln aufkratzen«, erklärte Straubinger, »das Sekret entnehmen und anderen verabreichen.«

Tschick zögerte. »Bin ich der Einzige, bei dem ihr das könnt?«

»Momentan schon«, sagte die Ärztin. »Alle, die hier liegen, sind noch nicht in diesem Stadium, sie haben erste rote Flecken oder erste Hustenanfälle, und die beiden anderen, die sind uns schon …«

Straubinger hob den Finger an den Mund als Zeichen, den Satz bitte nicht zu beenden. »Tschick, du bist Feuerwehrmann, du rettest Leben. Jetzt hast du die Chance, uns allen zu helfen.«

Tschick drehte seinen Kopf und stammelte leise vor sich hin. »Fast-Feuerwehrmann«, antwortete er dünn. »Ich … ich rette Leben … ich …«

Straubinger und Monheim warteten ab. Tschick wandte sich erneut den beiden zu. »Ritzt mich auf und nehmt euch, so viel ihr braucht.« Sein Mund verzog sich zu einem Lächeln, das wie aus einer jenseitigen Welt zu kommen schien. »Und sag meinen Jungs, sie sollen sich von dem Doc das Zeug verpassen lassen, sag ihnen, es stammt von Tschick. Ich rette Leben … ich …«

Straubinger wurde warm ums Herz. Dieser Mann, den er nie ernst genommen hatte, der ihm so oft zum Schreien dumm erschienen war, der lag nun hier, um in all seinem Elend das vielleicht Allerwichtigste in seinem Leben zu tun.

»Das ist wirklich mutig, Herr Klodt«, sagte Dr. Monheim. »Das Dorf wird es Ihnen ewig danken.«

Tschick sah zu Monheim rüber und antwortete leise: »Sie kennen das Dorf nicht, Doc. Und du auch nicht, Josef Straubinger.« Sein bitteres Lächeln war wie ein Dolch in Straubingers Brust. Er streifte den Handschuh seiner rechten Hand ab und legte seine Handfläche an die Zeltwand. Langsam bewegte auch Tschick seine pockenübersäte Hand von innen an die Zeltfolie, sodass sich ihre Hände zum ersten und auch zum letzten Mal trafen. »Mach's gut, mein Freund«, hauchte Tschick und wartete auf Straubingers Antwort.

»Mach's gut … mein Freund.«

LA LEGION

Polizeistation »Petit Marron«

»Wir brauchen mehr Polizeikräfte im Dorf!«, rief Schepp ins Telefon. »Wir müssen die Leute in Schach halten. Die wollen alle nach Hause! Und unsere rechten und verschwörungsgläubigen Demonstranten werden immer penetranter! Die drohen mit einer Befreiungsaktion!«

»Uns sind die Hände gebunden«, antwortete der zuständige Leiter der Polizei in Aachen. »Die Polizei sichert mittlerweile vier Ortschaften nach außen ab. Wir haben zwei Hundertschaften im Einsatz.«

»Gib mal her«, sagte Straubinger. »Kollege, hier Erster HK Straubinger. Hör mal zu. Ich brauche eine Truppe, die mir hier im Ort helfen kann, die die Leute zu Hause abholt und in die Impfstation bringt und für Ruhe sorgt. Was ist mit dem SEK?«

»SEK! HK Straubinger«, antwortete der Oberrat mit einem Unterton, als wäre Straubinger ein verwirrter Greis, dem man das Schnürsenkelbinden erneut beibringen musste. »Ich bitte Sie! Doch nicht das SEK! Oder sind da gefährliche Menschen dabei, hmm?«, fügte er hinzu und hob am Ende des Satzes die Stimme derart, als hätte Straubinger nicht alle Sinne beieinander.

»Nicht gefährlich in dem Sinne, dass sie andere Leute anfallen. Aber gefährlich in dem Sinne, dass von ihnen eine tödliche Gefahr ausgeht.«

»Ich finde doch hier niemanden, der dieses Risiko übernehmen kann, HK Straubinger. Und überhaupt, wieso Impfstation? Ich dachte, ihr habt gar keinen Impfstoff?«

»Aha, das weißt du also auch schon. So weit hat es die Runde gemacht, dass niemand uns mit Impfstoff versorgen kann. Und uns sagt man es dann als Letztes. Toll!«

»Straubinger, hören Sie, vergessen Sie das. Noch mehr Leute können wir nicht abstellen. Sie müssen sich da schon selbst organisieren. Sie sind doch zu dritt. Okay, Schepp, Sie und dann der Pensionist, Drechsler, oder? Das werden Sie doch schaffen!«

Straubinger kochte. »Herr Oberrat, ich bedanke mich sehr für dein Vertrauen und deine Unterstützung. Ich bin mir sicher, die paar Gressenicher, die das hier überleben werden, die werden dir ein Denkmal bauen.« Wütend gab er Schepp den Hörer zurück.

»Da draußen tut sich was Merkwürdiges«, rief der Bierbaron, als er den Saal betrat. »Kommt mal mit.«

Fünf Acmat-VT4-Geländewagen in Tarnlackierung parkten vor dem »Petit Marron« ein. Nach der Reihe stiegen zehn Männer aus, alle mit Bart und langen Haaren. Das Gesicht des Mannes, der auf Straubinger zukam, wirkte gestanzt wie eine Rune, und sein unerschütterlicher Blick zeigte, dass er es gewohnt war, Befehle zu erteilen. »Sind Sie Commandant de Police Straubinger?«, fragte der Mann mit kräftiger Stimme.

»Erster Hauptkommissar Straubinger, was kann ich für Sie tun?«, fragte Straubinger, ohne seine Verwunderung zu verstecken.

»Ex-Sergent Massimo Duo, Légion étrangère, und das sind meine Freunde«, sagte er in stark gebrochenem Deutsch und zeigte auf die Reihe der neun Mann hinter sich. Dann zog er eine schwarze Schutzmaske auf.

»Ein höchst eindrucksvolles Erscheinungsbild«, bemerkte der Bierbaron gepresst, »schneidig und etwas gewöhnungsbedürftig, möchte ich meinen. Äh, darf ich die Herren zu einem Getränk einladen. Vielleicht ein Bier oder ein Pastice?«

Die Männer rührten sich keinen Millimeter. Sie trugen schwarze Schnürstiefel und khakifarbene Hosen, die von einem weißen Gürtel gehalten wurden. Auf den beigen Uniformhemden prangten üppige grüne Schulterklappen mit goldumrandeten, runden Epauletten an den Enden, von denen wie ein Büschel Haare knallrote Kantillenfransen herabhingen. Darüber trugen die Männer ein weißes Képi auf dem Kopf, jeder eine schwarze Schutzmaske und hellbraune, knielange Lederschürzen mit einem Riemen über der linken Schulter und eine langstielige Axt über der anderen Schulter. Nur Sergent Duo trug statt Schürze und Axt weiße Handschuhe mit breiten Stulpen, und sein Képi war schwarz.

»Darf ich fragen, wie Sie ins Dorf gelangt sind?«, fragte Straubinger. »Eigentlich ist alles abgesperrt.«

Sergent Duo drehte sich zur Seite und warf einem der Männer einen schnellen Blick zu.

»Caporal-chef Karl Seeheim, mon commandant«, sagte einer der Männer aus dem Glied und trat einen halben Schritt vor, »mit Verlaub, wir waren bei den Sappeurs der Fremdenlegion, die Pioniereinheit, wir sind keine Waldorfschule. Wenn wir eure Polizei nicht austricksen könnten …«, schob er mit verstecktem Grinsen hinterher.

»Das glaube ich Ihnen sofort«, antwortete Straubinger mit gebotenem Respekt. »Aber auf welchem Weg sind Sie hierhergekommen?«

»Wir sind über Vicht bis Buche 19, dann die Waldschneise entlang und über den Ellerberg gefahren. Dort wurden wir nirgendwo aufgehalten.«

Straubinger nickte. »Gut, und jetzt werden Sie uns erzählen, was Sie hierherführt.«

»Sehr gern, mon commandant!«, sagte Karl.

»Mir wäre lieber, wenn Sie mich Hauptkommissar nennen.«

»Jawohl, mein Hauptkommissar. Also, wir kommen direkt aus Liège, und dort hat uns Commissaire de police Camille Raehs darüber unterrichtet, dass unser Capitaine Tius Rix gefesselt, gewürgt und geröstet wurde. Ein unangenehmer Tod.«

»Eine treffende Beschreibung«, antwortete Straubinger. »Sie wissen, dass Sie in Deutschland keine Waffen tragen dürfen?«

»Bei allem Respekt, mein Hauptkommissar«, widersprach Karl und schlug die Hacken zusammen, »aber das sind keine Waffen, das sind Bauwerkzeuge. Man darf in Deutschland sehr wohl eine Axt tragen.«

»Sagen Sie mir einfach, was Sie hier wollen«, forderte Straubinger ihn auf.

»Raehs hat uns gesagt, dass Sie Hilfe brauchen. Wir wollen Ihnen helfen, den Mörder zu finden. Tius Rix war unser Capitaine.«

Straubinger kratzte sich am Kinn. »Hören Sie, Caporal-chef, darf ich in Ruhe mit Ihnen reden, nicht in Habachtstellung und ohne Axt?«

Karl nahm die Axt von der Schulter und gab sie seinem Nebenmann, der sie kopfüber auf den Boden stellte und sie am Stielende festhielt.

»Kommen Sie, und sagen Sie Ihren wirklich beeindruckenden Kameraden, dass sie sich rühren können.«

Karl tauschte einen Blick mit dem Sergent, woraufhin dieser ein schneidiges »Repos!« vernehmen ließ. Die Männer lockerten ihre Beinhaltung, nahmen die Äxte von den Schultern und setzten sich am Rand des Spielplatzes ins Gras.

Straubinger ging zu einem der Tische unter der Kastanie und winkte Karl und den Sergenten zu sich. »Hören Sie, es ist so, dass unsere Polizeiarbeit gut läuft. Den Täter, der Ihren Capitaine Tius Rix auf dem Gewissen hat, den haben wir praktisch schon erwischt. Das ist gar nicht unser Problem.«

»Es gibt bestimmt noch ein paar Dinge, die wir vielleicht in der Ermittlungsarbeit … sagen wir … beschleunigen könnten«, erwiderte Karl.

»Herr Caporal-chef, das könnte ich als leitender Beamter nicht zulassen. Wir haben hier keinen Krieg.«

»Überall auf der Welt ist Krieg. Sie wissen, wie schnell das geht. Und Sie führen auch einen Krieg hier im Dorf.«

Straubinger schüttelte vehement den Kopf. »Nein, meine Herren, das kann ich nicht dulden. Aber vielen Dank für Ihr großmütiges Angebot.«

»Wir sind nicht vergebens hierhergekommen«, sagte Karl mit Nachdruck. »Das sind wir unserem Capitaine schuldig!«

Straubinger überlegte, wie er verhindern konnte, die Truppe nicht allzu sehr vor den Kopf zu stoßen. »Ihren Capitaine in allen Ehren, aber ihm können Sie nicht mehr helfen. Aber seinem Heimatdorf können Sie etwas Gutes tun!«

Karl sah den Sergenten an, dieser nickte und Karl fragte: »Und das wäre?«

»Wir haben hier einen zunehmend unangenehmen Mob, der die Leute aufhetzt. Vier, fünf Rechtsradikale und Leute, die denen hinterherlaufen. Wir müssen sie zurückhalten, das hält unsere eigenen Kräfte ganz schön auf Trab. Der Mob taucht ständig an anderen Stellen im Dorf auf. Ihre Hilfe können wir daher irgendwo anders brauchen, nämlich ab morgen dafür, Leute zu Hause abzuholen und in die Impfstation zu bringen, die gerade errichtet wird. Sie strahlen Sicherheit und Respekt aus, das ist im Moment das Allerwichtigste.«

Schepp traute ihren Ohren nicht. »Josef, das kannst du doch nicht …«

Straubinger hob die Hand und sah dann hinüber zu Karl und dem Sergenten. »Können Sie das übernehmen?«

»Das können wir, Monsieur le commandant!«, antwortete der Sergent.

»Es gibt allerdings einen großen Haken. Sie wissen, dass es im Dorf Pocken gibt?«, sagte Straubinger und wartete auf ihre Reaktion. »Wenn Sie also verständlicherweise Nein sagen, dann …«

»Das haben wir bereits erfahren, bevor wir hierherkamen«,

antwortete Karl. »Ich sagte doch, Sie sind im Krieg. Im Krieg gegen die Pocken. Wir sind für solche Fälle bestens ausgerüstet. Komplette ABC-Schutzanzüge von der Légion.«

»Gut, Anja, bereite alles vor«, sagte er zu Schepp. »Wir müssen die Bevölkerung informieren. Schreib Flugblätter für jeden Haushalt. Die Legion wird die Zettel heute noch verteilen.«

»Zettel verteilen?«, fragte Karl entrüstet. »Das ist nun gar nicht unsere Arbeit im Normalfall.«

»Das ist auch kein Normalfall, Caporal-chef, das ist ein absoluter Ausnahmezustand. Und wer Brücken bauen oder zertrümmern kann, der kann auch Menschen vor dem Tod bewahren, in dem er Zettel verteilt. Ich bitte Sie um Ihre Hilfe. Tun Sie es für Tius Rix!«

Karl starrte ihn lange an, und Straubinger hielt seinem Blick stand. »Gut«, sagte Karl. »Ich werde die Kameraden überzeugen.«

»Impftermin ist morgen und die Tage danach, wenn der Doc das Sekret so weit hat. Die Leute sollen zu Hause warten, bis sie abgeholt werden«, sagte er zu Schepp. »Jeweils einer von der Legion mit einem Auto und einer von uns, Anja. Straße nach Straße, bitte arbeite einen Plan aus. Ich werde mal sehen, wie weit Dr. Monheim gekommen ist. Und wie es Tschick geht.«

Straubinger bedankte sich noch einmal bei Karl und dem Sergenten. »Erlauben Sie, dass wir uns im Dorf ein wenig umsehen?«

»Ja, dagegen ist nichts einzuwenden. Vielleicht nur mit zwei Autos, bevor Sie allzu großes Aufsehen erregen.«

»Gibt es einen Platz, an dem wir unser Lager aufschlagen können? Wo es Wasser gibt und vielleicht eine Toilette?«

»Ja, im Pfarrgarten am Pfarrheim«, schlug Schepp vor. »Wir sagen dem Pfarrer Bescheid, dass Sie kommen.«

»Un' jetz', meine 'err Wirt«, rief der Sergent dem Bierbaron zu, »wir nehmen die Angebot an und trinken eine Pastice de Marseille, wenn Sie 'aben. Und sparen Sie nich' an die Größ' von die Gläser, denn wie 'at die Caporal-chef Karl gesagt? Wir sind die Légion étrangère, kein' Waldorfschule!«

DAS NOTEBOOK

Abtei Mariawald, oberhalb von Heimbach

»Eigentlich darf ich das nicht machen«, sagte der freundliche Pater. »Wir sind zwar nicht so streng wie andere Trappistenkollegen«, erklärte er lächelnd, »aber dazu müsste ich ja den Abt fragen, und der ist heute gar nicht hier.«

»Ihre Erbsensuppe soll ja ein Gedicht sein, sagt man Ihnen nach«, sagte Kommissar Tomke Schluff und gähnte, ohne sich die Hand vor den Mund zu halten, denn beide Hände steckten in den Hosentaschen seiner Uniform.

Der Pater war sichtlich irritiert, verneigte sich aber trotzdem. »Ja, da kommen die Menschen von weit her, um sie zu genießen. Und unsere Liköre, die sollten Sie in jedem Fall probieren.«

»Normalerweise trinke ich nur Ostfriesentee, Sie wissen ja, im Dienst«, warf Schluff ein, schüttelte den Kopf und zog mit dem Zeigefinger sein unteres Augenlid herunter. »Alkohol ist da nicht erlaubt«, fügte er konspirativ grinsend hinzu. »Aber vielleicht ergibt sich ja doch ein Gläschen.«

»Tja, klar, vielleicht später«, sagte der Pater etwas peinlich berührt.

»Genau, Pater, vielleicht später. Ist ja schön hier bei Ihnen. Kann man ja mal so vorbeikommen.«

»Immer zu Diensten«, antwortete Pater Simon, weil ihm an dieser Stelle nichts anderes einfiel.

»Pater Simon, ich verstehe Sie schon, dass Sie mir nicht ganz über den Weg trauen«, sagte Tomke Schluff und grinste.

»Oh«, entschuldigte sich der Pater, »so habe ich das gar nicht gemeint.«

»Würde es Ihnen vielleicht weiterhelfen, wenn ich meinen großartigen Kollegen, den ersten Hauptkommissar Straubinger aus Stolberg, anrufe? Er ist der Leiter unserer gemeinsamen Ermittlungen. Und er hat mich ja speziell hergeschickt.«

Der Pater überlegte. »Ach, sicher, das wäre schon eine Hilfe.«

Kommissar Tomke Schluff wählte Straubingers Nummer. »Herr Hauptkommissar, Pater Simon steht vor mir, er würde gern von Ihnen hören, dass wir seine Hilfe dringend brauchen.« Schluff reichte sein Handy weiter an den Pater.

»Ja, in Ordnung, Herr Hauptkommissar. … Ja, wenn das so ist. Natürlich. Eigentlich braucht man dazu einen Durchsuchungs… Ja, okay, ich verstehe. Gefahr im Verzug. Hmm. Ja, ich werde es ihm zeigen. Den Durchsuchungsbefehl … schicken Sie hinterher. Okay, ich werde es … danke, auf Wiederhören.«

Schluff schlenderte, Hände in den Hosentaschen, hinter dem Pater her zu einer Zelle, die ganz hinten in der Reihe der Wohnräume lag. »Er war nur selten hier. Wir haben ihm diese Zelle gegeben, die eigentlich nur für Notfälle gedacht ist«, sagte Pater Simon entschuldigend. »Er war aber damit sehr zufrieden. Für Gäste haben wir normalerweise viel besser ausgestattete Räume.«

Schluff gähnte wieder. »Kann hier jeder übernachten? Dann komm ich vielleicht mal und trinke ein Likörchen mit Ihnen. Wär doch schön, oder?«

»Nein, nein, auf Einladung, nur für speziell angemeldete Gäste«, wehrte der Pater peinlich lächelnd ab.

»Ach«, sagte Schluff und machte eine abwiegelnde Handbewegung, »nicht schlimm. Ich bin ja sowieso Protestant. Die mögen Sie ja nicht so gern in Ihren Mauern. Aber jetzt bin ich ja Polizist.«

Pater Simon schloss die Tür auf. Ein Holzbett, ein Kreuz an der Wand, ein kleiner Holztisch. Das war alles. Auf dem Tisch stand ein Notebook.

»Schön habt ihr das hier!«, rief Tomke Schluff etwas zu laut. »Und einen Computer hat er auch.«

»Wir sind der modernen Welt nicht verschlossen. Wir führen nur einen anderen Lebensstil. Pater Konstantin ist sehr bewandert in solchen Dingen. Unser Abt hat ihm sogar den Auftrag gegeben, eine Website für unsere Abtei zu bauen.«

»Ja toll!«, meinte Schluff, klappte das Gerät auf und schaltete es ein. Eine Passworteingabe. »Klar«, sagte er grinsend. »Passwort. Wann hat Jesus Geburtstag?«, fragte er.

Der Pater starrte ihn völlig überfordert an.

»Na, Geburtstag. Viele Leute geben den Geburtstag ihrer Liebsten ein. Also, Jesus, Geburtstag«, wiederholte Schluff und verzog sein Gesicht zu einem höllischen Grinsen. »Witz, haha!«, sagte er und boxte dem Pater leicht gegen den Oberarm. »Scheiße, war der gut!«, rief er und klopfte sich selbst auf den Oberschenkel.

»Mit Respekt, Herr Kommissar, aber in unseren Mauern …«

Schluffs Gesichtszüge nahmen allmählich wieder eine ernsthafte Miene an. »Entschuldigen Sie, es ist mir rausgerutscht. Ein Passwort«, sagte er. »Wir suchen also ein Passwort.«

Pater Simon kam an den Tisch, griff an den kleinen Schubladenknauf, sah ihm tief in die Augen und zog die Schublade mit einem Ruck auf. »Voilà, Sie Witzbold!«

Vor ihm lag ein Notizbuch. Er holte es heraus und durchblätterte es. Pater Simon stand mit verschränkten Armen überlegen grinsend daneben. Doch er fand nichts, was wie ein Passwort aussah. Als er es zuschlagen wollte, sah er den Pater fragend an. Der grinste immer noch und deutete mit seinen Augen geheimnisvoll auf den Deckel des Notizbuchs.

Schluff drehte und wendete das Buch, sah schließlich auf die Innenseite des vorderen Deckels und entdeckte dort eine mit dünnem Bleistift geschriebene kryptische Buchstaben- und Zahlenfolge. Zwölf Zeichen, die er in die Passwortzeile eingab. Es funktionierte. »Sie sind ein echter Scherzkeks, mein Lieber«, sagte Schluff verschwörerisch grinsend. »Wir sind ein tolles Team. Das mit dem Likör überlege ich mir doch noch mal.« Er klickte auf einen Button auf dem Desktop, der wie ein goldglänzendes Gefäß aussah. Es öffnete das Spiel »Brass Master One«. »Willkommen, *Vir benignus!* Du warst zuletzt auf dem Forum von Crasciniacum. Willst du zurück?« Pater Konstantin nahm also auch an dem Spiel teil, das die halbe Welt spielte. »Kennen Sie das, Pater?«, fragte Schluff.

»Ja, natürlich. Das kennt doch jeder. Ein paar Brüder und ich, wir spielen es auch manchmal«, sagte Pater Simon hinter vorgehaltener Hand. »Der Abt sieht es nicht so gern, aber wir haben ja eine gute Ausrede.«

»Und die wäre?«, fragte Tomke Schluff konspirativ, in dem er sich leicht vorneigte und flüsterte.

»Na ja, die Geschichtsforschung. Wir sind alle in einem Geschichtskreis, der sich mit der Historie unserer Heimat befasst. Und da müssen wir natürlich recherchieren. Wir befassen uns sehr gern mit der schönen Dea Mater und Matrone, dem Vir benignus und vielen anderen. Das bringt ein bisschen Abwechslung in unseren Alltag.«

Tomke Schluff nickte. »Ich sag's auch dem Abt nicht.«

»Und ich nicht dem Hauptkommissar, wenn Sie später einen Likör mit mir trinken.« Beide lachten.

»Äh, Pater Simon, jetzt muss ich Sie aber trotzdem bitten, mich mal allein zu lassen. Ich brauch noch ein bisschen hier. Ist ja eigentlich Privatsache von Pater Konstantin.«

Der Pater sah ihn kurz an, als hätte er ihn nicht verstanden. »Jaja, natürlich«, bejahte er dann flugs. »Ist ja eigentlich Privatsache, nicht wahr?«, wiederholte er. »Aber … Kommissar Tomke Schluff, bei uns ist ja nichts privat. Also lass mich ruhig mitschauen.«

Tomke Schluff warf ihm einen forschen Blick zu, grummelte etwas Unverständliches, das nach »noch ein Likör« klang, und sah sich die einzelnen Dateiordner an, die auf dem Notebook gespeichert waren. Viele alte Fotos, alle sauber beschriftet. Großvater, Vater, Mutter, ein Dorffest in Griechenland, seine griechische Großfamilie, Frauen mit Kopftüchern und weiten Gewändern und Pistolen in den Bauchbinden, Männer mit Schnurrbärten und Langwaffen. Bilder von einer Tropfsteinhöhle. Ein Junge in der Höhle, der lächelte. »Was treibt einen Menschen wohl in eine Höhle?«, fragte Schluff leise. Unter einem Bild mit bizarren Tropfsteinen stand »Höhle von Mani, Bucht von Diros«, ein anderes Bild zeigte einen Mann, der in einem blauen Flachboot stand und einen langen Stab führte. Darunter »Onkel Freideríkos bei der Arbeit«. Dann ein Bild mit zwei Jungen, vielleicht acht oder neun Jahre alt, die Arm in Arm auf einem Felsen saßen, nass vom Wasser, umringt von Stalaktiten, Stalagmiten und transparent anmutenden Schleiern aus Kalksintern. Darunter »Chrístos und ich nach dem Tauchen«.

Ein weiterer Ordner war mit »2023« gekennzeichnet. Darin hatte er Fotos gespeichert, die Bilder mit der Unterschrift »Neuf Gression« zeigten. Hütten, ein Haus, mehrere Leute, die an den Hütten arbeiteten, und ein Foto, das wie durch einen Strauch hindurch aufgenommen war. »Vroni«. Dann ein Bild, mit »Herbert und Vroni« beschriftet, etwas verwackelt. Dann ein Schild, »Rue de Raines«, ein Haus und dann ein Bild, wie ein Mann das Haus verließ, »Willi«.

Schließlich ein Foto von demselben Jungen, der neben seinem Vater stand und triumphierend eine Langwaffe hielt. Darunter stand als Beschriftung: »Ich«.

»Das sollte reichen, Pater Simon«, sagte Schluff zufrieden. »Das wird meinen Chef freuen. Ich kopiere das alles auf einen Stick und ruf ihn an. Und dann, ab zur Erbsensuppe und Likör! Und, äh ... hast du ein Gästebett für mich?«

DIE SPENDER

Gressenich, Biohazard-Lazarett 1, Grundschule

Straubinger betrat das Zelt, grüßte Dr. Heidenau kurz und fragte: »Darf ich?«, wobei er auf den Gang zeigte, in dem Tschick zuletzt gelegen hatte.

Sie nickte, kam aber direkt auf ihn zu. »Ihr Bekannter, der sein Sekret gespendet hat, er wird es wohl nicht überleben. Es sieht sehr schlecht für ihn aus. Ich kann nichts mehr für ihn tun.«

»Oh Gott«, entfuhr es Straubinger.

»Wir haben ihn in den kleinen OP-Raum gelegt, damit Dr. Monheim arbeiten konnte, ohne die hier Liegenden noch mehr zu gefährden. Hören Sie, es ist alles andere als ein schöner Anblick. Ich weiß nicht, ob Sie sich das antun wollen.«

»Doch, ich möchte ihn sehen.«

Sie führte ihn durch eine Schleuse in einen Klassenraum, wo Tschick hinter einem Kunststoffvorhang auf einem OP-Tisch lag, bedeckt von einer grünen, dünnen keimfreien Decke. Das Rauschen einer Entlüftung war zu hören.

Straubinger betrachtete ihn mit einem schweren Kloß im Hals. Dieser arme Kerl! Er biss sich auf die Unterlippe, als könnte er ihm damit einen Teil seines Leids abnehmen. An Tschicks Händen wie an seinen Beinen waren nahezu alle Pusteln geöffnet worden. Man konnte die kleinen Schnitte erkennen, die Dr. Monheim fachmännisch gesetzt hatte. Aus einigen Wunden floss noch Sekret nach, teilweise mit Blut vermischt. »Wir haben sie größtenteils offen gelassen, damit sie an der keimfreien Luft schneller abheilen können.«

»Das müssen doch Höllenschmerzen sein. Hat er das gut ausgehalten?«

»Wir haben ihm Morphium gespritzt. Er ist in einem Nebel. Die meisten Leute träumen etwas Schönes.«

»Ganz ehrlich. Gibt es keine Chance?«

»Ich glaube nicht«, sagte Dr. Heidenau gefasst und ohne Umschweife, wie jemand, der es gewohnt war, schlechte Nachrichten zu überbringen.

Straubinger nickte. »Ist Dr. Monheim schon weg?«

»Nein, er hat noch einen zweiten Patienten überzeugen können. Kommen Sie.« Sie ging voran in ein zweites OP-Zelt. »Lassen Sie ihn in Ruhe arbeiten. Ich denke, er macht das sehr gut.«

Straubinger stand vor der durchsichtigen Abtrennung und beobachtete, wie Monheim in einem gelben Schutzanzug in Begleitung einer Frau in derselben Aufmachung dabei war, an einem ruhig atmenden Körper Pusteln zu öffnen. »Wer ist die Frau?«, fragte er.

»Unsere erfahrenste OP-Schwester. Aber ich glaube, das ist auch für sie etwas Neues.«

Die Krankenschwester strich das Sekret, das jeweils ausfloss, unmittelbar danach ab und sammelte es in einer glänzenden Nierenschale.

»Wer ist das auf dem Tisch?«, fragte Straubinger.

»Sie müssten ihn kennen. Der Vorsitzende des Motorradclubs, Völkert ist sein Name. Als er gehört hat, dass er helfen kann, hat er sofort zugesagt.«

Straubinger stöhnte, das war der Mann, der den toten Sabzynski am Kreuz gefunden hatte.

»Aber er kann sich doch erst gestern bei dem Toten am Kreuz angesteckt haben. Und heute schon krank?«

»Die Inkubationszeit ist mindestens fünf bis sieben Tage, eher mehr. Er muss sich zuvor irgendwo angesteckt haben. Ich habe zugehört, als er Dr. Monheim berichtet hat, dass er mehrfach Kontakt zu Tschick hatte. Sie sind Nachbarn.«

»Ach du Sch…!«, rief Straubinger. »Meine Kollegin, sie war erst vor Kurzem bei ihm. Hoffentlich … um Gottes willen, Anja!«

»Beobachten Sie sie gut. Solange sie keine Anzeichen hat, ist sie nicht ansteckend. Aber dann. Sofort hierher!«

Straubinger nickte besorgt.

»Dr. Monheim wird die Aufbereitung des Sekrets der beiden Männer übrigens hier bei uns machen. Wir sind entsprechend ausgerüstet. Morgen sollte er genügend Sekret haben, um eine Menge Impfungen vornehmen zu können.«

Straubinger bedankte sich kurz und verließ die Station. Es war ein trauriger Anblick gewesen, und er befürchtete das Schlimmste für Tschick, und auch für Völkert. Vor dem Zelt telefonierte er. »Sag mal, Anja, du warst doch erst vorgestern bei Völkert, also bevor er die Leiche entdeckt hat. Ist dir da an ihm etwas aufgefallen?«

»Was sollte mir aufgefallen sein?«

»Er ist heute Morgen hier eingeliefert worden. Seine Frau auch, wie ich erfahren habe. Sie sind beide im höchsten Stadium. Pusteln auf dem ganzen Körper. Er muss sich also schon zuvor angesteckt haben. Wahrscheinlich bei Tschick.«

»Verdammt«, entfuhr es Schepp. »Er und seine Frau haben sich ganz schön oft gekratzt. Am Hals. Verflucht! Hoffentlich hab ich mich …«

Straubinger schwieg. Was hätte er auch sagen sollen?

»Josef!«, schrie sie ins Telefon. »Das darf doch nicht wahr sein. Josef! Was soll ich tun?«

»Solange du keine Auffälligkeiten zeigst, bist du noch nicht krank, und auch nicht ansteckend. Aber gib acht auf dich, Anja. Sobald du irgendwas …«

»Schon gut, Josef, schon gut, ich werd' dich schon nicht mitnehmen ins Grab!«, schrie sie und schluchzte los. Dann legte sie auf.

Straubinger stand da, als hätte er den Regen der ganzen Welt abbekommen. Was für ein Dilemma. Die Menschen konnten nichts dafür, und nun schien es einen nach dem anderen zu erwischen. Es würde nur eine kurze Zeit dauern, bis die ersten Ausbrüche hinzukamen, ausgelöst durch das Pulver, das der Mönch verstreut hatte.

Sein Telefon klingelte. »Ich bin es noch mal«, schniefte Schepp. »Tomke hat angerufen. Komm mal vorbei.«

ES WIRD BRENZLIG

Gressenich, rund um den Spielplatz

»Dein langweiliger Kollege hat sich also gemeldet«, frotzelte Straubinger und biss in einen Schokoriegel, den er in der Schublade seines Schreibtischs gebunkert hatte.

»Vielleicht ist er doch gar nicht so langweilig, wie er gern vorgibt. Er hat sich in Mariawald offenbar mit einem Pater angefreundet, und er hat Pater Konstantins Notebook gefunden. Ich ruf ihn mal an, er kann es dir selbst erzählen.«

Straubinger hörte Kommissar Tomke Schluff lange zu. »Danke, Schluff. Gut gemacht.« Er gab Schepp das Handy zurück. »Merkwürdig«, sagte er und sah ins Leere. »Dieser Pater Konstantin gibt einem wirklich Rätsel auf. Kollege Schluff sagt, er hat viele Bilder von einer Tropfsteinhöhle auf dem Notebook gefunden. Er hat sich also schon als Kind für Höhlen interessiert. Und Bilder von Festen und Menschen in Griechenland. Mit Pistolen und Gewehren.«

»Ja, sehr merkwürdig. Costa ist also Pater Konstantin, und der kleine Costa scheint oft in Griechenland gewesen zu sein, der Menge der eingescannten Bilder nach zu urteilen, die Tomke auf dem Notebook gefunden hat.« Schepp nickte mit zusammengepressten Lippen und machte eine Pause.

Er wandte den Kopf hin zu Schepp. »Anja, wir müssen ihn finden. Wo steckt der Kerl bloß?«

»Ja, aber wir sind in Quarantäne und dürfen nicht raus, das habe ich schon mal angesprochen«, mahnte Schepp.

»Solange wir keine Symptome haben, sind wir nicht ansteckend, sagt die Virologin.«

»Trotzdem, Josef, das sind die Vorschriften.«

Straubinger stutzte und hörte Rufe in der Ferne. »Ach du je! Da kommen wohl unsere Verschwörungsheinis wieder um die Ecke. Komm, das sehen wir uns an.«

Straubinger eilte hinaus am Spielplatz vorbei, und Schepp kam hinterher. »Und wer geht ganz vorn? Unser rechtsradikaler Schreiakrobat Arnold Altmann«, lästerte Straubinger.

Altmann blieb vor dem Gebäude »Zum Bayerischen Bua« stehen. Eine große Fahne mit dem Biohazard-Emblem hing aus dem obersten Fenster. »Biohazard-Station 2 – Abstand halten!«, stand auf einem rot eingerahmten Schild, das an der Mauer angebracht worden war.

»Altmann, er hat einen Freund, der normalerweise eher still ist, aber dafür gefährlich. Er ist vorbestraft wegen unerlaubten Waffenbesitzes. Ziemlich kleiner Wicht. Er ist auch dabei.«

»Wo?«

»Der, der aussieht wie ein Pudel, dem man die Schnauze poliert hat. Oben krause blonde Haare, an den Seiten rasiert, eine platte Nase, helle Haut und überall Pickel im Gesicht.«

»Der da, der hinter Altmann herspringt wie ein aufgedrehter Hampelmann?«

»Ja, der ist zwar 43, aber er hat es nie aus der Pubertät geschafft. Ewald Eselgrimm. Eine Frau aus diesen Reihen hat ihn mal Waldi genannt. Er hat sie vor allen anderen so verdroschen, dass man ihr Gesicht nicht mehr erkannt hat. Sie war fast ein halbes Jahr im Krankenhaus. Geht heute noch gekrümmt und humpelt.«

»Und Waldi, was hat er bekommen?«

»Nichts. Mangel an Beweisen. Hatte von acht Leuten ein Alibi. Er hat sie sogar wegen Verleumdung angezeigt. Und weißt du was? Ich musste die Anzeige aufnehmen und ihr nachgehen. Das war so widerlich!«

Schepp und Straubinger betrachteten den Zug von mittlerweile etwa 50 Leuten, die hinter Altmann hergingen, der sein Megafon trug und eine neue Parole schrie:

»Keine falschen Ärzte!
Keine Bullerei!
Keine Kasernierung
und Betrügerei!«

Das Ganze wurde im Chor hinter ihm wiederholt. Direkt hinter ihm ging dieser kleine Mann, Ewald Eselgrimm. Er war vielleicht einsfünfundsechzig und wie auch Altmann in Drillichkleidung gehüllt. Sein Gesicht wirkte extrem angespannt und irgendwie gekränkt. Mit einem Baseballschläger in der Hand versuchte er, den Rhythmus von Altmanns Geschrei wie ein Dirigent zu begleiten, doch er schien völlig unmusikalisch zu sein. Entsprechend lächerlich wirkte es auf Straubinger, als er ihm zusah. Außer Eselgrimm und Altmann waren es insgesamt 19 Leute, die gleich gekleidet waren und alle einen Baseballschläger hielten. Alle anderen schienen nur Mitläufer zu sein, die teilweise erbärmlich gestaltete Schilder trugen, die kaum zu entziffern waren und an denen sie sich festzuklammern schienen.

Plötzlich schossen zwei Autos heran. Sie überholten den Protestzug und stellten sich direkt auf die Straße vor ihn. Es waren zwei Acmat VT4 der Legionär-Veteranen.

»Ich glaub, es gibt Stress«, sagte Schepp und lehnte sich an ein geparktes Auto, von wo sie einen guten Überblick über das Geschehen hatte. Straubinger lehnte sich neben sie und biss in einen kleinen Augustapfel aus Monheims Garten.

Die zehn Männer der Legion stiegen aus und stellten sich vor dem Protestzug auf. »Wer von euch ist der Anführer?«, fragte Karl ruhig.

Altmann zögerte, sagte aber dann: »Ich, wieso?«

»Zu welcher Einheit gehören Sie?«

»Was? Einheit?«, entgegnete Altmann barsch.

»Sie tragen ein Wappen auf dem Ärmel, was bedeutet das?«

Altmann sah auf das Wappen am Ärmel, das einen schwarzen Greiff mit einer roten Zunge zeigte, der ein rotes Füllhorn in den Pranken hielt und einen weißen Schild mit gekreuztem Hammer und Schlegel auf der Brust trug. »Das ist das Wappen von Gressenich. Und wir, wir sind die ›Lanzen von Gressenich‹.«

»Pfui!«, rief eine alte Dame am Straßenrand. »Das schöne alte Wappen unserer ehemaligen Gemeinde! Das ist Missbrauch! Schäm dich, du Lümmel! Dafür gehörst du geohrfeigt, Arnold!«, krächzte sie wütend.

Altmann zögerte. Jemand zupfte an seiner Jacke. Eine kleine Frau, die ziemlich verängstigt wirkte. »Arnold, komm, lass uns gehen. Das ist 'ne Nummer zu hoch für uns, oder?«

»Und du auch, Christinchen!«, rief die Alte. »Wat willst du denn von dem fiesen Kerl?« Ein alter Mann kam hinzu und zog die Frau an sich. »Komm, Finchen, lass es. Wir können da nichts mehr machen. Die sind zurück. Guck sie dir an. Wie früher. Fehlen nur noch die Kappen und die Runen.«

Christinchen ließ Altmann los und sah beschämt zu Boden.

»Die blöde alte Kuh, die hat doch keine Ahnung!«, schimpfte Eselgrimm und spuckte in Richtung des alten Paars auf die Straße, das fassungslos dort stand und es trotzdem ertrug.

Karl sah in den Himmel. »Die ›Lanzen von Gressenich‹, das klingt sehr professionell. Wo hat Ihre Einheit gekämpft, Kommandant?«

»Wir kämpfen mit Information«, erwiderte Altmann. »Im Internet, auf der Straße und so. Wer bist du überhaupt, du Vogel?«

»Ich bin Caporal-chef Veteran Karl Seeheim, das ist Sergent Veteran Massimo Duo, und das sind unsere Freunde. Wir sind keine Vögel, ansonsten wären wir bei der Luftwaffe, wir aber sind die Legion. Wir kämpfen am Boden, wo es brenzlig wird. Ist es hier brenzlig?«

Altmann wandte sich an Straubinger. »Hey, Bulle, sag denen, sie sollen mit ihren lächerlichen Äxten verschwinden!«

Straubinger sah auf den Apfel. »Warum sollten wir? Das sind friedliche Menschen, die Bauwerkzeug tragen. Und ihre Meisterschürzen sagen mir, dass sie was von ihrem Handwerk verstehen. Was sollten wir da verbieten?«, erwiderte er und biss genüsslich in seinen Apfel.

»Also, ihr Kasperlefiguren, was wollt ihr von uns?«, schrie Altmann. »Geht aus dem Weg!«

»Ach, komm, sei nicht so dumm«, sagte Karl. »Lass uns einen Test machen.«

Eselgrimm näherte sich Altmann von hinten und flüsterte ihm ins Ohr, sodass Straubinger es kaum verstehen konnte. »Das sind doch alles alte Böcke, bestimmt ziemlich besoffen, wie mir vorkommt. Die hauen wir klein!«

»Halt die Klappe, du Idiot!«, wies Altmann ihn zurecht.

»Also?«, fragte der Sergent und zeigte, dass er ungeduldig wurde.

»Mein Sergent wird unruhig, das heißt nichts Gutes, Kommandant. Es wird Zeit, dass Sie umkehren.«

»Niemals!«, schrie Altmann, drehte sich zu der Truppe hin und nahm das Megafon an den Mund.

»Keine falschen Ärzte!
Keine Polizei!
Keine Kasernierung!
Keine Mogelei!«

Der Mob wiederholte das, wobei Eselgrimm wieder völlig unpassend den Rhythmus in die Luft schlug.

Die Legionäre sahen sich das Schauspiel etwa eine halbe Minute lang an. Dann rief der Sergent: »Buchettes!«, worauf die Jungs behutsam ihre Äxte auf den Gehsteig legten.

»Weiß jemand, was das heißt, Buschett?«, wollte Altmann von seinen Leuten wissen, wobei seine Stimme eine gewisse Nervosität verriet.

»Kleinholz!«, erklärte eine zaghafte Stimme von weiter hinten, ein vielleicht 16-jähriges Mädchen in Grufti-Outfit.

»Ein Genuss«, bemerkte Straubinger und grinste.

»Wollen wir nicht eingreifen?«, fragte Schepp.

Dann ging es schneller, als Straubinger ihr hätte antworten können. Die Veteranen gingen auf die Truppe zu und nahmen in Windeseile, wie choreografiert, den Leuten ihre Baseballschläger ab. »Hey, was soll das?« und »Fass mich nicht an!« und »Hilfe, brutaler Angriff!« oder »Männerschweine!« waren die Quittung.

Die Männer der Legion legten je zwei Baseballschläger auf die Kante des Gehsteigs und schlugen zweimal mit ihrer Axt zu, manche dreimal. Die Schläger waren zerstört. Dann legten sie drei Kameraden die Stücke auf die Arme, und Caporalchef Karl Seeheim baute sich vor Altmann auf. »Kommandant, wir möchten das Eigentum der ›Lanzen von Gressenich‹ zurückgeben, in friedenstiftend veredelter Form.« Er nickte den drei Kameraden zu, die augenblicklich Altmann das Kleinholz vor die Füße fallen ließen.

»Jetzt könnten wir eingreifen, aber jetzt ist es schon vorbei«, sagte Straubinger grinsend, worauf er von Schepp einen verzweifelten Blick erntete.

Altmann schrie auf. »Scheiße! Was soll das, ihr Irren!«

»Als Nächstes könnten wir uns Ihre Uniformen vornehmen, Kommandant. Wäre das für Sie in Ordnung?«, fragte Karl höflich.

Altmann kochte. Er drehte sich um.

»Komm, Arnold«, beschwichtigte Christinchen, »beim nächsten Mal machen wir das schon. Für heute ist genug.«

Altmann hob den Arm und rief: »Wir ziehen weiter!«

»Rollin', rollin', rollin' …«, sang Straubinger das »Theme from Rawhide« von den Blues Brothers, bis Schepp ihn von der Seite anstieß. »›Tausend Meilen Staub‹«, erklärte er, »alte Westernserie, der Trailboss rief am Ende jeder Episode auch stets ›Wir ziehen weiter!‹. Und dann zog er eben mit seiner willenlosen Herde weiter in die ewige Prärie und hinein in den gnadenlosen Staub der Trostlosigkeit.«

Schepp warf ihm einen mürrischen Blick zu. »Mann, Josef, wie kannst du bloß angesichts der bitteren Lage deine poetische Ader auspacken?«

»Auch leidvolle Zeit braucht ab und zu Erheiterung«, antwortete Straubinger. »Sonst hältst du das doch alles nicht aus. Oben in der Grundschule, da stirbt gerade ein tapferer Mann, und weder ich noch du können etwas tun. Wir müssen es einfach akzeptieren. Aber wir dürfen niemals resignieren.«

Schepp sah ihn traurig an. »Du kennst ihn ganz gut, oder?«

»Kennen, was heißt das schon. Ich kenne Tschicks manchmal ungeschickte Bemerkungen. Ich weiß noch, als er damals im Wald bei Buche 19 die Leiche entdeckt hat. Er war so aufgeregt, dass ich heute noch manchmal darüber lache. Und jetzt, was jetzt kommt, ist vielleicht sein traurigster, aber eben auch sein tapferster Meilenstein. Er rettet sein Dorf, wenn Dr. Monheim recht hat. Und er wird einsam sterben.«

FREITAG, 18. AUGUST

RÖMERFLUCH

Brackvenn, 1.500 Meter östlich von Neuf Gression

Der prasselnde Vennregen hing über den Hütten wie eine unsichtbare Glocke. Den ganzen Tag schon goss es, was das trockene Wetter der letzten Wochen abrupt beendete. Die letzten Bewohner einer der Hütten von Neuf Gression waren dabei, ihre Sachen in den Lieferwagen zu packen.

»*Sunuxsal,* Dea Mater, komm zu dir«, flehte Debora. »Komm zu dir!«

Sunuxsal war außer sich. Sie hielt den mächtigen Kerzenleuchter in Händen und stürmte mit einem animalischen Schrei auf den Altar los, zerstörte das Bild vom Hemmoorer Eimer ebenso wie den Reliefstein, von dem die Gesichter der drei Matronen nacheinander aufgrund ihrer wuchtigen Hiebe wegsplitterten. Dann schlug sie brüllend auf die Inschrift ein, bis das Schild von der Wand abplatzte und scheppernd zu Boden fiel.

Keuchend setzte sie den Kerzenleuchter auf den Boden und hielt sich gebückt daran fest. Ihre roten Flecken waren noch nicht reif, doch ihr war bewusst, dass sie ebenfalls die Pocken hatte. »Weiche, Debora, weiche!«, schrie sie im Fieberwahn und streckte ihr die erhobene Handfläche entgegen. »Meide mich, halte den Abstand!«

»Komm zu mir, Dea Mater, ich werde dich pflegen. Wir werden deine Spitzwegerichtinktur nehmen, die hat noch immer geholfen. Ich räuchere deinen Raum aus, du wirst gesund werden.« Mit zitternder Stimme fügte sie hinzu: »Die Bibernelle befreit die Luft, der Weihrauch heilt mit scharfem Duft. Der Meisterwurz vertreibt …«

»Ruhe!«, schrie Sunuxsal. »Es ist sinnlos, alles nutzlos. Begreifst du es denn nicht, dummes Ding! Wir sind besiegt. Wir beide sind noch die Einzigen hier. Alle anderen«, sie ließ ihren rechten Arm in hohem Bogen einen Halbkreis durch die Luft ziehen, »sie sind weg! Abgehauen. Sie haben uns hier allein gelassen!«

»Aber Dea Mater, wir finden andere! Sei zuversichtlich, du wirst gesund werden!«

»Nichts als Schulden! Nichts als fehlendes Geld! Dieses Spiel hat uns in den Ruin getrieben. Die Menschen haben mich enttarnt«, schrie sie. »Und du, ha!«, lachte sie verächtlich. »Du glaubst immer noch an den faulen Zauber, den ich euch jahrelang aufgetischt habe.«

Debora wirkte schockiert. »Aber Dea Mater, du bist verwirrt. Die Krankheit lässt dich im Nebel stehen. Komm, ich werde dir …«

»Nichts wirst du, dummes Huhn«, spie sie ihr entgegen, »nichts wirst du tun! Lass mich in Ruhe mit deiner Unterwürfigkeit und verschwinde, wo du hergekommen bist.« Immer noch keuchend stützte sie sich auf den Leuchter. »Siehst du denn nicht, dass ich dahinfaule? Es ist der Fluch, den wir uns geholt haben, der Römerfluch!«

Debora konnte es nicht glauben! Ihre Sunuxsal, der sie vertraut hatte wie ein Kind seiner Mutter, war dabei, sie zu verraten. Wie wirr hatte die Krankheit sie werden lassen! Weinend, beide Hände vor dem Mund, um ihr Schluchzen zu ersticken, stürmte sie hinaus in die Küche, riss die Tür auf und sprang durch den Regen gerade noch rechtzeitig in den Lieferwagen, als dieser abfahren wollte. Ohne Abschied brausten sie los.

Sunuxsal röchelte, gab ihrer Schwäche nach und sank zu Boden. Sie kroch in die Küche. Und da stand er. Benebelt und vom Fieberwahn umnachtet nahm sie seine Umrisse wahr. Die ersten Pocken hatten sich auf ihrer Haut gebildet. »Was willst du hier?«, fragte sie hustend. Der Schmerz im Hals ließ sie weiter röcheln. Sie hatte zu laut geschrien. Ihre Augen waren nass, heller Schleim nahm ihr die Sicht.

»Sunuxsal, ich will dich erlösen von dem Bösen, das in dir steckt.«

Sunuxsal rollte mit den Augen und riss sie auf, so weit es ihr Fieberschmerz zuließ. »Bist du es … Venngeist? Hüter des Moores und der Beeren? Willst du mich retten?«

»Ja, ich komme, dich zu retten, Moorhexe. Ich bringe dich zu dem heiligen Ort, an dem das Wasser dich heilen, dich von der Pestis reinwaschen wird.«

»Im Wasser, im Wasser …«, stöhnte Sunuxsal und blickte aus erloschenen Augen ins Leere und lächelte.

»Komm, meine Schöne, komm mit mir. Lass dich verführen … schöne Sunuxsal …«

Sie atmete schwer und versuchte aufzustehen. Ihre Augen tränten. Pater Konstantin stützte sie, schleppte sie vorsichtig zur Tür, wo der Regen ausgesetzt hatte. Ein trockener Wind kam von Süden her, der Vennföhn wehte warme Luft heran. Am Himmel brach das Blau große Lücken in die wirbelnde Wolkendecke. Sunuxsal war aufgebracht, anscheinend begriff sie für einen Moment, was geschah.

Pater Konstantin versuchte, sie zu beruhigen. »Du weißt, dass du mir helfen musst.«

»Wo bringst du mich hin?«

»Dahin, wo die Wassermännlein im Wollgras hocken und den Nebeljungfern ein Lied singen …«

»… damit sie über den Moortümpeln tanzen und ihre

Schleier über das Venn ausbreiten«, beendete Sunuxsal die alte Mär vom Venngeist und der Moorhex.

Pater Konstantin hob sie hoch und setzte sie in den Beiwagen, startete den Motor und fuhr auf den Weg, der sie direkt in das Brackvenn brachte. Neben einem der Holzstege, der über die Tümpel und sumpfigen Moorpassagen verlief und bei Tag die Wanderer trocken durch das Moor führte, stoppte er. Dann trug er Sunuxsal auf einen der Holzstege, der hier abzweigte. »Geh, Sunuxsal, geh, zu den Nebeljungfern. Dort, siehst du sie?«, fragte er und deutete nach Westen, wo im Gegenlicht der sinkenden Sonnen die aufsteigenden Dampfschwaden einen Schleier über das rot und gelb glühende Land legten.

Sunuxsal konnte sich kaum auf den Beinen halten. Ihre Hände und Arme gen Himmel gerichtet, über und über mit roten Flecken und Pusteln bedeckt, ihre Beine und Füße nackt und ebenfalls übersät, stakste sie im Fieberwahn den Steg entlang, Schritt für Schritt, schluchzend und jammernd. Dann, ein weiterer Schritt, und sie stolperte. Das morsche Holz gab nach, ein Brett brach und Sunuxsal kippte nach hinten und lag im fauligen Morast. Hektisch versuchte sie zu schwimmen. Ihre Füße berührten den schlammigen Boden. Sie stemmte sich hoch. Für einen Moment schien der Boden sie zu tragen, dann jedoch sank sie ein. Je mehr sie versuchte, einen Fuß zu heben, desto mehr wurde der andere in die Tiefe gezogen. Plötzlich schien sie hellwach zu sein. Veronika Lorenz schrie. »Hilfe, so hilf mir!«

Costa Papazoglou sah ihr zu, wie sie zappelte, allmählich tiefer sank und bereits bis zu den Oberschenkeln verschwunden war. »Der Boden ist wie ein Vakuum, liebe Vroni. Sobald du probierst, den linken Fuß herauszuziehen, sinkst du mit dem rechten tiefer. Ohne Hilfe hast du keine Chance. Der Tod im Moor kommt sehr langsam, liebe Vroni.«

Veronika starrte ihn mit offenem Mund an. »Costa?«, fragte sie ungläubig. »Bist du es, Costa? So hilf mir doch. Costa! Hilfe!«, schrie sie und sank tiefer.

»Du musst wissen, dass mich dieses Computerspiel erst drauf gebracht hat, euch zu finden. Wir Trappisten sind näher an der realen Welt, als ihr glaubt«, sagte er und lachte wieder sein Kleinjungenlachen. »Ich habe ein Notebook, und dort spiele ich ›Brass Master One‹. Ich hatte gehört, dass es um das antike Gressenich und um die Eimer geht, um unsere Eimer. Wie schön! Dann entdeckte ich dich und Willi in dem Spiel, und irgendwie hatte ich den Eindruck, dass ihr da mitspielt, dass ihr dahintersteckt.« Er gähnte und reckte seine Arme. »Ach, ich habe lange versucht, meine liebe Sunuxsal, Frieden zu finden. Habe versucht, euch zu verzeihen, es als Kinderkram abgetan. Ich wollte, dass ihr nicht schuld gewesen wäret. Und dann war ich bei Herberts Vortrag. Ich war höllisch nervös, euch wiederzusehen. Da habe ich gespürt, dass du und Herbert nur eines im Sinn hattet!« Er bäumte sich auf und wurde laut. »Ihr wolltet immer noch nur den Eimer finden. Und mich, mich habt ihr völlig vergessen. Ich war euch egal!« Außer sich vor Wut brüllte er sie an. »Mein ganzes Leben lang war ich euch … egal!«

Veronika Lorenz bibberte. Ihr Kopf hatte sich zur Seite gesenkt. »Bitte, bitte, bitte«, stammelte sie.

Zornig beugte Costa Papazoglou sich vor und starrte sie mit riesigen Augen an, sein Bart und die Lippen zitterten. Dann wurde er ruhig. »Ihr habt mich vier Tage lang im Dunkeln sitzen lassen, halb verdurstet und verhungert war ich, kein Licht war zu sehen. Mein Bein war gebrochen. Ich dachte, das müsste die Hölle sein, von der mein Vater mir so viel erzählt hat. Und dann hat mein Großvater mich gefunden, bevor man mich gesucht hat. Weil ihr es niemandem zuvor verraten habt. Ich konnte es einfach nicht vergessen, liebe Veronika.«

»Costa, ich bitte dich. Hilf mir!«, flehte Veronika Lorenz und verschränkte die Hände.

»Veronika, wie sehr war ich in dich verliebt! Wie auch die beiden anderen. Und du warst so grausam zu uns. Aber nur mich, mich hast du in die Höhle geschickt, nur weil du den Messingeimer haben wolltest. Deinen Matronengral. Und weißt du was, Veronika? Ich habe ihn.« Costa Papazoglou ging zum Motorrad und holte eine Tasche. »Hier, schau, das ist er. Ist er nicht wunderschön? Dein Eimer. Ich habe ihn mir zurückgeholt, Veronika.« Er stellte ihn an den Rand des Stegs.

Veronika Lorenz reckte in ihrem Fieberwahn ihre Arme nach dem Eimer, wobei sie ein kleines Stück mehr im Morast versank. »Costa, hilf mir, bitte!«, flehte sie.

»Keine Angst, Vroni. Du wirst nicht ganz versinken«, versicherte er. »Es ist ein Märchen, dass Menschen im Moor versinken. Dazu ist das Moor viel zu dicht. Selbst wenn es dich ganz verschlingen würde, solange du aufrecht bist, würde es dich wieder hochquetschen. Aber eben nur zur Hälfte. Die Menschen sterben im Moor, weil sie tagelang nicht gefunden werden. Erst Arme und Beine, dann der Rest des Körpers, sie kühlen allmählich aus, du wirst ganz ruhig, dein Herzschlag nimmt ab. Irgendwann bist du bewusstlos, das ist die Zeit, in der deine Schandtaten alle an dir vorüberziehen, bis du stirbst, vor Durst, vor Hunger oder an Schwäche. So wie ich damals fast gestorben wäre.« Costa machte eine Pause, sah sie lange an und fuhr dann fort: »Du aber, Veronika, du wirst an der Pestis sterben, die ihr mit dem Eimer hierhergebracht habt«, sagte er und schnippte mit dem Fingernagel auf den Rand des Gefäßes, sodass es einen glockenhellen, schwebenden Ton von sich gab. »In ein oder zwei Tagen bist du so weit. Und, Wanderer kommen zurzeit nicht hierher, die Wege sind gesperrt, wegen der morschen Stege.«

Veronika Lorenz steckte mittlerweile bis zur Brust im Morast. In Panik machte sie Schwimmbewegungen, vergeblich. Und tatsächlich, sie versank nicht weiter, aber selbst befreien konnte sie sich auch nicht. Bitter erkannte sie, dass sie verloren hatte. Pater Konstantin aber nahm den Messingeimer unter den linken Arm und baute sich vor ihr auf. Er hob die rechte Hand, malte ein Kreuzzeichen in die Luft und sagte gütig: »Ego te absolvo.«

DIE VERDICHTETE SPUR

Einsatzzentrale im »Petit Marron«

Straubinger riss die Verpackung eines Schokoriegels aus seiner Schreibtischschublade auf. In dem Moment klingelte Schepps Handy. »Aha, das ist ja interessant …« Sie hörte eine ganze Weile zu. »Danke, sehr gut. Und danke für eure schnelle Arbeit!«

»Was Wichtiges?«, fragte Straubinger kauend.

»Die Spur verdichtet sich, Josef! Unsere DNA-Spezialisten beim LKA konnten tatsächlich an dem Beutel mit dem schwarzen Pulver, den Dr. Monheim am Spielplatz gefunden hat, zwei DNA-Spuren isolieren, und auf dem Messer, da waren es sogar drei.«

»Drei?«, fragte er verwundert.

»Ja, an dem Beutel zwei, die wir beide kennen. DNA-Spur 1: von Dr. Herbert Sabzynski. Diese haben wir auch an dem Messer.«

»Aber die DNA von Sabzynski auf dem Beutel? Wie kommt die dahin?«, sinnierte er.

Schepp schwieg einen Augenblick. »Ich hab keine Ahnung. Sehr merkwürdig alles. DNA-Spur 2 ist die von dem Jungen, Leo Nörvenich. Klar, an dem Messer.«

»Und die dritte Spur?«, fragte Straubinger gespannt.

»DNA-Spur 3 am Messer: stimmt überein mit einer Spur, die wir auch am Beutel gefunden haben. Am Messer war sie schwer zu isolieren, sagte die Laborantin, stammt wahrscheinlich von Hautabsonderungen. Aber es ist gesichert. Der Mönch.«

»Unser Mönch! Unser Mönch ist also der Täter«, bemerkte Straubinger triumphierend.

»So weit, so gut. Wir kennen den Täter. Aber jetzt kommt's, Josef, halt dich fest. Diese Spur 3 stimmt überein mit der Spur aus Costas Schuh.«

»Volltreffer«, entfuhr es Straubinger und fasste sich an die Stirn. »Der kleine Costa! Dann sind Pater Konstantin und Costa Papazoglou tatsächlich ein und dieselbe Person. Er ist unser Täter, und er hat es also tatsächlich so gemacht. Er hat den Jungen mit Sabzynskis Pocken geimpft!«

»So sieht es aus, Josef.«

»Ich muss Raehs anrufen. Die soll mal in dem Institut nachforschen, in dem Sabzynski gearbeitet hat. Vielleicht lässt sich dort mehr herausfinden.«

IM TIEFEN BAUCH

Höhle von Lorette-Rochefort, Belgien

Straubinger schnürte seine Schuhe, die er gerne beim Holzmachen trug, fester als sonst, in dem Glauben, sie könnten ihn irgendwie vor dem unguten Gefühl schützen. Er hatte

Bruder William dazu bewegen können, sein Schweigegelübde kurzzeitig zu brechen. Er hatte ihm den Weg gewiesen, wie Straubinger zu der Höhle kommen würde. Und jetzt stand er vor der Grotte de Lorette-Rochefort, etwa dreieinhalb Kilometer südlich des Trappistenklosters. Ihm wurde zunehmend unwohl, mit jedem Meter, den er sich der Höhle näherte, nahmen seine Magenschmerzen zu. Er griff in die Tasche, nahm noch drei Pillen Bullrichsalz und spülte sie mit einem großen Schluck Wasser hinunter.

Man konnte von hier aus nicht erkennen, dass der Untergrund durchlöchert war von einem Höhlensystem, das insgesamt über sechs Kilometer lang sein sollte und mehr als 70 Meter unter die Erdoberfläche führte. Um ihn herum üppiger Mischwald, eine Allee und ein kleines Museumsgebäude, das die Höhle ankündigte, doch dort, wo eine schmale gewundene Schlucht nach unten wies, dort wucherten rechts und links Gestrüpp und wildes Strauchwerk und schließlich ein Vorhang aus Hängepflanzen, die pfeilgerade nach unten in den Schlund der Unterwelt wiesen. Dazwischen blitzte der blanke Kalkstein hellgrau hervor, dessen Altersstufe weltweit nach diesem Gebiet hier benannt war, dem Famenne, fast doppelt so alt wie der Kalkstein in den Alpen. Straubinger spürte den Schauer der Ehrfurcht, nicht so sehr vor dem Gestein, sondern vor der Erkenntnis, die Forscher hier einst gewonnen hatten.

Mit jedem Schritt die schmale Treppe hinab wurde ihm unwohler. Nun verharrte er vor dem Eingang der zweitlängsten Höhle Belgiens. Alles kein Vergleich zur Monsterhöhle in den Alpen, aber es machte sich ein Schaudern in ihm breit. Warum zog sich Pater Konstantin ausgerechnet hierher zurück? Bruder William hatte ihm verraten, es sei der einzige Ort, an dem sich der Mönch wirklich wohlfühlte.

Straubinger stoppte, ging in die Knie und atmete tief durch, als er vor dem erstaunlich steil hinabfallenden Eingangsloch stand. Es konnte nicht sein, dass er Angst hatte, er, der ehemalige Einsatzleiter der alpinen Höhlenretter, Angst vor einer touristisch erschlossenen Höhle! Keine Angst, Straubinger, nein, du hast keine Angst. Verdammt, seit dem tragischen Unfall damals in der Monsterhöhle hatte er nie wieder eine Höhle betreten. Der Gedanke allein, oh nein. Er setzte seinen alten Kletterhelm auf, an dem eine moderne Helmlampe befestigt war, und ging es an. Stufe für Stufe hinein in das Dunkel. Zwar verfügte die Höhle über ein Beleuchtungssystem, aber eben nicht am Abend.

Aus den Tiefen der Höhle wehte ein kalter Wind. Straubinger hatte die Helmlampe so eingestellt, dass sie die oberen Wände und die Decke ausleuchtete. Für die tieferen Bereiche hatte er eine starke Handlampe mitgenommen.

Der Lichtstrahl versuchte, die Treppe, so tief es ging, zu verfolgen, doch irgendwo im leeren Raum zeigte die Kraft des Lichts ihre Grenze, die Treppe schien unendlich in die Tiefe zu führen. Die Wände waren teilweise aus rau gebrochenen Kalksteinplatten aufgebaut, dann von glattem Sinter überzogen. Ab und zu sah er Stalagmiten, die geisterhafte Figuren formten und auf erhöhten Simsen ruhten. Je nachdem, wie das Licht sie traf, wirkten sie schrill und dann wieder sanft und strahlend glatt. Der Weg wand sich durch Versturzblöcke unabdinglich nach unten. Sinterschleier und -fahnen hingen an der Decke, als würde er sich in einem versteinerten Wohnzimmer der Biedermeierzeit bewegen. »Costa!«, rief er leise. Er hörte einen Bach plätschern, das hieß, er musste sich fast am Grund der Höhle befinden, er war also etwa 70 Meter unter der Oberfläche angelangt. »Costa!«, hallte seine Stimme. Auch ohne Lampen hätte er vernehmen können, dass er sich in einer großen Halle befand. Ein Schauer lief über seinen Rücken. Er leuchtete nach oben und war erstaunt über die enorme Höhe des Hohlraums. An den fast schwarzen Wänden waren helle Fossilien von Schalentieren zu erkennen, sie mussten fast 300 Millionen Jahre alt sein.

Ein Klacken, ein Kratzen. Straubinger erschrak. Blitzschnell wandte er sich um. Hinten, in einer Ecke. Dort musste etwas sein. Als er die Lampe ausschaltete, nahm er von irgendwoher ein Schimmern wahr. Die Treppe zog ihn weiter hinab und führte an einer anderen Stelle wieder zurück, hinauf in dieselbe Grotte. Nun erkannte er, dass ein paar Meter über ihm etwas flackerte. Er hörte … Was hörte er? Gesang? Dort, auf einer zurückliegenden Kalksteinbank, konnte er in einiger Entfernung einen Stalagmiten erkennen, der sich, festgewachsen für die Ewigkeit, im Schein eines flackernden Lichts zu bewegen schien. Und nun sah Straubinger, dass er sich tatsächlich bewegte. »Pater Konstantin«, flüsterte er mit erstickter Stimme.

Costa Papazoglou bewegte sich kaum. Er hatte seine Kutte abgelegt, stand dort in einem hellen Hemd und einer hellen Hose bekleidet. Mit nach oben gereckten Händen gab er einen teuflisch klingenden Gesang im Wechsel mit geflüsterten Zischlauten von sich. Die Geräusche waren so furchterregend, dass Straubinger seinen Rücken gegen das Geländer presste und wie gelähmt stehen blieb. Er hielt den Atem an. Ein Glissando aus einem lang gedehnten »Haaaa« schlängelte sich an drei Oktaven entlang, wurde von zischenden Beschwörungen unterbrochen, um dann aus der Tiefe der Stille wieder aufzutauchen wie ein fauchender Drache. Es wurde entrückter, erregter, seine Stimme röchelte hohl, dann klang sie wie ein Glucksen und schließlich wie das Lachen einer aufgebrachten Hyäne, ja fast spottend, um in einen hasstriefenden Vibrato-Klagereigen hinüberzugleiten.

Straubinger hob seine Lampe und strahlte ihn direkt an. Er stand dort auf einer großen Isomatte, auf der mehrere Decken verstreut lagen. Daneben eine Art Thermoskanne, ein Becher und eine Bibel. Das flackernde Licht wurde von drei weißen

Kerzen verursacht, die er bogenförmig um sich herum aufgestellt hatte. Costa Papazoglou hob die Hand, um sich vor dem Licht zu schützen.

»Ich bin es, Costa, Josef Straubinger. Erinnerst du dich? Costa, keine Angst. Ich komme, um dich zu retten!«

Costa Papazoglou machte eine merkwürdige Verrenkung, wobei er versehentlich einen kleinen Stein hinabstieß, der an der eisernen Brücke, auf der Straubinger stand, vorbeisauste und nach zwei Sekunden tiefer plätschernd in den Bach fiel. Jetzt sprach er wie ein kleiner Junge. »Hallo, Josef, ich bin es tatsächlich, Costa.« Neben ihm am Boden stand der Messingeimer. Die rot-weiße Ehrenschnur trug er um den Hals. »Mein Römerorden, für den Hasenfuß«, sagte er und lachte kindisch. »Ich habe ihn bekommen. Von Willi, er hat ihn mir gebracht. Und er hat mir den Orden geschenkt«, kicherte er, nahm einen der Messingstifte in die Hand, in dem die Enden der Ehrenschnur steckten, und küsste ihn, als wäre er verliebt.

»Das hast du dir verdient, Costa. Du warst lange eingesperrt, damals in deiner Höhle. Lange und ganz ohne Licht.«

»Haaaaa... Haaaaa... Haaaaaa...«, ließ Costa in einem schwebenden und energischen Ton vernehmen. »Rooooo … rooooo … rooooo …«

Straubinger hörte eine Weile zu. »Costa? Sie haben dich im Stich gelassen. Vroni, Willi und Herbert, stimmt's? Sie haben dich verraten.«

Costa Papazoglou stoppte seinen Gesang und beugte sich zu ihm hinab. »Jaaa!«, hauchte er.

»Was ist das für ein … Gesang?«, fragte Straubinger angestrengt.

»Ich singe die Myrologia, so wie wir das tun in Vathia.«

»Vathia? Was ist das?«, fragte Straubinger.

Costa antwortete: »Vathia ist mein Dorf, auf der Halbinsel Mani.«

»Es ist dort, wo du als Kind schon in einer Höhle gespielt hast.«

Costa erstarrte. Mit riesigen Augen stierte er Straubinger an. »Du ... du wusstest es. Dort habe ich mich wohlgefühlt. Wie in einem Mutterleib. Wie du! Ich wusste es, du bist der Retter.«

»Und was ... was besingt deine Myrologia?«, fragte Straubinger vorsichtig.

»Es ist der Totengesang. Ich habe ihr schmutziges Leben besungen.«

»Das Leben von Willi, Herbert und Vroni?«

»Sie haben mich sterben lassen. Ohne Licht, Tag und Nacht verschmolzen in mir, ich habe geschrien, stundenlang, wie lange, ich weiß es nicht mehr. Meinen Fuß habe ich ausgegraben, mein zertrümmertes Bein gestreichelt. Ich wusste nicht mehr, wo der Ausgang war, oben und unten habe ich verwechselt, als wäre ich in einem unendlich tiefen See. Dann habe ich die Myrologia gesungen. Beim Klang der Myrologia glauben die Menschen, fremde Gestalten zu sehen. Ich sah meine Eltern als Engel, und ich sah Vroni als Hexe und die beiden als Dämonen des Teufels. Als ich herauskam aus der Dunkelheit, konnte ich in der gleißenden Sonne nichts mehr sehen, aber die Gestalten, sie blieben ... Haaaaa ... Haaaaa ... Haaaaaa ...«

Straubinger rang nach Worten. »Äh ... es ist gut, dass du mit mir sprichst, Pater Konstantin.«

»Pater Konstantin spricht nicht!«, rief er barsch. »Costa spricht mit dir.« Er richtete sich auf und sah nach oben. »Raaaaa... raaaaa... raaaaa...« Straubinger verzog das Gesicht, das Gejammere war unerträglich. Nach einer Weile stoppte Costa Papazoglou den Gesang, senkte den Kopf und faltete die Hände.

»Du hast die beiden ... getötet«, sagte Straubinger vorsichtig. »Was ist mit Vroni!«

»Nur noch ein Schatten. Sie hatte einen Schatten in ihrem Kopf. Schon immer.«

»Du hast also alle drei ermordet?«

»Das ist kein Mord, das ist meine Pflicht. Ich musste es tun. In Vathia … unsere Blutrache verlangt das.«

»Costa, wir sind nicht in Vathia, nicht auf dem Peloponnes! Und du bist ein Mönch, ein heiliger Mann.«

»Gibt es hier keine Ehre? Was seid ihr? Schafe?«, fragte Costa. »Auch ein Mönch muss seine Ehre gewahren. Auch ein Mönch.«

»Du weißt, dass ich Polizist bin«, sagte Straubinger. »Bei uns kommst du dafür lange ins Gefängnis.«

»Wenn das jemand in Vathia sieht, dann landest du auch im Gefängnis.« Er lachte. »Deshalb sieht es in Vathia eben niemand.« Er breitete kurz die Arme aus.

»Costa, wie kam es, dass du Willi getötet hast?«

Costa Papazoglou drehte sich zu ihm und antwortete: »Wie St. Laurentius, der Schutzpatron von Gressenich, auf dem Rost. Willi war immer schon fasziniert von dieser Geschichte. Es war für ihn ein ehrenwerter Tod. Er ist der Erfinder des Spiels und er hat es in dem Spiel vorgezeigt. An der Frau auf dem Forum. Und ich habe es vollbracht, an ihm.«

»Und Herbert? Herbert Sabzynski?«, legte Straubinger vorsichtig nach. »Wieso hast du ihn ans Kreuz gebunden?«

»Er war tief in seinem Herzen immer schon ein Römer. Ein hochgeehrter Römer wollte er sein. Also gab ich ihm den Tod, den er verdiente. Den Tod am Kreuz, so, wie die Römer es für ihre Verbrecher vorgesehen haben.«

»Er hatte die Pocken.«

»Jaaaa«, zischte Costa, »Pestis Antonini. Tief aus der Höhle in den Bergen hat er sie mitgebracht.«

»Aber warum hast du die unschuldigen Menschen in Gressenich damit angesteckt? Warum hast du die verseuchte Erde über sie verstreut?«

»Unschuldige Menschen?«, rief er nun wieder mit der tiefen Stimme von Pater Konstantin. »Sie sind schlimmer als die Händler in der Säulenhalle des Tempels von Jerusalem, die Jesus einst von dort vertrieb. Und auch Gressenich sollte ein Dorf der Begegnung sein. Diese feierwütigen Taugenichtse aber machten daraus eine Räuberhöhle«, rief er laut und hob erneut die Arme. »Und so sollen sie, die keine Opfer bringen wollen, wie in ihrem Spiel an der Seuche sterben, die sie heraufbeschworen haben.«

»Und Veronika? Sunuxsal? Was hast du mit ihr gemacht?«

»Vroni, ja«, kicherte er wieder wie ein kleiner Junge, »Herbert hat auch sie verseucht, oh, die arme Sunuxsal, die ins Moor ging!«

»Wann ist sie ins Moor gegangen?«

»Geh hin und suche sie! Sie steckt dort.« Wieder drehte er sich weg. »Rooooo… rooooo… rooooo…«

»Wieso sagst du, dass sie im Moor steckt? Costa!«

»Haaaaa… haaaaa… haaaaa…«

Allmählich erwachte Costa und sprach wieder wie der Junge. »Weil sie mir davongelaufen ist.

Gerannt, verbannt, gerannt,
dort wo die Moortümpel stehen,
ins Land, verbannt, ins Land,
wo das Wollgras spielt mit den Feen.
Wo Wölfe nachts jaulen,
wo Holzstege faulen.
Die Hände zum Himmel gereckt,
fiel sie, plumps, ins Moor hinein,
beim untergeh'nden Sonnenschein.
im Brackvenn nun festgesteckt.«

»Was, wie festgesteckt?«, fragte Straubinger ungeduldig.

»Hineingefallen, gesunken und gesteckt«, sagte er und breitete die Arme aus. »Gesteckt heißt gesteckt! Sie ist eine Hex, eine böse Moorhex!«, rief er entrückt und wandte sich wieder ab.

»Sie ist versunken?«, fragte Straubinger aufgeregt.

Costa lachte. »Niemand versinkt im Moor.«

»Costa, heißt das, sie lebt?«

»Raaaaa… raaaaa… raaaaaa…«

»Costa! Costa, sag mir, wo sie ist! Was ist das Brackvenn? Ich komme jetzt zu dir, Costa. Ich rette dich aus deiner Höhle!« Straubinger lief den Steg hinab, überquerte am Grund der Grotte den Bach und begab sich wieder ein Stück hinauf bis zu dem Wandfuß, über dem Pater Konstantin sein Lager aufgeschlagen hatte. Ein breiter Spalt, eine Art Kamin, führte nach oben. Im Schein seiner Helmlampe kletterte er hinauf, es war gar nicht so schwer, wie es von gegenüber ausgesehen hatte. Schnell kam er nach oben. Griff um Griff, Tritt um Tritt. Straubinger hatte die Kanzel fast erreicht, als Costa Papazoglou seine nicht enden wollende Myrologia abrupt beendete.

Als Straubinger ihn sehen konnte, hatte er wieder sein Mönchsgewand angelegt und stand direkt vor ihm an der Kante. Pater Konstantin starrte ihn von oben herab an. »Ich habe auf dich gewartet, Josef Straubinger. Du bist ein Held, du hast Menschen gerettet. Und du hast Menschen geopfert, um andere retten zu können. Deine eigenen Leute. Du warst eingesperrt in Dunkelheit und Kälte. Tagelang, so wie ich. Du kannst wissen, was ich fühle. Nur du, Josef Straubinger. Und auch du kannst es nicht vergessen, sodass es dich bis heute quält.« Er ging einen Schritt zurück, hob die rechte Hand, machte ein Kreuzzeichen und bedachte Straubinger mit einem durchdringenden Blick. »Nur du kannst mich erlösen«, flehte er, nahm den Messingeimer in die Hand und fixierte Straubinger dabei, als würde er den Eimer in seine Obhut geben wollen. Dann stellte er ihn wieder hin und tat einen Schritt an die Kante. »Absolve me! Vergib mir!«, bat er mit demütigem Lächeln und sprang. Kopfüber stürzte Pater Konstantin an Straubinger vorbei in die stille Leere der Dunkelheit.

BRACKVENN

Parkplatz Grenzweg bei Mützenich

»Gut, dass du kommen konntest«, begrüßte Straubinger Camille Raehs von Weitem, als er aus dem Auto stieg.

»Ich hoffe, du hast einen triftigen Grund, mich und die Kavallerie hierherzurufen«, antwortete Raehs sichtlich mürrisch. Sie trug wie alle anderen einen virensicheren Anzug. »Hier, zieh den an.« Sie hängte einen Anzug über das Quad und ging ein paar Schritte zurück.

Hinter ihr standen vier Polizisten in Motorradmontur mit Geländeenduros, dahinter ein Quad mit zwei Sanitätern, die ein Epishuttle hinter sich herzogen. »Wie du gesagt hast, ein Schneewittchensarg für hoch infizierte Personen«, erklärte sie und zeigte auf den Hänger.

Straubinger stöhnte. »In der Höhle, das war eigentlich genug für heute. Eure Leute waren schnell dort. Danke dir dafür!«

»Und er ist einfach an dir vorbeigesprungen?«

»Er ist tief gefallen. Es war kein schönes Geräusch, als er unten aufschlug.«

Camille Raehs nickte und brummte: »Kann ich mir denken. Und hier, was sollen wir hier?«

»Veronika Lorenz, sie soll im Moor feststecken. Er sagte was von Brackvenn. Das ist hier?«, fragte er.

»Ja, das ist ganz in der Nähe«, bestätigte Raehs. »Und so hat er es dir gesagt?«

Straubinger nickte. »Genau so. Wir müssen vorsichtig sein. Sie hat die Pocken. Vielleicht lebt sie noch.«

»Okay, wir machen es wie folgt: Ich steige auf die vordere Maschine auf, du dahinter und die anderen beiden fahren hinterher. Wir fahren bis ins Brackvenn, und dort müssen wir uns auf unsere Lampen und Scheinwerfer verlassen. Rettungsmaterial haben wir dabei.«

»Wie weit ist es von hier zum Brackvenn?«, fragte Straubinger.

»Vielleicht zwei Kilometer. Jetzt, bei Nacht, vielleicht eine Viertelstunde mit den Maschinen.« Raehs sattelte auf die erste Enduro auf. »Und Straubinger, mach keinen falschen Schritt! Du steckst da schneller im Schlammassel, als du denkst!«

Straubinger stieg auf. Die Polizistin drehte sich kurz zu ihm. »Polizeiinspektorin Celine Mertens. Halten Sie sich gut an mir fest, der Anzug ist ein wenig rutschig und es wird ein bisschen holperig«, erklärte sie und fuhr los. Der Weg war teilweise mit Wurzeln durchsetzt und eng. Dreimal musste Straubinger absteigen und ein Stück zu Fuß gehen. Dann waren sie an der Stelle angelangt, wo der erste Fahrer mit Raehs als Sozius anhielt. »Ab hier geht es nur noch zu Fuß«, rief sie.

»Warum ist hier gesperrt für Wanderer?«, fragte Straubinger. »Da vorn steht so was auf dem Schild.«

»Weil die Holzstege kaputt sind. Morsch und verfault. Das muss alles erneuert werden«, sagte seine Fahrerin.

Straubinger nickte. »Wie gehen wir es an?«

»Wir gehen immer zu zweit«, ordnete Raehs an. Wir haben starke Scheinwerfer dabei. Du gehst mit Celine. Sie kennt sich hier gut aus.«

»Ich bin hier an Feiertagen Wanderführerin«, sagte Celine Mertens, »also bleib immer direkt hinter mir, Kollege.«

Erst gingen sie mit Taschenlampen los. Nach ungefähr 50 Metern auf einem Steg warf Mertens den großen Scheinwerfer an. Eine Flut von Licht erhellte die Landschaft. Ein paar Tierschreie waren zu hören. Weiter vorn leuchteten zwei Augen. »Da«, rief Straubinger. »Was kann das sein?«

»Das ist ein Wolf. Der hat was gewittert. Seit ein paar Jahren machen sie sich hier wieder breit. Eigentlich meiden sie den Sumpf und das Wasser, es muss einen Grund haben, warum der dort steht.«

Als sie weitergingen, machte sich der Wolf, den sie mittlerweile auf dem Holzsteg im Lichtkegel gut erkennen konnten, auf und davon.

»Darf ich?«, fragte Straubinger und nahm Mertens die Lampe ab. Er leuchtete seitlich des Stegs, dorthin, wo der Wolf gestanden hatte. »Oh Gott!« Eine Gestalt im Moor. »Camille! Hierher!«, rief er in die Dunkelheit hinein. Er mogelte sich an Mertens vorbei und eilte weiter den Steg entlang.

»Vorsicht!«, schrie Mertens. »Der Steg ist morsch!« Als er sie hörte, krachte unter ihm das Brett. Sein linker Fuß steckte bereits im Morast, doch er konnte sich halten. Seine Lampe leuchtete seitlich ins Moor, und zehn Meter vor ihm konnte er Veronika Lorenz erkennen, wie sie dort im Morast stand, bis zu ihrer Brust versunken. »Veronika, kannst du mich hören?«, rief Straubinger. Zu seinem Erstaunen bewegte sie sich. »Du lebst. Halte durch, wir sind da.«

»Moorhex … hat die Pocken«, krächzte sie.

Straubinger setzte seinen Rucksack ab und zog über das erste ein zweites Paar Handschuhe, die so eng und fest saßen, dass sie ihm fast das Blut abschnürten. »Wo ist das Rettungsmaterial?« Raehs schloss zu ihm auf und gab ihm ein Seil. Straubinger knotete das Seil an einen Pfahl, der den Steg trug, band sich das Seil im Mittelteil um den Bauch und stieg auf den schlüpfrigen Rand des Moorlochs.

»Was machst du denn, Straubinger?« Raehs klang beunruhigt.

Straubinger warf ihr das andere Ende des Seils zu. »Wenn ich sie habe, dann zieht ihr mich mit beiden Enden raus!«, rief er. Er setzte sich, packte mit der linken Hand das Seil und legte sich, so weit es ging, nach vorn. Die andere Hand hatte er ausgestreckt und versuchte, die Unglückliche im Moor zu erreichen. »Veronika, du musst mir helfen. Gib mir deine Hand! Los, versuch es, streck die Hand aus, so weit, wie es geht!«

Sie hob den Kopf, ihr Gesicht war voller Pusteln, die Augen kaum zu erkennen, die Lippen geschwollen. »Veronika, du schaffst das. Komm, gib mir die Hand!«

Flehend sah sie ihn an, hob den Arm sichtlich angestrengt aus dem Morast und streckte die Hand aus, sodass Straubinger ihre Finger gerade greifen konnte. Er sah, wie ihr der Schmerz durch die Glieder schoss, aber schreien konnte sie nicht. Ihre vor Kälte steife und von Pusteln übersäte Hand entglitt ihm. »Noch mal, Veronika. Ich weiß, du hast große Schmerzen an deiner Hand. Aber wir machen das jetzt, hörst du? Gib mir deine Hand, Veronika, auch wenn es sehr wehtut.«

Erneut reckte sie sich, und Straubinger griff erst sanft, dann fester zu. Ein Stück zog er sie zu sich, sodass er ihr Handgelenk zu packen bekam. »Komm zu mir, komm!«, forderte er sie auf und zog sich an dem Seil, so kräftig es ging, in Richtung Steg. »Jetzt!«, rief er, und die Polizisten zogen die beiden mit vereinten Kräften näher. »Gut so, gut«, rief Straubinger. Raehs und zwei Kollegen hatten Straubinger mittlerweile an dem Seilring um seinen Bauch gepackt, sodass er sie mit beiden Händen ziehen konnte. Veronika Lorenz lag jetzt so schräg in dem Tümpel, dass ihr Mund ab und zu untertauchte. Sie geriet in Panik, wobei jedes Mal das Wasser um sie herum blubberte. Es dauerte einige Minuten, bis er sie frei hatte. Sie hatten es geschafft. Straubinger kroch auf den Steg und befahl: »Fasst sie nicht an. Wir brauchen den Schneewittchensarg!«

Raehs rief etwas in die Dunkelheit, nach zwei Minuten hatten die beiden Sanitäter aufgeschlossen.

»Zieht ihr euch zurück, Camille. Ich hab's im Griff«, sagte Straubinger.

»Okay, wir lassen dich mit den zwei Sanis allein.«

Die Bergung war nicht einfach, aber die beiden Militärsanitäter agierten trotz der Schutzanzüge geschickt, stabilisierten sie und legten Veronika unter die Haube, sodass sie hygienisch isoliert in Sicherheit war.

Der Rückweg mit der Geborgenen zum Parkplatz dauerte etwa eine Stunde. Jedes Mal, wenn nur Schritttempo möglich war, ging Straubinger zu Fuß neben dem Epishuttle her und beobachtete sie besorgt. Der Militärarzt, der bereits am Parkplatz wartete, entschied, sie ins Klinikum nach Aachen zu bringen. »Unterkühlt, Pocken in fortgeschrittenem Stadium. Vielleicht überlebt sie das. Dann ist sie wirklich stark.«

Raehs nahm Straubinger zur Seite. »Ich war übrigens heute Mittag in Sabzynskis Institut in Lüttich und habe dort nachgefragt, was Sabzynski in letzter Zeit gemacht hat. Wir wissen ja, dass er in Kärnten war. Einer seiner Kollegen hat erzählt, dass er dort angeblich einen unglaublichen Fund gemacht hat.«

»Was für einen Fund?«

»Einen dieser Hemmoorer Eimer. Dieser Eimer enthielt Erde und Asche, und eine Probe von dem Zeug hat Sabzynski zur Untersuchung an das Geologische Institut geschickt, an einen Dr. van Buuren. Die haben in einer Probe die Pocken entdeckt. Sabzynskis Frau ist mittlerweile auch in Quarantaine.«

»Pater Konstantin hat also den Beutel im Institut irgendwie entwendet und neben Sabzynskis DNA seine eigene auf dem Beutel hinterlassen.«

»Der Eimer ist verschwunden, sagte mir Sabzynskis Kollege. Und niemand weiß jetzt, wo der ist.«

»Den hatte Pater Konstantin bei sich. Er hat ihn mir übergeben. Er soll dorthin, wo er hingehört.«

»Zurück nach Kärnten?«, fragte Camille Raehs.

»Oder so«, antwortete Straubinger und verabschiedete sich.

WOCHEN SPÄTER

SCHLUSS

Gressenich im »Petit Marron«

Straubinger, sein Freund, der Förster Harry Heitkamp, und Anja Schepp hatten sich auf ein Bier verabredet. Straubinger war der Erste, der am »Petit Marron« eintraf. Es war ein außergewöhnlich warmer Herbsttag. Die große Kastanie im Biergarten verlor bereits ihre Blätter, auf dem Platz zwischen dem Bistro und dem Kinderspielplatz spielten ein paar Leute Boule.

Straubinger parkte seinen Wagen im Schatten der großen Bruchsteinmauer und schlenderte hinüber zur Treppe, die in den Biergarten führte. Wie immer standen die Raucher an dem kleinen Stehtisch. Auf dem Schild vor dem Eingang war zu lesen:

Der Sommer ist vorbei. Denk an Deinen Winterspeck und trink täglich ein Bier zusätzlich!

Gott sei Dank, dachte Straubinger, die Leichtigkeit hat wieder ihren Platz gefunden, auch wenn die Verluste nicht zu vergessen waren.

Dr. Monheim spazierte vorbei und grüßte Straubinger aus der Ferne. Straubinger winkte ihn zu sich. Monheim lächelte und änderte seine Richtung. »Guten Tag, Herr Hauptkommissar, schönes Wetter heute.«

»Bitte, setzen Sie sich zu mir«, bat Straubinger.

Monheim zog den Stuhl ein Stück vom Tisch weg und nahm Platz. »Das mit dem Sommerende, das nehme ich heute mal mit«, scherzte er, hob zwei Finger in die Höhe und winkte der Kellnerin zu, die den Wunsch nach zwei Bier registrierte und nickte.

»Dr. Monheim, ich möchte Ihnen noch mal danken, ohne Ihre Kenntnisse hätten wir hier ganz schön auf dem Schlauch gestanden.«

Monheim sah ihn erstaunt an. »Ohne Ihre Arbeit hätten wir hier ein paar Mordfälle nie aufklären können.«

Ein dunkelgrüner Suzuki-Geländewagen hielt. Harry Heitkamp stieg aus, er hatte Schepp mitgebracht. Beide gesellten sich zu ihnen. Anja Schepp atmetet tief ein. »Was für eine herrliche Luft! Ist es nicht wunderbar?«

»Wie ist es eigentlich gelaufen mit den letzten Infizierten? Sind sie mittlerweile alle außer Gefahr?«, fragte Heitkamp.

»Ja«, antwortete Dr. Monheim. »Ich kann mich wieder beruhigt aufs Altenteil zurückziehen. Insgesamt hatten wir sieben Tote und 34 Infizierte mit schwerem Krankheitsverlauf und etwa hundert, die es relativ gut überstanden haben. Der Junge, den Pater Konstantin geimpft hatte, sowie Völkert und seine Frau, die haben es, Gott sei Dank, auch geschafft. Die Pockennarben im Gesicht, darum kümmert sich die plastische Chirurgie.«

»Ein paar von den Besuchern des Umzugs hier sind uns auch ausgebüchst. Soll aber auch nicht so schlimm sein, wie ich gehört habe.«

»In den großen Städten wie Köln, Düsseldorf und Brüssel hat es wenige Fälle gegeben, die aber sofort isoliert wurden. Drei Fälle in Paris, davon ist ein Mädchen gestorben. Es ist alles unter Kontrolle. Von denen, die wir hier mit meiner Methode impfen konnten, ist am Ende ein Mann gestorben.«

»Ich habe davon gehört«, antwortete Straubinger. »Nur einer, das ist beachtlich.«

»Wie man es nimmt«, sagte der alte Arzt. »Auf mich kommt ein Verfahren wegen fahrlässiger Tötung zu.«

Heitkamp setzte einen ungläubigen Blick auf. »Was? Im Ernst?«

»Ja, heute kam ein Brief von der Staatsanwaltschaft. Ich hätte das nicht machen dürfen, sagt die Ärztekammer.«

»Ach was, das waren nicht Sie allein«, gab Straubinger zu bedenken. »Das war auch ich, dann müssen sie mich genauso verklagen.«

»Straubinger, rechnen Sie damit! Die werden Sie auch versuchen dranzukriegen. Wegen Beihilfe zur fahrlässigen Tötung durch unerlaubtes Impfen.«

»Das ist absurd, Sie haben ein halbes Dorf gerettet, Dr. Monheim. Machen Sie sich keinen Vorwurf.«

»Das tue ich nicht. Aber was nervt, ist, dass fast jeden Mittag die Verschwörungsjunkies vor meinem Haus stehen und mich beschuldigen«, klagte Dr. Monheim, »obwohl gerade aus deren Reihen ein paar nur knapp mit dem Leben davongekommen sind. Merkwürdig, heute waren sie zum ersten Mal nicht da.«

»Sie können in jedem Fall mit der Unterstützung vieler hier im Dorf rechnen, denke ich, wenn es hart auf hart kommt vor Gericht.«

»Wir haben alle gut zusammengearbeitet. Sie, Ihre Kollegen, die Veteranen der Legion nicht zu vergessen, die unermüdlich die Leute von zu Hause abgeholt, ihnen Sicherheit gegeben und sie wieder nach Hause gebracht haben. Von ihnen sind übrigens drei erkrankt, aber sie haben es auch mittlerweile gut überstanden.«

»Ja, ich weiß. Karl Seeheim hat mich vor zwei Tagen erst angerufen.«

»Gibt es eigentlich etwas Neues zu Veronika Lorenz?«, fragte Dr. Monheim.

»Erstaunlicherweise ist sie auf dem Weg der Genesung«, sagte Straubinger. »Soweit ich weiß, hat sie sich selbst aus dem Krankenhaus entlassen.«

Der Wirt kam heraus und trug ein Tablett voller Kölsch vor sich her. »Für euch, nehme ich an, dasselbe«, sagte der Bierbaron und stellte vier Gläser auf den Tisch.

»Gut, dass du wieder öffnen konntest«, bemerkte Straubinger.

»Tja, ich bin ganz schön erleichtert, dass es wieder geht. Aber«, sagte er und sah kurz zur Seite. »Einer fehlt.« Sein Blick wanderte zu Boden, und er sprach mit erstickter Stimme. »Er hat es ja leider nicht geschafft.«

»Doch, das hat er«, widersprach Schepp. »Er hat nicht nur seine Jungs, er hat auch das Dorf gerettet. Das war das Größte, was er tun konnte. Und das, das hat er geschafft.«

Der Bierbaron hob das fünfte Glas von seinem Tablett. »Auf Tschick.«

»Auf Tschick«, antworteten die vier und tranken einen guten Schluck. »Ein wirklich guter Mann!«, setzte Straubinger hinterher.

In dem Moment bogen zwei Acmat VT4 um die Ecke. Sieben Männer in Jeans und Holzfällerhemden stiegen aus, die Gesichter waren Straubinger und den anderen nur zu gut bekannt. Karl Seeheim grüßte die vier am Tisch. »Ein schöner Garten, und der Pastice vom Wirt ist wirklich vorzüglich.« Die sechs Männer zogen grüßend an ihnen vorbei und setzten sich an den letzten Tisch ganz hinten in den Garten.

»Nun, heute ganz in Zivil?«, fragte Straubinger und grinste.

»Ich hab meinen Freunden vorgeschlagen, ob wir heute vielleicht etwas weniger martialisch auftreten könnten. Also, wir verfügen durchaus über Alltagskleidung, die zu unseren

Frisuren passt.« Seeheim tippte mit dem Zeigefinger an die Stirn und schloss zu seinen Kameraden auf. Sie bestellten Pastice mit Eiswasser, und der Bierbaron spendierte ihnen eine Runde Bier.

Harry Heitkamp legte die Tageszeitung auf den Tisch. »Habt ihr das schon gesehen? Ein hübsches Foto ist heute im Lokalteil. Das wird Sie besonders freuen, Doktor. Vielleicht wissen wir jetzt, warum diese Kerle heute aufgehört haben, Sie zu belästigen.« Er legte die Zeitung aus und strich mit dem Finger über das Bild, das über die gesamte Breite ging.

»Was ist denn das?«, kreischte Schepp. »Das sind doch …« Sie hielt sich vor Lachen den Mund zu.

Straubinger tat eher uninteressiert. »Tolle Überschrift«, kommentierte er gelassen.

»Lies mal vor«, forderte Schepp ihn immer noch lachend auf.

Harry Heitkamp lehnte sich zurück und las:

Waldi und Arni in Love

Stolberg-Zweifall. – Die bekannten Anführer der Wehrsportgruppe »Lanzen von Gressenich«, Arnold »Arni« Altmann und sein Stellvertreter Ewald »Waldi« Eselgrimm bei einer etwas anderen Übung. Ihre Gesellin »Modell Gabi«, die hier zwischen den beiden Herren in aufreizender Aktion zu erkennen ist, hatte sie wohl zu einem Waldspaziergang der frivoleren Art veranlasst, weshalb die beiden auf dem Foto ein überraschtes Gesicht machen. Ob unsere beiden Wehrsportbegeisterten die Plastikdame zu mehr Disziplin ermahnten oder ob die aufgeblasene Lady den beiden umgekehrt den lockereren Umgang mit dem strengen Soldatenleben näherbrachte, darüber kann hier nur spekuliert werden. Ob ihre Madam nun zukünftig als

> ständige Begleiterin den »Lanzen von Gressenich« zur Verfügung steht, dazu konnten sich die beiden Herren bisher nicht äußern. Eine weitere überraschende Wahrheit über geheime Geschehnisse in unserem Wald rund um den schillernden Kartoffelbaum.

Heitkamp zeigte noch einmal das Bild. Die beiden Männer standen in ihrer Kampfkleidung mitten im Wald und hielten, offensichtlich überrascht, eine vollgepumpte Sexpuppe hoch.

»Wer hat denn das Bild gemacht?«, fragte Schepp, immer noch belustigt. »Und hier der Fahrradflicken zwischen den Brüsten. Das ist ja krass!«, rief sie und gackerte wie ein Huhn.

»Das war der wunderbare Lokalreporter, der war zur richtigen Zeit am richtigen Ort.«

»Und die Dame? Wo kommt die her?«, fragte Dr. Monheim. »Ich frage das natürlich aus rein medizinischem Interesse. Sie sieht ein wenig aufgeblasen aus.«

»Irgendjemand hat den beiden wohl einen Tipp zukommen lassen, dass hier ein alter Nazibunker wäre«, sagte Heitkamp. »Und da haben sie dann beim Suchen statt einen Bunkereingang …«

»… diese Dame vom Escortservice gefunden«, übernahm Straubinger. »Ich finde, das Bild ist wirklich gelungen. Sogar in Bunt. So schön hautfarben.« Er nahm dem Förster die Zeitung ab, trug sie in die Kneipe und spickte sie an das Schwarze Brett. »So, das ist ein Bild für die nächsten hundert Jahre!«

In dem Moment kam Oliver heraus und trat an ihren Tisch. »Darf es noch etwas sein für euch?«, fragte er.

»Ja, bring uns noch mal eine Runde Bier«, bestellte Schepp.

Oliver druckste herum, dann wandte er sich an Straubinger, als dieser zurückkam. »Sie hatten recht. Es war kein gutes Spiel, und wir sind alle drauf hereingefallen. Gressenich ist eben doch nicht Disneyland.«

»Ist das Spiel eigentlich noch online?«

Oliver schüttelte den Kopf. »Online schon, aber das Spiel ist tot. Wie ausgelöscht. Ich glaube, das ist auch gut so. Vor allem diese weltverschwörenden Thesen dieser Muttergöttin, dieser Sunuxsal, die waren ganz schön gruselig. Sie hatte am Ende beängstigend viel Einfluss auf die Mitspieler. Am Anfang war es ein heiteres Miteinander. Zum Schluss hat sich niemand mehr getraut, ihr zu widersprechen. Sie hat so was wie ein Terrorregime im Spiel aufgebaut. Wer ihr nicht gehorcht, der wird bestraft oder hingerichtet. Und das Schlimmste ist, dass viele das am Ende gar nicht mehr von der realen Welt unterscheiden konnten.«

»Das ist ja jetzt vorbei«, stellte Straubinger fest. »›Brass Master One‹ ist Vergangenheit.«

»Wer weiß«, bemerkte Schepp, »heutzutage gibt es längst Algorithmen, die sich irgendwann verselbstständigen. Sie gelten als gelöscht, wühlen sich aber in Wirklichkeit durchs Internet, und plötzlich sind sie wieder da.«

»Darf ich euch einladen?«, fragte Oliver. »Als kleine Buße für meine Blödheit.« Er nickte und ging zurück in den Schankraum.

»Und was ist eigentlich jetzt mit diesem Gressenicher Eimer?«, fragte Heitkamp. »Um den sich alles gedreht hat?«

Schepp sah Straubinger an und grinste. Straubinger griff in seine Tasche und stellte einen Beutel auf den Tisch, in dem sich ein Gefäß befand. Langsam rollte er den Stoff nach unten. »Pater Konstantin hat ihn mir in der Höhle von Rochefort überlassen. Ich denke, er ist ein herrenloses Ding. Sabzynski, der Finder, ist tot. Der, dem er am ehesten zugestanden hätte, dem kleinen Costa, ist mit Pater Konstantin in den Tod gestürzt.«

Oliver stellte frische Gläser auf den Tisch.

»Aber dieser Gral, er wurde doch eigentlich den Österreichern geklaut, oder?«, fragte Heitkamp.

»Um genau zu sein, liegen der Großglockner und die Pasterze in Kärnten«, bemerkte Oliver, während er die leeren Gläser einsammelte. »Wir brauchen den Eimer also nicht einmal zurückzugeben.«

»Hä?«, fragte Schepp. »Wie meinst du denn das?«

»Vor ungefähr 1.200 Jahren hat der fränkische König die Blei- und Zinkbergwerke, also das gesamte Römerfeld zwischen Gressenich und Hastenrath, dem Pfalzstift Altötting geschenkt.«

»Ja und? Altötting liegt in Bayern«, protestierte Straubinger, »da kenn ich mich aus.«

»Heute schon«, sagte Oliver mit triumphierendem Blick, »aber damals, meine Lieben, da gehörte Altötting zu Kärnten, und folglich wir hier auch!« Oliver grinste übers ganze Gesicht. »Ich hab in der Schule aufgepasst.«

Straubinger lehnte sich zurück. »Ja dann, bitte doch mal deinen Vater zu uns.«

Als der Bierbaron zu ihnen an den Tisch trat, fragte Straubinger: »Findest du nicht, dass dieses heilige Gefäß gut bei dir aufgehoben wäre? Muss ja nicht jeder wissen. Aber hier kann es vielleicht den geringsten Schaden anrichten.«

Der Bierbaron staunte. »Oh, der gehört mal anständig geputzt und poliert. Oben in meinem kleinen Saal, da steht diese schicke Vitrine mit den alten Pokalen aus den Zeiten der Kegelclubs. Da passt er wunderbar hinein und wird glänzen, aber kein Aufsehen erregen.«

»Und du passt drauf auf?«, fragte Straubinger.

»Wie auf meinen Augapfel«, entgegnete der Bierbaron. »Wir haben ab jetzt ein Geheimnis, und ihr seid alle Zeugen.«

»Ho!«, tönte es aus der Reihe der Veteranen, die ihre Pasticegläser erhoben.

»Und ich glaube«, fügte der Bierbaron hinzu und prostete dem Veteranentisch zu, »der Gral hat auch schon eine Ehrenwache. So kann dem Gressenicher Eimer nichts passieren.«

Plötzlich stand sie dort, neben der Kastanie, und sah ihn an. »Sigrid«, rutschte es Straubinger ebenso plötzlich heraus, doch seine Stimme klang gedämpft.

»Wir müssen reden«, sagte sie leise und sah ihm tief in die Augen.

Straubinger entschuldigte sich bei den anderen, erhob sich und ging auf sie zu. Er legte die Hand auf ihren Arm und fragte: »Was machst du hier?«

Sigrid schaute erst ihn an und dann zu Boden. »Komm, wir gehen ein paar Schritte.« Wortlos gingen sie auf den Spielplatz zu.

Sie presste die Lippen aufeinander und nickte verhalten. »Wie geht es dir?«, fragte sie leise. »Ich meine gesundheitlich.«

»Ah, okay, na ja, Anja und ich, wir haben uns von Dr. Monheim impfen lassen. Wir hatten fünf Tage lang fürchterliches Fieber und waren sterbenskrank.«

»Ich weiß. Ich habe euch gepflegt, dich und Anja.«

Straubinger setzte eine argwöhnische Miene auf. »Wie?«

»Ich hab Dr. Monheim gebeten, es euch nicht zu sagen. Ich konnte nicht anders. Als ich hörte, dass es dir und ihr so schlecht ging, da wollte ich unbedingt bei dir sein.«

»Aber, das ist doch …«

»Keine Angst, ich war immer schön eingepackt in Plastik«, sagte sie schmunzelnd. Der nächste Satz schien ihr unendlich schwerzufallen. »Es geht nicht ohne dich, Josef. Nichts geht ohne dich.«

»Aber eine Zeitlang ging es schon ohne mich«, stellte Straubinger fest.

»Ja, ich habe es nun lang genug probiert. Jeden Tag hast du mir gefehlt.«

»Warum bist du wieder weg?«

»Als ich sah, dass du die Augen langsam wieder aufgemacht hast, da hab ich mich still und heimlich verdrückt. Ich hatte Angst, dass du mich wegschickst. Dr. Monheim schlug vor, es euch später zu sagen, wenn du wieder ganz gesund bist. Und nun ist es ja später.« Sie sah zu Boden.

»Sigrid, ich weiß nicht ...« Straubinger war sichtlich ergriffen.

»Und, wie ist es dir in der Zeit ohne mich ergangen?«, sagte sie schnell und nahm seine Hände.

»Es ging ganz gut. Es gab viel zu tun«, antwortete er und zog seine Hände zurück.

Die nächste Frage fiel ihr schwer. »Möchtest du es noch einmal ... mit mir versuchen?«

Straubinger stutzte. »Mit der Frage habe ich nun gar nicht gerechnet.«

»Ich auch nicht«, sagte Sigrid und musste lachen, wobei ihr ein paar Tränen die Wange hinabliefen.

Er küsste ihre Hand und nahm sie in die Arme. »Vielleicht. Ja, äh, ich meine, ja«, stammelte er unbeholfen und lachte. »Aber deiner Wohnung bleib ich erst mal fern.«

»Wo wohnst du jetzt?«

»Ich wohne in einer alten Forsthauswohnung im Gressenicher Wald. Hat Harry mir besorgt. Nicht sehr komfortabel, aber ich habe viel Zeit. Ein schönes altes Haus.«

Sie schlenderten zurück zu den anderen. Gerade, als Straubinger Anja erzählen wollte, wer auch sie gepflegt hatte, piepste Anjas Handy.

»›Brass Master One‹ braucht dich!«

Als sie die Betreffzeile las, erschrak sie. Straubinger sah sie fragend an. »Oh Gott!«, stammelte sie leise mit aufgerissenen Augen. »Eine Sprachnachricht«. Dann öffnete sie zaghaft die Nachricht und lauschte einer süffisant und freundlich klingenden Stimme: »Hallo *Anja Regina*, hier ist Sunuxsal.«

ENDE

ANMERKUNG DES AUTORS

Die Hemmoorer Eimer sind in vielen Museen zu bestaunen, so zum Beispiel im weltberühmten British Museum in London. Solche Gefäße sind auf antiken Reliefs in den Ortschaften Vettweiß (bei Düren) auf einem Matronenstein und Simpelveld (Provinz Limburg) in einem Sarkophag abgebildet, die geografisch betrachtet – mit Gressenich genau in der Mitte – eine Linie bilden. Von vielen Historikern und Archäologen werden sie nach ihrer wahrscheinlichen Herkunft daher als »Gressenicher Eimer« bezeichnet.

Zu Lebzeiten des Philosophenkaisers Marcus Aurelius Antonius (genannt Marc Aurel), zu denen diese Prunkgefäße aus feinstem Messing von geschickten Bergleuten und Handwerkern wahrscheinlich rund um Gressenich erschaffen wurden, herrschte von 165 bis etwa 190 n. Chr. im Römischen Reich die nach ihm benannte Pestis Antonini (Antoninische Pest). Diese todbringende Seuche wurde von römischen Legionären aus Mesopotamien, dem heutigen Irak, eingeschleppt und raffte ungefähr ein Viertel der Bevölkerung dahin. Gegen Ende dieser Zeit endete auch die Produktion der Gressenicher Eimer. So schleichend, wie die tödliche Seuche damals aus den unergründlichen Kapillaren der Evolution hervorkroch und über Europa herfiel, so verschwand sie nach ihrem verheerenden Feldzug gegen die Menschheit auch wieder in den verzweigten Spalten der dunklen Unterwelt – bis auf Weiteres.

FÖRDERUNG

… gefördert von der Beauftragten der Bundesregierung für Kultur und Medien, Neustart Kultur und VG Wort

Die Beauftragte der Bundesregierung
für Kultur und Medien

VG WORT

NEU
START
KULTUR

Alle Bücher von Lutz Kreutzer:

Hauptkommissar Josef Straubinger ermittelt:
1. Fall: Die Akte Hürtgenwald
ISBN 978-3-8392-2812-8

2. Fall: Römerfluch
ISBN 978-3-8392-0338-5

Schaurige Orte in der Schweiz (Hrsg.)
ISBN 978-3-8392-2854-8

Schaurige Orte in Südtirol (Hrsg.)
ISBN 978-3-8392-0190-9

Schaurige Orte am Niederrhein (Hrsg.)
ISBN 978-3-8392-0300-2

Schaurige Orte in Österreich (Hrsg.)
ISBN 978-3-8392-0410-8

mit Uwe Gardein (Hrsg.):

Die gruseligsten Orte in München
ISBN 978-3-8392-2433-5

Die gruseligsten Orte in Köln
ISBN 978-3-8392-2454-0

Düstere Orte in Nürnberg
ISBN 978-3-8392-2569-1

Die gruseligsten Orte in Hamburg
ISBN 978-3-8392-2703-9

GMEINER SPANNUNG

WWW.GMEINER-VERLAG.DE
Wir machen's spannend